shiji
wenxue
jingdian

世纪文学经典
孙犁 著

孙犁精选集

北京燕山出版社

"世纪文学60家"书系总策划：
白烨、陈骏涛、倪培耕、贺绍俊、张红梅

"世纪文学60家"评选专家名单：
（以姓氏笔画为序）

丁　帆　南京大学中文系教授
王中忱　清华大学中文系教授
王晓明　华东师范大学中文系教授
王富仁　汕头大学中文系教授
白　烨　中国社会科学院文学研究所研究员
孙　郁　鲁迅博物馆研究员
吴思敬　首都师范大学文学院教授
陈思和　复旦大学中文系教授
陈晓明　北京大学中文系教授
陈骏涛　中国社会科学院文学研究所研究员
陈子善　华东师范大学中文系教授
孟繁华　沈阳师范大学教授
於可训　武汉大学文学院教授
杨匡汉　中国社会科学院文学研究所研究员
杨　义　中国社会科学院文学研究所研究员
张　炯　中国社会科学院文学研究所研究员
张　健　北京师范大学文学院教授
张中良　中国社会科学院文学研究所研究员
赵　园　中国社会科学院文学研究所研究员
洪子诚　北京大学中文系教授
贺绍俊　沈阳师范大学教授
谢　冕　北京大学中文系教授
程光炜　中国人民大学中文系教授
雷　达　中国作家协会创研部研究员
黎湘萍　中国社会科学院文学研究所研究员

出版前言

"世纪文学60家"书系的创编与推出,旨在以名家联袂名作的方式,检阅和展示20世纪中国文学所取得的丰硕成果与长足进步,进一步促进先进文化的积累与经典作品的传播,满足新一代文学爱好者的阅读需求。

为使"世纪文学60家"书系的评选、出版活动,既体现文学专家的学术见识,又吸纳文学读者的有益意见,我们采取了专家评选与读者投票相结合的方式。我们依据20世纪华文作家在中国现当代文学史上的地位与影响,经过反复推敲和斟酌,确定了100位作家及其代表作作为候选名单。其后,又约请25位中国现当代文学专家组成"世纪文学60家"评选委员会,在100位候选人名单的基础上进行书面记名投票,以得票多少为顺序,产生了"世纪文学60家"的专家评选结果。为了吸纳广大读者对20世纪华文作家及作品的相关看法和阅读意向,我们与"新浪网·读书频道"全力合作,展开了为期两个月的"华文'世纪文学60家'全民网络大评选"活动。2005年12月16日,读者评选结果在"新浪网·读书频道"正式公布。为了使"世纪文学60家"的评选与编选,能够比较客观地反映专家和读者两方面的意见,经过反复协商,最终以各占50%的权重,得出了"世纪文学60家"书系入选名单。

"世纪文学60家"书系入选作家,均以"精选集"的方式收入其代表性的作品。在作品之外,我们还约请有关专家、学者撰写了研究性序言,编制了作家的创作要目,为读者了解作家作品、创作特点和其在文学史上的地位,提供必要的导读和更多的资讯。

"世纪文学60家"评选结果

排名	作家	专家评分	读者评分	评选结果	排名	作家	专家评分	读者评分	评选结果
1	鲁迅	100	100	100	31	赵树理	85	55	70
2	张爱玲	100	97	98.5	32	梁实秋	67	71	69
3	沈从文	100	96	98	33	郭沫若	70	65	67.5
4	老舍	94	94	94	33	陈忠实	67	68	67.5
4	茅盾	100	88	94	35	张恨水	64	70	67
6	贾平凹	94	92	93	36	苏童	58	75	66.5
7	巴金	94	90	92	36	冰心	51	82	66.5
7	曹禺	100	84	92	38	穆旦	78	52	65
9	钱钟书	80	99	89.5	39	丁玲	78	47	62.5
10	余华	85	92	88.5	40	顾城	29	95	62
11	汪曾祺	100	76	88	41	舒婷	51	69	60
12	徐志摩	85	89	87	42	张承志	67	51	59
12	莫言	94	80	87	43	王朔	45	72	58.5
14	王安忆	94	77	85.5	44	刘震云	58	58	58
15	金庸	70	98	84	45	韩少功	54	57	55.5
15	周作人	94	74	84	46	阿城	54	56	55
17	朱自清	70	93	81.5	47	张洁	64	44	54
18	郁达夫	78	83	80.5	48	三毛	22	85	53.5
19	戴望舒	94	66	80	49	铁凝	51	53	52
20	史铁生	80	79	79.5	50	张炜	60	40	50
20	北岛	78	81	79.5	50	李劼人	78	22	50
22	孙犁	94	62	78	52	宗璞	64	33	48.5
22	王蒙	78	78	78	53	郭小川	58	36	47
24	艾青	94	60	77	53	柳青	58	36	47
25	余光中	78	73	75.5	55	施蛰存	51	42	46.5
26	白先勇	85	64	74.5	56	张贤亮	42	49	45.5
27	萧红	85	61	73	56	刘恒	64	27	45.5
27	路遥	60	86	73	56	高晓声	45	46	45.5
29	闻一多	78	67	72.5	56	李锐	51	40	45.5
30	林语堂	54	87	70.5	60	徐訏	45	43	44

目 录

一面不褪色的文学旗帜
.... 张学正 001

短篇小说

荷花淀 003
芦花荡 010
光荣 016
吴召儿 030
亡人逸事 039

长篇小说

风云初记 045

创作要目 .... 张学正 360

（本书目由贺绍俊选定）

一面不褪色的文学旗帜

张学正

一

孙犁(1913—2002),原名孙树勋,河北省安平县人。在安国、保定上小学、中学期间,开始接触五四时期的文学作品,并深受其影响。1933年高中毕业后,无力升学,流浪北平,读书,写稿,在市政机关和小学当职员。1936年夏,到白洋淀边的安新县同口镇小学教书。1938年春,参加中国共产党领导的抗日宣传活动,并曾任抗战学院教员。1939年至1943年,随部队转战于冀西及冀中一带,先后在晋察冀通讯社、晋察冀文联、晋察冀日报社、华北联大做编辑与教员。1944年春奉命赴延安,在鲁迅艺术文学院任研究生和教员。1945年5月发表短篇小说《荷花淀》,引起文学界的瞩目。1946年到《冀中导报》社编《平原杂志》,并参加土地改革工作。1949年1月天津解放,孙犁随《冀中导报》进入天津。50年代,孙犁在《天津日报》社当编辑,以《文艺周刊》为园地,培养了一大批业余与青年作者。其间,他创作并发表了长篇小说《风云初记》,出版了小说散文集《白洋淀纪事》。1956年,中篇小说《铁木前传》出版。1966年至1976年"文化大革命"中孙犁遭到批判和受到迫害。"文革"后,孙犁一面研读古籍,反思历史,一面开始了新的创作,先后出版《晚华集》等作品集10余种。2002年7月11日病逝于天津。

孙犁近六十年的创作生涯大致有两个创作高潮期：

第一创作高潮期(或称前期创作)是20世纪40年代中期至50年代中期。代表作品是《白洋淀纪事》(1958年)、《风云初记》(大部分章节发表于1950年至1956年,1963年出一、二、三集合订本)、《铁木前传》(1956年),另有《文艺学习》(1950)、《文学短论》(1950)等。

第二个高潮期(或称后期创作)是20世纪70年代末至90年代中期,代表作品是《晚华集》、《秀露集》、《澹定集》、《尺泽集》、《远道集》、《老荒集》、《陋巷集》、《无为集》、《如云集》、《曲终集》,又称"耕堂劫后十种"。

孙犁的前期创作以小说为主;后期虽也写有"芸斋小说"数十篇,但主要作品则为散文、杂文、书论、文论。

孙犁对于中国现代和当代文学有着多方面的贡献。

孙犁的创作既忠实地反映了时代,又具有很高的审美价值。其作品独具风格,是史与诗的完美结合。像《白洋淀纪事》、《风云初记》、《铁木前传》等,已成为中国文学宝库中的传世精品和许多中青年作家研读的范本。这些作品,经过了无数的风雨关山,"以原有的姿容,以完整的队列,顺利地通过了几十年历史的严峻检阅"。这是很少一部分作家能享受的殊荣。

孙犁的一大批文论著作,是他所走过的五十多年创作道路的思想结晶,也是对七十多年来新文学运动经验与教训的深刻总结,有着重要的理论价值和现实意义。特别是他的以现实主义理论为核心的文学观,他对现实主义文学那种全心全意、始终不渝的热情鼓吹与执着坚守,对20世纪40年代以来的中国文学产生了而且将继续产生不可低估的影响。

孙犁一直热心于培养文学新人的事业。从1939年的晋察冀通讯社、1941年的《冀中一日》写作运动,到新中国成立后的《天津日报·文艺周刊》,直至新时期同青年和业余作者的广泛交往,孙犁为数目众多的中青年作者做了大量"引导、打杂和清扫道路的工作",用自己的心血浇灌着文艺苗圃里的老树新花,为壮大我国的文学新军竭尽了辛劳。

孙犁是文品与人品的统一论者。他数十年如一日,实践着为文、为人的道德准则,义无反顾地置身于官场、文场、名利场之外,在文学界受到广泛的敬重。

除文学活动之外,还应提及常常被人忽略的孙犁的另一个重要方面,那就是作为一位学者和一位祖国传统文化痴爱者的孙犁。他长期热心于对经、史、子、集等古代典籍的搜求、珍藏和精心钻研,发表了一系列的读书札记,纵论古今是非,臧否历史人物,阐发人生哲理,比较版本优劣,不乏真知灼见,对继承、发掘、弘扬民族文化做出了有学术价值的贡献。

孙犁是一名参加过抗日战争和解放战争的革命战士,是一位创作了大量无愧于历史与人民的作品的作家,是一位培育了一批又一批文学新人的园丁,是一位在文学理论、文学批评方面有丰硕著述的文学理论家和文学批评家,也是一位对哲学、史学、美学、新闻学、文献学等有着许多独到见解的学者。像他这样集战士、作家、理论家、批评家、学者于一身的人,在中国现代和当代文学史上是不多见的。

他被人们尊称为文学大师。

二

孙犁具有深厚的文学理论修养。20世纪30年代,孙犁就怀着极大的兴趣,阅读过大量马克思主义文艺论著和革命的书籍、报刊,撰写了《民族革命战争与戏剧》、《现实主义文学论》、《鲁迅论》等论文。后来,又著有《文艺学习》、《文学短论》等。新时期以来,在孙犁的作品中,文论占有突出的地位。应当说,孙犁已建立了他自己的文学观念体系。几十年来,这些文学观念不仅引导着、规范着孙犁的全部文学活动,而且在文学界有着广泛的影响。

真诚,这是孙犁文学观的总题目。孙犁在自己的著作中反反复复强调:文学要"真诚和真实"。① "我国文学艺术的现实主义传统的特点之一,就是真诚"②,"作家应该说些真诚的话。如果没有真诚,还算什么作家?还有什么艺术?"③ 我理解,孙犁所说的真诚,是指一个作家对待人生、对待文学事业的总的态度。可以说,真诚,是孙犁文学创作的精魂。他的一系列的文学观念,大都是由此派生而来。

孙犁主张"文艺是为人生的"。④ 他指出:"文学是追求真美善的,宣扬真美善的。……我始终坚信,我们所追求的文学,它是给我们人民以前途,以希望的,它是要使我们的民族繁荣兴旺的,充满光明的。"⑤因此,孙犁不赞同文学无目的论。他认为:"文艺虽是小道,一旦出版发行,就也是接受天视民视、天听民听的对象,应该严肃地从事这一项工作,绝不能掉以轻心,或取快一时,以游戏的态度出之。"⑥

孙犁信奉的是现实主义。

应当说明的是,孙犁所说的现实主义,是一种内涵宽泛的现实主义,上自庄子、司马迁、柳宗元、蒲松龄、曹雪芹,下至鲁迅、赵树理,他们的作品,孙犁认为都可以包括在中国现实主义文学传统之内。在这里,现实主义已不单是一种创作方法,更是一种创作精神,一种热烈地拥抱现实、真实地反映现实、积极地推动现实生活前进的现实主义精神。在孙犁看来,古今中外,所有现实主义在精神上都是相通的,所以不必要在现实主义前面再加上这样或那样的修饰语。

---

① 《关于诗》,《秀露集》,百花文艺出版社。
② 《关于〈铁木前传〉的通信》,《秀露集》,百花文艺出版社。
③ 《奋勇地前进,战斗》,《晚华集》,百花文艺出版社。
④ 《文学和生活的路》,《秀露集》,百花文艺出版社。
⑤ 《文学和生活的路》,《秀露集》,百花文艺出版社。
⑥ 《〈孙犁文集〉自序》,《孙犁文集》(一),百花文艺出版社。

孙犁倡导的现实主义,是一种严格忠实于生活、忠实于时代、忠实于作家自己的真情实感的现实主义。正像他所说的:"创作的命脉,在于真实。这指的是生活的真实,和作者思想意态的真实。这是现实主义的起码之点。"①而要忠实地反映现实,首先就要深入现实生活,认识现实生活。他说:"对于现实,对于生活,我们的态度,应该是看得真切一些,看得深入一些。没有看到的,我们不要去写,还没有看真看透的东西,暂时也不要去写,而先去深入生活。我们表现生活,反映现实,要衡之以天理,平之以天良。就是说要合乎客观的实际,而出之以艺术家的真诚。"②

孙犁一贯主张"艺术与道德并存"③,任何时候,正直与诚实都是从事文学工作必须具备的素质。

孙犁认为,作家的道德、情操,对于创作具有决定性的意义。他说:"对于文章,作家的情操,决定其高下。……情操就是对时代献身的感情,是对个人意识的克制,是对国家民族的责任感,是一种净化的向上的力量。"④孙犁强调作家要有一颗"赤子之心":"要想使我们的作品有艺术性,就是说真正想成为一个艺术家,必须保持一种单纯的心,所谓'赤子之心'。有这种心就是诗人,把这种心丢了,就是妄人,说谎话的人。保持这种心地,可以听到天籁地籁的声音。"⑤为此,孙犁一再告诫一些青年作者,要抵制名利的诱惑,警惕吹捧之风的侵袭,防止各种不正之风的污染,要甘于寂寞。他指出:"文艺之途正如人生之途,过早的金榜、骏马、高官、高楼,过多的花红热闹,鼓噪喧腾,并不一定是好事。"⑥

总之,在文学的目的、文学的道路、作家的素质这三个基本问题

---

① 《致铁凝的信》,《秀露集》,百花文艺出版社。
② 《克明〈荷灯记〉序》,《秀露集》,百花文艺出版社。
③ 《韩映山〈紫苇集〉小引》,《晚华集》,百花文艺出版社。
④ 《〈贾平凹散文集〉序》,《尺泽集》,百花文艺出版社。
⑤ 《文学和生活的路》,《秀露集》百花文艺出版社。
⑥ 《〈贾平凹散文集〉序》,《尺泽集》,百花文艺出版社。

上,孙犁主张要真诚地对待文学、对待历史、对待生活、对待自我。这样,"心地光明,便有灵感,入情入理,就成艺术"。①

三

孙犁首先以他的小说饮誉中国文坛。

大约是1929年,孙犁在保定育德中学学习期间,创作了他的第一篇小说,内容是写一个盲人的不幸。后来,又写了第二篇小说,是写一个女戏子的不幸。他说:"我的作品,从同情和怜悯开始,这是值得自己纪念的。"②

1937年,抗日战争爆发,随着征战的路,孙犁开始了他的文学的路。孙犁说:"我的创作,从抗日战争开始,是我个人对这一伟大时代、神圣战争,所作的真实记录。其中也反映了我的思想,我的感情,我的前进脚步,我的悲欢离合。""我最喜爱我写的抗日小说。"③所以,对这一部分小说,我们应予以特别的注意。

1956年,孙犁创作并发表了《铁木前传》,触及了社会主义农村的新的生活和新的矛盾。此后,孙犁经历一场大病(1956—1966年)、一场浩劫(1966—1976年),小说创作出现了长达二十年的空白期! 从1981年开始,孙犁陆续创作和发表了纪实体的"芸斋小说"。"芸斋小说"的多数篇章,是表现"文革"时期的社会生活、人情世态和个人遭遇的,从内容到风格都与前两个时期的小说迥然不同。

孙犁的小说独树一帜,大致有以下一些特点。

第一,自传体性质。孙犁在不止一篇文章中讲到:"我的作品,自传成分多。"④关于《白洋淀纪事》,他说:"从中可见到:抗日战争及解

---

① 《文学和生活的路》,《秀露集》,百花文艺出版社。
② 《答吴泰昌问》,《澹定集》,百花文艺出版社。
③ 《〈孙犁文集〉自序》,《孙犁文集》(一),百花文艺出版社。
④ 《答吴泰昌问》,《澹定集》,百花文艺出版社。

放战争时期,我的经历,我的工作,我的身影,我的心情。实是一本自传的书。"①关于《风云初记》,他说:"小说的前二十章的情节可以说是自然形成的,它们完全是生活的再现,是关于那一时期的我的家乡的人民的生活和情绪的真实记录……我没有作任何夸张,它很少虚构的成分,生活的印象,交流、组织,构成了小说的情节。"②关于晚年所写的小说,他也说是:"多用真人真事,真见闻,真感情。平铺直叙,从无意编故事,造情节。"③所以,他把这些作品当作是"纪事",而不看作是严格意义上的小说。孙犁承认,他的作品里,"大部分的人物是有真人作根据的",许多作品中的人物,都可以相应地在生活中找到他或她的原型。我称这种小说是原型现实主义小说,以示同创造典型的现实主义小说的区别。

当然,真人真事一旦进入小说就不再是生活中的人和事了。创作是作者体验过的生活的综合再现,作品中的人和事已超越了一时一地的界阈,而表现了作者对作为社会现象的人和事的感情倾向与价值判断,因而具有了更广泛的意义。原型现实主义小说是一种艺术化的信史,具有独特的美学价值。

第二,关注对人性的开掘。在相当长的一个时期里,文艺界谈"人"色变,诸如不允许表现革命、战争同人性的冲突,不能渲染革命中的个人悲剧命运,有的甚至有意回避、淡化革命与战争中的爱情描写,从而使文学离人学越来越远。而孙犁的小说在弘扬抗日军民爱国主义和革命英雄主义的同时,又不忽视对他们的人性的开掘。他在许多作品中细腻温柔地描写夫妻之爱、同志之谊、亲人之情,将神圣的战争与个人的命运、战争的残酷与人性的美丽完美地结合起来,使他的作品具有了撼人心魄的艺术力量。

《风云初记》写于文艺界批判"小资产阶级创作倾向"的解放初

---

① 《为姜德明同志题所藏〈白洋淀纪事〉》,《老荒集》,上海文艺出版社。
② 《为外文版〈风云初记〉写的序言》,《秀露集》,百花文艺出版社。
③ 《读小说札记》,《老荒集》,上海文艺出版社。

期,但孙犁似乎并未理会这种批判。他在热情歌颂冀中军民抗日伟绩的同时,又真实地描写了在抗日大潮下各种人物的精神面貌与心理状态。其中写得最精彩的是芒种与春儿的爱情。作者通过五彩之笔把他们的爱情写得那么热烈,又那么深情,那么纯真,又那么高洁,那么"革命",又那么具有人情味儿!

对于从双重封建家庭中逃出来的知识女性李佩钟的复杂性格,作者也做了细腻的刻画。李佩钟好像有不少"小资"感情,但她作为一个革命者,一个女人,却令人肃然起敬。作者写她的笔墨并不是很多,但却写得有血有肉,感人至深。

此外,《"藏"》中,浅花对丈夫夜里不归的怀疑与释疑,《小胜儿》中骑兵团杨主任对小金子个人感情问题的关心,《浇园》中香菊与二菊对八路军伤员无微不至的关照,《钟》中尼姑慧秀与大秋的生死之爱,这些也都是表现人性与人情美的动人篇章。

第三,高扬"美的极致"的浪漫主义诗情。孙犁说:"我经历了美好的极致,那就是抗日战争。我看到农民,他们的爱国热情,参战的英勇,深深地感动了我。……我的作品,表现了这种善良的东西和美好的东西。"①八年抗战中,孙犁跟随革命队伍转战于华北平原、冀西山区,亲身体验和耳闻目睹了抗日军民许许多多"美的极致",由此,产生一种不可抑制的"深深地感动",这种情感像野火一样燃烧,像火山一样喷发,像江河一样宣泄,于是就自然形成了激情澎湃的诗一样的文字。

在《光荣》、《嘱咐》、《吴召儿》等作品中,都不乏对家乡山水的诗情画意的描写,充满着对体现"美的极致"的人物,特别是青年女性的激情礼赞。即使"刁泼"的妇女,在《山地回忆》中也被孙犁塑造成了活泼、开朗、调皮而又热情似火的姑娘。孙犁说:"我在写她们的时

---

① 《文学和生活的路》,《秀露集》,百花文艺出版社。

候,用的多是彩笔,热情地把她们推向阳光照射之下,春风吹拂之中。"①生活中"美的极致"同作家的情感相激发,相结合,就有了孙犁作品中的强烈的主观抒情性,有了浪漫主义的诗情。

孙犁的许多抗日小说不回避战争的残酷,但他并不过多地渲染战争的残酷,而是着重表现人民和战士在斗争中的英雄主义气概;在他的作品中,也写生活的艰辛、命运的坎坷,但他更注重去描写在内忧、外患、战祸等历史灾难中顽强抗争的人民的乐观主义精神。孙犁的小说很少正面描写眼泪、鲜血和死亡,而更多的是表现炮火硝烟中人民的美好的情操、战斗的豪情和胜利的喜悦。即使天空笼罩着战争的阴云,孙犁笔下的祖国大地、家乡山水,也都展现着她特有的清新与明丽。

孙犁的浪漫主义不是单纯的文学技巧与创作方法,而是根源于他的革命的战争观与审美观。孙犁在生活与斗争中,看到人民的机智、勇敢、坚强与乐观,即使在最困难、最危险的时候,"他们也没有低下头来"。他真切感受到抗日战争中正义的力量与人民的力量,所以他的作品才能充满必胜的信心与乐观主义。这正是孙犁抗日小说兼有现实主义和浪漫主义双重美学品格的思想基础。

第四,"由内而外",通过表现人的心灵世界去反映时代风云和社会变革,是孙犁小说给予我们的另一个启示。对于文学与政治的关系,孙犁有自己的不同流俗的见解。他一方面承认文学"不能脱离政治",但又认为写作应当"离政治远一点",也就是说,文学不要急急忙忙地、直接地反映文件上的政治、会议上的政治,而要表现溶解于生活中的政治。"政治已经在生活中起了作用,使生活发生了变化,你去反映现实生活,自然就反映出政治","政治作为一个概念的时候,你不能作艺术上的表现,等它渗入到群众的生活,再根据这个生

---

① 《关于〈山地回忆〉》,《晚华集》,百花文艺出版社。

活写出作品"。① 比如孙犁的《铁木前传》,并没有正面地去写合作化运动,而是以主要的笔墨,写了傅老刚和黎老东的友谊从建立到最后破裂在两位老人心中所引起的巨大的感情波澜;六儿和九儿思想、性格的冲突及他们没有结果的"爱情";小满儿的不幸的婚姻,感情的苦闷以及在人生十字路口的徘徊。作品正是通过对人的感情、心理的细腻描绘以及他们的悲欢离合的命运,表现出合作化运动给农村各阶层人民的思想感情带来的深刻震荡和人与人关系的新变化,从而传达出来社会变革、时代发展的足音。孙犁的创作为作家反映现实生活,特别是反映具有重大意义的政治、经济生活,开辟了新的途径,提供了新的经验。

第五,孙犁有自己切入历史的独特视角和叙述历史的独特方式。他的许多小说并不特意追求史诗性的所谓宏大叙事,也不刻意于英雄主义的张扬;他所写的如《荷花淀》中的水生夫妻,《邢兰》中的"拼命三郎"邢兰,《山地回忆》中为"我"做袜子御寒的妞儿,《芦花荡》中的老船工,《正月》中的多儿……大都是抗日军民的日常生活以及普通人物的平凡故事。孙犁作品所写的日常生活与平凡故事,并不是一般意义上的家务事、儿女情,而都是与大的时代紧密相连的。作品中所写的妻子或父亲的一声嘱咐,乡亲们在极其艰苦的条件下为抗日战士缝制的一双袜子、抱来取暖的一束柴草、送来的一个热鸡蛋,从中都可以感受到人民感情的律动。这些"细枝末节",其实都是时代主题的一个组成部分。

孙犁这种切入历史的独特视角和叙述历史的独特方式是一以贯之的。他早就讲过:"农村里的一些问题,一些人的思想、性格,对生活的态度,社会上人和人的关系等等,常常表现在一些零碎的生活现象上,一些日常生活的细节上。一个作者要认识这些现象和细节,不是琐碎地积累这些东西,而是从这些零碎的、日常的东西,看出生活

---

① 《文学和生活的路》,《秀露集》,百花文艺出版社。

的本质,人物性格思想的本质。"①

此外,由过去着重写"美的极致",到现在开始写"丑的极致",这一点特别值得我们重视。

上个世纪80年代初,孙犁曾表示:"看到真美善的极致,我写了一些作品。看到邪恶的极致,我不愿意写。"然而不久,他却创作发表了以揭露批判"文革"中的"丑的极致"和消极国民性为中心内容的"芸斋小说"。这是一个重大的转变。孙犁在谈及这一转变时说"文化大革命"迫使他"在无数事实面前,摒弃了只信人性善的偏颇,兼信了性恶论",从而"对一切丑恶,采取了鲁迅式的、极其蔑视的态度"。② 这样,他把歌颂和暴露结合起来,把美与刺结合起来,更显示了孙犁现实主义的完整性和彻底性。

四

小说家的孙犁和散文家的孙犁是并存的。特别是孙犁新时期的散文,不仅数量多,而且内容十分广泛,真可谓是达天人之理,通古今之变,表现出一位历尽沧桑的老人对人生和文学的深沉思索。近年来,有"南有巴金,北有孙犁"之说,巴金和孙犁被誉为"当代散文星空中的双星",从中可以看出孙犁在当代散文创作中所占有的突出地位。

在散文创作中,要求有真情实感,反对虚伪矫饰,这是孙犁散文创作的总的美学追求。孙犁的散文创作理论和他的散文创作实践,为我们提供了许多有益的启示和经验。

孙犁主张,散文"要有真情,要写真象"。③ 散文作为一种最个性化的文体,更要讲究"实"和"信"。"实",就是要实有其事,实实在

---

① 《文艺学习》,《孙犁文集》(四),百花文艺出版社。
② 《心脏病》,《曲终集》,百花文艺出版社。
③ 《〈孙犁散文选〉序》,《远道集》,百花文艺出版社。

在;"信",就是文章要取信于今人,取信于后世。为此,孙犁认为写散文"最好用历史的手法来写。真真假假,真假参半,都是不好的"①,他特别强调要尽可能写出此时此地的真情实感:"所谓感情真实,就是如实地写出作者当时的身份、处境、思想、心情,以及与外界事物的关系。"②像孙犁在战争年代所写的许多作品,大多是"有所见于山头,遂构思于涧底;笔录于行军休息之时,成稿于路旁大石之上;文思伴泉水而淙淙,主题拟高岩而挺立"。③ 他的散文正是做到了实与信,才成为不可多得的民族历史和作家心灵历程的真实记录。

孙犁散文的另一个特点是所见者大,取材者微。孙犁的许多散文,如《回忆沙可夫同志》、《清明随笔——忆邵子南同志》、《远的怀念》、《伙伴的回忆》、《悼画家马达》、《悼念李季同志》等,常常是通过一些所谓细枝末节的小事、琐事,表现出一个人的个性和他的精神风貌。有的散文,如《相片》、《天灯》、《石子》、《黄敏儿》、《成活的树苗》、《青春余梦》、《火炉》等,也大多是从具体事物写起,从中引出一种见解,一种道理。所以,孙犁的散文,题材细小而内容博大,文字平易而思想深邃,是属于一种高境界、大手笔的散文。

孙犁散文的第三个特点是直面人生,直言是非。作为一位有丰富生活阅历又善于思索的老者,孙犁有着更清醒的社会观察和更深刻的人生体验;同时,诚实和正直的品格,又使他敢于讲真话,故不论是针砭社会时弊,还是批评错误缺点,总是直言不讳。他为很多作家写的序跋,为许多亲朋好友写的悼文,都能做到既不溢美,也不隐恶,既有情致,又有分寸。他说:"我为人愚执,好直感实言,虽吃过好多苦头,十年动乱中,且因此几至于死,然终不知悔。"④他对于现实生活与当代文坛上的种种消极、丑恶现象,诸如嫉贤妒能、阿谀逢迎、见

---

① 《三国志·关羽传》,《秀露集》,百花文艺出版社。
② 《关于散文创作的答问》,《远道集》,百花文艺出版社。
③ 《序的教训》,《远道集》,百花文艺出版社。
④ 《序的教训》,《远道集》,百花文艺出版社。

风使舵、追名逐利、格调低下、官浮于文、赶浪头,等等,更是痛加鞭挞,不留情面。孙犁讲:"我九死余生,对于生前也好,身后也好,很少考虑。"①可以说,他摒除了一切私心杂念,只对历史负责,对神圣的文学事业负责,对自己的艺术良心负责。同巴金一样,他把自己的生死荣辱置之度外之后,就有了一种真正的大勇。

孙犁散文的第四个特点是"低音淡色",朴实自然。孙犁在讲到自己创作散文的体会时说:"散文短小,当然也有所谓布局谋篇,但我以为,作者如确有深刻感触,不言不快,直抒胸臆即可,是不用过多的构思设想的。……散文之作,一触即发。真情实感,是构思不出来的。"②孙犁的散文,一般不太讲究篇章结构,更很少有虚张声势的激昂慷慨之词或扑朔迷离的故弄玄虚之语。他只是用细致的笔触、轻淡的色彩,去描绘现实生活中人们所习见而易于忽略的心理和景象,有一种单纯的美,朴素的美,自然的美。文章尽情纵意,该行则行,当止则止,无任何人工斧凿的痕迹。孙犁在评论贾平凹的散文时说:"出于自然,没有造作,注意含蓄,引人入胜,能以低音淡色引人入胜,这自然是一种高超的艺术境界。"③孙犁的散文,正是达到了这种"高超的艺术境界"的作品。

最后,还应特别提到孙犁散文的短小。孙犁的许多散文,大都是千把字,他是现当代文坛上少有的短文作家。我认为,"短",不只是一个作家运用语言文字的能力与技巧的问题,从根本上讲,仍然同真情实感有关。有了真情实感,才能删除空洞、浮泛之词,使文章做到短而精。短,也同作者的生活根底有关。作者阅历深广,就能更准确地把握事物的本质,从自己丰富的生活积累中选择出最有意义、最有表现力的部分,使文章做到简而明。

孙犁面对文坛上由于故弄玄虚、夸张虚伪、追求华丽而造成散文

---

① 《谈师》,《远道集》,百花文艺出版社。
② 《关于散文创作的答问》,《远道集》,百花文艺出版社。
③ 《再谈贾平凹的散文》,《尺泽集》,百花文艺出版社。

的篇幅越来越长的现状,曾发出慨叹:"欲求古代之一千字上下的散文,几不可得。"①而孙犁的散文,则可以成为我们学习创作短而深、短而美作品的范文。

五

孙犁是一面不褪色的文学旗帜,他吸引、召唤着一代又一代的作家、艺术家去为真、善、美而奋斗、献身。

孙犁的作品是一座文化宝库,那里有无数思想的、艺术的瑰宝等待我们去勘探、发掘。

孙犁又是一个伟大的矛盾体,需要我们怀着一颗赤诚的心去接近他、理解他、认识他、评价他。

孙犁是说不尽的。

---

① 《关于散文创作的答问》,《远道集》,百花文艺出版社。

短篇小说

荷花淀
——白洋淀纪事之一

  月亮升起来,院子里凉爽得很,干净得很,白天破好的苇眉子潮润润的,正好编席。女人坐在小院当中,手指上缠绞着柔滑修长的苇眉子。苇眉子又薄又细,在她怀里跳跃着。

  要问白洋淀有多少苇地?不知道。每年出多少苇子?不知道。只晓得,每年芦花飘飞苇叶黄的时候,全淀的芦苇收割垛起垛来,在白洋淀周围的广场上,就成了一条苇子的长城。女人们,在场里院里编着席。编成了多少席?六月里,淀水涨满,有无数的船只,运输银白雪亮的席子出口,不久,各地的城市村庄,就全有了花纹又密又精致的席子用了。大家争着买:

  "好席子,白洋淀席!"

  这女人编着席。不久在她的身子下面,就编成了一大片。她像坐在一片洁白的雪地上,也像坐在一片洁白的云彩上。她有时望望淀里,淀里也是一片银白世界。水面笼起一层薄薄透明的雾,风吹过来,带着新鲜的荷叶荷花香。

  但是大门还没关,丈夫还没回来。

  很晚丈夫才回来了。这年轻人不过二十五六岁,头戴一顶大草帽,上身穿一件洁白的小褂,黑单裤卷过了膝盖,光着脚。他叫水生,小苇庄的游击组长,党的负责人。今天领着游击组到区上开会去来。女人抬头笑着问:

  "今天怎么回来得这么晚?"站起来要去端饭。水生坐在台阶上说:

"吃过饭了,你不要去拿。"

女人就又坐在席子上。她望着丈夫的脸,她看出他的脸有些红涨,说话也有些气喘。她问:

"他们几个哩?"

水生说:

"还在区上。爹哩?"

女人说:

"睡了。"

"小华哩?"

"和他爷爷去收了半天虾篓,早就睡了。他们几个为什么还不回来?"

水生笑了一下。女人看出他笑得不像平常。

"怎么了,你?"

水生小声说:

"明天我就到大部队上去了。"

女人的手指震动了一下,想是叫苇眉子划破了手,她把一个手指放在嘴里吮了一下。水生说:

"今天县委召集我们开会。假若敌人再在同口安上据点,那和端村就成了一条线,淀里的斗争形势就变了。会上决定成立一个地区队。我第一个举手报了名的。"

女人低着头说:

"你总是很积极的。"

水生说:

"我是村里的游击组长,是干部,自然要站在头里,他们几个也报了名。他们不敢回来,怕家里的人拖尾巴。公推我代表,回来和家里人们说一说。他们全觉得你还开明一些。"

女人没有说话。过了一会,她才说:

"你走,我不拦你,家里怎么办?"

水生指着父亲的小房叫她小声一些。说:

"家里,自然有别人照顾。可是咱的庄子小,这一次参军的就有七个。庄上青年人少了,也不能全靠别人,家里的事,你就多做些,爹老了,小华还不顶事。"

女人鼻子里有些酸,但她并没有哭。只说:

"你明白家里的难处就好了。"

水生想安慰她。因为要考虑准备的事情还太多,他只说了两句:

"千斤的担子你先担吧,打走了鬼子,我回来谢你。"

说罢,他就到别人家里去了,他说回来再和父亲谈。

鸡叫的时候,水生才回来。女人还是呆呆地坐在院子里等他,她说:

"你有什么话嘱咐嘱咐我吧。"

"没有什么话了,我走了,你要不断进步,识字,生产。"

"嗯。"

"什么事也不要落在别人后面!"

"嗯,还有什么?"

"不要叫敌人汉奸捉活的。捉住了要和他拼命。"这才是那最重要的一句,女人流着眼泪答应了他。

第二天,女人给他打点好一个小小的包裹,里面包了一身新单衣,一条新毛巾,一双新鞋子。那几家也是这些东西,交水生带去。一家人送他出了门。父亲一手拉着小华,对他说:

"水生,你干的是光荣事情,我不拦你,你放心走吧。大人孩子我给你照顾,什么也不要惦记。"

全庄的男女老少也送他出来,水生对大家笑一笑,上船走了。

女人们到底有些藕断丝连。过了两天,四个青年妇女集在水生家里来,大家商量:

"听说他们还在这里没走。我不拖尾巴,可是忘下了一件衣裳。"

"我有句要紧的话得和他说说。"

水生的女人说:

"听他说鬼子要在同口安据点……"

"哪里就碰得那么巧,我们快去快回来。"

"我本来不想去,可是俺婆婆非叫我再去看看他,有什么看头啊!"

于是这几个女人偷偷坐在一只小船上,划到对面马庄去了。

到了马庄,她们不敢到街上去找,来到村头一个亲戚家里。亲戚说:你们来得不巧,昨天晚上他们还在这里,半夜里走了,也不知开到哪里去。你们不用惦记他们,听说水生一来就当了副排长,大家都是欢天喜地的……

几个女人羞红着脸告辞出来,摇开靠在岸边上的小船。现在已经快到晌午了,万里无云,可是因为在水上,还有些凉风。这风从南面吹过来,从稻秧上苇尖吹过来。水面没有一只船,水像无边的跳荡的水银。

几个女人有点失望,也有些伤心,各人在心里骂着自己的狠心贼。可是青年人,永远朝着愉快的事情想,女人们尤其容易忘记那些不痛快。不久,她们就又说笑起来了。

"你看说走就走了。"

"可慌(高兴的意思)哩,比什么也慌,比过新年,娶新——也没见他这么慌过!"

"拴马桩也不顶事了。"

"不行了,脱了缰了!"

"一到军队里,他一准得忘了家里的人。"

"那是真的,我们家里住过一些年轻的队伍,一天到晚仰着脖子出来唱,进去唱,我们一辈子也没那么乐过。等他们闲下来没有事了,我就傻想:该低下头了吧,你猜人家干什么?用白粉子在我家影壁上画了许多圆圈圈,一个一个蹲在院子里,托着枪瞄那个,又唱起来了!"

她们轻轻划着船,船两边的水哗,哗,哗。顺手从水里捞上一棵菱角来,菱角还很嫩很小,乳白色。顺手又丢到水里去。那棵菱角就又安安稳稳浮在水面上生长去了。

"现在你知道他们到了哪里?"

"管他哩,也许跑到天边上去了!"

她们都抬起头往远处看了看。

"唉呀!那边过来一只船。"

"唉呀!日本,你看那衣裳!"

"快摇!"

小船拼命往前摇。她们心里也许有些后悔,不该这么冒冒失失走来;也许有些怨恨那些走远了的人。但是立刻就想,什么也别想了,快摇,大船紧紧追过来了。

大船追得很紧。

幸亏是这些青年妇女,白洋淀长大的,她们摇得小船飞快。小船活像离了水皮的一条打跳的梭鱼。她们从小跟这小船打交道,驶起来,就像织布穿梭,缝衣透针一般快。

假如敌人追上了,就跳到水里去死吧!

后面大船来得飞快。那明明白白是鬼子!这几个青年妇女咬紧牙制止住心跳,摇橹的手并没有慌,水在两旁大声地哗哗,哗哗,哗哗哗!

"往荷花淀里摇!那里水浅,大船过不去。"

她们奔着那不知道有几亩大小的荷花淀去,那一望无边际的密密层层的大荷叶,迎着阳光舒展开,就像铜墙铁壁一样。粉色荷花箭高高地挺出来,是监视白洋淀的哨兵吧!

她们向荷花淀里摇,最后,努力地一摇,小船蹿进了荷花淀。几只野鸭扑楞楞飞起,尖声惊叫,掠着水面飞走了。就在她们的耳边响起一排枪!

整个荷花淀全震荡起来。她们想,陷在敌人的埋伏里了,一准要死了,一齐翻身跳到水里去。渐渐听清楚枪声只是向着外面,她们才又扒着船帮露出头来。她们看见不远的地方,那宽厚肥大的荷叶下面,有一个人的脸,下半截身子长在水里。荷花变成人了?那不是我们的水生吗?又往左右看去,不久各人就找到了各人丈夫的脸,啊,原来是他们!

但是那些隐蔽在大荷叶下面的战士们,正在聚精会神瞄着敌人射击,半眼也没有看她们。枪声清脆,三五排枪过后,他们投出了手榴弹,冲出了荷花淀。

手榴弹把敌人那只大船击沉,一切都沉下去了。水面上只剩下一团硝烟火药气味。战士们就在那里大声欢笑着,打捞战利品。他们又开始了沉到水底捞出大鱼来的拿手戏。他们争着捞出敌人的枪支、子弹带,然后是一袋子一袋子叫水浸透了的面粉和大米。水生拍打着水去追赶一个在水波上滚动的东西,是一包用精致纸盒装着的饼干。

妇女们带着浑身水,又坐到她们的小船上去了。

水生追回那个纸盒,一只手高高举起,一只手用力拍打着水,好使自己不沉下去。对着荷花淀吆喝:

"出来吧,你们!"

好像带着很大的气。

她们只好摇着船出来。忽然从她们的船底下冒出一个人来,只有水生的女人认得那是区小队的队长。这个人抹一把脸上的水问她们:

"你们干什么去呀?"

水生的女人说:

"又给他们送了一些衣裳来!"

小队长回头对水生说:

"都是你村的?"

"不是她们是谁,一群落后分子!"说完把纸盒顺手丢在女人们船上,一泅,又沉到水底下去了,到很远的地方才钻出来。

小队长开了个玩笑,他说:

"你们也没有白来,不是你们,我们的伏击不会这么彻底。可是,任务已经完成,该回去晒晒衣裳了。情况还紧得很!"

战士们已经把打捞出来的战利品,全装在他们的小船上,准备转移。一人摘了一片大荷叶顶在头上,抵挡正午的太阳。几个青年妇女把掉在水里又捞出来的小包裹,丢给了他们,战士们的三只小船就奔着东南方向,箭一样飞去了。不久就消失在中午水面上的烟波里。

几个青年妇女划着她们的小船赶紧回家,一个个像落水鸡似的。一路走着,因过于刺激和兴奋,她们又说笑起来,坐在船头脸朝后的一个噘着嘴说:

"你看他们那个横样子,见了我们爱搭理不搭理的!"

"啊,好像我们给他们丢了什么人似的。"

她们自己也笑了,今天的事情不算光彩,可是:

"我们没枪,有枪就不往荷花淀里跑,在大淀里就和鬼子干起来!"

"我今天也算看见打仗了。打仗有什么出奇,只要你不着慌,谁还不会趴在那里放枪呀!"

"打沉了,我也会凫水捞东西,我管保比他们水式好,再深点我也不怕!"

"水生嫂,回去我们也成立队伍,不然以后还能出门吗?"

"刚当上兵就小看我们,过二年,更把我们看得一钱不值了,谁比谁落后多少呢!"

这一年秋季,她们学会了射击。冬天,打冰夹鱼的时候,她们一个个登在流星一样的冰床上,来回警戒。敌人围剿那百顷大苇塘的时候,她们配合子弟兵作战,出入在那芦苇的海里。

一九四五年五月于延安

芦花荡
——白洋淀纪事之二

夜晚,敌人从炮楼的小窗子里,呆望着这阴森黑暗的大苇塘,天空的星星也像浸在水里,而且要滴落下来的样子。到这样深夜,苇塘里才有水鸟飞动和唱歌的声音,白天它们是紧紧藏到窝里躲避炮火去了。苇子还是那么狠狠地往上钻,目标好像就是天上。

敌人监视着苇塘。他们提防有人给苇塘里的人送来柴米,也提防里面的队伍会跑了出去。我们的队伍还没有退却的意思。可是假如是月明风清的夜晚,人们的眼再尖利一些,就可以看见有一只小船从苇塘里撑出来,在淀里,像一片苇叶,奔着东南去了。半夜以后,小船又漂回来,船舱里装满了柴米油盐,有时还带来一两个从远方赶来的干部。

撑船的是一个将近六十岁的老头子,船是一只尖尖的小船。老头子只穿一件蓝色的破旧短裤,站在船尾巴上,手里拿着一根竹篙。

老头子浑身没有多少肉,干瘦得像老了的鱼鹰。可是那晒得干黑的脸,短短的花白胡子却特别精神,那一对深陷的眼睛却特别明亮。很少见到这样尖利明亮的眼睛,除非是在白洋淀上。

老头子每天夜里在水淀出入,他的工作范围广得很:里外交通,运输粮草,护着干部;而且不带一支枪。他对苇塘里的负责同志说:你什么也靠给我,我什么也靠给水上的能耐,一切保险。

老头子过于自信和自尊。每天夜里,在敌人紧紧封锁的水面上,就像一个没事人,他按照早出晚归捕鱼撒网那股悠闲的心情撑着船,编算着使自己高兴也使别人高兴的事情。

因为他,敌人的愿望就没有达到。

每到傍晚,苇塘里的歌声还是那么响,不像是饿肚子的人们唱的;稻米和肥鱼的香味,还是从苇塘里飘出来。敌人发了愁。

一天夜里,老头子从东边很远的地方回来。弯弯下垂的月亮,浮在水一样的天上。老头子载了两个女孩子回来。孩子们在炮火里滚了一个多月,都发着疟子,昨天跑到这里来找队伍,想在苇塘里休息休息,打打针。

老头子很喜欢这两个孩子:大的叫大菱,小的叫二菱。把她们接上船,老头子就叫她们睡一觉,他说:什么事也没有了,安心睡一觉吧,到苇塘里,咱们还有大米和鱼吃。

孩子们在炮火里一直没安静过,神经紧张得很。一点轻微的声音,闭上的眼就又睁开了。现在又是到了这么一个新鲜的地方,有水有船,荡悠悠的,夜晚的风吹得长期发烧的脸也清爽多了,就更睡不着。

眼前的环境好像是一个梦。在敌人的炮火里打滚,在高粱地里淋着雨过夜,一晚上不知道要过几条汽车路,爬几道沟。发高烧和打寒噤的时候,孩子们也没停下来。一心想:找队伍去呀,找到队伍就好了!

这是冀中区的女孩子们,大的不过十五,小的才十三。她们在家乡的道路上行军,眼望着天边的北斗。她们看着初夏的小麦黄梢,看着中秋的高粱晒米。雁在她们的头顶往南飞去,不久又向北飞来。她们长大成人了。

小女孩子趴在船边,用两只小手淘着水玩。发烧的手浸在清凉的水里很舒服,她随手就舀了一把泼在脸上,那脸涂着厚厚的泥和汗。她痛痛快快地洗起来,连那短短的头发。大些的轻声吆喝她:

"看你,这时洗脸干什么?什么时候啊,还这么爱干净!"

小女孩子抬起头来,望一望老头子,笑着说:

"洗一洗就精神了!"

老头子说:

"不怕,洗一洗吧,多么俊的一个孩子呀!"

远远有一片阴惨的黄色的光,突然一转就转到他们的船上来。女孩子正在拧着水淋淋的头发,叫了一声。老头子说:

"不怕,小火轮上的探照灯,它照不见我们。"

他蹲下去,撑着船往北绕一绕。黄色的光仍然向四下里探照,一下照在水面上,一下又照到远处的树林里去了。

老头子小声说:

"不要说话,要过封锁线了!"

小船无声的,但是飞快地前进。当小船和那黑虎虎的小火轮站到一条横线上的时候,探照灯突然照向她们,不动了。两个女孩子的脸照得雪白,紧接着就扫射过一梭机枪。

老头子叫了一声"趴下",一抽身就跳进水里去,踏着水用两手推着小船前进。大女孩子把小女孩子抱在怀里,倒在船底上,用身子遮盖了她。

子弹吱吱地在她们的船边钻到水里去,有的一见水就爆炸了。

大女孩子负了伤,虽说她没有叫一声也没有哼一声,可是胳膊没有了力量,再也搂不住那个小的,她翻了下去。那小的觉得有一股热热的东西流到自己脸上来,连忙爬起来,把大的抱在自己怀里,带着哭声向老头子喊:

"她挂花了!"

老头子没听见,拼命地往前推着船,还是柔和地说:

"不怕。他打不着我们!"

"她挂了花!"

"谁?"老头子的身体往上蹿了一蹿,随着,那小船很厉害地仄歪了一下。老头子觉得自己的手脚顿时失去了力量,他用手扒着船尾,跟着浮了几步,才又拼命地往前推了一把。

他们已经离苇塘很近。老头子爬到船上去,他觉得两只老眼有些昏花。可是他到底用篙拨开外面一层芦苇,找到了那窄窄的入口。

一钻进苇塘,他就放下篙,扶起那大女孩子的头。

大女孩子微微睁了一下眼,吃力地说:

"我不要紧。快把我们送进苇塘里去吧!"

老头子无力地坐下来,船停在那里。月亮落了,半夜以后的苇塘,有些飒飒的风响。老头子叹了一口气,停了半天才说:

"我不能送你们进去了。"

小女孩子睁大眼睛问:

"为什么呀?"

老头子直直地望着前面说:

"我没脸见人。"

小女孩子有些发急。在路上也遇见过这样的带路人,带到半路上就不愿带了,叫人为难。她像央告那老头子:

"老同志,你快把我们送进去吧,你看她流了这么多血,我们要找医生给她裹伤呀!"

老头子站起来,拾起篙,撑了一下。那小船转弯抹角钻入了苇塘的深处。

这时那受伤的才痛苦地哼哼起来。小女孩子安慰她,又好像是抱怨,一路上多么紧张,也没怎么样。谁知到了这里,反倒……一声一声像连珠箭,射穿老头子的心。他没法解释:大江大海过了多少,为什么这一次的任务,偏偏没有完成?自己没儿没女,这两个孩子多么叫人喜爱?自己平日夸下口,这一次带着挂花的人进去,怎么张嘴说话?这老脸呀!他叫着大菱说:

"他们打伤了你,流了这么多血,等明天我叫他们十个人流血!"

两个孩子全没有答言,老头子觉得受了轻视。他说:

"你们不信我的话,我也不和你们说。谁叫我丢人现眼,打牙跌嘴呢!可是,等到天明,你们看吧!"

小女孩子说:

"你这么大年纪了,还能打仗?"

老头子狠狠地说:

"为什么不能?我打他们不用枪,那不是我的本事。愿意看,明天来看吧!二菱,明天你跟我来看吧,有热闹哩!"

第二天,中午的时候,非常闷热。一轮红日当天,水面上浮着一层烟气。小火轮开得离苇塘远一些,鬼子们又偷偷地爬下来洗澡了。十几个鬼子在水里泅着,日本人的水式真不错。水淀里没有一个人影,只有一团白绸子样的水鸟,也躲开鬼子往北飞去,落到大荷叶下面歇凉去了。从荷花淀里却撑出一只小船来。一个干瘦的老头子,只穿一条破短裤,站在船尾巴上,有一篙没一篙地撑着,两只手却忙着剥那又肥又大的莲蓬,一个一个投进嘴里去。

他的船头上放着那样大的一捆莲蓬,是刚从荷花淀里摘下来的。不到白洋淀,哪里去吃这样新鲜的东西?来到白洋淀上几天了,鬼子们也还是望着荷花淀瞪眼。他们冲着那小船吆喝,叫他过来。

老头子向他们看了一眼,就又低下头去。还是有一篙没一篙地撑着船,剥着莲蓬。船却慢慢地冲着这里来了。

小船离鬼子还有一箭之地,好像老头子才看出洗澡的是鬼子,只一篙,小船溜溜转了一个圆圈,又回去了。鬼子们拍打着水追过去,老头子张皇失措,船却走不动,鬼子紧紧追上了他。

眼前是几根埋在水里的枯木桩子,日久天长,也许人们忘记这是为什么埋的了。这里的水却是镜一样平,蓝天一般清,拉长的水草在水底轻轻地浮动。鬼子们追上来,看看就抓上了船。老头子又是一篙,小船旋风一样绕着鬼子们转,莲蓬的清香,在他们的鼻子尖上扫过。鬼子们像是玩着捉迷藏,乱转着身子,抓上抓下。

一个鬼子尖叫了一声,就蹲到水里去。他被什么东西狠狠咬了一口,是一只锋利的钩子穿透了他的大腿。别的鬼子吃惊地往四下里一散,每个人的腿肚子也就挂上了钩。他们挣扎着,想摆脱那毒蛇一样的钩子。那替女孩子报仇的钩子却全找到腿上来,有的两个,有的三个。鬼子们痛得鬼叫,可是再也不敢动弹了。

老头子把船一撑来到他们的身边,举起篙来砸着鬼子们的脑袋,像敲打顽固的老玉米一样。

他狠狠地敲打,向着苇塘望了一眼。在那里,鲜嫩的芦花,一片展开的紫色的丝绒,正在迎风飘撒。

在那苇塘的边缘,芦花下面,有一个女孩子,她用密密的苇叶遮掩着身子,看着这场英雄的行为。

一九四五年八月于延安

光　荣

　　饶阳县城北有一个村庄,这村庄紧靠滹沱河,是个有名的摆渡口。大家知道,滹沱河在山里受着约束,昼夜不停地号叫,到了平原,就今年向南一滚,明年往北一冲,自由自在地奔流。

　　河两岸的居民,年年受害,就南北打起堤来,两条堤中间全是河滩荒地。到了五六月间,河里没水,河滩上长起一层水柳、红荆和深深的芦草。常常发水,柴禾很缺,这一带的男女青年孩子们,一到这个时候,就在炎炎的热天,背上一个草筐,拿上一把镰刀,散在河滩上,在日光草影里,割那长长的芦草,一低一仰,像一群群放牧的牛羊。

　　"七七"事变那一年,河滩上的芦草长得很好,五月底,那芦草已经能遮住那些孩子们的各色各样的头巾。地里很旱,没有活做,这村里的孩子们,就整天缠在河滩里。

　　那时候,东西北三面都有了炮声,渐渐东南面和西南面也响起炮来,证明敌人已经打过去了,这里已经亡了国。国民党的军队和官员,整天整夜从这条渡口往南逃,还不断骚扰抢劫老百姓。

　　是从这时候激起了人们保家自卫的思想,北边,高阳、肃宁已经有人民自卫军的组织。那时候,是一声雷响,风雨齐来,自卫的组织,比什么都传流得快,今天这村成立了大队部,明天那村也就安上了大锅。青年们把所有的枪支,把村中埋藏的、地主看家的、巡警局里抓赌的枪支,都弄了出来,背在肩上。

　　枪,成了最重要的、最必需的、人们最喜爱的物件。渐渐人们想起来:卡住这些逃跑的军队,留下他们的枪支。这意思很明白:养兵千日,用兵一时;大敌压境,你们不说打仗,反倒逃跑,好,留下枪支,交给我们,看我们的吧!

先是在村里设好圈套,卡一个班或是小队逃兵的枪;那常常是先摆下酒宴,送上洋钱,然后动手。

后来,有些勇敢的人,赤手空拳,站在大道边上就卡住了枪支;那办法就简单了。

这渡口上原有一只大船,现在河里没水,翻过船底,晒在河滩上。船主名叫尹廷玉,是个五十多的老头子,弄了一辈子船,落了个"车船店脚牙"的坏名儿,可也没置下产业。他有一个儿子刚刚十五岁,名叫原生,河里有水的时候,帮父亲弄弄船,现在船闲着,他也就整天跟着孩子们在河滩里看过逃兵,看过飞机,割芦苇草。

这一天,割满了草筐,天也晚了,刚刚要杀紧绳子往回里走,他听得背后有人叫了他一声。

"原生!"

他回头一看,是村西头的一个姑娘,叫秀梅的,穿着一件短袖破白褂,拖着一双破花鞋,提着小镰跑过来,跑到原生跟前,一扯原生的袖子,就用镰刀往东一指:东面是深深一片芦苇,正叫晚风吹得摇摆。

"什么?"原生问。

秀梅低声说:

"那道边有一个逃兵,拿着一支枪。"

原生问:

"就是一个人?"

"就是一个。"秀梅喘喘气咬咬嘴唇,"崭新的一支大枪。"

"人们全回去了没有?"原生周围一看,想集合一些同伴,可是太阳已经下山,天边只有一抹红云,看来河滩里是冷冷清清的没有一个人了。

"你一个人还不行吗?"秀梅仰着头问。

原生看见了这女孩子的两只大眼睛里放射着光芒,就紧握他那镰刀,拨动苇草往东边去了。秀梅看了看自己那一把弯弯的明亮的小镰,跟在后边,低声说:

"去吧,我帮着你。"

"你不用来。"原生说。

原生从那个逃兵身后过去,那逃兵已经疲累得很,正低着头包裹脚上的燎泡,枪支放在一边。原生一脚把他踢趴,拿起枪支,回头就跑,秀梅也就跟着跑起来,遮在头上的小小的白布手巾也飘落下来,丢在后面。

到了村边,两个人才站下来喘喘气,秀梅说:

"我们也有一支枪了,明天你就去当游击队!"

原生说:

"也有你的一份呢,咱两个伙着吧!"

秀梅一撇嘴说:

"你当是一个雀虫蛋哩,两个人伙着!你拿着去当兵吧,我要那个有什么用?"

原生说:

"对,我就去当兵。你听见人家唱了没:男的去当游击队,女的参加妇救会。咱们一块去吧!"

"我不和你一块去,叫你们小五和你一块去吧!"秀梅笑一笑,就舞动小镰回家去了。走了几步回头说:

"我把草筐和手巾丢了,吃了饭,你得和我拿去,要不爹要骂我哩!"

原生答应了。原生从此就成了人民军队的战士,背着这支枪打仗,后来也许换成"三八",现在也许换成"美国自动步"了。

小五是原生的媳妇。这是原生的爹那年在船上,夜里推牌九,一副天罡赢来的,比原生大好几岁,现在二十了。

那时候当兵,还没有拖尾巴这个丢人的名词,原生去当兵,谁也不觉得怎样,就是那登上自家的渡船,同伙伴们开走的时候,原生也不过望着那抱着小弟弟站在堤岸柳树下面的秀梅和一群男女孩子们,嘻嘻笑了一阵,就算完事。

这不像离别,又不像是欢送。从这开始,这个十五岁的青年人,就在平原上夜晚行军,黎明作战;在阜平大黑山下砂石滩上艰苦练兵,在盂平听那滹沱河清冷的急促的号叫;在五台雪夜的山林放哨;在黄昏的塞外,迎着晚风歌唱了。

他那个卡枪的伙伴秀梅,也真的在村里当了干部。村里参军的青年很多,她差不多忘记了那个小小的原生。战争,时间过得多快,每个人要想的、要做的,又是多么丰富啊!

可是原生那个媳妇渐渐不安静起来。先是常常和婆婆吵架,后来就是长期住娘家,后来竟是秋麦也不来。

来了,就找气生。婆婆是个老妇子人,先是觉得儿子不在家,害怕媳妇抱屈,处处将就,哄一阵,说一阵,解劝一阵;后来看着怎么也不行,就说:

"人家在外头的多着呢,就没见过你这么背晦的!"

"背晦,人家都有个家来,有个信来。"媳妇的眼皮和脸上的肉越发耷拉下来。这个媳妇并不胖,可是,就是在她高兴的时候,她的眼皮和脸上的肉也是松鬈地耷拉着。

"他没有信来,是离家远的过。"婆婆说。

"叫人等着也得有个头呀!"媳妇一转脸就出去了。

婆婆生了气,大声喊:

"你说,你说,什么是头呀?"

从这以后,媳妇就更明目张胆起来,她来了,不大在家里待,好到街上去坐,半天半天的,人家纺线,她站在一边闲磕牙。有些勤谨的人说她:"你坐的落意呀?"她就说:"做着活有什么心花呀?谁能像你们呀!"等婆婆推好碾子,做熟了饭,她来到家里,掀锅就盛。还常说落后话,人家问她:"村里抗日的多着呢,也不是你独一份呀,谁也不做活,看你那汉子在前方吃什么穿什么呀?"她就说:"没吃没穿才好呢。"

公公耍了半辈子落道,弄了一辈子船,是个有头有脸好面子的人,看看儿媳越来越不像话,就和老婆子闹,老婆子就气得骂自己的儿子。那几年,近处还有战争,她常常半夜半夜坐在房檐下,望着满天的星星,听那隆隆的炮响,这样一来,就好像看见儿子的面,和儿子说了话,心里也痛快一些了。并且狠狠地叨念:怎么你就不回来,带着那大炮,冲着这刁婆,狠狠地轰两下子呢?

小五的落后,在村里造成了很坏的影响,一些老太太们看见她这个样子,就不愿叫儿子去当兵,说:"儿子走了不要紧,留下这样娘娘咱搪不开。"

秀梅在村里当干部,有一天,人们找了她来。正是夏天,一群妇女在一家梢门洞里做活,小五刚从娘家回来,穿一身鲜鲜亮亮的衣裳,站在一边摇着扇子,一见秀梅过来,她那眼皮和脸皮,像玩独角戏一样,呱嗒就落下来,扭过脸去。

那些青年妇女们见秀梅来了,都笑着说:

"秀梅姐快来凉快凉快吧!"说着就递过麦垫来。有的就说:"这里有个大顽固蛋,谁也剥不开,你快把她说服了吧!"

秀梅笑着坐下,小五就说:

"我是顽固,谁也别光说漂亮话!"

秀梅说:

"谁光说漂亮话来?咱村里,你挨门数数,有多少在前方抗日的,有几个像你的呀?"

"我怎么样?"小五转过脸来,那脸叫这身鲜亮衣裳一陪衬,显得多么难看,"我没有装坏,把人家的人挑着去当兵!"

"谁挑着你家的人去当兵?当兵是为了国家的事,是光荣的!"秀梅说。

"光荣几个钱一两?"小五追着问,"我看也不能当衣穿,也不能当饭吃!"

"是!"秀梅说,"光荣不能当饭吃、当衣穿;光荣也不能当男人,一块过日子!这得看是谁说,有的人窝窝囊囊吃上顿饱饭,穿上件衣裳就混得下去,有的人还要想到比吃饭穿衣更光荣的事!"

别的妇女也说:

"秀梅说的一点也不假,打仗是为了大伙,现在的青年人,谁还愿意当炕头上的汉子呀!"

小五冷笑着,用扇子拍着屁股说:

"说那么漂亮干什么,是'画眉张'的徒弟吗,要不叫你,俺家那个当不了兵!"

秀梅说:"哈!你是说,我和原生卡了一支枪,他才当了兵?我觉着这不算错,原生拿着那支枪,真的替国家出了力,我还觉着光荣呢!你也该觉着光荣。"

"俺不要光荣!"小五说,"你光荣吧,照你这么说,你还是国家的功臣呢,真是木头眼镜。"

"我不是什么功臣,你家的人才是功臣呢!"秀梅说。

"那不是俺家的人。"小五丝声漾气地说,"你不是干部吗?我要和他离婚!"

大伙都一愣,望着秀梅。秀梅说:

"你不能离婚,你的男人在前方作战!"

"有个头没有?"小五说。

"怎么没头,打败日本就是头。"

"我等不来,"小五说,"你们能等可就别寻婆家呀!"

秀梅的脸腾地红了,她正在说婆家,就要下书定准了。别人听了都不忿,说:"碍着人家了吗?你不叫人家寻婆家,你有汉子好等着,叫人家等着谁呀!"

秀梅站起来,望着小五说:

"我不是和你赌气,我就不寻婆家,我们等着吧。"

别的人都笑起来,秀梅气得要哭了。小五站不住走了。有的就说:"像这样的女人应该好好打击一下,一定有人挑拨着她来破坏我们的工作。"秀梅说:"我们也不随便给她扣帽子,还是教育她。"那人说:"秀梅姐!你还是佛眼佛心,把人全当成好人;小五要是没有牵线的,挖下我的眼来当泡踏!"

对于秀梅的事,大家都说:

"你真是,为什么不结婚?"

"我先不结婚。"秀梅说,"有很多人把前方的战士,当作打了外出的人,我给她们做个榜样。你们还记得那个原生不?现在想起来,十几岁的一个人,背起枪来,一出去就是七年八年,才真是个好样儿的哩!"

"原生倒是不错,"一个姑娘笑了,"可是你也不能等着人家呀!"

"我不是等着他,"秀梅庄重地说,"我是等着胜利!"

小五到村外一块瓜园里去,这瓜园是村里一个粮秣先生尹大恋开的。这人原是村里一家财主,现在村中弄了名小小的干部当着,掩藏身体,又开了瓜园,为的是喝酒说落后话儿,好有个清净地方。

尹大恋正坐在高高的窝棚里摇着扇子喝酒,一看见小五来了就说:

"拣着大个儿的摘着吃罢,你那离婚的事儿谈得怎样了?"

小五拨着瓜秧说:

"人家叫等到打败日本,谁知道哪年哪月他们才能打败日本呀!"

"唉!长期抗战,这不是无期徒刑吗?喂,不是有说讲吗,五年没有音讯就可以。这是他们的法令呀,他们自己还不遵守吗?和他打官司呀,你这人还是不行!"

小五回来就又和公婆闹,闹得公婆没法,咬咬牙叫她离婚走了,老婆婆狠狠啼哭了一场。老头说:"哭她干什么!她是我一副牌赢来的,只当我一副牌又把她输了就算了!"

自从小五出门走了以后,秀梅就常常到原生家里,帮着做活。看看水瓮里没水,就去挑了来,看看院子该扫,就扫扫干净。伏天,帮老婆拆洗衣裳,秋天帮着老头收割打场。

日本投了降,秀梅跑去告诉老人家,老人听了也欢喜。可是过了好久,有好些军人退伍回来了,还不见原生回来。

原生的娘说:

"什么命呀,叫我们修下这样一个媳妇!"

秀梅说:

"大娘,那就只当没有这么一个媳妇,有什么活我帮你做,你不是没有闺女吗,你就只当有我这么个闺女!"

"好孩子,可是你要出聘了呢?"原生的娘说,"唉,为什么原生八九年就连个信也没有?"

"大娘,军队开的远,东一天,西一天,工作很忙,他就忘记给家里写信了。总有一天,一下子回来了,你才高兴呢!"

"我每天晚上听着门,半夜里醒了,听听有人叫娘开门哩,不过是想念的罢了。这么些人全回来了,怎么原生就不回来呀?"

"原生一定早当了干部了,他怎么能撂下军队回来呢?"

"为国家打仗,那是本分该当的,我明白。只是这个媳妇,唉!"

今年五月天旱,头一回耩的晚田没出来,大庄稼也旱坏了,人们整天盼雨。晚上,雷声忽闪地闹了半夜,才淅沥淅沥下起雨来,越下越大,房里一下凉快了,蚊子也不咬人了。秀梅和娘睡在炕上,秀梅说:

"下透了吧,我明天还得帮着原生家耩地去。"

娘在睡梦里说:

"人家的媳妇全散了,你倒成了人家的人了。你好好地把家里的活做完了,再出去乱跑去,你别觉着你爹不说你哩!"

"我什么活没做完呀!我不过是多卖些力气罢了,又轮着你这么嘟哝人!"

娘没有答声。秀梅却一直睡不着,她想,山地里不知道下雨不,山地里下了大雨,河里的水就下来了。那明天下地,还要过摆渡呢!她又想,小的时候,和原生在船上玩,两个人偷偷把锚起出来,要过河去,原生使篙,她掌舵,船到河心,水很急,原生力气小,船打起转来,吓哭了,还是她说:

"不要紧,别怕,只要我把得住这舵,就跑不了它,你只管撑吧!"

又想到在芦苇地卡枪,那天黑间,两个人回到河滩里,寻找草筐和手巾,草筐找到了,寻了半天也寻不见那块手巾,直等月亮升上来,才找到了。

想来想去,雨停了,鸡也叫了,才合了合眼。

起身就到原生家里来,原生的爹正在院里收拾"种式",一见秀梅

来了,就说:

"你给我们拉砘子去吧,叫你大娘旁耧。我常说,什么活也能一个人慢慢去做,唯独锄草和耩地,一个人就是干不来。"

秀梅笑着说:

"大伯,你拉砘子吧,我拿耧,我好把式哩!我们那几亩地,都是我拿的'种式'哩!"

"可就是,我还没问你,"老头说,"你那地全耩上没有?"

秀梅说:"我前两天就耩上了,耩的'干打雷',叫它们先躺在地里去求雨,我的时气可好哩!"

老头说:

"年轻人的时运总是好的,老了就倒霉,走吧!"

秀梅背上"种式"就走。她今天穿了一条短裤,光着脚,老婆子牵着小黄牛,老头子拉着砘子胡卢在后边跟着,一字长蛇阵,走出村来。

田野里,大道小道上全是忙着去种地的人,像是一盘子好看的走马灯。这一带沙滩,每到春天,经常刮那大黄风,刮起来,天昏地暗人发愁。现在大雨过后,天晴日出,平原上清新好看极了。

耩完地,天就快响午了,三个人坐在地头上休息。秀梅热得红脸关公似的摘下手巾来擦汗,又当扇子扇,那两只大眼睛也好像叫雨水冲洗过,分外显得光辉。

她把道边上的草拔了一把,扔给那小黄牛,叫它吃着。

从南边过来一匹马。

那是一匹高大的枣红马,马低着头一步一颠地走,像是已经走了很远的路,又像是刚刚经过一阵狂跑。马上一个八路军,大草帽背在后边,有意无意挥动着手里的柳条儿。远远看来,这是一个年轻的人,一个安静的人,他心里正在思想什么问题。

马走近了,秀梅就转过脸来低下头,小声对老婆说:"一个八路军!"老头子正仄着身子抽烟,好像没听见,老婆子抬头一看,马一闪放在道旁上的石砘子,吃了一惊,跑过去了。

秀梅吃惊似的站了起来,望着那过去的人说:

"大娘,那好像是原生哩!"

老头老婆全抬起头来,说:

"你看差眼了吧!"

"不。"秀梅说。那骑马的人已经用力勒住马,回头问:"老乡,前边是尹家庄不是?"

秀梅一跳说:

"你看,那不是原生吗,原生!"

"秀梅呀!"马上的人跳下来。

"原生,我那儿呀!"老婆子往前扑着站起来。

"娘,也在这里呀!"

儿子可真的回来了。

爹娘儿女相见,那一番话真是不知从哪说起,当娘的嘴一努一努想把媳妇的事说出来,话到嘴边,好几次又咽下去了。原生说:

"队伍往北开,攻打保定,我请假家来看看。"

"咳呀!"娘说,"你还得走吗?"

原生笑着说:

"等打完老蒋就不走了。"

秀梅说:

"怎么样,大娘,看见儿子了吧!"

"好孩子,"大娘说,"你说什么,什么就来了!"

远处近处耩地的人们全围了上来,天也晌午了,又围随着原生回家,背着耧的,拉着砘子的。

刚到村边,新农会的主席手里扬着一张红纸,满头大汗跑出村来,一看见原生的爹就说:

"大伯,快家去吧,大喜事!"

"什么事呀?"

"大喜事,大喜事!"

人们全笑了,说:

"你报喜报的晚了!"

"什么呀?"主席说,"县里刚送了通知来,我接到手里就跑了来,怎么就晚了!"

人们说:

"这不是原生已经到家了!"

"哈,原生家来了? 大伯,真是喜上加喜,双喜临门呀!"主席喊着笑着。

人们说:

"你手里倒是拿的什么通知呀!"

"什么通知? 原生还没对你们大家说呀?"主席扬一扬那张红纸,"上面给我们下的通知:咱们原生在前方立了大功,活捉了蒋介石的旅长,队伍里选他当特等功臣,全区要开大会庆祝哩!"

"哈,这么大事,怎么,原生,你还不肯对我们说呀,你真行呀!"人们嚷着笑着到了村里。

第二天,在村中央的广场上开庆功大会。

天晴的很好,这又是个热天,全村的男女老少,都换了新衣裳,先围到台下来,台上高挂全区人民的贺匾:"特等功臣。"

各村新农会又有各色各样的贺匾祝辞,台上台下全是红绸绿缎,金字彩花。

全区的小学生,一色的白毛巾,花衣服,腰里系着一色的绸子,手里拿着一色的花棍,脸上搽着胭脂,老师们擦着脸上的汗,来回照顾。

区长讲完了原生立功的经过,他号召全区青壮年向原生学习,踊跃参军,为人民立功。接着就是原生讲话。他说话很慢,很安静,台下的人们说:老脾气没变呀,还是这么不紧不慢的,怎么就能活捉一个旅长呀! 原生说:自己立下一点功。台下就说:好家伙,活捉一个旅长他说是一点功。原生又说:这不是自己的功劳,这是全体人民的功劳。台下又说:你看人家这个说话。

区长说:老乡们,安静一点吧,回头还有自由讲话哩,现在先不要乱讲吧。人们说:这是大喜事呀,怎么能安静呢!

到了自由讲话的时候，台下妇女群里喊了一声，欢迎秀梅讲话，全场的人都嚷赞成，全场的人拿眼找她。秀梅今天穿一件短袖的红白条小褂，头上也包一块新毛巾，她正愣着眼望着台上，听得一喊，才转过脸东瞧瞧，西看看，两只大眼睛，转来转去好像不够使，脸绯红了。

她到台上讲了这段话：

"原生立了大功，这是咱们全村的光荣。原生十五岁就出马打仗，那么一个小人，背着那么一支大枪。他今年二十五岁了，打了十年仗，还要去打，打到革命胜利。

"有人觉着这仗打的没头没边，这是因为他没把这打仗看成是自家的事。人们光愿意早些胜利，问别人：什么时候打败蒋介石？这问自己就行了。我们要快就快，要慢就慢，我们坚决，我们给前方的战士助劲，胜利就来得快；我们不助劲，光叫前方的战士自己去打，那胜利就来得慢了。这只要看我们每个人尽的力量和出的心就行了。

"战士们从村里出去，除去他的爹娘，有些人把他们忘记了，以为他们是办自己的事去了，也不管他们哪天回来。不该这样，我们要时时刻刻想念着他们，帮助他们的家，他们是为我们每个人打仗。

"有的人，说光荣不能当饭吃。不明白，要是没有光荣，谁也不要光荣，也就没有了饭吃；有的人，却把光荣看得比性命还要紧，我们这才有了饭吃。

"我们求什么，就有什么。我们这等着原生，原生就回来了。战士们要的是胜利，原生说很快就能打败蒋介石，蒋介石很快就要没命了，再有一年半载就死了。

"我们全村的战士，都会在前方立大功的，他们也都像原生一样，会带着光荣的奖章回来的。那时候，我们要开一个更大更大的庆功会。

"我的话完了。"

台下面大声的鼓掌，大声的欢笑。

接着就是游行大庆祝。

最前边是四杆喜炮,那是全区有名的四个喜炮手;两面红绸大旗;一面写"为功臣贺功",一面写"向英雄致敬"。后面是大锣大鼓,中间是英雄匾,原生骑在枣红马上,马笼头马颈上挂满了花朵。原生的爹娘,全穿着新衣服坐在双套大骡车上,后面是小学生的队伍和群众的队伍。

大锣大鼓敲出村来,雨后的田野,蒸晒出腾腾的热气,好像是叫大锣大鼓的声音震动出来的。

到一村,锣鼓相接,男男女女挤得风雨不透,热汗齐流。

敲鼓手疯狂地抡着大棒,抬匾的柱脚似的挺直腰板,原生的爹娘安安稳稳坐在车上,街上的老头老婆们指指画画,一齐连声说:

"修下这样好儿子,多光荣呀!"

那些青年妇女们一个扯着一个的衣后襟,好像怕失了联络似的,紧跟着原生观看。

原生骑在马上,有些害羞,老想下来,摄影的记者赶紧把他捉住了。

秀梅满脸流汗跟在队伍里,扬着手喊口号。她眉开眼笑,好像是一个宣传员。她好像在大秋过后,叫人家看她那辛勤的收成;又好像是一个撒种子的人,把一种思想,一种要求,撒进每个人的心里去。她见到相熟的姐妹,就拉着手急急忙忙告诉说:

"这是我们村里的原生,十五上就当兵去了,今年二十五岁,在战场上立了大功,胸前挂的那金牌子是毛主席奖的哩。"

说完就又跟着队伍跑走了。这个农民的孩子原生,一进村庄,就好把那放光的奖章,轻轻掩进上衣口袋里去。秀梅就一定要他拉出来。

大队也经过小五家的大门。一到这里,敲大鼓的故意敲了一套花点,原想叫小五也跑出来看看的,门却紧紧闭着,一直没开。

队伍在平原的田野和村庄通过,带着无比响亮的声音,无比鲜亮的色彩。太阳在天上,花在枝头,声音从有名的大鼓手那里敲打,这是一种震动人心的号召:光荣!光荣!

晚上回来,原生对爹娘说:"明天我就回部队去了。我原是绕道家来看看,赶巧了乡亲们为我庆功,从今以后,我更应该好好打仗,才不负人民对我的一番热情。"

娘说:"要不就把你媳妇追回来吧!"

原生说:"叫她回来干什么呀!她连自己的丈夫都不能等待,要这样的女人一块革命吗?"

爹说:"那么你什么时候才办喜事呢?以我看,咱寻个媳妇,也并不为难。"

原生说:"等打败蒋介石。这不要很长的时间。有个一年半载就行了。"

娘又说:"那还得叫人家陪着你等着吗?"

"谁呀?"原生问。

"秀梅呀!人家为你耽误了好几年了。"娘把过去小五怎样使歪造耗,秀梅怎样解劝说服,秀梅怎样赌气不寻婆家,小五走了,秀梅怎样体贴娘的心,处处帮忙尽力,原原本本说了一遍。

在原生的心里,秀梅的影子,突然站立在他的面前,是这样可爱和应该感谢。他忽然想起秀梅在河滩芦苇丛中命令他去卡枪的那个黄昏的景象。当原生背着那支枪转战南北,在那银河横空的夜晚站哨,或是赤日炎炎的风尘行军当中,他曾经把手扶在枪上,想起过这个景象。那时候,在战士的心里,这个影子就好比一个流星,一只飞鸟横过队伍,很快就消失了。现在这个影子突然在原生的心里鲜明起来,扩张起来,顽强粘住,不能放下了。

在全村里,在瓜棚豆架下面,在柳荫房凉里,那些好事好谈笑的青年男女们议论着秀梅和原生这段姻缘,谁也觉得这两个人要结了婚,是那么美满,就好像雨既然从天上降下,就一定是要落在地上,那么合理应当。

一九四八年七月十日饶阳东张岗

吴召儿

得胜回头

  这二年生活好些,却常常想起那几年的艰苦。那几年,我们在山地里,常常接到母亲求人写来的信。她听见我们吃树叶黑豆,穿不上棉衣,很是担心焦急。其实她哪里知道,我们冬天打一捆白草铺在炕上,把腿舒在袄袖里,同志们挤在一块,是睡得多么暖和!她也不知道,我们在那山沟里沙地上,采摘杨柳的嫩叶,是多么热闹和快活。这一切,老年人想象不来,总以为我们像度荒年一样,整天愁眉苦脸哩!

  那几年吃的坏,穿的薄,工作的很起劲。先说抽烟吧:要老乡点兰花烟和上些芝麻叶,大家分头卷好,再请一位有把握的同志去擦洋火。大伙围起来,遮住风,为的是这唯一的火种不要被风吹灭。然后先有一个人小心翼翼地抽着,大家就欢乐起来。要说是写文章,能找到一张白报纸,能找到一个墨水瓶,那就很满意了,可以坐在草堆上写,也可以坐在河边石头上写。那年月,有的同志曾经为一个不漏水的墨水瓶红过脸吗?有过。这不算什么,要是像今天,好墨水,车载斗量,就不再会为一个空瓶子争吵了。关于行军:就不用说从阜平到王快镇那一段讨厌的砂石路,叫人进一步退半步;不用说雁北那趟不完的冷水小河,登不住的冰滑踏石,转不尽的阴山背后;就是两界峰的柿子,插箭岭的风雪,洪子店的豆腐,雁门关外的辣椒杂面,也使人留恋想念。还有会餐:半月以前就做精神准备,事到临头,还得拼着一场疟子,情愿吃得上吐下泻,也得弄它个碗净锅干;哪怕吃过饭再去爬山呢！是谁偷过老乡的辣椒下饭,是谁用手榴弹爆炸河潭的小鱼？哪个小组集资买了一头蒜,哪个小组煮了狗肉大设宴席？

留在记忆里的生活,今天就是财宝。下面写的是在阜平三将台小村庄我的一段亲身经历,其中都是真人真事。

民　　校

我们的机关搬到三将台,是个秋天,枣儿正红,芦苇正吐花。这是阜平东南一个小村庄,距离有名的大镇康家峪不过二里路。我们来了一群人,不管牛棚马圈全住上,当天就劈柴做饭,上山唱歌,一下就和老乡生活在一块了。

那时我们很注意民运工作。由我去组织民校识字班,有男子组,有妇女组。且说妇女组,组织得很顺利,第一天开学就全到齐,规规矩矩,直到散学才走。可是第二天就都抱了孩子来,第三天就在课堂上纳起鞋底,捻起线来。

识字班的课程第一是唱歌,歌唱会了,剩下的时间就碰球。山沟的青年妇女们,碰起球来,真是热烈,整个村子被欢笑声浮了起来。

我想得正规一下,不到九月,我就给她们上大课了。讲军民关系,讲抗日故事,写了点名册,发了篇子。可是因为座位不定,上了好几次课,我也没记清谁叫什么。有一天,我翻着点名册随便叫了一个名字：

"吴召儿！"

我听见嗤的一声笑了。抬头一看,在人群末尾,靠着一根白杨木柱子,站起一个女孩。她正在背后掩藏一件什么东西,好像是个假手榴弹,坐在一处的女孩子们望着她笑。她红着脸转过身来,笑着问我：

"念书吗？"

"对！你念念头一段,声音大点。大家注意！"

她端正地立起来,两手捧着书,低下头去。我正要催她,她就念开了,书念的非常熟快动听。就是她这认真的念书态度和声音,不知怎样一下就印进了我的记忆。下课回来,走过那条小河,我听到了只有在阜平才能听见的那紧张激动的水流的声响,听到在这山草衰白柿叶霜红的山地,还没有飞走的一只黄鹂的叫唤。

向　　导

十一月,老乡们披上羊皮衣,我们反"扫荡"了。我当了一个小组长,村长给我们分配了向导,指示了打游击的地势。别的组都集合起来出发了,我们的向导老不来。我在沙滩上转来转去,看看太阳就要下山,很是着急。

听说敌人已经到了平阳,到这个时候,就是大声呼喊也不容许。我跑到村长家里去,找不见,回头又跑出来,才在山坡上一家门口遇见他。村长散披着黑羊皮袄,也是跑得呼哧呼哧,看见我就笑着说:

"男的分配完了,给你找了一个女的!"

"怎么搞的呀?村长!"我急了,"女的能办事吗?"

"能办事!"村长笑着,"一样能完成任务,是一个女自卫队的队员!"

"女的就女的吧,在哪里呀?"我说。

"就来,就来!"村长又跑进那大门里去。

一个女孩子跟着他跑出来。穿着一件红棉袄,一个新鲜的白色挂包,斜在她的腰里,装着三颗手榴弹。

"真是,"村长也在抱怨,"这是反'打荡'呀,又不是到区里验操,也要换换衣裳!红的目标大呀!"

"尽是夜间活动,红不红怕什么呀,我没有别的衣服,就是这一件。"女孩子笑着,"走吧,同志!"说着就跑下坡去。

"路线记住了没有?"村长站在山坡上问。

"记下了,记下了!"女孩子嚷着。

"别这么大声怪叫嘛!"村长说。

我赶紧下去带队伍。女孩子站在小河路口上还在整理她的挂包,望望我来了,她一跳两跳就过了河。

在路上,她走得很快,我跑上前去问她:

"我们先到哪里?"

"先到神仙山!"她回过头来一笑,这时我才认出她就是那个吴召儿。

神仙山

神仙山也叫大黑山,是阜平最高最险的山峰。前几天,我到山下打过白草;吴召儿领导的,却不是那条路,她领我们走的是东山坡一条小路。靠这一带山坡,沟里满是枣树,枣叶黄了,飘落着,树尖上还留着不少的枣儿,经过风霜,红得越发鲜艳。吴召儿问我:

"你带的什么干粮?"

"小米炒面!"

"我尝尝你的炒面。"

我一边走着,一边解开小米袋的头,她伸过手来接了一把,放到嘴里,另一只手从口袋里掏出一把红枣送给我。

"你吃枣儿!"她说,"你们跟着我,有个好处。"

"有什么好处?"我笑着问。

"保险不会叫你们挨饿。"

"你能够保这个险?"我也笑着问,"你口袋里能装多少红枣,二百斤吗?"

"我们走到哪里,吃到哪里。"她说。

"就怕找不到吃喝哩!"我说。

"到处是吃喝!"她说,"你看前头树上那颗枣儿多么大!"

我抬头一望,她飞起一块石头,那颗枣儿就落在前面地上了。

"到了神仙山,我有亲戚。"她捡起那颗枣儿,放到嘴里去,"我姑住在山上,她家的倭瓜又大又甜。今儿晚上,我们到了,我叫她给你们熬着吃个饱吧!"

在这个时候,一顿倭瓜,也是一种鼓励。这鼓励还包括:到了那里,我们就有个住处,有个地方躺一躺,有个老乡亲切地和我们说说话。

天黑的时候,我们才到了神仙山的脚下。一望这座山,我们的腿都软了,我们不知道它有多么高;它黑的怕人,高的怕人,危险的怕人,像一间房子那样大的石头,横一个竖一个,乱七八糟地躺着。一个顶一个,一个压一个,我们担心,一步登错,一个石头滚下来,整个山就会天崩地裂房倒屋塌。她带领我们往上爬,我们攀着石头的棱角,身上出了汗,一个跟不上一个,落了很远。她爬得很快,走一截就坐在石头上望着我们笑,像是在这乱石山中,突然开出一朵红花,浮起一片彩云来。

我努力跟上去,肚里有些饿。等我爬到山半腰,实在走不动,找见一块平放的石头,就倒了下来,喘息了好一会,才能睁开眼:天大黑了,天上已经出了星星。她坐在我的身边,把红枣送到我嘴里说:

"吃点东西就有劲了。谁知道你们这样不行!"

"我们就在这里过一夜吧!"我说,"我的同志们恐怕都不行了。"

"不能。"她说,"就快到顶上了,只有顶上才保险。你看那上面点起灯来的,就是我姑家。"

我望到顶上去。那和天平齐的地方,有一点红红的摇动的光;那光不是她指出,不能同星星分别开。望见这个光,我们都有了勇气,有了力量;它强烈地吸引着我们前进,到它那里去。

姑　　家

北斗星转下山去,我们才到了她的姑家。夜深了,这样高的山上,冷风吹着汗湿透的衣服,我们都打着牙噤。钻过了扁豆架、倭瓜棚,她尖声娇气叫醒了姑。老婆子费了好大工夫才穿好衣裳开开门。

一开门,就有一股暖气,扑到我们身上来,没等到人家让,我们就挤到屋里去,那小小的屋里,简直站不开我们这一组人。人家刚一让我们上炕,有好几个已经爬上去躺下来了。

"这都是我们的同志。"吴召儿大声对她姑说,"快给他们点火做饭吧!"老婆子拿了一根麻秸,在灯上取着火,就往锅里添水。一边仰着头问:

"下边又'打荡'了吗?"

"又'打荡'了,"吴召儿笑着回答,她很高兴她姑能说新名词,"姑!我们给他们熬倭瓜吃吧!"她从炕头抱下一个大的来。

姑笑着说:

"好孩子,今年摘下来的顶属这个大,我说过几天叫你姑父给你送去哩!"

"不用送去,我来吃它了!"吴召儿抓过刀来把瓜剖开,"留着这瓜子炒着吃。"

吃过了香的、甜的、热的倭瓜,我们都有了精神,热炕一直热到我们的心里。吴召儿和她姑睡在锅台上,姑侄俩说不完的话。

"你爹给你买的新袄?"姑问。

"他哪里有钱,是我给军队上纳鞋底挣了钱换的。"

"念书了没有?"

"念了,炕上就是我的老师。"

截 击

第二天,我们在这高山顶上休息了一天。我们从小屋里走出来,看了看吴召儿姑家的庄园。这个庄园,在高山的背后,只在太阳刚升上来,这里才能见到光亮,很快就又阴暗下来。东北角上一洼小小的泉水,冒着水花,没有声响;一条小小的溪流绕着山根流,也没有声响,水大部分渗透到沙土里去了。这里种着像炕那样大的一块玉蜀黍,像锅台那样大的一块土豆,周围是扁豆,十几棵倭瓜蔓,就奔着高山爬上去了！在这样高的黑石山上，找块能种庄稼的泥土是这样难，种地的人就小心整齐地用石块把地包镶起来，恐怕雨水把泥土冲下去。奇怪！在这样少见阳光，阴湿寒冷的地方，庄稼长得那样青翠，那样坚实。玉蜀黍很高，扁豆角又厚又大，绿得发黑，像说梅花调用的铁响板。

吴召儿出去了，不久，她抱回一捆湿木棍：

"我一个人送一根拐杖，黑夜里，它就是我们的眼睛！"

她用一把锋利明亮的小刀，给我们修着棍子。这是一种山桃木，包皮是紫红色，好像上了油漆；这木头硬得像铁一样，打在石头上，发出铜的声音。

这半天，我们过的很有趣，差不多忘记了反"扫荡"。

当我们正要做下午饭，一个披着破旧黑山羊长毛皮袄，手里提着一根粗铁棍的老汉进来了；吴召儿赶着他叫声姑父，老汉说：

"昨天，我就看见你们上山来了。"

"你在哪看见我们上来呀？"吴召儿笑着问。

"在羊圈里，我喊你来呀，你没听见！"老汉望着内侄女笑，"我来给你们报信，山下有了鬼子，听说要搜山哩！"

吴召儿说："这么高山，鬼子敢上来吗？我们还有手榴弹哩！"

老汉说："这几年，这个地方目标大了，鬼子真要上来了，我们就不好走动。"

这样，每天黎明，吴召儿就把我唤醒，一同到那大黑山的顶上去放哨。山顶不好爬，又危险，她先爬到上面，再把我拉上去。

山顶上有一丈见方的一块平石，长年承受天上的雨水，给冲洗得光亮又滑润。我们坐在那平石上，月亮和星星都落到下面去，我们觉得飘忽不定，像活在天空里。从山顶可以看见山西的大川，河北的平原，十几里，几十里的大小村镇全可以看清楚。这一夜下起大雨来，雨下的那样暴，在这样高的山上，我们觉得不是在下雨，倒像是沉落在波浪滔天的海洋里，风狂吹着，那块大平石也像要被风吹走。

吴召儿紧拉着我爬到大石的下面，不知道是人还是野兽在那里铺好了一层软软的白草。我们紧挤着躺在下面,听到四下里山洪暴发的声音,雨水像瀑布一样,从平石上流下,我们像钻进了水帘洞。吴召儿说:

"这是暴雨,一会就晴的,你害怕吗?"

"要是我一个人我就怕了,"我说,"你害怕吧?"

"我一点也不害怕,我常在山上遇见这样的暴雨,今天更不会害怕。"吴召儿说。

"为什么?"

"领来你们这一群人,身上负着很大的责任呀,我也顾不得怕了。"

她的话,像她那天在识字班里念书一样认真,她的话同雷雨闪电一同响着,响在天空,落在地下,永远记在我的心里。

一清早我们就看见从邓家店起,一路的村庄,都在着火冒烟。我们看见敌人像一条虫,在山脊梁上往这里爬行。一路不断响枪,是各村伏在山沟里的游击组。吴召儿说:

"今年,敌人不敢走山沟了,怕游击队。可是走山梁,你就算保险了?兔崽子们!"

敌人的目标,显然是在这个山上。他们从吴召儿姑父的羊圈那里翻下,转到大黑山来。我们看见老汉仓皇地用大鞭把一群山羊打得四散奔跑,一个人登着乱石往山坡上逃。吴召儿把身上的手榴弹全拉开弦,跳起来说:

"你去集合人,叫姑父带你们转移,我去截兔崽子们一下。"她在那乱石堆中,跳上跳下奔着敌人的进路跑去。

我喊:

"红棉袄不行啊!"

"我要伪装起来!"吴召儿笑着,一转眼的工夫,她已经把棉袄翻过来。棉袄是白里子,这样一来,她就活像一只逃散的黑头的小白山羊了。一只聪明的、热情的、勇敢的小白山羊啊!

她登在乱石尖上跳跃着前进。那翻在里面的红棉袄,还不断被风吹卷,像从她的身上撒出的一朵朵的火花,落在她的身后。

当我们集合起来,从后山上跑下,来不及脱鞋袜,就跳入山下那条激荡的大河的时候,听到了吴召儿在山前连续投击的手榴弹爆炸的声音。

联　　想

不知她现在怎样了。我能断定,她的生活和历史会在我们这一代生活里放光的。关于晋察冀,我们在那里生活了快要十年。那些在我们吃不下饭的时候,送来一碗烂酸菜;在我们病重行走不动的时候,替我们背上了行囊;在战斗的深冬的夜晚,给我们打开门,把热炕让给我们的大伯大娘们,我们都是忘记不了的。

一九四九年十一月

亡人逸事

一

　　旧式婚姻,过去叫做"天作之合",是非常偶然的。据亡妻言,她十九岁那年,夏季一个下雨天,她父亲在临街的梢门洞里闲坐,从东面来了两个妇女,是说媒为业的,被雨淋湿了衣服。她父亲认识其中的一个,就让她们到梢门下避避雨再走,随便问道:"给谁家说亲去来?"

　　"东头崔家。"

　　"给哪村说的?"

　　"东辽城。崔家的姑娘不大般配,恐怕成不了。"

　　"男方是怎么个人家?"

　　媒人简单介绍了一下,就笑着问:"你家二姑娘怎样?不愿意寻吧?"

　　"怎么不愿意。你们就去给说说吧,我也打听打听。"她父亲回答得很爽快。

　　就这样,经过媒人来回跑了几趟,亲事竟然说成了。结婚以后,她跟我学认字,我们的洞房喜联横批,就是"天作之合"四个字。她点头笑着说:"真不假,什么事都是天定的。假如不是下雨,我就到不了你家里来!"

二

　　虽然是封建婚姻,第一次见面却是在结婚之前。订婚后,她们村里唱大戏,我正好放假在家里。她们村有我的一个远房姑姑,特意来叫我去看戏,说是可以相相媳妇。开戏的那天,我去了,姑姑在戏台下等我。她拉着我的手,走到一条长板凳跟前。板凳上,并排站着三个大姑娘,都穿得花枝招展,留着大辫子。姑姑叫着我的名字,说:

"你就在这里看吧,散了戏,我来叫你家去吃饭。"

姑姑的话还没有说完,我看见站在板凳中间的那个姑娘,用力盯了我一眼,从板凳上跳下来,走到照棚外面,钻进了一辆轿车。那时姑娘们出来看戏,虽在本村,也是套车送到台下,然后再搬着带来的板凳,到照棚下面看戏的。

结婚以后,姑姑总是拿这件事和她开玩笑,她也总是说姑姑会出坏道儿。

她礼教观念很重。结婚已经好多年,有一次我路过她家,想叫她跟我一同回家去。她严肃地说:

"你明天叫车来接我吧,我不能这样跟着你走。"我只好一个人走了。

三

她在娘家,因为是小闺女,娇惯一些,从小只会做些针线活;没有下场下地劳动过。到了我们家,我母亲好下地劳动,尤其好打早起,麦秋两季,听见鸡叫,就叫起她来做饭。又没个钟表,有时饭做熟了,天还不亮。她颇以为苦。回到娘家,曾向她父亲哭诉。她父亲问:

"婆婆叫你早起,她也起来吗?"

"她比我起得更早。还说心疼我,让我多睡了会儿哩!"

"那你还哭什么呢?"

我母亲知道她没有力气,常对她说:"人的力气是使出来的,要伸懒筋。"

有一天,母亲带她到场院去摘北瓜,摘了满满一大筐。母亲问她:"试试,看你背得动吗?"

她弯下腰,挎好筐系猛一立,因为北瓜太重,把她弄了个后仰,沾了满身土,北瓜也滚了满地。她站起来哭了。母亲倒笑了,自己把北瓜一个个拣起来,背到家里去了。

我们那村庄,自古以来兴织布,她不会。后来孩子多了,穿衣困难,她就下决心学。从纺线到织布,都学会了。我从外面回来,看到她两个大拇指,都因为推机杼,顶得变了形,又粗、又短,指甲也短了。

后来,因为闹日本,家境越来越不好,我又不在家,她带着孩子们下场下地。到了集日,自己去卖线卖布。有时和大女儿轮换着背上二斗高粱,走三里路,到集上去粜卖,从来没有对我叫过苦。

几个孩子,也都是她在战争的年月里,一手拉扯成人长大的。农村少医药,我们十二岁的长子,竟以盲肠炎不治死亡。每逢孩子发烧,她总是整夜抱着,来回在炕上走。在她生前,我曾对孩子们说:"我对你们,没负什么责任。母亲把你们弄大,可不容易,你们应该记着。"

四

一位老朋友、老邻居,近几年来,屡次建议我写写"大嫂"。因为他觉得她待我太好,帮助太大了。老朋友说:

"她在生活上,对你的照顾,自不待言。在文字工作上的帮助,我看也不小。可以看出,你曾多次借用她的形象,写进你的小说。至于语言,你自己承认,她是你的第二源泉。当然,她瞑目之时,冰连地结,人事皆非,言念必不及此,别人也不会作此要求。但目前情况不同,文章一事,除重大题材外,也允许记些私事。你年事已高,如果仓促有所不讳,你不觉得是个遗憾吗?"

我唯唯,但一直拖延着没有写。这是因为,虽然我们结婚很早,但正像古人常说的:相聚之日少,分离之日多;欢乐之时少,相对愁叹之时多耳。我们的青春,在战争年代中抛掷了。以后,家庭及我,又多遭变故,直到最后她的死亡。我衰年多病,实在不愿再去回顾这些。但目前也出现一些异象:过去,青春两地,一别数年,求一梦而不可得。今老年孤处,四壁生寒,却几乎每晚梦见她,想摆脱也做不到。按照迷信的说法,这可能是地下相会之期,已经不远了。因此,选择一些不太使人感伤的片断,记述如上。已散见于其他文字中者,不再重复。就是这样的文字,我也写不下去了。

　　我们结婚四十年,我有许多事情,对不起她,可以说她没有一件事情是对不起我的。在夫妻的情分上,我做得很差。正因为如此,她对我们之间的恩爱,记忆很深。我在北平当小职员时,曾经买过两丈花布,直接寄至她家。临终之前,她还向我提起这一件小事,问道:

　　"你那时为什么把布寄到我娘家去啊?"

　　我说:"为的是叫你做衣服方便呀!"

　　她闭上眼睛,久病的脸上,展现了一丝幸福的笑容。

一九八二年二月十二日晚

长篇小说

风云初记

一

一九三七年春夏两季,冀中平原大旱。五月,滹沱河底晒干了,热风卷着黄沙,吹干河滩上蔓延生长的红色的水柳。三棱草和别的杂色的小花,在夜间开放,白天就枯焦。农民们说:不要看眼下这么旱,定然是个水涝之年。可是一直到六月初,还没落下透雨,从北平、保定一带回家歇伏的买卖人,把日本侵略华北的消息带到乡村。

河北子午镇的农民,中午躺在村北大堤埝的树阴凉里歇晌。在堤埝拐角一棵大榆树下面,有两个年轻妇女对着怀纺线。从她们的长相和穿着上看,好像姐妹俩,小的十六七岁,大的也不过二十七八。姐姐脸儿有些黄瘦,眉眼带些愁苦;可是,过多的希望,过早的热情,已经在妹妹的神情举动里,充分地流露出来。

她们头顶的树叶纹丝不动,知了叫得焦躁刺耳,沙沙的粘虫屎,掉到地面上来。

远处有一辆小轿车,在高的矮的、黄的绿的庄稼中间,红色的托泥和车脚一闪一闪。两个乌头大骡子,在中午燥热的太阳光里,甩着尾巴跑着。

两个妇女侧着身子看,姐姐说:"又有人回家了!"

"我看是不是俺姐夫?"妹妹站起身来。

"你就不想念咱爹?"姐姐说。

"我谁也想,可是想不回来!"妹妹提着脚跟,仔细看了一会儿,赶

紧坐下拧起纺车来,嘟囔着说:

"真败兴!那是大班的车,到保(定)府去接少当家的死着回来了。咱的人,一个也不回来,今年不知道能回来一个也不?"

轿车跑到村边,从她们眼前赶进了寨门。大把式老常从前辕跳下来,摇着带红缨的长苗鞭,笑着打了个招呼。少当家的露着一只穿着黑色丝袜子的脚,也从车里探出头来望了她们一眼。她们低着头。

这姐妹两个姓吴,大的叫秋分,小的叫春儿。大的已经出嫁,婆家是五龙堂。

五龙堂是紧靠滹沱河南岸的一个小村庄,河从西南上滚滚流来,到了这个地方,突然拘挛儿一下,转了一个死弯。五龙堂的居民,在河流转角的地方,打起高堤,钉上桩木,这是滹沱河有名的一段险堤。

大水好多次冲平了这小小的村庄,或是卷走它所有的一切,旋成一个深坑;或是一滚黄沙,淤平村里最高的房顶。小村庄并没叫大水征服,每逢堤埝出险,一声锣响,全村的男女老少,立时全站到堤埝上来。他们用一切力量和物料堵塞险口,他们摘下门窗,拆下梁木砖瓦,女人们抬来箱柜桌椅,抱来被褥炕席。传说有一年,一切力量用尽了,一切东西用光了,口子还是堵不住,有五个青年人跳进大流里去,平身躺下,招呼着人们在他们的身上填压泥土,填塞住水流。

他们救了这一带村庄的生命财产,人民替他们修了一座大庙,就叫五龙堂。年代久了,就成了村庄的名字。

这小村庄站立在平原上,实际是生活在风险的海里。人民的生活很苦,多少年来,人口和住户增加得很少。

每年大水冲了房,不等水撤完,他们就互助着打墼烧砖,刨树拉锯,盖起新房来。房基打得更坚实,墙垒得更厚,房盖得比冲毁的更高。他们的房没有院墙和陪衬,都是孤零零的一座北屋,远处看去,就像一座一座的小塔。台阶非常高,从院子走到屋里,好像上楼一样。

秋分的公爹叫高四海,现在有六十岁年纪了。这一带村庄喜好乐器,老头儿从光着屁股就学吹大管,不久成了一把好手。他吹起大管,十里以外的行人,都能听到。在滹沱河夜晚航行的船夫们,听着他的大管,会忘记旅程的艰难。他的大管能夺过一台大戏的观众,能使一棚僧道对坛的音乐,像战败的画眉一样,耷翅低头,不敢吱声。

这老人不只是一个音乐家,还是有名的热情人,村庄活动的组织家。

十年以前,这里曾有一次农民的暴动,暴动从高阳、蠡县开始,各个村庄都打出了红旗,集在田野里开会。红旗是第一次在平原上出现,热情又鲜明。高四海和他十八岁的儿子庆山,十七岁刚过门的儿媳秋分全参加了。因为勇敢,庆山成了一个领袖。

可是只有几天的工夫,暴动很快地失败了。一个炎热的日子,暴动的农民退到河堤上来,把红旗插在五龙堂的庙顶。农民做了最后的抵抗,庆山胸部受了伤。到了夜晚,高四海拜托了一个知己,把他和本村一个叫高翔的中学生装在一只小船的底舱,逃了出去。

在那样兵荒马乱的时候,送庆山出走的只有两个人。年老的父亲,扳着船舱的小窗户说:

"走吧!出去了哪里也是活路,叫他们等着吧!"

他用力帮着推开小船,就回去了。他还要帮着那些农民,那些一起斗争过、现在失败了的同志们,葬埋战死在田野里的难友。

另外送行的是十七岁的女孩子秋分,当父亲和庆山说话的时候,她站在远远的堤坡上。从西山上来的黑云,遮盖住半个天的星星,谁也看不见她。当小船快要开到河心了,她才跑下去,把怀里的一个小包裹,像投梭一样,扔进了小船的窗口。躺在船舱里的庆山,摸到了这个小包包,探身在窗口叫了一声。

秋分没有说话,她只是傍着小船在河边上走,雨过来了,紧密的铜钱大的雨点,打得河水啪啪的响。西北风吹送着小船,一个亮闪,接着一声暴雷。亮闪照得清清楚楚,她卷起裤脚,把带来的一条破口袋折成一个三角风帽披在头上,一直遮到大腿,跟着小船跑了十里路。

风雨锤炼着革命的种子,把它深深埋藏在地下,嘱咐它等待来年春天,风云再起的时候……

庆山出去,十年没有音信,死活不知。和他一块逃走的那个学生,在上海工厂里被捕,去年解到北平来坐狱,才捎来一个口信,说庆山到江西去了。

高四海只有四亩地,全躺在河滩上,每年闹好了,收点小黑豆。他在堤埝上垒了一座小屋,前面搭了一架凉棚,开茶馆卖大碗面。这里是一个小小的渡口。

秋分擀面,公公拉风箱。老人从村里远远挑来甜水,卖给客人,又求过往的帆船,从正定带些便宜的大砟,这样赚出两口人的吃喝。

秋分在小屋的周围,都种上菜,小屋有个向南开的小窗,晚上把灯放在窗台上,就是船家的指引。她在小窗前面栽了一架丝瓜,长大的丝瓜从浓密的叶子里垂下来,打到地面。又在小屋的西南角栽上一排望日莲,叫它们站在河流的旁边,辗转思念着远方的行人……

每年春夏两季,河底干了,摆渡闲了,秋分就告诉公公不要忘记给望日莲和丝瓜浇水,回到子午镇,来帮着妹妹纺线织布。

二

子午镇和五龙堂隔河相望,却不常犯水,村东村北都是好胶泥地,很多种成了水浇园子,一年两三季收成,和五龙堂的白沙碱地旱涝不收的情形,恰恰相反。

子午镇的几家地主都是姓田,田大瞎子(那年暴动,他跟着县里的保卫团追剿农民,打伤了一只眼睛)在村里号称"大班",当着村长。他眼下种着三四顷好园子地,雇着四五个大小长工。在正村北有一所大庄基,连场隔院。左边是住宅,前后三进院子,都是这几年里新盖的,一色的洋灰灌浆,磨砖对缝,远远望去,就像平地上起了一座恶山。右边是场院,里面是长工屋,牲口棚,磨房碾房,猪圈鸡窝。土墙周围,栽种着白杨、垂柳、桃、杏、香椿,堆垛着陈年的麦秸、秋秸、高粱楂子。五六匹大骡子在树阴凉里拴着,三五个青石大碌碡在场院里滚着。

小做活的芒种和打杂的老温,在柳树下面铡草,切碎的草屑,从铡刀口飞起来,不久就落成大堆。一只毛腿老母鸡在草堆旁边找食,红着脸慌张地叫了几声,丢出一个热蛋,叫碎草掩埋了。

轿车赶到梢门口,老常打了几声焦脆的鞭花,进了场院,把鞭子往车卒上一插。少当家田耀武拍拍衣裳下来,老常帮着往里院搬行李。芒种放下铡刀跑过来,把牲口卸下,牵到外面井台上去打滚饮水,老温卷着长套。

田耀武的母亲,穿着一身白夏布出来,到车跟前探身看了看,有没有丢下儿子的东西,告诉老温:

"不要摘套,明儿还得去接人家佩钟哩!没见过当媳妇的这么尊贵,不请不接就不回来!"

说着,又到东墙根鸡窝里摸了摸,回头看见芒种牵着牲口进来就问:

"叫你歇晌看着鸡,把蛋都丢到哪里去了?"

"天热!"芒种赶紧说,"它们在窝里卧不住,净去找凉快地方,看也看不住!"

"看你会说!先去打肉,回来村边村沿,绕世界找找去!"田耀武的母亲说着家去了。

一家团聚。田耀武把从北平买来的、日本走私的丝绸衣料拿出来,孝敬父母。又带回一些乡下还没见过的新鲜物件:暖壶、手电棒儿和保险刀。把一部《六法全书》陈列在条案上。他在北平朝阳大学专学的是法律,在一年级的时候,就习练官场的做派:长袍马褂,丝袜缎鞋,在宿舍里打牌,往公寓里叫窑姐儿。临到毕业,日本人得寸进尺,北平的空气很是紧张,"一二·九"以后,同学们更实际起来,有的深入到军队里进行鼓动,有的回到乡下去组织农民。田耀武一贯对这些活动没有兴趣,他积极奔走官场,可也没能攀缘上去,考试完了,只好先回家里来。

父亲安慰他说:"能巴结上个官儿,自然很好,实在不行哩,咱家里也不是愁吃愁穿,就在家里吧。供给你上学原不过是叫你学会写个呈文状纸,能保住咱这点家业过活就行了!"

晚上,二门以外也有个小小的宴会。老常和老温坐在牲口棚里的短炕上,芒种点着槽头上的煤油灯,提着料斗,给牲口撒上料。老常说:"芒种!去看看二门上了没有,摸摸要是上了,轿车车底下盛碎皮条的小木箱里有一个瓶子,你去拿来!"

芒种一丢料斗子就跑了出去,提回一瓶酒来,拔开棒子核,仰着脖子喝了一口,递给老温。老常说:"尝尝我办来的货吧,真正的二锅头!"

"等等!"芒种小声说,"我预备点菜。"

他抓起喂牲口的大料勺,在水桶里刷洗刷洗,把两辆车上的油瓶里的黑油倒了来,又在草堆里摸着几个鸡蛋,在炕洞里支起火来炒熟了,折了几根秫秸尖当筷子。

老常说:"小小的年纪,瘾头挺大,别喝多了!"

可是每回轮到芒种,他总是大口招呼,不多几口,就到炕头上趴着去了。

"这孩子!"老常叹了一口气。

老温说:"老常哥,保府热闹吧!"

"我看着很乱腾,人心不安。"老常说。

"看样子,得和日本人打打吧?"

"车站上军队倒是不少,家眷可净往南开。"

"那是不打呀!日本人到了什么地方?咱这里要紧不?少当家的怎么说?"老温着急地问。

"他知道什么?"老常笑着说,"他就知道三样。到了保府,还去住了一宿哩!"

"咳,这才是!"芒种一滚爬起来说,"佩钟等了半年,怎么不憋到家就撒了!"

老温说:"这你就精神了!"

"我看咱们少当家的成不了气候,"老常又叹了口气,"虽说上的是大学，言谈行事，还不如他媳妇。一家子苦筋拔力，供给着这么个废物！"

"苦什么筋，拔什么力呀？"老温说，"地里有的是大车大车的粮食，铺子里放债有的是利钱，还有油坊花店，怕不够他糟吗？一抽一送，倒不费劲。我们这些人，再加上城里打油轧花的那一帮子，可得一点汗一点血干一整年哩！"

"你看俺们这个，"老温又摸着芒种的头说，"别说大学，连小学也没进过！"

芒种也拍着老温的脊梁说："闹得俺老温哥快五十了，连个媳妇毛也摸不上！"

"芒种，来我给你破个谜，"老温笑着，"两根筷子，夹着一根鱼刺儿，是什么？"

"我猜不着。"

"我们两个大光棍加着你这小光棍！"老温说，"咱们这长工屋，也该起个堂号了，就叫光棍堂，要不就挂块匾：五世同光！别说了，安置着睡觉！"说着一抬大腿从炕上跳下去。

芒种露天睡在场院里，地下铺着一领盖垛的席。天晴得很好，刮着小西北风，没有蚊虫，天河从头上斜过去，夜深人静，引导着四面八方的相思。

这孩子，已经到了入睡以前要胡思乱想一阵的年龄。今年十八岁了，在这个人家已经当了六年小工。他原是春儿的爹吴大印在这里当领青的时候引进来的，那一年大秋上，为多叫半工们吃了一顿稀饭，田大瞎子恼了，又常提秋分的女婿是共产党，吴大印一气辞了活，扯起一件破袍子下了关东，临走把两个女儿托靠给亲家高四海，把芒种托靠给伙计老常。告诉两个女儿，芒种要是缝缝补补，短了鞋啦袜的，帮凑一下。芒种也早起晚睡，抽空给她姐俩担挑子水，做做重力气活。

农村的贫苦的青年，一在劳动上结合，一在吃穿上关心，就是爱情了。

今天,芒种去打水饮牲口,春儿在堤埝上低着头纺线,纺车轮子在她怀里转成一朵花,她的身子歪来歪去。芒种直直地望着,牲口把水喝干了,用嘴把筲桶挑起来,当啷一声,差一点没掉到井里去,春儿回过头来笑了。

芒种望着天河寻找着织女星。他还找着了落在织女身边牛郎扔过去的牛勾槽和牛郎身边织女投过来的梭。他好像看见牛郎沿着天河慌忙追赶,心里怀恨为什么织女要逃亡。他想:什么时候才能置得起一身新人的嫁妆,才能雇得起一乘娶亲的花轿?什么时候才能有二三亩大小的一块自己名下的地,和一间自己家里的房?

半夜了,天空滴着露水。在田野里,它滴在拔节生长的高粱棵上,在土墙周围,它滴在发红裂缝的枣儿上,在宽大的场院里,它滴在年轻力壮的芒种身上和躺在他身边的大青石碌碡上。

这时候,春儿躺在自己家里炕头上,睡得很香甜,并不知道在这样夜深时,会有人想念她。她也听不见身边的姐姐长久的翻身和梦里的热情的喃喃。养在窗外葫芦架上的一只嫩绿的蝈蝈儿吸饱了露水,叫得正高兴;葫芦沉重地下垂,遍体生着像婴儿嫩皮上的绒毛,露水穿过绒毛滴落。架上面,一朵宽大的白花,挺着长长的箭,向着天空开放了。蝈蝈儿叫着,慢慢爬到那里去。

三

话虽这么说,田大瞎子还是替儿子张罗。他家和张荫梧沾点亲戚,他写了一封信,叫田耀武到博野杨村去一趟。那时张荫梧管辖着附近几个县,要组织民团,还要"改选"区长,就叫田耀武回到本县本区服务效力。

田大瞎子随着办了几桌酒席,把全区的村长村副请来,吃到半截腰里,把儿子的名片发下去,又叫田耀武敬了酒,他才把请客的意思说明:"请各位老兄老弟照应照应你们的侄儿!"

那时的村长村副差不多都是田大瞎子一流人,就说:"不照应他还照应哪个去?可是一件:耀武当了区长也得照应着我们哪!"

田大瞎子说:"那是。有个大事小情的,总得比别人有个看顾。听张专员说:不定哪天日本人就会过来。这,我们谁也没有办法。国家养着那么些军队,都打不过,你们说我们老百姓可有什么能耐挡住人家?可是,我们得防备一件:到了那个时候,地面上一不安稳,我们就要吃亏,我们是吃过亏的人了。放耀武在区上总好一些。张专员又要组织民团,不久这些公事就要下来了,各村殷实户主,都得出人买枪,这是件风火事儿,区上要没个靠近的人儿,咱们可有很多事不好办哩!"

"今年这么旱,大秋好不了,哪里有富余钱买枪啊,一杆湖北造就要七八十块大洋哩!"有几个村长村副发起愁来。

"这是张专员委派给耀武的命令,我们也没法驳回。"田大瞎子说,"可是也犯不上为这件事情发愁作难。各位回到村里掂对着办就是了,叫那些肉头厚的主儿买几支,其余的就摊派给那些小主儿们。可有一件:钱叫他们出,买回枪来,还得拿在我们手里!"

宴会完毕,村长村副都说在改选区长的那天,投耀武的票。

天很热,送客出门,田大瞎子就搬一把藤椅,放在梢门洞里,躺着歇凉。

东头有一个叫老蒋的,这人从小游手好闲,专仗抱粗腿吃饭。他每天指望的就是村里出点横祸飞灾:红白大事,人命官司,失火求雨等等,找些油水。这些日子天旱,农民们早早晚晚好站在村边大堤上望云彩等雨,他就过去,说:"老天爷又等着子午镇的好戏看了!"

农民们搭腔的很少,他们明白:就是眼下落了透雨,收成也不会好,再加上求雨唱戏花钱,穷人更是难办。

老蒋正自没趣,看见大班的客人们走了,就摇着蒲扇拐到这里来,他放轻脚步走到田大瞎子身边说:"我说呀,老天爷也瞎眼,这么热天,他还不下场雨叫你老人家凉快凉快!"

田大瞎子眼皮也没抬,只把跷起来的一只挂在大脚趾头上的鞋摆动摆动,半笑半骂地说:"滚蛋吧! 又跑来喝我的剩酒了!"

"叫我看呀,你还是不会享福。"老蒋说,"大地方不是有了电扇吗,怎么还不叫耀武买一把回来呀?我们也站在旁边,跟着凉快凉快。"

田大瞎子不说话,老蒋就冲着他扇起扇子来。田大瞎子坐起来说:"算了。你去把管账先生叫来,有点剩酒菜,你们一块吃了吧!"

老蒋跑去把先生叫了来,田大瞎子告诉他们派款买枪的事。

先生抱着大账算盘,老蒋背着钱插,先从尽西头敛起,到了春儿家里。

秋分和春儿正为冬天的棉衣发愁,每天从鸡叫,姐妹两个就坐在院里守着月亮纺线,天热就挪到土墙头的阴凉里去,拼命地拧着纺车,要在这一集里,把经线全纺出来。一见又要摊派花销,秋分就说:"大秋就扔了,正南巴北的钱粮还拿不起,哪里来的这些外快?"

老蒋说:"你说这话就有罪,咱村的收成不赖呀!"

"谁家的收成好?"秋分问。

"大班的支谷,下了一亩八斗,你砍我的脑袋!"老蒋说。

"别提他家!"春儿说,"那是大水车的灵验,我们哩,我们这些穷人哩,别说八斗,八升打出来,你砍了我的脑袋!"

"你可有多少地亩呀?"老蒋笑了。

"他地多,就叫他把钱全垫出来呀!"

"人家不是大头!"

"他家不是大头,难道我们倒成了大头?"

"这是全村的事,我不和你小丫头子们争吵。"老蒋说,"你不拿也行,到大众面前说理去!"

"你们是什么大众!"春儿冷笑着,"还不是一个茅坑里的蛆,一个山沟里的猴!"

管账先生说:"你这孩子,不要骂人,这次泼钱是买枪,准备着打日本,日本人过来了,五家合使一把菜刀,黑间不许插门,谁好受得了啊?"

"打日本,我拿。"春儿从腰里掏出票来,"这是上集卖了布的钱。

我一亩半地,合七毛二分五,给!"说着扔给老蒋。

"这就是咱村的一大害,刺儿头!"老蒋走出来,和管账先生嘟囔着。

听说山里的枪支子弹便宜,老蒋在那边又有个黑道上的朋友,写了封信,田大瞎子派芒种先去打听打听。这孩子吃得苦,受得累,此去西山一百多里地,两天一夜,就能赶回来。

芒种轻易不得出门,听说叫他办事,接过信来,戴上一顶破草帽,包上两块饼子就出发了。

这时已是起响以后,农民们都背上大锄下地去了,走到村边,从篱笆门口望见春儿和秋分,正在葫芦架下面经布,春儿托着线子走跳着,还挂好一边的橛子。芒种想起身上的小褂破了,就走了进来。听见脚步声,春儿转过身来,没有说话。秋分抬头看见,就说:"起响了,你倒闲在?"

"我求求你们,"芒种笑着说,"给我对对这褂子!"说着把饼子放下,把褂子脱下来。

"什么要紧的事,你这么急?"春儿停下手来问。

"到山里送封信。"芒种说。

"颠颠跑跑的事,就找着你了?"春儿盯着他说。

"没说吃着人家的饭嘛,就得听人家的支唤。"芒种低着头。

"叫春儿给你缝缝,"秋分说,"她手上戴着顶针。"

春儿回到屋里,在针线笸箩里翻了一阵,纫着针走出来,一条长长的白线,贴在她突起的胸脯上,曲卷着一直垂到脚下。她接过褂子来,说:"这么糟了,衬上点布吧!"

"粗针大线对上点,不露着肉就行了。"芒种说。

春儿不听他的,又回到屋里找了一块白布,比了比,衬在底下,密针缝起来,缝好了,用牙轻轻咬了咬,又在手心里平了平,扔给芒种:"别处破了,这个地方再也破不了啦!"

芒种穿在身上,转身到墙根水瓮那里探头一看,说:"又干了!我去担挑子水来!"

秋分说:"一会儿我和春儿去抬吧,叫你们当家的看见,又该说你了!"

"这是体己活,他管不着!"芒种说,"我要两三天才回来哩!"

他担起她们的小筲桶就出去了,担了一挑又一挑,小水瓮里的水波波地漫出来了,又去担了一挑,浇了浇葫芦。

春儿在他背后笑,刚刚给他缝好的褂子,又有一个地方,像小孩子张开了嘴。

"来!再对上几针,"她招呼着芒种,"就穿着缝吧,给你叼上一根草根儿!"

"叼这个干什么?"芒种说。

"叼上,叼上!要不就会扎着你,要不咱两个就结下冤仇了!"春儿笑着,把一根筲荨苗放在芒种的嘴里。

两个人对面站着,春儿要矮半个头,她提起脚跟,按了芒种的肩膀一下,把针线轻轻穿过去。芒种低着头,紧紧合着嘴。他闻到从春儿小褂领子里发出来的热汗味,他觉得浑身发热,出气也粗起来。春儿抬头望了他一眼,一股红色的浪头,从她的脖颈涌上来,像新涨的河水,一下就掩盖了她的脸面。她慌忙打个结子,扯断了线,背过身去说:

"先凑合着穿两天吧,等我们的布织下来,给你裁件新的!"

四

芒种拿起饼子,连蹦带跳地跑下堤埝去,他头一回听见子午镇村边柳树行子里的小鸟们叫得这样好听。小风从他的身后边吹过来,他走在路上,像飞一样。前边有一辆串亲的黄牛车,他追了过去;前边又有一个卖甜瓜的小贩,挑着八股绳去赶集,他也赶过去了。他要追过一切,跑到前边去。有一棵庄稼,倒在大路上,他想:"这么大的穗子,糟蹋了真可惜了儿的!"扶了起来。车道沟里有一个大甩洼:"后面的车过来,一不小心要翻了哩!"把它填平。走到一个村口,一个老汉推着一小车粮食上堤坡,努着全身的力气,推上一半去,又退了下来,他赶上去帮助。到街里,谁家的孩子栽倒了,他扶起来,哄着去找娘。

当天晚上,他就过了平汉路,在车站上,他看见了灰色的水塔和红绿色的灯,听见了火车叫。一火车一火车的兵马,在他眼前往南开去了,车顶上挤着行李、女人和孩子。

他走在山地里的石子路上,爬过一个山坡,又一个山坡,一打听道儿,老乡总是往前面山顶上一指说:"翻过这个小梁梁儿就到了,一马平川!"

这里冷得早,山前的草还青着,山后的草就发白了。白色的房顶上堆着枣儿,黑色的山羊在山坡石头堆里跳跃着。山道两旁,常常遇见泉水,小小的水泉慢慢冒出水来,像螃蟹吐泡,芒种从没喝过这样甜的水,不断蹲下用手捧起来喝。

尽量抬着脚步走,还不断踢起小石块,不久鞋底磨出窟窿来,石子钻到里面去,芒种想:"回去又该求春儿了!"他捡了几块又圆又滑的紫色小石头装在兜里,平原的孩子们欢喜这些小石头,偶尔才能从田地里拾到一块,说是老鸹从山里衔回的枕头。他预备回去送给女孩子们抓子儿。

中午,他走到一个大镇店,叫做城南庄。村边河滩上有一片杨树,一个中年妇女坐在大道旁边纳着鞋底儿,卖豆腐和红枣。芒种坐在一块石头上,脱下鞋来休息。

前面是一条大河,叫胭脂河,太阳照在河面上,水流很清,红色的沙石在河底翻动。河对面有唱歌和喊叫的声音。

不久,从山后转出一支队伍来,稀稀拉拉,走得很不齐整,头上顶着大草帽,上身披着旧棉衣。这队伍挤在河边脱鞋,卷裤子,说笑着飞快地蹚过来,在杨树林子里休息了。芒种问那妇女:"大嫂子,这是什么军头啊?"

"老红军!"妇女说,"前几天就从这里过去了一帮,别看穿得破烂,打仗可硬哩,听说从江西出来,一直打了二万多里!"

"从江西?"芒种问,"可有咱这边的人吗?"

"没看见,"妇女说,"说话侉得厉害,买卖可公平,对待老百姓可好哩!"

"怎么火车上兵往南开,他们倒往北走哩!"芒种又问。

妇女说:"那是什么兵,这是什么兵!往南开的是蒋介石的兵,吃粮不打日本,光知道欺侮老百姓。这才是真心打日本的兵,你听他们唱的歌!"

芒种听了听,那歌是叫老百姓组织起来打日本的。队伍散开,有的靠在树上睡着了,有的跑到河边上去洗脸。有一个大个子黑瘦脸的红军过来,看了看芒种说:"小鬼!从哪里来呀?看你不像山地里的人。"

"从平地上,"芒种说,"深泽县!"

"深泽?"那红军愣了一下笑了,"深泽什么村啊?"

芒种听他的口音一下子满带了深泽味儿,就说:"子午镇。老总,听你的口音,也不远。"

"来,我们谈谈!"红军紧拉着芒种的手,到林子边一棵大树下面,替芒种卷了一颗烟,两个人抽着。

"我和你打听一个人,"红军亲热地望着芒种,"你们村西头有个叫吴大印的,你认识吗?"

"怎么不认识呀,"芒种高兴起来,"我们在一个人家做活,我还是他引进去的哩。现在他出外去了,在牡丹江种菜园子。"

"他有一个女儿……"红军说。

"有两个,大的是秋分姐,小的叫春儿。"芒种插上去,"你是哪村的呀,你认识高庆山吗?"

红军的眼睛一亮,停了一下才说:"认识。他家里的人还都活着吗?"

"怎么能不活着呢?"芒种说,"生活困难点也不算什么。就是想庆山想得厉害,你知道他的准信吧?"

"他也许过来了。"红军笑了一下,"以后能转到家里去看看,也说不定。"

芒种说:"那可就好了,秋分姐整天想念他,你见着他,务必告诉他回家看望看望。"

红军说:"你这是到哪里去呀?"

"我去给当家的送封信。"

"你们当家的叫什么?"

"田大瞎子。"

"你们村里谁叫这个?"

"就是村北大班,那年闹暴动,叫红军打伤了眼的。"

"是他!"红军眼睛里的热情冷了,宽大的眉毛挑动一下,"那些闹暴动的人们,眼下怎么样?"

"那些人有的死了,有的出外去了。"芒种说。

"老百姓的抗日情绪怎么样?"红军又问。

"什么情绪?"

"抗日的心气高不高?"

"高。"芒种说,"我这就是去买枪,回来就操练着打日本。"

"村里是谁的主事?"

"田大瞎子。"

"咳!"红军说,"武器掌握在他们手里,是不会打日本的。你们要组织起来,把枪背在自己肩上。"

他给芒种讲了很多抗日的道理。天气不早,芒种要赶道,红军又送了他一程,分别的时候,芒种说:"同志,你真能见着庆山吗?"

"能。"红军说,"你告诉他家里人们放心吧,庆山在外边很好,不久准能家去看看。"说完,就低着头回到树林子里去了。

芒种一路上很高兴,想不到这一趟出差,得着了庆山的准信,回去一学说,她们不定多高兴哩。他把信交了,把事情办妥当,第二天就赶回来,路过城南庄,部队不见了,卖豆腐的妇女说连夜又往北开了。

回到子午镇,看见秋分和春儿在堤埝上镶布,芒种老远就合不上嘴,走到跟前小声说:"秋分姐,家来! 我说给你句话。"

"什么事啊,这么偷偷摸摸的?"春儿仰着头问。

"家来,你们全家来!"芒种说着先走了。

到家里,芒种坐在炕沿上说:"天大的喜事,庆山哥快回来了!"

秋分靠在隔扇门上问了又问,芒种说了又说。好容易把那个红军的身量、长相、眉眼、口齿学说明白,秋分哭了起来。

"这是怎么了?"芒种着了慌。

"你见着的恐怕就是他!"秋分说,"怎么这样狠心,见着了靠己的人,还不说实话呀!"

春儿抱着线子家来,也呲的芒种:"你怎么就不知道好好儿叮问叮问? 他穿着什么衣裳?"

"衣裳顶破旧。"芒种说。

"什么鞋袜?"

"没穿袜子,我看那也不叫鞋,是用破布条子拧的!"芒种比画着。

"你问那些个干什么?"秋分说,"我看就是他,别人能知道咱这里的事儿那么清楚?"

"他有胡子没有?"春儿还是问。

"一脸黑胡子碴儿。"芒种说。

"我看那不是。"春儿说。

"他离家十几年,你还不叫他长胡子?"秋分说着笑了,她站立不住,就到五龙堂去了。春儿在后边暗笑:姐姐像好了一场大病,今天走得这么轻快。

五

走到五龙堂,秋分把芒种带回来的好消息告诉了公公,还加上她的猜想。老人说:"那一定是他。他还不能明说呀,这个地面还是归人家辖管着哩!"

他披上褂子,拿起烟袋来:"你在家里看门,我到村里去转转!"

秋分嘱咐着说:"不要见人就学说啊,等他真的回来了吧!"

"我知道!"老人说,"我不是那缺谋少算、眼薄嘴浅的人,我不过是去告诉几个真心实意和咱相好的人,人家也整天惦记着庆山哩!"

直到天黑,高四海还没有回来,秋分把门锁上,也到村里去了。

她到和庆山一块出走、现在北平坐狱的高翔家里去。高翔家里有爹有娘,一个和秋分年岁差不多的媳妇和一个小女孩。秋分在婆家住的时候,好到他家坐坐,和高翔媳妇说说话儿。这两个女人,并不是什么都能说到一块,高翔的媳妇是从小娇养大的,热爱丈夫,却不明白他为什么净做那些傻事。对于那年暴动,她也不赞成,因为婆家稍微富裕,还跟着吃了一惊。可是,她愿意和秋分说话,她说:"庆山嫂子,咱两个是一个命儿,"停一会就又说,"我比你还苦!"

那时庆山只是没有准信,至于高翔,在那个年月,就是身边的孩子,也随时能从共产党这三个字联想起杀头来。

公公和婆婆曾经到北平去看望过高翔一次,媳妇也想带着女儿去一趟,公公回来说:高翔不让她去,只是叫她做一身棉衣。因为丈夫戴着刑具,这一身棉衣,裁剪得奇怪,做成了,就像是不会系腰带的孩子们穿的。她拿起又放下,好几夜的工夫才把这身棉衣做成。

一针一滴眼泪,把棉花全湿透了。从结婚起,小夫妻的感情很好,新婚不久,丈夫送她到娘家去,路经滹沱河,夏天河里浪头大,小船不安稳,她年轻、胆小、晕船,当着船上很多人,高翔就把她抱在怀里,用手遮着她的眼。封建岁月,远近都当笑话传说起来。

越想过去,就越发难过了。打从高翔坐狱起,她没有畅快地欢笑过,没有穿过新衣裳,一家人过年不挂红灯,中秋不买月饼,一到天黑,就关门睡觉。

这天秋分来到她家里,正是掌灯的时候。窗纸上闪着亮光,十年以来,她第一次听见了高翔媳妇的笑声。

走进屋里,这一家人正围着桌子看一封信哩,谁也没有看见她进来,秋分说:"什么事,一家子这么高兴?"

高翔的媳妇转脸看见是秋分,笑着说:"喜事!"

"俺爹从狱里出来了!"趴在桌子上的小女儿望着秋分夸耀。

"你这个爹可是个稀罕!"高翔的媳妇轻轻拍了女儿一下,对秋分说:"高翔出来了,信上还打听你们的人哩,你来得正好,快坐在炕上听听吧!"

秋分只好先把自己的喜信收起来,坐到炕上去,听她家的喜信。

其实,这信白天已经念过一次了,吃过晚饭,小孩子要求爷爷再念一次。高翔的父亲把信纸铺在桌子上,把花镜擦了又擦,拿起信纸,前挪挪后退退,像对光一样,弄了半天,才念起来。

高翔的母亲靠在炕头被垛上,不耐烦地说:"你看你,真比戏子扮角还费工夫哩!"

"你利落,你来!"父亲把信又放在桌子上,把眼镜摘下来拿在手里,"你不知道我上了年纪,眼力不行,又加上你儿子写的这笔字,真不好认,我就怕看这个钢笔信!"

"算了!念吧,念吧!"母亲闭上眼专心听着。小女孩子还要往上挤,用两只小手使劲扯着耳朵。

高翔的信是写给父亲和母亲的,可是不用说秋分,就是这个十来岁的孩子也能听得出来,有好多言语,是对她的母亲说的。爷爷念着,她看见母亲不断地红脸。

信上写着:

> 我出狱后,就兼程赶到延安,现住瓦窑堡,在毛主席的亲自领导下进行学习,不久就北上抗日。十年以来,奔走患难,总算得到了报偿!

父亲念到这里停了下来,说:"延安。这个地名很熟,《水浒传》上王教头私走延安府,可就是想不起什么地方来。去,在他那书箱里,找本地图来。"

高翔的媳妇登坡上高,打开多年没动过的、尘土封盖的丈夫的书箱。翻了半天,找出一本来,递给公公。老人打开一看说:"这是一本字典。我来吧。"

他找出儿子上中学时候用的一本地图来，找了半天，才在陕西肤施县下面的括弧里找到了延安。又用两个手指头量了量，说："你们看，这里是深泽，咱们的家，这里是延安，高翔他们占的地方，距离也就是这么寸数光景，走起来，可得些工夫哩！"

高翔的母亲叹气说："在外边十几年，叫人跟着担惊受怕，好容易出来了，还不先到家里看看老娘，怎么又跑到那天边子上去了哩！"

父亲说："你老不明白，一准是那里有你儿子更想念的人儿！"

信上也提到庆山，说他可能从江西长征过来，北上抗日了。秋分把芒种带回来的消息说了，一家子替她高兴。老人把信装好，交给儿媳妇，媳妇像捧着金银玉宝一样，递给婆婆，婆婆把它塞到被垛底下去。

小孩子托着腮帮儿望着她母亲说："娘，我们去找爹吧！"

"你去吧，你离得家了？"母亲问。

"离得。"小孩子说，"你去不去？你不去，我自己去。"

"你自己去吧。"母亲笑了。

能把孩子送到丈夫的身边也是好的。在她想来：比如做衣裳，孩子就是一个小针，能把母亲心里这条长长的线带到那边去，并且连在一起；像一条小沟，使这个洼里的水流进那一个洼；像一只小鸟，从这个枝跳上那个枝，从这棵树飞到那棵树。

今天夜里，在五龙堂这个小村庄里，至少要有两个女人，难以入睡。

这天晚上，闷热。秋分回到小屋里，公公还没有回来。小菜虫从窗口飞到屋里来，围着小油灯乱转。坐不到炕上，她抓了一把破蒲扇到堤坡上来。黑夜里，望日莲滴着金黄的花粉，香得闷人。从村庄到这里来的路上，有一星星的火光，不断飞起，秋分知道是公公抽着烟回来了。

春儿吃过晚饭，到姐姐家去看了一下，她替姐姐高兴，盼望着姐夫回来。姐姐不在家，她又一个人回来，过河的时候，天就大黑了。

月亮升上来,河滩里一片白,闲在河边的摆渡鼓鼓的底儿向上翻着,等候着秋天的河水来温存。

她还要走过一片白沙岗,一带柳子地。

柔细光滑的柳子,拂着她的手和脸,近处有一只新蜕皮的蝈蝈儿,叫得真好听。她停下来,轻轻拨动着柳子,走到里边去,想把它捉住。

忽的一个黑影子,从她脚底下跳起来,她叫了一声。

原来是芒种,嘻嘻地笑着说:"我吃了后响饭,喂饱了牲口,到菜园子井台上洗了洗脚,站在高处一望,有一个白色的东西在柳子地里浮游,我想:准是一只大鸟,要在柳子地过夜,我去捉住它。走近了,原来是你的白褂子!"

春儿说:"你饶吓了人,还编歪词儿!"

"我是说来接接你,四海大伯高兴吧?"

"亲人快回来了,还有不高兴的?明儿还许请请你哩!"春儿说。

"请我什么?"芒种说。

"请你吃大碗面,多加油醋!"春儿笑着说,"看你把我的蝈蝈儿也闹跑了,快回家吧!"

"紧着家去干什么,我要在这里玩一会儿!"芒种说。

"漫天野地,有什么玩儿头?怪害怕的。"春儿说着往前走了。

"等等我呀!"芒种小声叫着,"等等我去捉住这个蝈蝈儿,它又叫哩。"芒种拨着柳子往里面去了,听见蝈蝈儿的叫声,春儿也跟了进去。

芒种紧紧拉住她的手,春儿急得说不出话来,用力摆脱,倒在柳子棵的下面。

密密的柳子掩盖着,蒸晒一天的沙土,夜晚一来,松软发热。到处是突起的大蚂蚁窝,黄色的蚂蚁,夜间还在辛勤地工作着,爬到春儿的身上,吸食甜蜜的汗。

最后,春儿哭了,她说:"这算是干什么?你有什么话就说吧!"

芒种说:"听见庆山哥的消息,大家都在高兴。我是问问你,我们能不能成了夫妻……"

春儿低着头,用手抓着土。她刨了一个深坑,叫湿土冰着滚热的手。半天工夫,她说:"成不了,你养活不起我。"

芒种说:"要是庆山哥回来了呢?假如我也有了出头之日……"

"那我们就指望着那一天吧!"春儿说,"我又没有七十八老,着什么急哩!"

六

春儿回到家里,月亮已经照满了院,她开开屋里门,上到炕上去,坐在窗台跟前,很久躺不下。小白褂湿透了,带着柳子地里的泥土和揉碎的小草的味道。月亮从葫芦的枝叶里,从窗户的棂格里照进来,落在她丰满的胸脯上,心口还在突突地跳动。

她感到有些后怕,又有些不满足。她侧着耳朵听着,远远的田野,有起风的声音。

她出来,西北角上有一块黑云,涌得很快,不久,那一面的星星和树木,就都掩盖不见了。干燥的田野里,腾起一层雾,一切的庄稼树木、小草和野花,都在抖擞,热情地欢迎这天时的变化。

半夜里下起大雨来,雨是那样暴,一下子就天地相连。远远的河滩里,有一种发闷的声音,就像老牛的吼叫。

今年芒种还没有给她们抹房顶,小屋漏了,叮叮当当,到处是水,春儿只好把所有的饭碗、菜盆,都摆在炕上承接着,头上顶了一个锅盖,在屋里转来转去。

堤埝周围,不知道从哪里钻出了这么多的蛤蟆,一唱一和,叫成了一个声音,要把世界抬了起来。春儿一个人有些胆小,她冒着雨跑到堤埝上去,四下里白茫茫的一片。有一只野兔,慌张地跑到堤上来,在春儿的脚下打了一个跟头,奔着村里跑去了。

"看样子要发大水了。"春儿往家里跑着想。

第二天,雨住天晴,大河里的水下来了,北面也开了口子,大水围了子午镇,人们整天整夜,敲锣打鼓,守着堤埝。开始听见了隆隆的声音,后来才知道是日本人占了保定。大水也阻拦不住那些失去家乡逃难的人们,像蝗虫一样,一铺面子过来了。子午镇的人们,每天吃过饭就站在堤埝上看这个。

那些逃难的人,近些的包括保定、高阳,远些的从关外、冀东走来。从家里带出来的东西,越走越少,从这些人的行囊包裹、面色和鞋脚上,就可以判定他们道路的远近,离家日子的长短。远道逃来的人,脚磨破了,又在泥水里浸肿了,提着一根青秫秸,试探着水的深浅,一步一步挪到堤埝跟前来。他们的脸焦黑,头发上落满高粱花,已经完全没有力量,央告站在堤坡上的人拉他们一把。

有一个年轻的女人,把一个小孩子背在背上,手里还拉着一个。孩子不断跌倒在泥水里,到了堤埝边上,她向春儿伸伸手:"大姑,来把我们这孩子接上去!"

春儿把她娘儿们扶了上来,坐在堤埝上。一群妇女围上来,春儿跑回家去,拿些饽饽来,给两个孩子吃着,那个女人说:"谢谢大姑。我们也是有家有业的人啊,日本人占了我们那个地方。"

春儿问:"你们家是哪里呀?"

"关外。当时指望逃到关里,谁知道日本人又赶过来,逃得还不如他们占得快,你们说,跑到哪里是一站呀?"

"孩子他爹哩?"春儿问。

"走到京东就折磨死了。"女人擦着泪。

"日本人到了什么地方?"人们问。

女人说:"谁知道啊,昨儿个我们宿在高阳,那里还是好好儿的,就像你们现在一样。可是今天早晨一起来,那里的人们也就跟着我们一块儿逃起来了。"

人们都不言语了,那个女人叫小孩子吃了吃奶,就又沿着堤埝,跟着逃难的大流走了。

天晴得很好,铺天盖地的水,绕着村子往东流。农民们在水里砍回早熟的庄稼,放在堤埝上,晒在房顶上。

天空有一种嗡嗡的声音,起先就像一只马蝇在叫。声音渐渐大了,远远的天边上出现一只鹰。接着显出一排飞机,冲着这里飞来了。农民们指画着:"看,飞艇,三架,五架!"

他们像看见稀罕物件一样,屋里的跑到院里来,院里的上到房顶上去。小孩子们成群结队地在堤埝上跑着,拍着巴掌跳跃着。

逃难的女人回过头来说:"乡亲们,不要看了,快躲躲吧,那是日本人的飞机,要扔炸弹哩!"

没有人听她的,有些妇女还大声喊叫她们的姐妹们,快放下针线出来看:"快些,快些,要不就过去了!"

飞机没有过去,在她们的头顶侧着翅膀,转着圈子,她们又喊:"飞鸡,要下蛋了,你看着急找窝哩!"

轰!轰!飞机扫射着,丢了几个炸弹,人们才乱跑乱钻起来,两个人炸死在堤埝上,一头骡子炸飞了。

飞机沿着河口扫射,那里正有一船难民过河。河水很大,流得又急,船上一乱,摆渡整个翻到水里去。大人孩子在涌来涌去的大浪头中间,浮起来又淹没下去,一片喊救人的声音。

日本人的飞机扫射着,轰炸着,河里的水带着血色飞溅起来。

五龙堂能凫水的人全跳到水里去打捞难民。高四海老头子脱得光光的,拍打着浪头,追赶一个顺流而下的小孩子。他一个猛子扎了一里多远,冒出头来,抓住了小孩子的腿,抱到岸上来。他在搭救出来的水淋淋的难民中间走着喊:"谁是孩子的娘,这是谁家的孩子,没有主吗?"

有的人说:"你老人家遮盖上点吧,这里净是女人们!"

高四海说:"别放他妈的屁了,什么时候,还有这么些讲究!有理可就去和日本人说呀!"

他找不到小孩子的娘,把孩子嘴朝下放在河滩上,又跳到水里去了,他专门打捞着女人,打捞上一个来就问:"别哭,快吐吐水,你的小孩我给你打捞上来了!"

当女人摇头说不是她的小孩的时候,他就又跳进水里去了。

一直打捞到天黑,有很多人是叫大水淹死了。人们点着一堆堆的柴火,烘烤那些打捞上来的人们。高四海穿上衣服,逢人就打听小孩的母亲。有人说:这是从关外逃来的那个黑脸的年轻的女人的孩子,她恐怕是在水里炸伤了,没有力量浮起来淹死了,还有她那个大些的孩子。高四海听了,叫过秋分来说:"抱着这孩子到有奶的人家吃吃去,他娘死了,我们收养着吧!"

秋分说:"这个年月,收养这个干什么呀?"

"你不抱他,我就抱他去!"高四海说,眼里汪着热泪,"这年月,这年月,还哪来的这些废话呀!"

夜晚,逃难的人们,就在熄灭的柴火堆旁边睡下了,横倒竖卧。河水汹涌地流着,冲刷着河岸,不断有土块坍裂的隆隆的声音。月光照着没边的白茫茫大水和在水中抖颤的趴倒的庄稼。远近的村庄,担着无比的惊惶和恐怖、焦急和无依的痛苦,长久不能安眠。在高四海的小屋里,发出小孩子的撕裂喉咙的哭声。

"日本!日本!"在各个村落,从每一个小窗口里,都能听到人们在睡梦里,用牙齿咬嚼着这两个字。

七

前些日子,子午镇也曾买回几支枪来。田大瞎子自己带一支八音子,把一支盒子枪交给田耀武。有两支大枪叫村里几个富农地主子弟背着,每天早晨起来,在十字街口集合出操,田耀武是指挥。这些子弟对出操跑步没有兴趣,又怕以后真的挑兵,总是等到巳牌时还到不齐,随便报报数也就散了。并且,指挥虽然是大学毕业,也受过暑期军训,对于操法口令却非常生疏。自从那天好容易分作前后两行,他喊:"前排不动,后排向前五步走!"结果后排的人顶了前排的屁股,田耀武在全村老百姓面前羞了个大红脸,也就懒得再集合这些人了。

这些子弟们对枪还是有兴趣的,他们在夜晚背上枪支去串女人门子,对相好的夸耀,说他不久就是一个官儿了。田耀武因为自己的媳妇一直没有回来,和老蒋的女儿俗儿交接上了,每天晚上就住在她那里。

俗儿是老蒋的第三个女孩。两个姐姐全出嫁了,长得也都平常;唯独这个老三,从小就显出是全村的一个人尖儿。十五六上就风流开了,在集上庙上,吃饭不用还账,买布不用花钱。今年才十九岁,把屋里拾掇得干干净净,糊上雪白的窗纸,铺上大红的被褥。这天前半夜田耀武又来了,把盒子枪放在炕沿上吓唬她说:"小心着!你要再和别人好,这个玩意可不饶你!"

俗儿笑着说:"你觉得我怕那个吗?我摸过的比你见过的还多哩!你瞎背着,会使吗?你能这样——"她说着一只手抓起盒子枪来,抬起穿着红裤衩的大腿,只一擦就顶上了子弹,对准田耀武。

田耀武赶紧躲到炕头里面去说:"别闹,别闹!看走了火打着人。"

俗儿关上保险,把枪放在桌子上,说:"你用不着拿这个唬我们,我们不怕这个。你这样说:你再和别人好,我就不给你钱花了——那我就没有话说了。"

田耀武说:"别废话了,你愿意和谁好就和谁好,我也快走了。"

"你到哪里去?"俗儿把灯挑亮,歪到炕上来。

"到南边做官儿去。"

"这个东西也带走吗?"俗儿问,她指指放在桌子上的枪。

"带着,道路上不平静。"田耀武说。

"你们有钱的人,哪里也能去,你也带我去吧,给你搓搓洗洗的。"俗儿笑着说。

田耀武只是笑了一下。俗儿说:"和你说着玩儿哩,我跟你去干什么?我人穷命苦,活该受罪,日本人来了再说他来了的,在劫的难逃,天塌了还有地接着呢!可是,你这趟出去,盘川脚给,也得花不少的钱吧?"

田耀武说:"家里有些现洋,老头子全埋起来了,我还得到城里铺子里去拿钱。"

"穷家还富路哩,何况你们是有钱的主儿!"俗儿说,"哪天走,规定了日子没有?我还得给你送送行哩!"

"不要你送行,"田耀武说,"快脱衣裳睡觉吧,什么时候走再告诉你!"

俗儿慢慢脱着衣服,又问:"路上不平安,你有个伴没有?"

"没有,"田耀武说,"平汉路不通了,叫老常送我到濮阳,再从那里坐火车。"

"也得在五龙堂过河吧?"俗儿问。

"嗯。"田耀武答应着把灯吹灭了。

半夜里,村里住了兵,人们乱了起来,田大瞎子派芒种把田耀武从热被窝里叫走了。俗儿刚刚合上眼,就听见有人轻轻敲打着窗棂说:"走了吗?"

"走了。"俗儿说。

"问清楚了没有?"

"问清楚了:有枪有钱,老常送他,在五龙堂过河。"

"日期哩?"

"没有定准。"俗儿说,"你每天在河口上留点意就是了。得了便宜,可别忘了我。"

"你的大功一件。"窗外的人压着嗓子笑着,"给你买件花褂。"

"你还进来睡不?"俗儿撒着娇问。

"你叫我就热锅吗,他妈的!"那个人说着,爬上房去走了。

村里住的是骑兵,起初人们以为是日本,不敢开门,军队砸开了门子,才知道是五十三军。马跑得四蹄子流水,披着鞍子就都在街里卧倒了,村公所赶紧预备吃喝草料。军队绕家串游,乱放枪,一条狗在街上跑,一枪打死。田大瞎子把营长请到自己家里,好酒好菜应酬着,有兵闯进来,他就出来说:"老总别闹,你们官长在这里!"

"什么妈拉巴子官长!"那些兵用枪托子顿着田大瞎子的胸脯,

"你叫他出来认认我们！是官长就该领我们和日本子打仗,王八蛋狗肏的就会领着我们跑,把马都快跑死了,还是官长哪!"

军队乱夺乱抢一阵,不到鸡叫就又下命令往南开,那些军队,大声骂着街,爬上马去,歪歪斜斜地跑走了。

"我看不行了,"田大瞎子把耀武叫到屋里说,"你先把你那长头发去了吧!"

"这头发要什么紧?"田耀武不大高兴。

"什么要紧?"田大瞎子大声吆喝,"你的命要紧！日本人就是讨厌念书的学生,光凭我可怕什么呀?"

母亲也劝,把老常叫来,拿把剃头刀子把田耀武的分头刮掉,箍上了一块西湖毛巾,田大瞎子说:

"我看那么鲜亮的毛巾也扎眼。早些吃点饭,到城里去一趟!"

田耀武光着头往街上一走,大大增加了子午镇村民的恐日情绪,农民们偷偷说:"怎么区长把羊头也去了?"

"怕日本。"

"剃光头就不要紧了？我们可全是光头。"

"我看是鸡巴一样,日本人不管你有毛没毛!"

田耀武到铺子里支了几百块钱,到县政府去转了一下。县政府的牌子也摘了,大堂的正门堵起来,一个顶事的人也不见。转了半天,才遇见一个认识的听差,说县长和科长们半夜里就雇上大车南下了,枪支钱粮全带走了。田耀武赶紧回到家里,匆匆忙忙打整了个包裹就要走。

他母亲说:"把咱那文书匣子,你也带出去吧!"

田大瞎子说:"地亩搬不动,拿出那个去做什么使,还是埋起来,反正我在家里守着它!"

又把老常叫来,嘱咐了几句。老常急忙回到长工屋里拿双替换的鞋。老温和芒种全在那里心神不安地等着,老温说:"老常哥,你就和少当家的说说,叫他把我也带出去吧!"

"你出去干什么?"老常说。

"到哪里也是卖力气吃饭呗,总比在家里叫日本人杀了好啊!"老温说。

芒种也说:"求求他也把我带上!"

老常说:"谁也别想。该着怎样就怎样吧,别看叫我跟着,用不着了,也就叫我回来了,要不我就多带上一双鞋?咱们就是擦屁股瓦,用的时候抓起来,用过就丢了。跟着他干什么去,他肯管你饭吃?"

等到天黑,田耀武才和老常从家里出来,父亲和母亲怕叫人看见,也没有送他。他们从村边蹚着水,抄着小道,并没有遇见一个人。到了五龙堂河口,老常先到头里去,招呼一声摆渡。

摆渡靠在对岸,上边好像没有人。老常用两只手卷成喇叭,大声喊叫,在水雾茫茫里,好半天才听见有人答应:"听见了!"

田耀武和老常站在河边等着,河水落了些,水流还是很大,小船从上游下来,像漂着的一片树叶。船靠了岸,船上只有两三个人,黑影里跳下一个女人来,和船夫们打趣着:"劳你们的大驾了,我也不掏船钱了!"

船夫们笑着说:"我们候了你吧,回头再去上你的船!"

"扯淡!没一个好东西!"女人骂着上了岸,望了田耀武一眼,说:"这不是田区长吗?"

田耀武早就听出是俗儿,冷冷说了一句:"我到五龙堂去有点公事。"

"有什么公事啊?"俗儿笑着,"县长全跑了,你这区长还不交待了吗?"

田耀武顾不得和她搅缠,就催着老常上船,老常上去说:"今天净是谁们呀,怎么听口音都生乎乎的。"

小船开动了,船夫们一句话也没说,把舵的人背着身子,眼望着滚滚的河水,留恋着俗儿的模糊的影子。很快到了对岸,田耀武先跳下去,就要掏船钱。这时那个把舵的说了话:"不要船钱了,把你带的枪留下来!"

"为什么给你们枪?"田耀武吃了一惊。

"枪是老百姓掏钱买来打日本的,你带着上哪里去?"把舵的跳下来,就拧住了田耀武的胳膊。

"你们这不是明抢明夺吗?"田耀武挣扎着。

"眼下很难说清是谁抢谁的了,县政府的八辆大车,全叫我们留下了,你还想怎样?不想走旱道,就到河里去。"说着就把田耀武悬空举起来。

"我给,我给。"田耀武把枪摘下来。

"子弹,五十粒。"掌舵的人又说。

"枪给你们了,我留着子弹干么。"田耀武递过去说。

"钱。"掌舵的人又说。

"这是我的路费。"田耀武说:"你们拿了去我怎么走路呀?"

"你用不了那么多。给你留下点,花到濮阳。"

过来几个人把他搜了,丢了摆渡走了。掌舵的人在水皮上试着新得来的枪,连发一排子弹。

"哪来的这么一班强盗?"田耀武哆哆嗦嗦地说。

"我听着像和俗儿相好的高疤。我们还走不走?"老常说。

"不走怎么办?"田耀武说,"这个地面我更不能待了,钱也不多了,送我一程,你就回去吧。"

八

自从大军南撤,县长逃走,子午镇的老百姓只好听天由命,庄稼烂在地里不愿去收拾,村庄里成立了很多小牌局。从安国长仕庙上来了一个道士,住在老蒋家里,设黑坛,闹神闹鬼,招了一群妇女来整天整夜磕头。

传说日本已经到了安县。县城里由一个绅士、一个盐店掌柜的、一个药铺先生组成维持会,各村的村长就是分会长,预备八月十五就欢迎日本人进城。田大瞎子领回红布白布,叫老蒋派下去做太阳旗,还要在地亩里派款收回布钱。

又是从西头派起,老蒋拿着一块白布一块红布告诉春儿:"把红布剪成圆的,贴在白布上,就像摊膏药一样。"

"我不做这个!"春儿说,"你愿意欢迎,就叫你们俗儿去做呀!"

老蒋说:"我们自然要做一个,还得做一面漂亮的,挂在大门上。日本人过来了,没有这个旗儿,可要杀个鸡狗不留,你合计合计吧!"

"不用合计,我不做。"春儿扭头出去了。她拿了一把小锄,又抓了一把油菜籽装在口袋里,到她那块地里去。

前半月,县里曾经派人下来压着,挖了一条长长的战壕,说是军队要在这里和日本打仗。战壕的工事很大,挖下一丈多深的沟,上面棚上树木苇席,盖上几尺厚的土,隔几丈远,还有一个指挥部。

那些日子正下连阴雨,地里的庄稼也待收拾,农民们心气很高,每天在大雨里淋着,在水里泡着,出差挖沟。战壕是一条直线,遇到谁家的地,就连快熟的庄稼挖去,春儿这一亩半地,种的支谷,身手长得全很好,挖了多一半,地头上一棵修整得很好的小柳树,也刨下来盖了顶棚,别人替她心疼,芒种挖沟回来告诉她,春儿说:"挖就挖了吧,只要打败了日本,叫我拿出什么去也行。"

现在,战壕顶上铺盖的树枝还发着绿,泥土还发着松,春儿用小锄平了平,在上面撒上了晚熟的菜种。有一只苍鹰在她头顶盘旋着。

撒完菜种,一个人坐在战壕上想:"假如在这里狠狠打一仗,还用得着害怕日本人过来?"

近处的庄稼,都齐着水皮收割了,矮小的就烂在泥水里。远处有几棵晚熟的高粱,在晚风里摇着艳红的穗子。有一个人,一步一拐地走过来。春儿渐渐看出是一个逃兵,把枪横在脖子上,手里挂了一根棍,春儿赶紧藏在树枝后面。逃兵已经看见她,奔着这里来了,春儿害怕,抓紧手里的小锄。等到看清这个逃兵又饥又渴,没有一丝力气,才胆壮起来,直着身子问:"你要干什么?"

"不用怕,大姑。"逃兵说着,艰难地坐下来,他的脚肿得像吹了起来,"我跟你要些吃喝。"

"你不会到村里去要?"春儿说。

"我不敢进村,老百姓恨透了我们,恨我们不打日本,还到处抢夺,像我这样孤身一个,他们会把我活埋了!"逃兵说。

"为什么你们不打日本呀?"春儿说。

"大姑,是我们不愿意打?那真冤枉死人。你想想我们这些当兵的都是东三省人,家叫日本人占了,还有不想打仗的?我们做不得主,我们正在前线顶着,后边就下命令撤了,也不管我们死活,我们才溃退下来。"

"说得好听。"春儿撇着嘴,"背着枪不打仗,有吃喝也不给!"

"你家去给我拿一点。"逃兵把枪摘了下来,"我愿意把这支枪给你留下,我把它卖掉也能换几十块大洋,这是国家的东西。留给你们打日本吧!"

"我们一个女孩儿家,怎么打日本?"春儿笑着说。

"总归是有人要打的,我们那里就有了抗日联军,我也要想法投奔他们去了。"

春儿看了看他那支枪,低头想了一会儿说:"你在这里等等,我家去给你拿些吃喝去。"

逃兵说:"咱们都是中国人,你行好就行到底吧,家里有男人穿不着的破衣烂裳,拿给我两件,我好换了走路。"

春儿点点头,逃兵又说:"千万不要对别人说呀,你们这一带难缠,叫他们知道,我就别想活了。"

春儿说:"你放心吧!"

春儿回到家里,找了芒种来,偷偷告诉他有这么件儿事,问问他可行不可行。

芒种说:"行了,这个年头,咱们有支枪也仗仗胆儿,你拿着东西前边去,我在远处看着,免得他疑心。"

春儿找出她爹的一身破裤褂,又包上几个饼子和一些咸菜,就去了。逃兵把枪给了她,换上便衣,就绕着村边走了。等到天黑,春儿才把枪拿回家来。

芒种说:"今年冬天活不多,地面上又乱腾,田大瞎子装蒜装穷,打算不用我了。我也不想再当奴才了,咱们有了一支枪,我背着它参加了高疤的队伍吧!"

春儿说:"先别忙,他的行为不正,你准知道他能成事?要是俺姐夫过来了,不用说,我就叫你背着走。"

她把枪紧紧藏了。

九

高疤以前是这一带有名的大贼,以门窗不动能盗走大骡子出名。自从在城南地面截下了县政府的八辆大车,收了南逃官员们的枪支,又接连在五龙堂河口卡了几伙逃兵,就自称团长,委了几个连长,到各村镇吊打村长富户,把埋藏了的枪支起出来。有的主儿舍不得枪支,叫子弟背着,参加了这个队伍,在冀中说起来,就有了很多"跟着枪出来的"兵士。高疤每天在子午镇大街二丰馆大吃大喝,夜晚就住在俗儿家里,过了些时,人马越多声势更大,就向俗儿提出来,要正式娶她。

各村送了喜幛来,挂满了老蒋的屋子院子,一直挂到大街上来。八月十五这天过事,定了两抬官轿,两抬花轿,前后几十匹顶马,后面跟随着一个营的步兵。顶新奇的是不放花炮,一路上连放排子枪,闹得这样红火的排场,没人敢看,路过哪村,哪村关门闭户,路上断绝了行人,子弹皮撒了满道满街。

这一天,老蒋穿戴很体面,走出转进,招呼着各村来送礼的人。饭庄上送来几桌酒席,送礼的站不住脚,放下东西就惊惊慌慌地走了,可就便宜了他,喝了个醉里糊涂。

只有村里管账的先生陪他,晚上,新女婿睡了觉,两个人又喝了一场,老蒋说:"也不知道是我哪块地里的风水,竟出了个女婿团长。"

管账先生说:"这叫时来运转,这还不算到头哩,团长升旅长,旅长升师长,你这老爷子是当上了。"

"人家俗儿,"老蒋像是说别人家的孩子,"算是有眼力,你说,从十五六上,说媒的没离过门儿,她就是一个全不如意,到底看上了高团长。你说高团长的福气到底在哪个地方?"

管账先生说:"我看就在那块疤上,不分冬夏阴晴,都在发红发亮。更加上有胆气,有智谋,遇见这个时候,自然就升发起来。"

两个人正说着,田大瞎子绊绊磕磕走了进来,老蒋赶紧让座说:"来,村长,上座上座。从前我净是吃喝你的,今天算我还个席儿。"

"我不喝酒,"田大瞎子愁眉不展地说,"我是来向你托个人情。你什么时候背地里和高团长讲一声,就说我请他到舍下吃个便饭。"

"不用了,"老蒋说,"咱们又不见外,你费那个事干什么?"

"一定请他去,你们两位陪客。"田大瞎子说,"自从张专员南边去了,咱们就连个依靠也没有了。幸亏和高团长结了亲,这地面儿上的事,总得请他多照看着点。"

"那有什么,"老蒋一口应承,"自己的嫡亲女婿,还不是我说怎样他就得怎样。"

过了两天,在子午镇的十字街口,出现了一张盖着大红关防的布告,有三四个月不见官方的告示了,凡认字的都围上来看。

出告示的是人民自卫军司令部和政治部,号召人民团结起来,武装抗日,司令员是吕正操。

有人从高阳回来,说在城门洞看见了真正的红军,胳臂上戴着红五星。芒种就跑去告诉秋分说:"他们真的过来了,高阳离咱这里不远,你自己去看看吧,不要再错过了。"

秋分愿意去一趟,就收拾着找伴动身。

这几天,高疤心里不大痛快,他派手下人到高阳打听一下,听说吕正操委派了各支队的司令,正整编各地杂牌的队伍。又听说红军纪律很严,官兵一致吃小米,不许拿老百姓一针一线,当官的也要受训学习,团里还设政治委员。自己底子不正,怕受管束,心里很是彷徨不定。

夜晚对俗儿一讲,俗儿笑着说:"这有什么难处,你去领个委任不就完了吗?"

"谁知道他委你一个什么呀!"高疤说,"素日和他们又没有联络,不定哪天他来缴了你的枪哩!"

"我和他们倒有点关系。"俗儿抿着嘴。

"你认识吕司令?"高疤笑着问。

"吕司令我倒不认识,"俗儿说,"我认识的这个人资格也不嫩,听说在红军里面是个大头儿。"

"简短截说是谁吧!"高疤喊着。

"就是五龙堂的高庆山。现在,高阳不是驻的红军吗,你到那里去说,当年曾经和高庆山一块闹过事,也是红军底子,这牌子多吃香,管保委你个司令。"

高疤一想,虽说把不定,倒也是条门路,就说:"咱们和他家素日没有来往,空口白话,人家也许不信哩!"

"这好办。"俗儿说,"我去给你拉关系。"

说着就出溜下炕来,到了春儿家里。一听说秋分正要找高庆山去,俗儿可就高兴极了,忙说:"秋分姐!路上不平安,离高阳城又这么远,你走着去,多么不方便?我们那个也正要到高阳会吕司令去,你就跟他一块去吧!路上前呼后拥,有人保护着你,多么威风?再不就叫他们备上一匹走马,脚手不沾地,就送你到了高阳城。到了那里,见了俺庆山姐夫,夫妻相会,真是一出《武家坡》。这些年,你受苦受难,当男变女,可不容易!别人不知道,我可眼见来哩。见了俺庆山姐夫,二话别说,先跟他要身好衣裳换了,他做么大官儿,一呼百应,要什么有什么。"

一场话说得秋分蒙头转向,不知道怎么回答。春儿说:"我看还是自己走着去吧,大脚五手的,又不是没出过门。"

"嘻,我那妹子,"俗儿拍打着春儿的肩膀头说,"你年纪小,知道事儿少,咱姐姐到了那里就是太太,有多少人要来请,有多少人要来瞧?步下碾了去,多么不好看!咱要没有,也说不上,要着饭千里寻夫的多着呢,可是谁叫咱有这么现成的大走马哩!骑上去,像坐花轿,一点也不颠,那天我还骑了一趟哩!"

不容分说,拿了秋分的小包袱就先走了,见了高疤就说:"你看怎么样,比算卦还灵哩,人家正要找男人去,你就和她一块去吧!"

高疤派人备了一匹花马叫秋分骑着,还叫一个兵在旁边牵着。

"你把衣裳也换换,"俗儿又对高疤说,"看你花里胡哨的,红军不稀罕这个!"

高疤脱了绸缎衣服,穿了一身卡来的军装,把盒子炮上的大红丝线穗子也摘了去。军装上的红红绿绿的东西,也减退了减退。他穿上俗儿早给他打好的一双草鞋,是雪白毛线织成,前面顶着一个大红绒球儿。说是红军那里兴这个。

带着一连人,奔着高阳去了。

路过附近几个村庄,那些村长村副们又在街口上摆下茶果桌子,站立在两厢恭身施礼,欢迎高团长的队伍。高疤一见就恼了,骂:"混蛋!谁叫你们又弄这个,以后免了!"

村长村副们闹不清怎么回事,赶紧指挥着人们把桌子抬走,又看见队伍里有个骑马的妇道,以为是高疤霸占的谁家的妻女!

十

秋分没骑过牲口,一路上铲得两腿生疼,出了浑身大汗,队伍走得又快,也不歇晌打尖,心里抱怨说:

"知道这样不自在,还不如听着春儿自己走来哩!"

又猜想:"他别把我拐带走了啊!"

一路上,她只是觉着道儿远,天快黑下来,才到了高阳,离着城门还有老远,就出来一队兵,枪支服装都很整齐,臂上果然挂着小红星儿。问清了缘由,叫高疤的队伍在城外扎住,只叫他一个人进城。高疤说:"这妇女是来找丈夫的,也得让她进去。"

讲说了半天,城里的兵才答应了,前后尾随着他们进了城门。街上很热闹,买卖家都点上灯了,饭铺里刀勺乱响,街上来来往往的净是队伍,有的军装,有的便衣,有的便衣军帽,盒子枪都张着嘴儿,到处是抗日的布告、标语和唱歌的声音。

先到了司令部,把高疤带进去,把秋分带到政治部来。走进一家很深的宅子,秋分不断在石头台阶上失足绊脚。正房大厅里摆着几张方桌,墙上也满贴着标语、地图,挂着枪支弹药。几个穿灰色军装的人正围着桌子开会,见她进去,让她坐下,一个兵笑着问:

"你是从深泽来的?"

"是。"秋分说,"我来找一个人,五龙堂的高庆山。"

"高庆山?"那个人沉吟了一下,"他参加过那年的暴动吗?是你的什么人?"

"是我们当家的,"秋分低着头说,"那年我们一块参加了的。"

"这里有你们一个老乡,也是姓高,"那个人笑着说,"叫他来看看是不是。小鬼,去请民运部高部长过来,捎着打盆洗脸水,告诉厨房预备一个客人的饭!"

秋分洗完脸,一大盆小米干饭,一大盆白菜熬肉也端上来了。同志们给她盛上,秋分早就饿了,却吃不下,她的心里怦怦跳动,整个身子听着院里的响声。同志们又问:"你们那一带有群众基础,现在全动员起来了吗?高疤的队伍怎么样?"

秋分不知道怎么回答,只说:"土匪性不退!"

人们全笑了,说:"不要紧。这叫春雨落地,草苗一块儿长,广大人民的抗日要求是很高的。明天高部长到那里去,整理整理就好了。"

院里有脚步声,屋里的人们说:高部长来了。秋分赶紧站起身来望着,进来的是个小个子,戴着近视眼镜,学生模样,进门就问:五龙堂的人在哪里?秋分愣了一下,仔细一看,才笑着说:"这是高翔。你什么时候回来了?"

高翔走到秋分跟前,凑近她的脸认了一会儿,高兴地跳起来说:"秋分嫂子!我一猜就是你们。"接着又对同志们说:"来,我给你们介绍,高庆山同志的爱人,农民暴动时期的女战士。"

"怎么一猜就是我,就不许你媳妇来看你?"秋分说。

"你来她来是一样!"高翔笑着说,"你今天不要失望,见着我和见着庆山哥哥也是一样!"

"到底你知道他的准信不?"秋分问。

"一准是过来了。"高翔说,"在延安我就听说他北上了,到了晋察冀,在一张战报上还见到了他的名字。我已经给组织部留下话,叫他和我联络,不久就会知道他在哪里了!"

这时又进来一个女的,穿着海蓝旗袍,披着一件灰色棉军衣,望着高翔,娇声嫩语地说:

"高部长,你还不去?人都到齐了,就等你讲话哩!"

说完就笑着转身走了,秋分看准了是大班的媳妇李佩钟。

"好,我就来。"高翔说,"秋分嫂子也去看一看吧,高阳城里的妇女大会,比咱们十年前开的那些会还人多,还热闹哩!"

参加了大会回来,已经多半夜,秋分直到天明也没合上眼,很多过去的事情,过去的心境和话语,又在眼前活了起来。看来很多地方和十年以前的情形相同,也有很多地方不大一样。领导开会的、讲话的、喊口号的还是小个子高翔,他真像一只腾空飞起的鸟儿,总在招呼着别人跟着他飞。十年监狱,没有挫败了这个年轻人,他变得更老成更能干了。十年的战争的艰苦,也不会磨灭了庆山的青春和热情吧?

为什么田大瞎子的儿媳妇李佩钟也在这里?看样子高翔和她很亲近,难道他们在外边守着这些年轻女人,就会忘记了家里吗?

第二天清早,她就同高翔和李佩钟上了一辆大汽车,回深泽来。她们路过蠡县、博野、安国三个县城和无数的村镇,看到从广大的农民心底发出的激昂的抗日自卫的情绪,正在平原的城镇、村庄、田野上奔流,高翔到一处,就受到一处的热烈的欢迎。

汽车在长久失修的公路上颠簸不停,李佩钟迎着风,唱了一路的歌儿。秋分感到在分担了十年的痛苦以后,今天才分担到了斗争的光荣。她甚至没有想到:在今后的抗日战争里,她还要经历残酷的考验和忍受长期的艰难。

黄昏的时候,她们到了子午镇。秋分一下车,就有人悄悄告诉她:"庆山回来了,现在五龙堂。你们坐汽车,他赶回来了一群羊!"

秋分没站稳脚,就奔到河口上来。船上的人和她开玩笑说:"不回来,你整天等,整宿盼,一下子回来了,你又不知道跑到哪里去了!"

在船上,秋分就看见在她们小屋门口,围着一群人。在快要下山的、明净又带些红色的太阳光里,有一个高高的个儿,穿一身山地里浅蓝裤褂的人,站在门前,和乡亲们说笑。她凭着夫妻间难言的感觉,立时就认出那是自己的一别十年的亲人。

她从船上跳下来,腿脚全有些发软,忽然一阵心酸,倒想坐在河滩上号啕大哭一场。

人们冲着她招手、喊叫,丈夫也转过身来望着她,秋分红着脸爬上堤坡。

在平原痛苦无依、人民心慌没主的时候,他们回到家乡来了。

十一

秋分爬上堤坡,乡亲们见她来了,说笑着走散了,庆山望着她笑了笑,也转身进小屋里去。公公从河滩里背回一捆青草,撒给那几只卧在小南窗下面休息的山羊。秋分笑着问:"出去了十几年,这是发财回来了?"

高四海摸着一只大公羊的犄角说:"发财不发财,我还没顾着问他,反正弄了一群这个来,也就有我一冬天的活儿了。你也还没有吃饭吧? 快到屋里和他一块儿做点吃的。"

秋分走进屋里来,好像十年以前下了花轿,刚刚登上这家的门限。她觉得这小屋变得和往日不同,忽然又光亮又暖和了。自己的丈夫,那个高个儿,正坐在炕沿上望着她,她忍不住热泪,赶快走到锅台那里点火去了。她家烧的是煤,埋在热灰下面的火种并没有熄灭,她的手一触风箱把,炉灶里立时就冒起青烟,腾起火苗儿的红光来。望着旺盛的火,秋分的心安静下来。她把瓦罐里的白面全倒出来,用全身的力量揉和了,细心切成面条儿,把所有的油盐酱醋当了作料。水开了,她揭开锅盖,沸腾的水纷纷窜了出来,秋分两手捧着又细又长、好像永远扯不断的面条儿,下到锅里去。

忽然,在炕角里,有一个小娃子尖声哭叫了起来。高庆山吓了一跳,回头一看,一个不到两生日的孩子睡醒了,抓手揪脚地哭着。

"唔!这是哪里来的?"庆山立起身来,望着秋分。

"哪里来的?"秋分笑着说,"远道来的。你不用多心吧,这是今年热天,一个从关东逃难来的女人,在河口上叫日本的飞机炸死了,咱爹叫把这孩子收养下来。要不,你哪里有这么现成的儿子哩!"

庆山笑了,他把孩子抱了起来,好像是抱起了他的多灾多难的祖国,他的眼角潮湿了。

吃饭的时候,高翔赶来了,两个老同志见面,拉着手半天说不出话来。庆山从里边衣袋里,掏出一封信,交给高翔说:"这是我的介绍信,组织上叫我交你的,还怕路上不好走,叫我换了一身便衣,赶上一群山羊。路上什么事也没有,没想到和你碰得又这样巧。"

高翔看完了信说:"你来得正好。在军事上,我既没有经验,新近遇到的情况又很复杂。你先不用到高阳去,就帮我在这里完成一个任务吧!"

庆山正要问什么任务,高翔的爹领着小女孩来看儿子了。秋分拉着小女孩问:"你找谁来了?"

小女孩慢腾腾地说:"俺爹!"

秋分指着高翔,小女孩没想到她的爹竟是一个完全面生的人,不敢走过去。高翔过来把她抱起,秋分又逗她:"谁叫你来找爹?"

小女孩笑着说:"俺娘!"

引得人们全笑了。庆山对高翔说:"我好像从没见过她,长得这样高了!"

秋分说:"你哪里见过她,你们走的时候,她娘刚刚坐了月子!"

"要不大人就老得快,"高四海笑着说,"生叫这些孩子往上顶的!"

高翔说:"我看就是秋分嫂子不显老,还是我们离开时那个样儿。"

秋分笑着说:"那是你近视眼的过,我老了你也看不见。你不要拿我取笑儿吧,你们要再晚回来几年,我还会成了白毛老婆子哩,那可没得怨!"

"你这话真能叫英雄气短!"高翔拍拍怀里的孩子,放在地下,笑着说,"要不说,干革命的人不要轻易回家哩,没有好处,临走时总得带着点负担。"

"你们这还算轻易回家呀?"秋分问。

"不和你辩论,"高翔笑着说,"我马上要和庆山哥谈谈这里的情况,开展工作,你们先到外边去玩一会儿。"

高四海、高翔的父亲抱着孩子出去了,秋分噘着嘴说:"我听听也不行吗?"

"不行,"高翔说,"我们还没正式接上关系哩,分别了十年,回头我还得考察考察你的历史!"

"等着你考察!"秋分给他们点着灯,就扭身走了。

他两个在屋里谈着,秋分他们就坐在堤坡上等着,天上出着星星,高翔的小女孩指着:"又出来一颗,爷爷,那边又出来了一颗!"

一直等到满天的星斗出全了,他们还没有谈完。高翔的父亲对高四海说:"你说盼儿子有什么用,盼到他们回来,倒把我们赶到漫天野地里来了。"

高四海抽着烟没有说话,大烟锅里的火星飞扬到河滩里去。儿子回来,老人高兴,心里也有些沉重。他们回来了,他们又聚在一起商议着闹事了。那些狂热,那些斗争、流血的景象和牺牲了的伙伴的声音、面貌,一时又都在老人的眼前,在晚秋的田野里浮现出来,旋转起来。老人有些激动,也感到深深的痛苦。自从儿子出走,斗争失败,这十年的日子是怎样过的?当爹娘的,当妻子的是怎样熬过了这十年的白天和黑夜啊?再闹起来!那次是和地面上的土豪劣绅,这次是和日本。人家的兵强马壮,占了中国这么大的地面,国家的军队全叫人家赶得飞天落地,就凭老百姓这点土枪土炮,能够战胜敌人?他思想着,身边的草上已经汪着深夜的露水,高翔的小女孩打着呵欠躺在她爷爷的怀里睡着了。

最后还是秋分等得不耐烦,跑到屋里去说:"高翔,快家去吧,俺们没有这些油叫你熬,天快发亮了!你媳妇也来了,家里安好被窝等你哩!"

"这些妇女没有原则!"高翔笑着站起来,"好吧,明天再谈吧,你赶了几十里地的羊,也该休息休息了,看样子,我再不走,秋分嫂子就要用擀面杖把我轰出去了!"

高翔一家子在黑影里走了,高四海把几只羊牵进小屋来,披上自己的破棉袍子说:"我到街里找个宿去。"

"爹!"庆山站起来说,"我们一家子再说会儿话吧!"

老人说:"家来了,有多少话明儿说不了。我困了,你们插门吧!"

十二

春儿听说姐夫回来了,欢喜得多半夜没睡着。一清早起来,看见芒种在井台上挑水,就叫他放下筲到她这儿来一下。她在家里,舀了一盆热水洗了洗脸,坐在窗台前,用母亲留下的一面破碎的小镜照着梳光了头,找出一件新织的花夹袄穿上了。芒种进来,她说:"俺姐夫回来了,你和我去看看他!"

芒种笑着说:"常说参儿不见辰儿,姐夫不见小姨儿,你该藏起来才是,倒跑去看他?"

春儿说:"我这个姐夫和别人不一样。人家是个红军,不讲究这一套老理儿。再说,我是为了你呀!"

芒种问:"为我什么?"

春儿笑着说:"你就背上咱们的枪,我带你去,替你报个名儿,在他手下当个兵,有我这面子,总得对你有个看待。"

芒种咧嘴说:"美得你!你姐夫是什么官儿,他出去了十几年,嚷得名声倒不小,到头来,一个护兵也不带,只是赶回来了一群羊,你还不觉寒碜哩!你看人家高翔,坐着大汽车,一群特务员,在子午镇大街一站,人山人海,围着里七层外八层,多么抖劲?我要当兵,也要到人家那里挂号去,难道当了半辈子小长活,又去跟他放羊?"

春儿说:"去!你别这么眼皮子薄,嫌贫爱富的!你看过《喜荣归》没有,中了状元,还装扮成要饭的花子哩?越是有根底的人越是这样。"

"我也不知道咱两个,谁嫌贫爱富?"芒种吧嗒着嘴儿说,"那天在柳子地里,你说的什么话,忘了吗?就听你的话,把枪拿出来吧!"

春儿从炕洞里把那支逃兵留下的枪扯出来,擦去了上面的尘土,放在炕上,芒种抓起来,春儿说:"你先别动!"回身在破柜里拿出一件新褂子说:"我给你做了一件新衣裳,你穿穿合适不合适?"

芒种高兴地穿在身上,春儿前前后后围着看了又看说:"好了,背上枪吧!"

芒种背上枪,面对着春儿,挺直了身子。春儿又在枪口上拴了一条小红布,锁上门,两个人走到街上来。芒种说:"我把筲送回去,到当家的那里说一下,告诉他我不干了,我当兵去了!"

春儿说:"忙什么,先给他放着,没人挑水,他就不用吃饭!报上名回来再辞活也不晚!"

两个人一前一后,在街上一走,一群小孩子跟前,跑着跳着,扯扯芒种的褂子,又拉拉他的枪,农民们说:"芒种这是吃大锅饭去吗?"

芒种笑着说:"打日本去!"

妇女们问:"春儿干什么也穿得这么新鲜?"

春儿笑着说:"我这是去送当兵的!"

"哈!你这可是头一份!"妇女们欢笑着。

到了五龙堂,高庆山和芒种在山里原是见过一面的,秋分又说了说芒种的出身历史,和她们家的关系。春儿说了说这支枪的来历,高翔说正愁没个可靠的人哩,就叫芒种给庆山当个通讯员,又派人去取了两套新军装来,叫他们两个穿戴好,说这样才能压住今天的场儿,就忙着一同参加整编高疤的队伍的大会去了。

整编这一带杂牌队伍的大会,在滹沱河一片广漠的沙滩上召开。事先,县里的动员会,就派人下来,把附近最好的棚匠们组织起来,拉来杉篙苇席,面对着河流,精扎细做,搭了一座威风高大的阅兵台。

这天,从早晨起来就刮大风。阵阵的白沙,打着人们的脸,台前那条宽大的横幅标语,吹得鼓胀了起来,如河里的水浪,一同啪啪作响。标语上写着:"巩固抗日民族统一战线,坚持敌后游击战争!"

参加整编的队伍有子午镇高疤的一个团,角丘镇李锁的一个团和马店镇张大秋的一个团。三个团长穿得整整齐齐,站在台上,调动着自己的队伍。

这些队伍挤挤撞撞,怎样也调动不开,简直是越调越乱,最后争吵起来,还有几支枪走了火。三个团长在台上跳着脚乱骂,要枪毙那走火的人,可又查不出来。快晌午了,主持大会的高翔请高庆山帮着把队伍调动一下,高庆山和三个团长商量,把营长们叫到台前,然后叫他们把队伍各自带开,再按着名字往场子里指定的地方带,才慢慢把会场稳定下来。

五颜六色的队伍,刚刚都抱着枪坐下,在会场周围,又来了很多小摊贩。自从各村成立起队伍,平地一声雷,增加了很多小买卖。什么馅饼锅、包子房、熏鸡柜子、豆腐脑棚子,专卖这些队伍,赚了一阵子好钱。今天听说三个团都在这里集合,又搭棚又开会,就都跟了来,抢占地势,刀勺乱响,一片叫卖声。一闻见香味,军队就又动乱起来,出去买烧饼吃。高庆山又派芒种去劝说了一阵,小买卖们才走散了。

第一个讲话的是高翔,高疤先叉着腿站在台边上介绍说:"弟兄们,这是吕司令的代表高委员,拍手!"

台下乱鼓起掌来,高翔说:"同志们!日本帝国主义侵占我们的国土,杀害我们的人民,现在逼到我们家门上来了!日本人要灭亡我们的国家,叫我们给他当奴隶,我们怎么办?"

"打狗日的!"台下乱嚷。

高翔喊："打倒日本帝国主义！"

台下跟着他呼喊，狂风吹送着，河流奔腾着，高翔说："我们要保卫祖国，保卫家乡，把日本帝国主义赶出中国去。同志们，你们是抗日的英雄好汉！你们看到敌人来了，并没有逃跑，也没有投降，你们背起枪来，反抗侵略者，你们是光荣的，祖国和人民尊敬你们！我代表人民自卫军司令部政治部向你们致敬！"

台下欢笑着，队伍变得安静起来，高翔接着说："我们的同志，参加抗日的想法是不一样的。有的过去为生活压迫，夜聚明散，成了黑道儿上的朋友；有的是富家子，跟着枪出来的；有的是见今年年头不好，冬天不好过，出来混大锅饭吃的。今后，战争就要考验我们，谁也不能投机取巧。我们要改造自己的思想作风，整编成有组织、有领导、有纪律的抗日部队！"

随后，高翔宣布了三大纪律、八项注意和一些官兵关系、军民关系的重要原则。他接着说："我们进行的是正义的光荣的战争，我们一定能够胜利。我们不怕日本的武器好，只怕我们不齐心，不要看日本占领了几座城池，我们要在它的后方开展游击战争，建立抗日根据地！有枪的出枪，有钱的出钱，有人的出人，男女老少，一齐动员起来，破坏敌人的交通，扰乱敌人的后方。同志们！祖国仰仗我们，人民依靠我们，我们要勇敢地担负起解放祖国的任务，我们战争的目的是：驱逐日本帝国主义，建立独立富强的新中国！"

最后，高翔宣布了司令部的命令，整编三个团为人民自卫军第七支队，委任高庆山为支队长，高翔为政治委员。

十三

田大瞎子这几天，整天躺在炕上，茶饭无心。那天听见汽车叫，他以为是日本人来了，抓起小太阳旗儿就往街上跑，唯恐欢迎得迟了。到街上一看，竟是自己的儿媳妇，披着军装，跟着共产党高翔回来了，他赶紧把小旗一卷，夹在胳膊底下，低头回家，从此就没有起炕。他的女人见他愁眉不展,怕闷出病来,就劝他到外边转转,到相好的人家走动走动,田大瞎子呲的说:"你不要管我!还有什么地方可以去?连自己的亲儿媳妇都跟了他们,我还有脸出门见人!"

"提那个不要脸的东西干什么?"他的女人咬着牙说,"只她死了,耀武回来我二话不说,就叫他写休书散了她!"

"这不用你操心!"田大瞎子说,"等不到你儿子回来,她就不是你家的人了!"

风沙吹打着新糊的窗纸,河滩里开大会的声音,一阵一阵扑到屋里来。田大瞎子说:"他们又要造反,去!把大门插上,我懒得听这种声音!"

他的女人刚要爬下炕来去插门,小做活的芒种,穿着一身新军装,背着一支大枪进来了,直直地立在正当屋。田大瞎子的女人又爬回去了。

"你这是干什么?"田大瞎子直起身来,虎着脸问。

"当家的!"芒种笑着说,"我不给你干了,我报上名当兵了!"

"唉!"田大瞎子吃了一惊,着急地说,"你这孩子,你怎么事先也不说一声!"

"怎么又怪我?"芒种说,"你不是早就说,今年冬里活儿少,人多用不开,叫我想别的活路吗!"

"我是叫你找个安分守己的事由,"田大瞎子挤着那一只失去光明的眼,"谁叫你跟他们胡闹去?他们净是什么人,你还不知道?会有什么好下场,说不定哪天日本人过来了,弄个风毛五散斩尽杀绝哩!你是个正经受苦的孩子,听我的话,把衣裳扒下来,把枪还了他们去!我天大困难,也养得起你。咱们东伙一场,平日我又看你这小人儿本分,我才这样劝你,要是别人,我管他死活哩!"

芒种正在高兴头上,听田大瞎子这样一说,女当家的也帮着腔儿,脸色和口气又是这么亲热,心里就有点拿不定主意,慢吞吞地说:"那怎么行哩,我已经报上名了,谁也看见我背上枪了!"

田大瞎子说:"那怕什么,你就说当家的不让你干这个!"紧接着又摆手,"不要这么说,你还是说你自己不乐意!"

"我乐意!"芒种的心定下来,"我不听你们的话,死活是我自己找的,也不用你们心疼,把我的工钱算一算吧!"

田大瞎子的脸一下子焦黄了,大声说:"你怎么敢不听话!你不听我的话,我一个大子儿也不给你!"

芒种也火了,说:"收起你那大气来吧,不给我工钱,看你敢!"扶了扶肩上的枪,一摔门帘走了。

女当家的张了张嘴说:"你看,你看,这不是反了吗?"

田大瞎子冲着她喊叫:"你这才知道啊!"

芒种从里院出来,到了牲口棚。老常刚刚耕地回来,蹲在门口擦犁杖,老温在屋里给牲口拌草,一见芒种这身打扮,就都笑着说:"好孩子,有出息,说干就干!"

芒种也笑着说:"我来和你们辞个行。咱们就了几年伴,多亏你们照看我,教导我。"

老常说:"教导了你什么,教导你出傻力气受苦罢了。从今以后,你算跳出去了,有了好事由,别忘了我们就行了。"

老温:"芒种,听我说两句,咱们兄弟两个,这几年黑间白日在一块,虽说没有大不对辙儿,也有个不断的小狗龇牙儿。这些小过节,我想你也不会记在心里,这不是你就要走了,没有别的,咱弟兄们得再喝两盅儿。"

老常说:"不要叫他喝酒了。家有家规,铺有铺规,军有军规,既然干了这个,就好好干。不要跟坏人学,要跟好人学,吃苦在前,享受靠后,出心要正,做事要稳,不眼馋,不话多,不爱惜小便宜,不欺侮老百姓。芒种,你记着我这几句话吧!"

老温笑着说:"你这都是家常老理儿,军队上不一定用得着。"

芒种说:"用得着,我都记在心里了。"

他觉得两眼发酸,就滴了几滴眼泪。老常说:"走吧,别耽误着了!"

芒种又拿起笤帚来,给他们扫了扫屋子,扫了扫炕,挑起水筲到井台上打回一担水,老温赶紧拦着说:"快走,这些事儿留着我干吧!"

芒种在长工屋牲口棚里转了几转,在场院里站了一下,望了望紧闭的二门,才和老伙计们珍重告别,走出田大瞎子的庄院。

这是一九三七年的初冬,四野肃杀。一个十八岁的农民,开始跨到自由的天地里来。留在他身后的,是长年吃不饱穿不暖的血汗生活,是到老来没有屋子也没有地、像一头衰老的牲口一样,叫人家扔出来的命运。从这一天起,他成了人民的战士,他要和祖国一块儿经历这一段艰苦的、光荣的时期。

芒种想着,走到春儿家里来。篱笆门虚掩着,他轻轻推开,又把它关好。太阳照满了院子,葫芦的枝叶干黄了,一只肥大光亮的葫芦结成了。架下面,一只雪花毛的红冠子大公鸡翻起发光放彩的翎毛,咕咕地叫着,把远处的一只芦花肥母鸡招了来,用自己的尖嘴整理润饰着她的羽毛。

有一个红红的脸,在窗上的小玻璃后面一贴,就不见了,芒种知道春儿在家里。他推门进去,到了里间,看见她正低着头,面对着窗台做活哩。

"做什么哩?"芒种问。

"再给你做双鞋!"春儿说着转过头来,"换上二尺半了,真像个大兵了!我给做的那褂子哩?"

"这不是套在里面。还做鞋干什么,队上什么也发!"芒种说。

"发了吗?"春儿说,"我先做好你穿上,要不,穿着这么新鲜衣裳,下面露着脚趾头,多不好看!"

"怎么看着你不高兴?"芒种坐在炕沿上,靠着隔扇门。对面墙上有四张旧日买的木刻涂色的年画儿,是全本《薛仁贵征东》,他望着"别窑"那一节。

春儿没有说话,眼圈儿有些红了。芒种说:"你这是怎么了?舍不得你这枪吗?我还给你放下,当了兵,不愁没枪使!"

"放屁!"春儿笑了,"你这就走了,我不知道还能和你见面不。"

"为什么不能见面,我又走得不远,无非在家门子上转悠。"芒种说。

春儿说:"那可不敢定,一步一步你就离我们远了,你没见庆山,他一出去就是十年!"

"我哪里能比他?"芒种说,"我这一辈子能成了他那样,就是死了也不冤。你没见今天大会上哩,人家真有两下子!"

"你得跟他学,"春儿说,"还要比他好,别叫姐姐笑话我们!"

"我记着你的话!"芒种说。

"你出去长久了,"春儿低着头说,"别忘了我。做了官儿,也别变心!"

芒种不知道怎样回答才好,急得涨红了脸,说:"你净说些没踪没影儿的话!我怎能变心哩!"

"有什么凭据?"春儿抬起头来,红着脸,眼里有那样一种光芒,能使铁打的人儿也软下来。芒种说:"什么凭据?我得给你立个字儿吗?"

"不用。"春儿笑了,"那天你在柳子地里拉拉扯扯,要干什么呀?"说完就用手掩着脸哭了。

芒种呆了,想了半天,才明白过来。他过去把春儿的头轻轻抱起来,把嘴放在她的脸上。

"好了!"春儿把他推起来,"就这样。你走吧,我反正是你的人了!"

芒种从春儿家出来,追赶队伍去了。这年轻人,本来是任什么牵挂都没有的,现在感觉到有一种热烈的东西,鼓荡着他的血液,对一个这样可亲爱的人,负起了一种必要报答的恩情。

这以后,在战争和革命的锻炼里,芒种渐渐知道了什么是精神的世界。尽管他长年只有脚下一双鞋和一身粗布衣裳,一支短短的铅笔和一个小小的白纸本,他的思想的光辉却越来越丰盛,越来越坚强。他坚持了连续十几年的、不分昼夜的艰苦战斗。在祖国广漠的土地上,忍受了风霜雨露、饥饿寒冷和疾病的折磨。在历次的战斗受伤、开荒生产、学习文化里,他督促自己,表现了雇农出身的青年共产党员的优秀品质。在他的眼前只有一面旗帜和一个声音在飘展和召唤。祖国的光荣独立,个人的革命功绩和来自农村的少女的爱情,周转充实着这个青年人的心。

十四

实际上,高翔只是挂了个政委的空名,开过大会的第二天,就回高阳去了。把这个新成立的支队的全部工作留给了高庆山,还要他负起整个县的地方责任来,还留下李佩钟,做他的助手,主要是叫她管动员会的事。

支队部就设在县城,过去公安局的大院里。从国民党官员警察逃跑后,这个以前十分森严威武的机关,就只剩下了一个大空院。不用说屋子里没有了桌椅陈设,就是墙院门窗也有了不少缺欠,院子里扔着很多烂砖头。头一天,高庆山带着芒种到三个团部巡视了回来,坐没坐处,立没立处,到晚上,动员会的人员才慢腾腾送来两条破被子,把门窗用草堵塞了堵塞。

高庆山心里事情很多很杂乱,倒没感觉什么,芒种却有点失望。他想,听了春儿的话,不跟高翔坐汽车上高阳,倒跟他来住冷店,真真有点倒霉,夜里睡在这个破炕上,看来并不比他那长工屋里舒服。这哪里叫改善了生活哩?铺上一条棉被,又潮又有气味,半天睡不着。

这样晚了,高庆山还没有睡觉的意思。他守着小油灯,坐在炕沿上,想了一阵,又掏出小本子来记了一阵。看他记完了,芒种探着身子说:"支队长,眼下就立冬了,夜里很冷,这个地方没法住。我们还是回五龙堂家去,大被子热炕睡一宿吧!"

高庆山望着他笑了笑说:"怎么? 头一天出来,就想家了?"

"我不是想家! 家里也没什么好想的。"芒种说,"我们为什么受这个罪,今儿个,你横竖都看见了,高疤他们住的什么院子,占的什么屋子? 铺的什么,盖的什么? 他那里高到天上不过是个团部,难道我们这支队部的铺盖倒不如他!"

"不要和他们比。"高庆山说,"革命的头一招儿,就是学习吃苦。眼下还没打仗,像我们长征的时候,哪里去找这么条平整宽敞的大炕哩!"

芒种听不进去,翻了个身,脸冲里睡去了。高庆山把余下的一条被子给他盖在身上,芒种迷糊着眼说:"你不盖?"

"我不冷,"高庆山说,"我总有十年不盖被子睡觉了。还有你这枪,不能这么随便乱扔啊,来,抬抬脑袋,枕着它!明天有了工夫,我教你射击瞄准!"

芒种在睡梦里嘟囔:"这个硬邦邦的怎么枕呀,指望背上枪来享福,知道一样受苦,还不如在地里拿锄把镰把哩!"

随后就呼呼地睡着了。高庆山到院里转了一下,搬进两块砖头,放在炕头,刚刚要吹灯休息,听见院里有人走到窗台跟前说:"高支队长睡下了吗?"

是个女人的声音,跟着在窗户的破口露出半边俊俏脸来。高庆山看出是李佩钟,就说:"还没有睡。有事情吗,李同志?"

"我到你这里看看,"李佩钟笑着走进屋里来,她穿着一身新军装,没戴帽子,黑滑修整的头发齐着肩头,有一支新皮套的手枪,随随便便挂在左肩上,就像女学生放学回来的书包一样。她四下里一瞅说:"炕上那是谁?"

"通讯员。"高庆山说,"你看,这里也没个坐的地方!"

"你这里和我那里又不一样!"李佩钟笑着说,"你这里像个大破庙。我那个动员会,简直是个戏台下处,出来进去,乱成一团。这里的工作,为什么这样落后呀,比起高阳来,可就差远了!高翔同志撂下就走,也不替我们解决困难。走,我们到电话局去给他打个电话!告诉他,我们连个坐立的地方也没有,真是,这怎么叫人开展工作呀!"

"这样深更半夜,不要去打扰他吧!"高庆山说,"他那里的工作更忙。"

"你说对了,他真是个忙人!"李佩钟笑着说,"他是我们这里的一个大红人儿!他没来的时候,我们这些土包子们,只知道蒙着头动员群众,动员武装,见不到文件也得不到指示。他一来,把在延安学习的,耳闻眼见的,特别是毛主席最近的谈话和讲演,抗日战争的方针和目的,战略和战术,给大家讲了几天几夜,我们的心里才亮堂起来,增加了无限的信心和力量。他忙得很,到处请他演讲,到处总有一群人跟在他后边,请他解决问题。高翔同志又有精力,又有口才,资格又老,历史又光荣,又是新从革命的圣地、毛主席的身边来的,我们对他真有说不出的尊敬。他还给我们讲过红军长征的故事,提到了你,高支队长!你的历史更光荣,你给我讲个长征的故事吧,你亲身经历了的,一定更动人!"

高庆山笑了笑说:"十年的工夫,不是行军,就是作战。走的道儿多,经历的困苦艰难也多,可是一时不知道从哪里讲起。总的说起来,一个革命干部,要能在任何危险困难的关头,不失去对革命的信心,能坚定自己,坚持工作,取得胜利,这种精神是最重要的!"

"你不对我好好讲,"李佩钟微微突了突嘴唇说,"你具体讲一段最精彩的!要不,你就教我一个新歌儿!"

这时睡在炕上的芒种说起梦话来,叫老温喂牲口,喊老常哥套车。李佩钟听了听说:"我认识他,这是我们家的小做活的。"

高庆山说:"你给我讲讲你怎样参加的抗日工作吧,子午镇,你们那个家庭……"

"那不是我的家。"李佩钟的脸红了一下,"我和田家结婚,是我父亲做的主。"

"听说你们当家的跑到南边去了,"高庆山说,"你能自己留在敌后,这决心是很好的。"

"高支队长!"李佩钟说,"不要再提他。你是我的领导人,我愿意和你说说我的出身历史。我娘家是这城里后街李家。"

"也是咱们县里有名的大户。"高庆山说。

"我也不是李家的正枝正脉。"李佩钟的脸更红了,"我父亲从前弄着一台戏,我母亲在班里唱青衣,叫他霸占了,生了我。因为和田家是朋友,就给我定了亲。不管怎样吧,我现在总算从这两个家庭里跳出来了。"

"这是很应该的,"高庆山说,"有很多封建家庭出身的知识分子,参加了我们的革命工作。'七七'以前你就参加革命活动了吗?"

"没有。"李佩钟说,"从我考进师范,在课堂上作了一篇文,国文老师给我批了一个好批儿,我就喜爱起文学来,后来看了很多文艺书,对革命有了些认识。可是我胆小,并没敢参加什么革命行动。抗日运动,对我是一个大提示,大帮助,它把像我这样脆弱的人也卷进来了。我先参加了救国会的工作,后来,又在高阳的政治训练班毕了业。"

"抗日运动是一个革命高潮。"高庆山说,"我们要在这次战争里一同经受考验,来证明我们的志向和勇气。"

"我想,和高支队长在一块工作,我会学习到好多的东西,主要是你的光荣的革命传统。"李佩钟激动地说,"我希望你像高翔同志那样,热心地教导我吧!"

"我明天和你去把动员会的工作整顿整顿,不要什么事都去找高翔。"高庆山笑了一下说,"他既然把这里的工作委托给我们,我们就要负起责任来!"

放在炕角上的小油灯细碎地爆着烛花,屋里的光亮,都是从破纸窗照进来的月色。在城墙根那里,有高亢的雄鸡叫明的声音,李佩钟说:"你睡吧,你没有盖的东西,我到家里给你拿两条被子来吧!"

"你刚说和家庭脱离,就又去拿他们的被子!"高庆山笑着说。

"这里是我娘家。"李佩钟也笑了,"根据合理负担的原则,动员他们两床被子,不算什么!"

高庆山说不用,李佩钟就小声唱着歌儿走了。

十五

第二天,高庆山很早起来,到大院里散了一会儿步,把烂砖头往旁边拾了拾,才在窗口把芒种叫醒。芒种穿好衣服就跑出来,高庆山说:"你那枪哩?"

"可不是,又忘记它了!"芒种笑着跑到屋里去,把枪背出来说,"背不惯这个玩意。要是在家里,早起下地,小镰小锄什么的,再也忘不了,早掖在腰里了。"

高庆山在烂砖上揭起一块白灰,在对面影壁上画了几个圆圈圈儿,拿过枪来,给芒种做了个姿势,告诉他标尺、准星的作用,上退子弹、射击的动作,说:

"每天,早晨起来练习瞄准,晚上学习文化。把心用在这两方面,不要老惦记着喂牲口打水的了!"

芒种练了一会儿,说:"打水?谁知道这里的井在哪儿,早晨起来连点洗脸水也没有!"

高庆山说:"我们到动员会去吧!"

高庆山走在前面,芒种背着枪跟在后边。今天是城里大集,街上已经有很多人了。高庆山随随便便地走,在人群里挤挤插插,停停站站,让着道儿。芒种觉得他这个上级,实在不够威风,如果是高疤,前边的人,老远看见,早闪成一条胡同了。他不愿遇见子午镇赶集的乡亲,叫他们看见这有多么不带劲呀!

动员会在旧教育局。这样早,这里就开饭了。院子里摆满了方桌板凳,桌子上摆满了蓝花粗瓷碗和新拆封的红竹木筷。两大柜子卷子放在院当中,腾腾冒着热气,在厨房的门口,挤进挤出的,净是端着饭碗的人。李佩钟也早起来了,梳洗得整整齐齐,站在正厅的高台阶上,紧皱着眉头。看见高庆山来了,就跑过去小声笑着说:"你看这场面,不像是放粥?都是赶来吃动员饭的,谁也认不清净是哪村的。"

"这就好,"高庆山说,"能跑来吃这碗饭,就是有抗日的心思。现在,主要的是要领导,要分配给他们工作!"

"什么工作呀?"李佩钟说,"放下饭碗一擦嘴就走了,你看那个,不是?"

高庆山看见有几个人吃完饭,把饭碗一推,就拍拍打打,说说笑笑出门赶集去了。他说:"这是因为我们还没有建立起工作制度来。我们到屋里研究一下吧!"

李佩钟领着高庆山到大厅里去,回头对芒种笑着说:"你也去吃个热馒头吧,家里吃三顿饭惯了,恐怕早就饿了!"

等他们进屋,芒种就到大柜子那里抓了三个热卷子,在手里托着,蹲在台阶上吃,太阳晒得很暖和。他猛一抬头,看见大门口有个人影儿一闪,很像是春儿。跑到门外一看,春儿提着一个小包袱,躲在石头狮子后面,穿着一身新衣裳,在路上刮了一头发尘土。芒种忙说:"你来赶集了?"

"我给你送了鞋来!"春儿小声说,"捎着看看城里抗日的热闹!"

"还没吃早晨饭吧?"芒种把手里的卷子递给她一个说,"快到里面吃点去!"

"俺不去,人家叫吃呀?"春儿笑着说。

"谁也能吃,这是咱们动员会的饭!"

芒种把她拉了进来,春儿说:"等等,还有一个人哩!来吧,变吉哥!"

那边站着一个细高个穿长袍的中年人,举止很斯文。春儿对芒种说:"你认识不?他是五龙堂的,又会吹笛儿,又会画画儿,来找俺姐夫谋事儿的!"

芒种带他们进来,在一张方桌旁边坐了。春儿看着出来进去的人,扭着身子红着脸,局促不安。芒种到厨房里说:"大师傅,再来两碗菜汤,支队长来了两个客人!"

满头大汗的厨师傅,一看芒种全副武装,就说:

"端吧,同志,大锅里有的是!不用提队长不队长,咱们这个地势,不管是谁,进门就有一份口粮!"

芒种满满地盛了两碗菜,又抓了一堆卷子,叫他们吃着,真像招待客人一样。春儿很高兴,说:"怎么样?还是抗日好吧,要不,你哪里整天吃白卷子去!"

芒种笑着说:"这里饭食倒不错,就是晚上睡觉,炕有点凉!"

春儿说:"你务必和俺姐夫说说,也给这个哥找个事儿!"

"那好办,"芒种满口答应,"现在正是用人的时候!"

"要不然我也不来,"叫变吉的那个人慢慢地说,"我是觉着有些专长,埋没了太可惜,在国家用人的时候,我应该贡献出来!"

他说着站起来,从怀里掏出一个纸卷儿,在方桌上打开。那是四张水墨画儿,他小心地按住四角,给芒种看,请芒种指导。芒种翻着看了一遍,说:"这画儿很好,画得很细致,再有点颜色就更好了。可是,这个玩意也能抗日吗?"

"怎么不能抗日?"叫变吉的红了脸,"这是宣传工作!"

芒种赶紧说:"我不懂这个,那不是支队长来了,叫他看看!"

高庆山从大厅里走出来,李佩钟拿着一个红皮纸本子,笑着跟在后面。春儿小声问芒种:"那不是田大瞎子的儿媳妇吗,她不是跟着高翔?怎么又和我姐夫到了一块儿?"

芒种还没顾上答话,那个叫变吉的拿起画儿迎上去了,他说:"你还认得我不,庆山?"

高庆山很快地打量一眼,就笑着说:"为什么不认识,你是变吉哥!"

"我打算你早把我忘记了,"变吉很高兴地说,"你的眼力真好!"

"是来闲赶集,还是有事?"高庆山拉他坐下。

"没事谁跑十八里地赶集,我是来找你。"变吉说着又把画儿打开,"我有这么点手艺,看你这里用得着不?"

高庆山仔细地把四幅画儿看过说:

"你的画比从前更进步了,抗日工作需要美术人才。你以后不要再画这些虫儿鸟儿,要画些抗日的故事。"

"那是自然。"变吉说,"我是先叫你看看,我能画这个,也就能画别的,比如漫画,我正在研究漫画。"

他说着从怀里又掏出一个小画卷,上面画着一个瞎了一只眼的大胖子,撅着屁股,另有一个瘦小的老头儿,仰着脖子,蹲在下面。

芒种一见就拍着手跳了起来,说:"这张好,这张像,这画的是田大瞎子和老蒋。这不是今年热天子午镇街上的黑帖儿？敢情是你画的！"

李佩钟看了一眼，就拉着春儿到一边说组织妇女救国会的事儿去了。

"这几年，你怎样过日子呀？"高庆山仔细地给他卷着画儿问。

"从你走了，我就又当起画匠来。"变吉说，"这些年修庙的少了，我就给人家画个影壁，画个门窗明星，年节画个灯笼吊挂，整年像个要饭的花子似的。那天听说你回来了，我就到堤上去，谁知你又走了。我想你做了大官儿，早该把我们这些穷棒棒们忘到脖子后头去了哩！"

"你说的哪里话，"高庆山笑着说，"我怎么能把一块斗争过、一块共过生死患难的同志们忘记了哩？"

"没忘记呀？"变吉站起来大声说，"你等等，外边还有人！"

"还有什么人呀？"高庆山问。

变吉说："咱那一片的，十年前的老人儿们，都来了。叫我打个前探，他们都在西关高家店里等信哩，我去叫他们！"

高庆山笑着说："他们远道走来，我和你去看他们吧！"

两个人说着走到街上，芒种跟在后面，春儿也追上来了。正是晌午的热闹集，他们挤了半天，才出了西门，到了高家店，在正客房大草帘子门前的太阳地里，站着一大群穿黑蓝粗布短裤袄的老乡亲们。

这里边，有些年纪大些，是高庆山认识的，有些年岁小的，他一时记不起名字来。十年前在一家长工屋里，暴动的农民集合的情形，在他眼前连续闪动。他上去，和他们拉着手，问着好。

那些人围着他说："我们以为你的衙门口儿大，不好进去，看起来还是老样子，倒跑来看我们！"

又说："当了支队长，怎么还是这么寒苦，连个大氅也不穿？就这么一个跟着的人？你下命令吧，我们来给你当护兵卫队，走到哪里，保险没闪失！"

高庆山说："还是和咱们那时候一样，不为的势派，是为的打日本。我盼望乡亲们还和从前一样勇敢,赶快组织起来!"

"是得组织起来!"人们大声嚷嚷,"可是,得你来领导,别人领导,不随心,我们不干!"

"就是我领导呀!"高庆山笑着说。

"那行!"人们说,"我们就是信服你!"

高庆山说:"眼下就要组织工农妇青抗日救国的团体,你们回到村子里,先把农会组织起来!"

"我们早就串通好了,三十亩地以下的都参加。"人们说。

"不要限定三十亩,"高庆山说,"组织面还要大一些,能抗日的都争取进来,现在是统一战线。"

"我们都推四海大伯当主任,"人们说,"可是他老人家不愿意。不知道为什么到了这步田地,他倒不积极了。咱村的人们都盼你回去一趟,演讲演讲,叫我们明白明白,也动员动员你父亲。"

高庆山答应有时间回去一下,人们就走了,高庆山和芒种把他们送了老远。

十六

五龙堂的人们正筹备农会,子午镇却先把妇女救国会成立起来了。县里来的委员李佩钟,把全村的妇女召集在十字街口,给人们讲了讲妇救会的任务,说目前的工作就是赶做军鞋军袜。讲完了话,她把春儿找到跟前,叫她也说几句,春儿红着脸死也不肯说。高疤新娶的媳妇俗儿,正一挤一挤地站在人群头里,看见春儿害羞,就走上去说:"她大闺女脸皮薄,我说几句!"

她学着李佩钟的话口说了几句,下面的妇女们都拍着巴掌说:"还是人家这个!脸皮又厚,嘴也上得来,这年头就是这号人办事,举她!"

接着就把俗儿选成子午镇的妇救会主任,春儿是一个委员。

俗儿开展工作很快,开过了会,下午她就叫着春儿分派各户做鞋,又把村里管账先生叫来,抱着算盘跟着她们。

俗儿走在头里,她说:"先从哪家派起哩?"

管账先生说:"按以前的旧例,派粮派款,都是先从西头小户起头,就是春儿家。"

春儿说:"去年的皇历,今年不能使了。从脚下起,就得变个样儿!"

"我也是那么说,"管账先生笑着说,"从前旧势派,净是咱们小门小户的吃亏受累,眼下世道变了,你们说先从哪家派起吧!"

"我说先从田大瞎子家,"春儿说,"他家是全村首户,按合理负担,也该领个头儿。你们敢去不敢去?"

"怎么是个不敢呀?"俗儿说,"他是老虎托生啊,还是家里养着瘆人猫?走!"说着,冲冲地向前走去。

俗儿领着头,春儿在中间,管账先生磨蹭在后面,转了一个弯,快到田大瞎子家梢门口的时候,他在墙角那里站住了。俗儿回过头来说:"走啊,你怎么了?"

管账先生嘴里像含着一个热鸡蛋,慢吞吞地说:"你们先进去,我抽着这锅烟。你看,火镰石头不好使唤,光冒火,落不到绒子上!"

俗儿鼓了鼓嘴进去了。迈过了高大的梢门限,春儿觉得心里有点发怯。从前,她很少来到这个人家,就是有时到他家场院,摘东借西,使个碾啦磨的,没有点人情脸面,也不敢轻易张嘴。逢年过节,她这穷人家的女儿,不过是远远看看这大户人家门前挑起的红灯和出来进去穿绸挂缎的人们的后影儿罢了。她紧跟在俗儿的后边问:"他家的狗拴着没有?"

"管他拴着不挂着,它咬着我了,叫他养我一冬天!"俗儿说着走上二门,一看见里院影壁下面卧着的大黑狗,就两手一拉,咣当把二门倒关了起来,用全身的力量揪住两个铜门环儿。春儿吓得后退一步。

"开门!"俗儿颤抖着声音喊。

院里的大黑狗跳着咬叫起来,铁链子咣咣响着,一只大雄鹅也嘎啦嘎啦在深宅大院里叫起来。半天的工夫,才听见田大瞎子的老婆慢腾腾走出来,站在过道里阴阳怪气地说:"谁呀?这是。"

"我们!"俗儿说。

"有什么事儿吗?"

"你先把你家那狗看住!"俗儿喊叫,"进去了再说。"

"进来吧,它不咬人!"

俗儿松了手把门推开,田大瞎子的老婆,迎门站着。她又矮又胖,浑身的肉,像发好的白面团儿,两只小手向外翻着,就像胖胖的鸭掌。她原身不动看了春儿一眼,说:"你们有什么事儿呀?"

俗儿说:"到你们屋里说去,这么冷天叫我们站在这里呀?"

"俺们当家的不大舒服,刚盖上被子见汗,有什么事儿,你们就在这里说吧!"

春儿说:"也没有什么别的事,就是派你们做几双鞋!"

"给什么人做鞋呀,这么高贵?劳动着你们分派?"田大瞎子的老婆说,"我们家可没人做活!"

"给抗日战士做的,没人做活你就雇人做去!"俗儿说。

"什么叫抗日战士呀?"田大瞎子的老婆笑着说,"我大门不出二门不迈的,可没听说过这个新词儿。抗日战士是你们的什么人呀,他们穿鞋,叫你们这大姑娘小媳妇的来出头找人!"

"你别说这些没盐没酱的谈话,我们这是公事!"俗儿和她吵起来。

"俺们这个人家,可不和你们这些人斗嘴斗舌!"田大瞎子的老婆后退一步说,"该俺们做几双呀?"

"按合理负担,"春儿说着,回头问管账先生,"他家有多少地?"

管账先生正背着脸在梢门洞里抽烟,听见问他,才跑上来,先冲着田大瞎子的老婆笑了笑说:"老内当家的!大先生的病好些了吗?啊!他家三顷二十亩地,"他拨着怀里的算盘,"一共是该交七双!唉,这么摊派,数目大一点儿!"

"七双!"田大瞎子的老婆的两只眼暴了出来,"你们安的什么心,我们家开着鞋帽铺哩吗?你们打听打听,几辈子的工夫了,我们这个门户,什么时候成了大头?"

"谁叫你家种那么多地呀?我倒想多做几双,有吗?"春儿说,"这是抗日,谁也不能有话说!"

"抗日?"田大瞎子的老婆一下子掌握了这个名词的讲法,"这么说,我们家还有抗日的哩,俺的儿媳妇还是县里的委员哩!不叫她来,就有了你们?她穿的鞋脚,我不跟你们要就是了,你们倒来派我一大堆!"

"你别说那个!"俗儿说,"有抗日的就不做?我的男人还是个团长哩,我就不做了?"

"别提你吧!"田大瞎子的老婆拍着手说,"我听了倒牙!"

"你放屁!"俗儿跳着一只脚骂开了。

"你放屁!千人骑万人压,勾引坏了我的儿子,花了俺家不知道多少丢脸卖屄钱的臭娘儿们!你给我滚出去,你站脏了我的院子!"田大瞎子的老婆也霍霍地走动着骂起来。

"我顶死你个老杂种!"俗儿后退一步,把头一低,就拱过去。田大瞎子的老婆赶紧把两只小脚一叉,没有站稳,就来了个后仰,在高门限上一翻,滚到门道里去了。俗儿赶到里面又顶上,她的脑袋撞在这个肥胖的妇女的肚子上,像顶着一包棉花。

田大瞎子不能再装病,披着一件袍子从正房跑出来,大声吆喝:"反了!找上门来打人,好!到县里去告她们,我田家还有个媳妇哩!"

随手就撒开了大黑狗,俗儿跳起来,乱着头发跑出来,春儿也跟着跑出来,大黑狗一直追到街上,差一点没叼住她的裤子。

"走!"俗儿在街上扬着两只手喊叫,"田大瞎子,我们手拉手儿到县里!我不告你别的,我就告你个破坏合理负担!"

看热闹的人们,站满了街,都说:"这倒有个看头,看看谁告下谁来吧,一头是针尖儿,一头是麦芒儿!"

十七

结果,闹了半天,谁也没有去告谁。俗儿的爹老蒋听见街上吵吵,放下酒壶跑出来,骂了俗儿几句,俗儿不听他,和他一对一句地骂。老蒋没法,就跑过去劝田大瞎子:"村长,别和她小人儿们一样,看在我们的交情上!"

"我还是什么村长呀!"田大瞎子跺着脚说,"我鸡狗不如!"

"到什么时候,你老人家也是一村之长。"老蒋推着田大瞎子往回走,"别人不尊服你,我尊服你!"

田大瞎子叹了一口气,也就顺坡下驴,歪歪斜斜地家去了。他心里明白:闹到县里去,也吉凶未卜。虽说自家的儿媳妇是个委员,可也不见得就和他一个鼻孔出气。现在全县的大拿是高庆山,那明明是他十年以前的活对头。更要紧的是,俗儿的男人是高疤,眼下是个团长,这家伙,心毒手黑,不能得罪他。想来想去,不免又想到张荫梧亲家在时,自己在地面上的威风。儿子走了这些日子,也不知道在南边弄上了个事由没有。莫非真的就从此大势已去,江山难保吗?他低下头去。

老蒋把他扶到家里,坐在炕上,劝说:"村长,不要这样。我回到家里,得好好把那小妮子教训教训。她人大心大,眼里连我也没有了。等我们姑爷回来,我叫他管管她吧!"

田大瞎子猛抬起头来说:

"真的哩!那天我求你请高团长,有空到舍下坐坐,你对他说了没有啊?"

"说了,早就说过了!"老蒋说,"他也答应了,就赶上不知道从哪里来了个高庆山,当了什么支队长,半路里添了个婆婆,调到城关,他什么也不能自由了!"

田大瞎子眨巴着眼说:"说也怪,高团长平日那样心高志大,怎么就服他们的辖管?队伍是谁带起来的?还不是他一人的功劳?高庆山是什么人?原不过是五龙堂堤坡上的一个野小子,那年闯祸逃跑,不知道在哪里要了几年饭回来,冒充红军,既不烧柴,又不下米,人家做熟了饭,端碗就盛,也不嫌个寒碜?要是我啊,说下黄天表来,也不叫他们收编,动硬的,自己有枪有人,拉到哪里,也有官儿做,反受这帮穷小子们宰制？我说老蒋，咱们多年不错，你的亲戚，就是我的亲戚，你好了，我也能沾光。等高团长回来，你该把这理儿和他念叨念叨。也不要说是我说的，免得传出去外人生疑！"

老蒋深感知己，又劝说了老内当家一番，告辞走出去。田大瞎子送出来又说："家去，也不要和俗儿闹，我不和她一样见识，她不过是受了那些人们的愚弄！西头吴大印家那个小闺女叫春儿的，我早就看着不是正经货，十七到八了，老是和我们小做活的芒种勾勾搭搭，结果叫她给挑着当了兵！"

俗儿的状也没有告成功。她走到村边，正迎上高疤骑着一匹大红马，从城里回来，后面有七八匹马尾随着他跑着，就像顺风飞来的一窝蜂。高疤气色不好，看见俗儿也没说话，只把手里的马鞭子一摆，就从她身边蹿了过去。一个特务员，从马上跳下来，两手一卡俗儿的腰，抢起来放在马鞍上，手拉着缰绳，跟着高疤的马屁股，跑回村里去了。

一见高疤回来了，子午镇街上的人们吃了一惊。俗儿会拘魂念咒，怎么来得这样凑急？这一下子该着田大瞎子受受了。

高疤在俗儿家院里下马，俗儿把他侍候到炕上。特务员们把马交给老乡去遛去饮，都到街上二丰馆去喝酒，街上的妇女儿童，也都躲回家去了。

高疤靠在大红被垛上，用马鞭子敲打着裤脚上的尘土，气昂昂地一句话也不说。俗儿小心问："你怎么了呀？怎么这个时候回来了？"

高疤把眼眉一拧说："怎么啦？不许我回来？"

俗儿轻轻推他一下说："你看，谁敢不叫你回来啊？"

听见姑爷回来，老蒋忙着屋里来，看势头不对，也只好坐在对面小凳上搭讪着抽烟，过了一会儿，高疤问他："长仕庙来的那个道士走了没有？"

老蒋说："还没走，在咱那小西屋里给一个女人治病哩！"

"什么病？"高疤随便地问。

"肚里的病，"老蒋说，"正在那里揉哩。干吗你找他？"

"叫他来!"高疤说,"叫他给我摇一个卦!"

老蒋去把道士领进屋里来,道士有五十多岁,大个头,胖胖的脸上,像涂着一层红油彩,见了高疤先弯身问好。高疤说:"听说你很灵验,你给我摇一卦,看我今年的运气到底怎么样?"

道士说:"我这卦不摇,你写两个字儿吧!"

"你不知道我不识字是怎么的!"高疤大声说。

"啊!那你随便说两个字儿就行了。"道士赶紧笑着说。

"受训!"高疤像吐出什么咬不动的东西一样狠狠地说。

"啊,受训!"道士闭上眼睛,"就是受训教的那个训呀?"

"什么他妈的受训教?"高疤恼了,"我教训别人行了,别人谁敢教训我?"

"这两个字儿很好,高团长!"道士睁开眼睛大笑着说,"主你官运亨通!不到年底,有升师长的命儿哩!"

老蒋也在一旁赔着笑,高疤把头一扭说:"亨通鸡巴!去你的吧!"

道士刚要退出,高疤转过脸来问:"你看这地面上要落个什么结果?"

道士想了一想说:"大乱之年,平安不了。"

"你看这些队伍能站得住吗?"高疤又问。

"有你老人家在里边,怎么能站不住哩?"道士说。

"我不是他们里边的人!"高疤说,"你看日本人能站得住不?"

道士看着高疤的气色说:"日本人灭亡中国,是活该有这么一劫!这一带的人,免不了血光之灾。吕正操、高庆山这些人,成不了气候,只能给老百姓招灾惹祸!有见识的人,得早些找自己的明路儿走!"

高疤低头不语。老蒋乘机把田大瞎子那段话也说了。俗儿抢过来说:"我不爱听!什么王八狗肏的话,一到你耳朵里,就成了圣旨。田大瞎子的话也听得?他是什么人,他早足着劲儿当汉奸哩。去你们的吧,天不早了,我们要睡觉了!"

高疤又叫住道士问:"你这样大年纪,怎么养得这么好,老是红光满面的,有什么秘方儿吗?"

道士说:"没什么秘方儿,不过是从小童子身修行的罢了!"

"你别打算我不知道,"俗儿笑着说,"整天价揉搓娘儿们的肚子,你还修行哩!"

道士红着脸走出去,老蒋唉唉了两声,也跟出去了。

俗儿点灯铺炕,侍候高疤睡觉。她上身穿着一件小红袄,下身穿着宽腿黑棉裤。趴在炕上,给高疤扒下袜子来,笑着说:"骑了一天牲口,怪累了吧,这么不高兴,到底是为了什么呀?"

高疤说:"司令部的命令,叫我去受训学习,你说叫人生气不生气?"

"什么叫受训学习?"俗儿问。

"说得好听,军事政治一大套。我看,不过是过河拆桥要把我踢出去!"

"就你一个人,还是别人也去?"

"人多了。成立一个军事队,一个政治队,还说是带职学习,学习得好,还可以高升。"

"那也不错,去学学怕什么?"

"你摸清他们打的是什么主意?我怕到那里把枪一下,毙了哩。前不久,高阳那里就毙了一个土匪头儿!"

"我想不会那样,"俗儿笑着说,"那天,高翔讲得很好。"

"不要光听他讲,"高疤说,"咱们底子不正,近来到高庆山那里反映我的,想也少不了。就往好里说吧,叫你学习,把你送到山沟里,吃沙子米睡凉炕,跑步爬山,站岗勤务,我白干了这些日子团长,又去受那个?"

"不受苦中苦,难为人上人。"俗儿又说,"你从小不也是受苦出身?你看人家高庆山,说起来受的那苦更多哩!"

"高庆山这个人,我摸不透!"高疤说,"按说,对待咱们也不错,就是脾气古怪。这些日子净叫我们开会,我、李锁、张大秋,谁后面也是跟着十几个人,他就只有一个小做活的,背着一支破枪。那天我们三个团长议合了一下,说支队长走动起来,不够体面,和我们在一块,我们人多他人少,也不合人情。我们决定,一人送他两匹马,两个特务员,两把盒子。谁知给他送去了,他不收,还劝我们把勤杂人员减少减少,按编制先把政治工作人员配备起来。你看,这些共产党,有福也不知道享,生成受罪的命,和他们在一块干,有什么指望?"

"你打算怎么样呢?"俗儿皱着眉问。

"今儿个接到命令,叫文书给我念了一下,没听完,我就拉起马家来了!我不去学习,他们逼急了我,我不定把队伍拉到哪里去哩!"高疤说。

"我劝你不要那样。"俗儿拍着高疤的腿说,"别人能学习,你就不能去?再说学点能耐,认识个字儿也好啊!"

"认识字儿有鸡巴用?"高疤说,"我要有念书的命,从小就不干那个了!有胆打日本就算了,还要学什么习!"

俗儿说:"你不去学习也好,要和人家好好商量。不要胡思乱想,人家跟你出来,都为的打日本,落个好名帖儿。你能把队伍拉到哪里去啊,跟着蒋介石往南边逃,还是投日本当汉奸?这两条道儿我看都走不得。"

"那就脱衣裳睡觉!"高疤喊,"天大的事儿,明天再说!"

十八

高翔用电话通知高庆山,叫他好好掌握部队,进行战事动员和教育。

高庆山召集团长和干部们开会,竟没有高疤。李锁说他昨天没请假就回子午镇去了,怕是不愿意学习。高庆山考虑了一下,开完会,带着芒种,骑着自行车到子午镇一带乡下来。

一路的白沙土道,很是好走。小道两旁的菜园子,白菜砍光了,残留着一些烂菜叶。水井闲着,瓜蔓叫霜打干,几个鲜红肥大的倭瓜,披着白霜,躺在田埂上的阳光里。

很快望见了五龙堂的南街口。在村头高高的堤头上,东边坐着一个妇女纺线,西边站着一个妇女纳鞋底儿,人民自卫,这是平原上新建立起来的岗哨。

这两个妇女都很年轻,在太阳地里做着活儿站岗。纳鞋底儿的望见远远来了两个骑车的军人,就说:"喂,来了两个兵!"

纺线的妇女低着头说:"过来了就查他们,嚷什么?"

"怎么个查法?"纳鞋底儿的妇女说,"当兵的,人家叫查呀?查恼了哩?"

"查恼了他也不敢怎样,"纺线的妇女笑着说,"这是上级布置下来的公事。"

"他要恼了我就说,"纳鞋底儿的笑着说,"我就一指你说:这是支队长的媳妇,你敢恼!"

"你不要提我吧,"纺线的说,"你提高翔,他的名声更大!"

两个人逗着笑儿,两辆车子过来了,纳鞋底儿的看出是高庆山,就笑着说:"你看,说张飞张飞就到,快家去烧火做饭吧!"

纺线的正是秋分,停下纺车一看是高庆山和芒种,就又低下头去纺,正经地说:"你说的哪里话,他来了我就能放弃岗位吗?"

"真坚决!"高翔的媳妇说。

看见是她们,高庆山跳下车子来,说:"你们两个做伴站岗呀?"

高翔的媳妇说:"嗯。拿出来!"

"拿出什么来?"高庆山问。

"拿出通行证来!"高翔的媳妇绷着脸儿说,"怎么你这上级,倒不服从命令!"

"啊!"高庆山赶紧问身后的芒种,"带着通行证吗?"

"没有!"芒种笑着说。

"以后出门结记着开,"高庆山说,"这次是我疏忽忘记了。"

"下次再没有,就不让你进村!你们布置的,你们倒不遵守!找个熟人儿给你做证明吧!"高翔的媳妇说笑着,指一指秋分。

高庆山笑着推车走进街里,芒种回过头来说:"你们就是这一套!"

"我们是哪一套?你说!"高翔的媳妇问。

芒种笑着说:"你们站岗,不查别人,专查我们。看见穿军装的呀,挂背包的呀,你们就查问得紧了。要是老百姓打扮,你们连头也不抬,还怕耽误做活哩!"

"那是为什么?"高翔的媳妇又问。

"你们怕漏了岗,挨罚!"芒种说,"还有丢人的哩,人家不管拿出张什么纸儿,只要有块红记儿就哄了你们。你们还事儿也似的,翻来覆去地拿着看哩,其实和我一样,大字不识!"

"去你的吧,老婆儿们才那样哩!"秋分笑着说,又看高庆山,"用我家去给你们烧水吗?"

"不用。"高庆山回头说,"好好站岗吧,你们不识字,赶紧成立识字班!"

五龙堂村儿不大,高庆山一进南口,连站在北口的人都看见了。正是吃早晨饭的时候,全村的男女老少,都跑到街上来。一手端着一大碗山药白菜粥,一手攥着一块红高粱糁饼子,这就是农民冬天的好饭食。高庆山向那些年纪大的说:"大伯,大娘,结实呀?"

"结实。受苦的命儿,有个死呀?"老头老婆儿们笑着说,"你们看,庆山这孩子多礼性,他要不叫我,我可不敢认他!怎么这孩子老不大胖呀?太操心呀!"

那些年轻的小伙子们就只冲着高庆山笑,高庆山一个个地问他们:参加自卫队了吗?会打枪吗?小媳妇们站在婆婆的背后面,提着脚跟瞧。高庆山抱起一个小孩子放在车上推着,走一截就换一个,年轻的母亲们都高兴地说:"快下来!叫你叔叔歇歇!"

老年人们又叹息着说:"唉!真是共产党能教导人呀,你们看这些行事和言谈。庆山小的时候,多淘气,净好坐在树老刮把里往下拉屎!怎么样啊,庆山,日本鬼子过来了吗?"

高庆山说:"不要紧。过来就打他,不能叫他站住!"

"可得打呀!"老婆儿们说,"你大伯大娘的老命都交靠给你了啊,孩子!"

"大家组织起来一块打!"高庆山说。他一路走着,宣传着,动员着,使得五龙堂全村的人,心里又亮堂,又快乐。

他出了北口,上了堤坡,看见了他家的小屋。小屋在冬天早晨的太阳光里,抹着橘子的黄色。高四海正要赶羊到河滩里去,看见儿子来了,就站在门口,打火抽着一锅烟。

把车子靠在小屋前面,芒种跑过去,摸着羊说:"肥多了,你净喂它们什么呀,大伯?"

"喂什么,放它们吃草罢咧,"老人说,"这一带,哪里有好草,我都摸得清,冬天又没事儿,一出去就是一天!"

"村里的农会组织起来没有?"高庆山问。

"正在写名儿,"老人说,"他们推我当什么主任,我说叫别人干吧!"

"大家既是推你,你就担任嘛!"高庆山笑着说。

"那不叫人家说我是凭着儿子的威风?"老人说,"我看你们也不一定能成事。"

"为什么?"高庆山问。

"你们的家伙不行!"老人说,"只就眼面前的东西来说,日本人有飞机大炮,你们就只有一些坏枪和土造。"

"只要打起来,我们就什么也会有了。"高庆山说,"红军的历史就是这样,起先什么也没有,越打人越多,武器也越好,地面也越大。打仗,就是革命发家的本钱。不要只看见日本人的飞机大炮,除去这个,他就什么也没有了。他们是在侵略中国。历史上,没有一个侵略者能在别人的国家土地上,长久站住脚的。他们都是凶猛地攻进来,凄惨地败回去,侵略行为,是一种天大的罪恶。日本,现在正做着甜梦,等我们打得他醒过来,他会来不及后悔他眼前命运的悲惨!我们的部队,是在保卫自己的国家,打走进门的强盗,我们的战士们都是勇敢的,会夺取敌人的武器,武装自己。"

"不提武器,你们的人也不行。"老人说,"十年前那回,你记得,人马多么整齐!现在哩,不用说队伍里乱七八糟,就按地方上说吧,子午镇的妇救会主任是高疤的媳妇俗儿!春儿和她搭伙计,还当她们的下手。我已经告诉秋分,叫她说给春儿一声,不和这些烂货在一块工作,她干,我们就不干,日子长了,还洗不出好歹人来了哩!"

"不能那么宗派,"高庆山说,"革命会把一些人变好的,没有天生的坏人。"

芒种笑着说:"大伯不愿意干就叫他老人家歇歇吧,老老搭搭的了,管起事儿来,也不见得行!"

"你说什么,芒种?"老人一拧脖子红着脸说,"你说我老了?我看我一点儿也不老!你这小人家,敢和我这老人家比试比试?是文是武,动手劲还是动心劲?做庄稼活,我不让你一锄一镰,论打枪,你才几天,毛胎孩子,我闭着眼也比你瞄得准!"

"那为什么一提日本人,你就那么胆小,连个农会主任也不敢承当哩?"芒种背着脸偷偷笑着说。

"我怕日本人?"老人说,"等他们过来叫你看看吧!我不敢当农会主任?这不是说,五龙堂的农会要不是我领导,那才怪哩!"

秋分回来了,怀里抱着纺车,上堤坡就问:"到家也不进屋,吵什么哩?"

"说笑着玩儿哩!"高庆山说,"怎么,下岗了?"

"到了钟点儿了!"秋分笑着说。

"什么钟点儿?"高庆山问。

"东房凉儿,"秋分说着推开门,"一家站二尺!快屋里去吧。"

"我还要到子午镇去!"高庆山推起车子来,芒种在堤坡上跷起一条腿,先飞下去了。秋分送了几步,小声问:"晚上你家来睡觉吗?"

"不回来了,"高庆山说,"情况紧一点,工作很忙。"

十九

高庆山和芒种奔子午镇来,子午镇的街上,除了集日,就冷冷清清。高疤的几个特务员正在二丰馆门前吵嚷,一见高庆山过来,"喂!支队长!"吹一声口哨都溜到里边去了。等高庆山走过去,又一个个跑出来,小声叫住芒种:"伙计,一会儿上这里来呀!有酒有菜。"

芒种笑了笑,就领着高庆山奔俗儿家去了。俗儿家在西头路北一条小胡同里,白板门儿大开着。芒种先进去,望着窗户喊:"高团长在这里吗?"

她家的窗户顶漂亮,新糊的雪白粉连纸,中间用狗牙的红纸镶着明亮的玻璃。俗儿在玻璃里一张,就出溜下炕跑了出来,她的小红袄儿松开脖颈里的纽扣,绣花鞋没提上后跟儿,盯了高庆山有抽半锅烟的工夫,就张开红嘴唇儿笑了:"支队长呀!你可轻易不来。快到屋里,车子就靠在那里吧,没人敢动!"

高庆山站在那里说:"高团长哩?"

"不在家。"俗儿说,"你们先屋里坐坐,有现成的热水,擦擦脸,喝碗茶。你看身上这土!"她说着跑回屋里拿出一把红绸结成的甩子来,拍打着芒种的身前身后,小声笑着问:"这还是春儿给你做的那双鞋?好模样儿,好活计,你回头不去看看她?"说得芒种红了脸。

推脱不过,高庆山只好跟她到屋里去。这房间,和外面土墙草顶的宅院,十分不相称。它明亮,温暖,充满女人头油香粉的气味。这个环境,对从雪山草地走过来的高庆山,非常生疏,他坐不下去,像叫毒气熏着。

俗儿热心地忙茶又忙水,还要烙饼炒鸡蛋。高庆山说:"都不用,你把高团长请来吧,有些事情和他谈谈,我们就回去了。"

俗儿说:"他要是上别人家去,我早就给你去叫了,子午镇这条街,还有我去不到的地方?可巧我刚和这家人吵了一架。"

"是谁家?"芒种问。

"对了,"俗儿说,"你去吧,他就在你们当家的田大瞎子那里!"

"他到那里去干什么?"芒种问。

"谁知道?"俗儿拍拍手说,"田大瞎子那个白眼狼,左一趟右一趟,请高疤到他家坐坐,我不让去。今天他家来一个什么客,又叫俺那糊涂爹来说,死乞白赖地拉他去了。"

"什么客,从什么地方来的?"高庆山一直留神听着,仰着脸问。

"气得我也没顾着问。"俗儿说,"芒种,你快去叫他吧!"

芒种望望高庆山。高庆山想了一想说:"不要去叫。我们先到别处转转,等一会儿再回来吧!"

俗儿说:"晌午的时候,你们务必回来!"

从小胡同穿出去,就是村北野外,高庆山低头走着,他的脚步有些沉重,迎着北风走了老远一截路,才回过头来说:"芒种!我考考你,你说田大瞎子叫高疤去,是为了什么?"

芒种说:"反正没好事!"

高庆山说:"这个村庄,有人暗里和我们斗法。田大瞎子是拉拢高疤,今天这一顿饭,轻者是进行离间,重者是要煽动高疤叛乱!"

"那我们怎么办哩?"芒种问。

"我们要估计到这个情况。我不叫你出面去找高疤,那样做,会更坏事。对高疤我们还是要争取教育的,在子午镇这个环境里,他就会坏到底。你说对不对?"

"对。"芒种笑着说,"整天躺在俗儿那个小暖洞里,再受着点反革命的挑拨,谁还有心思革命呀?"

高庆山也笑了。他更喜爱眼前这个孩子了,这孩子,经过党的教育和本身的战斗经历,会成为一个亲近可靠的助手。他说:"我们到地里去吧,和那些做活的老乡们谈谈!"

"那我们就找老常去,那边使着两个大骡子耕地的就是他!"芒种说。

正北不远,有一个中年以上,穿蓝粗布短袄,腰里系着褡包的农民,一手扶着犁把,向外倾斜着身子,断续地吆喝着牲口。两匹大骡子并排走着,明亮的铧板上翻起的潮湿的泥土,齐整得像春天小河的浪头,像雕匠刻出的纹路。芒种说:"老常真是一把好手,耕出地来,比墨线打着还直!"

"可惜是给地主做活!"高庆山说。

"老常哥！"芒种喊了一声，"我们在地头上等你！"

把手里的缰绳轻轻一顿，老常站住了。随后就轰着牲口耕到地头，回过来，按好犁杖，拉着芒种坐在地边上的小柳树下面。

"这是我们支队长！"芒种给他指引着。

"那些年见过，"老常笑着说，"方圆左近的人，谁不知道他？"

高庆山过去扶着犁杖说："老常哥，我给你耕一遭吧？"

老常说："我知道你也是庄稼人出身，可是这牲口不老实，有点认生人！"

"不要紧。"高庆山笑着拾起缰绳，扶正犁把，吆喝了一声。这是农民的声音，牲口顺从地走下去了，高庆山回头笑了笑。老常说："真有两下子，没怨能带兵打仗哩！"

耕了一遭地回来，高庆山也和他们坐在一块，说："子午镇有多少长工呀？"

"大二三班，一共有十六七个哩！"老常抽着烟说。

"你们该组织一个工会。"

"该是该，"老常说，"就是没人领头操扯哩！"

"你就领头呀！"

"我？"老常笑了笑，"哪里有工夫呀？吃人家的饭，连睡觉的工夫都是人家的！再说，当家的也不让你去掺和那个呀！"

"这不是当家的事，他管不着。"高庆山说，"把工会组织起来，我们工人就团结紧了，学习点文化，脑筋也就开通了，我们是打击日本帝国主义的坚决力量，我们要参加村里的工作，有能力还可以当村长哩！"

"当村长？"老常笑了，"咱可干不了。自古以来，哪有长工当村长的？把吃喝改善改善，多挣点工钱，少干些下三烂子活儿，就心满意足了！"

"在工作和战争里锻炼，"高庆山说，"把日本打出去，局面大了，省长县长，也会叫我们当的！"

"好，我回去串通串通。"老常说着站起来，"我不陪你们坐着了，叫当家的看见了,不好。"

回到俗儿家里,高疤已经回来,喝醉了,倒在炕上,没法正经地谈问题。高庆山对他说,希望他赶紧回去,什么事情也可以商量,就和芒种推车子出来。

俗儿拦不住,送到大门以外,抓住高庆山的车子把说:"支队长,我问问你:为什么一定叫高疤去学习呀?"

高庆山说:"有机会学习,是顶好的事。在我们部队里,上上下下都要学习。他不抓紧学习,过些日子,下级学习好了浮上来,他就得沉下去。学习,是为工作,也是为他好呀!"

"他想不通。"俗儿说,"等他回去了,你这上级该多教导教导他!"

芒种插进来说:"还是你晚上多教导教导他吧。对于高团长来说,你的话,恐怕比上级还有劲儿哩!"

"你这小嘎子!"俗儿笑着撒开手。

走到河口上,春儿又在后面追来了:"姐夫,姐夫,停一停!"

高庆山停下车子,回过头来问:"你这是慌慌张张干什么呀?"

"我来送送你,"春儿喘着气说,"怎么到了子午镇,也不上俺家去呀?"

"你不是来送我?"高庆山笑着说。

"你看你!"春儿笑了,"不是来送你,是来送谁呀?有要紧的事情和你商量。我们妇救会派了田大瞎子七双鞋,他不应,叫狗追我们。这还不算,他女人今儿个又放出大话来,说高疤和他家相好,文班里有人,武班里也有人,就是不怕我们这帮穷闺女!你说,到时候,他不交鞋怎么办?"

"到时候不交,你就到县政府告他!"高庆山坚决地说,"我看出来了,不把这封建脑袋往矮里按按,这村子的抗日工作,不能抬头!"

"你算说对了,"春儿说,"人们还是看风色,望着田大瞎子这个**纛**旗儿倒不倒哩!姐夫,我们去告他,你可得给我们做主呀!"

"不是我给你做主,"高庆山说,"是革命的时代给你做主!"

二十

这些日子,冀中平原的形势,紧张起来。日本人顺利地爬过黄河以后,感觉到有一种力量,在它的脚踝上,狠狠插上了一刀,并且割向它的心腹。起先,它没把吕正操这个名字放在眼里。这个年轻的团长,在整个国民党军队溃退南逃的时候,在大清河岸,抗命反击了日本帝国主义。这场挺身反抗的战争,扫除了在军民之间广泛流行的恐日情绪。部队损失了一半,青年将领并没有失望,他和地方上共产党组织的武装结合起来,在平原上坚定地站住,建立了一个光荣的根据地。当日本人明白了吕正操竟是一个共产党的时候,才深深恐慌起来,它布置向冀中平原进攻,沿平汉线增加了部署,在北线,进占了河间,威胁着高阳。

冀中人民热情支援抗日的部队,农民们做的鞋都交上来了。春儿一双一双地检验,有的布料和针工好一些,有的使块旧布用锅底的黑烟子染了一下,在鞋底儿里衬些草纸。可是,这些青年妇女们都很高兴,这是她们第一次给卫国保家的战士们做的针工。她们第一次给家庭以外的人做活,这些人穿上她们的针线,在战场上抗击进犯乡土的敌人。在夜晚丈夫和孩子睡下以后,她们掌起灯来做到鸡叫。她们在货郎担上选择顶好的鞋面,并且告诉掌柜,这不是给自己的丈夫做,也不是给自己的孩子做,是给抗日的军队做的。她们手里扬着鞋面回家,就像举起一面小小的坚决抗日的旗帜。所有的人都望着她们,她们自己感觉到了荣耀,在众人心中引起了钦佩。

做好鞋,她们手托着送到春儿家里,活路差些的就叫自己的婆婆代替送了来。春儿称赞了这些年轻的伙伴们,也拿出自己做的一双,请她们批评提意见。自然那是全村拔尖的顶漂亮顶坚实的一双。妇女们都说:"送到军队上,谁挑了春儿这一双,谁算有福了。该把你的名字写上呀!"

"我的名字在鞋底儿上!"春儿说,"穿在脚上,一步一个印儿。"

她翻过鞋底来,在那中间空心的地方,突出地绣着她的名字。这个女孩儿的名字,将随着战争的脚步,在祖国这一片光荣的土地上,留下鲜明的痕迹和使人兴奋的影响。

就还差田大瞎子家的七双。春儿找了俗儿,要一同去催。俗儿这两天不积极了,她有时顾前不顾后,很能陷阵冲锋,可是她的思想感情变动得太厉害。高疤倒是回城里去了,那天吃了田大瞎子一顿饭,回来他对俗儿说:"你不要当他们的枪使,日本人占了河间,高阳不知道能不能站得住。我们和春儿不一样,她们是和高庆山睡一条炕的人儿,自然一心保国,我们得留一只后手,不要再得罪田大瞎子!"

今天早晨,又听见日本人进攻的炮响,俗儿有点害怕。这些日子,她和春儿也闹不团结。她看见村里的年轻妇女们都向着春儿,对她,不过是眼面前的怕情,她知道自己在众人眼里的地位。当春儿叫她一块到田大瞎子家里催鞋,她说:"我这主任还想推出去哩!上回我出了阵,这回该你试试了。享好名儿不是一个人的事,得罪人也不能只我一个人!"

老蒋也走过来,对着春儿,鼻子不是鼻子脸不是脸地说:"谁有工夫,谁是满街腿,谁就一个人跑去,来回上我们家来干什么?俺们俗儿不去干那瞎踹子勾当,从有了妇女会,我们家里就没得安生过,门限子也叫你们给踢破了!"

真把春儿气坏了,她说:"你家的门限是我踢破的?我看是那些有钱有脸的大汉子们!"

"春儿大妹子!"俗儿接过来说,"打人别打脸,骂人别揭短。谁不知道我们,我们脏,我们自己兜着,沾不到你的身上去!我们不管怎样,还没有赔着工夫赔着布,给小做活的做衣裳做鞋,偷偷送到城里去哩!住在一个村里,我又没戴着捂眼儿,谁做的事情谁不知道?别在俺们家里充好人来了!"

春儿气得抱着一捆鞋,哭着出来。可是她没有绝望,正和整个民族进行的光荣努力一样,她忍受着痛苦,坚持庄严的工作。她挺直身子,一个人进入了田大瞎子的庄宅。

外院里,只有老温正在起大猪圈里的粪,满院子的臭气。看见春儿今天大不像往常,老温停下铁锨,探出头来说:

"春儿,干什么呀?"

"来收他家的鞋!"春儿说。

"你们那主任俗儿呢?"老温笑着说,"怎么今天不出马?"

"人家妥协了,"春儿说,"以后,没眼的瞎子也不能举她!没干三天半,听见树叶儿响,就低脑袋转弯!她不来,我自己来。"

"我劝你回去,"老温小声说,"他家连个鞋毛儿也没做,你跟他要,保险得捣起乱来!"

春儿说:"不做不行。人家战士们撇家撂活,上前线打仗去,我们这么点责任都不负?叫那些人光着脚打仗呀?"

"我还是劝你回去。"老温扒着猪圈沿儿说,"你不同俗儿,她是一个破罐子,属卖炸馃子的,带着一身油,只许别人怕她,她可不怕别人。你不行,从小本分家的女儿,骂骂咋咋你张不开嘴儿,动手打架你伸不出手来,就会哭!我们当家的,男的是一只虎,女的是一只母老虎,他们会欺侮你!"

"我不怕,看他们能把我吃了?"春儿一步登上二门的台阶。

正赶上田大瞎子送出他的客人来。这客人像一个退休的官员,又像一个跑合的商人。他从敌人占据的保定来,那天请高疤吃饭,陪的就是他。望见春儿,田大瞎子把眼一翻说:"又来干什么?"

"来拿鞋!"春儿站住说。

"什么鞋?"客人问。

春儿说:"给抗日战士做的鞋!"

"你看,"那个客人对着田大瞎子一笑,"这么大的闺女,不坐在炕头上纺线,要不就到野地里拾柴火去,她也跟着抗日抗日!日本那么好抗?你能抗住飞机大炮?日本就快过来了!"

"日本过来,有人打它!"春儿说,"你这是干什么,你不愿意叫我们抗日吗?"

"我是为你好，"客人嘻嘻地笑着说，"一个庄稼人，谁来了不是做活吃饭，谁来了不是出差纳粮？不要听那些学生们胡说八道，整天价花着爷娘不心疼的钱，不好生念书，抗日，抗日，我说吧，日本人进攻中国，都是他们招惹来的是非！"

"听你的口气，像是个汉奸！"春儿狠狠地说。

"野闺女！"田大瞎子推了春儿个后仰，"你敢骂我的客！"

春儿爬起来，哭着喊："你们怕人骂汉奸，就别放那些汉奸屁呀！"

田大瞎子追过来，还要动手。老温用起粪叉一拄，跳出了粪坑。他穿得很单薄，带着两鞋泥粪，跑过来一把拦住说："当家的，你别打人啊！人家是个女孩子，才有多么大？这说得下理去吗？"

田大瞎子大声叫："你一个臭做活的，敢来管当家的事！快给我跳下猪圈起粪去！"

"好，出力气做活，吃不饱，穿不暖，我们倒臭了？"老温说，"从今天起，看看在大众面前，臭不可闻的，到底是谁吧？"

"真他妈的是五鬼闹宅，"田大瞎子说，"你也反了，你不要只看见城里那么一班人，你听见炮响了没有？"

"没听见。"老温说，"我们不盼望外国人，我们不想当汉奸！"

"你给我滚蛋！"田大瞎子飞起一条腿，正踢在老温的小肚子上。老温抱着肚子，趴在地上，哼哼着喊叫："春儿，去到县里告他！"

春儿答应着走了。田大瞎子说："看见你们那群毛毛官儿了，走，我和你们去当堂对质！老常，套车！"

老常正在村北近处耕地哩，听见家里吵嚷，丢下犁杖跑了来，一看见老温趴在地下打滚，就过去扶了起来。田大瞎子叫套车，他说："我们不干了！你自己套吧！"

"好！"田大瞎子说，"天下缺少的是金银，做活的有得是，你们马上离开我这院子！"

老常扶着老温到别人家去。田大瞎子从槽上牵出牲口来，怎样也套不到车上，客人帮着他，好容易把骡子塞进了车辕，却忘了结肚带。田大瞎子一抓鞭把，牲口蹿了套，惊了车，差一点没把他轧住。

车在梢门限上撞翻,墙角塌了一大块,骡子向野地里跑去了。

"我走着去!"田大瞎子把鞭子往地下一扔,说。

田大瞎子这回敢去告状,是因为听见了日本进攻抗日人民的炮响,是因为高疤曾经在他家吃了一顿饭,也有点仗恃他的儿媳妇新近又升了县政指导员。他要在来客面前显显他的威风,做他恢复政权、重新统治人民的本钱。

田大瞎子一脚踢成了子午镇好久组织不起来的工人抗日救国会。全村十七个长工听见消息,都跑到老温的床前,立时写上了名字,按上手印,选举老常当他们的主任。叫他去追赶春儿,一同进城。

他们三个人走在通向城里的路上,春儿在最前边。现在是立冬前后,快响午了,太阳融化着大道两边树枝上的霜花,不断地滴落在她的头上。今天,遍地是部队,各地的人民自卫军,正奉命向前方转移。西北方向,腾起滚滚的黄土。冀中人民组成的部队,在家乡的冬天的早晨,披带着呼吸和热汗凝冻成的霜雪,庄严前进。在田野工作和在道路上行走的农民,都停下来望着他们。在村庄的入口,男女拥挤着,在房檐草垛上,有雄鸡接连热情地长鸣。这是平原伟大战争的开始,坚决打击进犯的敌人,民族愤怒沉重地向前滚动了,它的每一个儿女,都激动地跑来,伸手在牵引上,加上自己的一把力量。

二十一

在路上,老常步眼大,不久就越过了田大瞎子,看看追上了春儿。

春儿走得很暖和了,脊背上出了些汗。东瞅西看,她两只眼睛不够使唤。到处是我们的队伍,她望着在队伍的上空,紧连着他们的新军帽腾起的尘土,汗水蒸成的雾。她望着接连翻起的脚上,穿的是她们妇女做的鞋袜,战士的脚印像叫一条长线穿起。她自己也觉得脚下轻松,身上有了力气,跟着他们前进。心,飞到他们那里去了,开赴前线的,不知道有芒种没有?

老常叫住了她,说:"没怨说这会的姑娘们好,走起路来像风轱辘,叫我好赶。"

"你来干什么,"春儿把眼睛收回来说,"走在前头,给你们当家的鸣锣开道吗?"

"想得他!"老常笑着说,"我和他散了,咱们是一条线儿上的人。我是子午镇的工会主任,帮你去打官司。"

"什么时候选的你?"春儿笑了。

"这才叫走马上任。"老常说,"刚刚开过会,我连行头也没换,就追上你来了。他们说你小女嫩妇,嘴头心劲上,全不是那老狼的对手。"

"有你去,自然更好,就是我一个人也不会把官司打输!"春儿说。

"我站在一边给你仗胆儿,"老常说着叹口气,"不用说你,就连你爹,一辈子敢和谁犟过一句嘴?就不用提打官司了。上城下界,是人家大地户的能耐,从小时,俺爹就教导我:饿死别做贼,屈死不告状。衙门口是好进的吗?可是啊,春儿你带着个钱没有?"

"带钱干什么使?"春儿说,"又不置办东西。"

"打官司的花销呀!"老常说,"没钱你连门也进不去!"

"不用花钱,"春儿说,"一去就找俺姐夫!"

"对了。"老常笑着说,"光想着钱,连他也忘了。我们还怕什么?这成了一面词儿的官司,准赢不输!"说着从褡包上解下烟袋来就打火抽烟。

"什么一面词儿呀?我们是满有理的事!"春儿批评他。

"对!对!"老常随口答应着,只顾低着头打火。他的火石那样老,周围的棱角全打光,简直成了小孩们弹的球儿。他用两个粗大鼓胀的手指头捏着,用破火镰啪啪地凿着,看不见一丝火星儿。他转动着火石,耐心地打着,一边和春儿说着话儿。走了十几里路,过了好几个村庄,他的火还没有打着。到了西城门口,他才把火石收起来,把装好的一袋烟又倒回破荷包里,这就算过了烟瘾。

春儿先到的动员会,动员会的人说,高支队长正在给军队讲话,春儿想芒种一定也不闲在,就说:"我们是来打官司!"

动员会的人问了问她是哪村的人,就说:"打官司你到县政府。党政军民,各有系统。县政指导员是你们老乡,又是个妇女同志,她叫李佩钟。"

春儿出来和老常一说,老常一咧嘴:"那怎么行?她是田大瞎子的儿媳,还有不向着公公、反向着我们的道理,我看这一趟白来了!"

"既是来了,就得试试,空手回去,不显着我们草鸡?"春儿说,"什么儿媳妇公公,是人就得说真理,她既是干部,吃着人民的小米,难道还能往歪里断?"

她一路打听着往县政府来,穿过一条小胡同,到了跑马场,再往北一拐,就看见县政府的大堂了。

县政府门前也是一片破砖乱瓦,从国民党官员仓皇南逃,还没有人收拾过。人民自卫军成立以后,忙的是动员会和团体的事,政权是新近才建立。上级委任了李佩钟当县政指导员,她觉得动员会的事,刚刚有了些头绪,自己也熟练了,又叫她做这个开天辟地的差事,很闹了几天情绪。上级说:"革命的基本问题就是政权。"又说:"为了妇女参政,我们斗争多少年,今天怎么能说不干?再说,县政指导员就等于县长,妇女当县长,不用说在历史上没有,就在根据地,李同志也是头一份呀!"她才笑着答应,说干一干试试,不行再要求调动。昨天才搬到这个大空院里来。

她喜欢干净,把自己住的房子,上上下下扫了又扫。县政府有一个老差人,看见她亲自动手,赶紧跑了来,说:"快放下笤帚,让我来扫。你这样做叫老百姓看见,有失官体!"

李佩钟笑了笑,她在院里转了转,看见门台上有一盆冬天结红果的花,日久没人照顾,干冻得半死。她捧了进来,放在向阳的窗台上,叫老差人弄些水来浇了浇。老差人说:"看你这样雅净,就是大家主出身。你当家的,原先不过是一个区长,现在你倒当了县长,真是妇女提高!"

李佩钟皱了皱眉说:"你去找一张大红纸,再拿笔墨来。"

老差人说:"我一看你就是个文墨人,听说咱们的支队长,也不过是个拿锄把的出身,全县的干部,就数你程度高!"

"快去拿吧!"李佩钟说。

老差人说:"那得你批条子,到庶务科去领。"

"什么庶务科呀?"李佩钟跺着脚说,"你看不见就我一个人,你先到动员会去借!"

等到老差人把笔墨纸张拿来,已经正晌午了,天气很暖和。老差人替女县长研墨铺纸,李佩钟在房子里来回地走。她那嫩白的脸上,泛起一层红的颜色。站立在窗前,阳光照着她的早已成熟的胸脯。曾经有婚姻的痛苦,沾染了这青春的标志。现在,丰满的胸怀要关心人间的一切,她要用革命的工作,充实自己的幻想和热情。她用带来的一把小剪,修理花树的枯枝,她看见有一股嫩绿的浆液,在表皮里流露。细心培养,她想,等不到春天,它就会发芽。

她弯着身子,在一张红纸上,写了"人民政府"四个楷体大字。

老差人笑着说:"这四个字儿和我有缘,我全认识。政府就是县政府的意思,和人民连起来,那意思是说老百姓的父母官吗?"

"唉!你把意思想反了。"李佩钟说,"人民政府就是替老百姓办事的政府。"

"什么政府不是替老百姓办事?"老差人说,"不替老百姓办事,发谁的财呀?"

"分别就在这上面。"李佩钟把红纸拉到阳光下面晒着,"过去的政府是封建阶级当权做主,是压在人民头上的一块石头。现在的政府是反对封建阶级的压迫,人民自己起来,当权做主。"

"我还是有点不明白!"老差人说。

"等我审判案件的时候,你就明白了!"李佩钟说,"你打糨糊来,我们去把它贴上。"

老差人又到动员会领了面,打好了一大盆糨糊,和县长抬着这张大红纸,走到大堂上来。这四个大字,在老差人手里,分量很重,他不知道究竟从这一任县长手里,要有什么新出的规程。

李佩钟跳到大堂的桌案上去,这种灵便,使老差人吃了一惊。她在那块旧的匾额上面,重重地抹上了一层糨糊,把一大群麻雀从匾额后面的窠巢里轰出来,老差人叫她别迷了眼。她仔细把红纸贴在上面,老差人一手扶着桌案,一手比画着,好叫她摆得更端正。贴好了,李佩钟站在桌案上,端详着她写的这四个大字,心里一时激动,眼眶充满了热泪。

这是神圣的理想。鲜红的匾额,映照得大堂明亮,一直照过跑马场,照到野外去。在那里,高庆山正给四千个战士讲话,口号声不断地传来。走在街道上的人,一眼就可以看见这四个字。这四个字,实现了多少年多少人的斗争的愿望。为了这个愿望,他们前后献出了青春的生命,亲人为他们曾经把眼泪流干。

二十二

老差人看见女县长流出眼泪来,惊慌地说:

"上任的大好日子,这是为了什么?有过什么冤屈吗?这个地方,别看它方圆不到三丈,屈枉的好人可不少。我在这里干了快一辈子,什么事情都从我眼里经过。今后不会有那种事了,你刚才的话我也明白了。"

"正是这个道理。"李佩钟说着从桌子上跳下来。

"十年前,"老差人又说,"县里抓来好些共产党,就是在你们那一带闹事的农民,杀了好几个。其中有个孩子,是高级小学的学生,每逢我带他的爹娘去给他送饭,爹娘哭得天昏地暗,我总没见过他皱过一下眉毛,胆气真正,有空还向我宣传共产党的好处。他出斩的那天,我不敢见他,我请了几天假,害了一场大病。"

"我就是为那些人掉泪。"李佩钟整整衣服和头发说,"我们进去吧!"

"县长,有人来打官司!"老差人低声叫,"你快进去,等着击鼓升堂。"

李佩钟往外一看,一个女孩子走进来,后面跟着一个中年的农民,都很眼熟。原来是春儿和婆家的领青长工老常。

她跑上去,拉住春儿的手说:"进城干什么,妇救会的事儿吗?"

"我们来打官司,"春儿说,"告的就是你公公!"

李佩钟的脸上发烧,老差人给她搬来一张破椅子,放在审判桌案的后面,她摇了摇头,问:"为了什么?"

"派了他军鞋他不做,我去催,他推了我一个跟头,还踢伤了工人老温,你说该怎么办?"春儿说。

老常说:"我就是证人。"

"他是咱村新选的工会主任,事儿他也见着了。"春儿说,"你公公也来了,就在后面。"

"喂,这位小姑娘,"老差人招呼着春儿,"你是来打官司,又不是在炕头上学舌儿,什么你公公你公公的,被告没有名姓吗?"

"我们不知道他的学名儿叫什么,那不是他来了!"春儿向后一指。

田大瞎子到了。他从小没有走过远道,十八里的路程,出了浑身大汗。他穿得又厚,皮袍子和大棉靴上,满是尘土。他喘着气,四下里找外收发,可是一个熟人也看不见,上前一步,才看见他的儿媳和对头冤家们。他面对着正堂站住,大声说:"现在打官司,还用递状纸不用?"

看见公公,李佩钟心里慌乱了一阵,她后退一步,坐到椅子上,掏出了笔记本,说:"不用状纸,两方面当场谈谈吧!"

"两方面?哪两方面?"田大瞎子问。

"原告被告两方面!"李佩钟说。

"谁是被告?"田大瞎子又问。

"你是被告,你为什么推倒抗日干部,并且伤害工人?"李佩钟红着脸问。

"好,你竟审问起你的公爹来了!"田大瞎子冷笑一声。

"这是政府,我在执行工作。"李佩钟说,"不要拉扯私人的事情。"

"政府?"田大瞎子说,"这个地方,我来过不知有多少次,道儿也磨明了,从没见过像你们这破庙一样的政府。"

"我们都还没见过。"李佩钟像在小组会上批驳别人的意见一样,"你看见上面这四个字儿吗,这是人民政权的时代!"

田大瞎子死顽固,从来不看新出的报纸,对这些新词儿一窍不通,不知道怎样回答。这时不知谁传出去的消息,大堂上围满了人,来看新鲜儿。高庆山讲完了话,也赶来站在人群里看,芒种挤到前面,两只眼睛盯着春儿,使得春儿低头不好,抬头也不好,红着脸直直地站着。可是她觉得胆壮了,她问:"李同志,我们这官司要落个什么结果呢?"

田大瞎子的脸一红一白,他觉得在大众面前,丢了祖宗八代的体面。他要逞强,他说:"不能结案,我还没有说话哩!"

李佩钟说:"准许你说。是村里派了你做军鞋,你到时不交吗?"

"我没交。"田大瞎子说,"为什么派我那么多?"

"这是合理负担,上级的指示。"春儿迎上去。

"合理?"田大瞎子说,"你们都觉着合理,就是我觉着不合理。"

这是一句老实话,李佩钟听了差点没笑出来。她瞟了高庆山一眼,看见他在那里严肃地站着,静静地听着,她又镇下脸来问:"是你踢伤了长工老温吗?"

"那是因为他多事,一个做活的哪能干涉当家的?"田大瞎子说。

"你动手打人,他就有权干涉,做活的并不比当家的低下。"李佩钟说,"你推倒了春儿吗?"

"那是因为她骂了我的客人!"

"什么客人?哪里来的?有通行证没有?"李佩钟紧跟着问。

田大瞎子沉了一下,说:"你这叫审官司吗?你这是宣传。你专门给他们评理,他们是你的亲人,我连外人都不如!"

看热闹的人们,全望着李佩钟,李佩钟站立起来,说:"既然都是事实,你也承认,我就判决了:不遵守抗日法令,破坏合理负担,罚你加倍做鞋。推倒干部,踢伤工人,是严重的犯罪行为,你回村要在群众面前,向春儿和向受伤的工人赔不是。你要负担工人一切医药费用。工人伤好了,只许他不干,不许你不雇,还要保证今后不再有这样的行为发生!"李佩钟宣判完毕,转身问春儿:"这样判决你们有什么意见?"

"意见倒没什么意见了,"春儿说,"只是受伤工人的吃食上头,坏的他吃不下,好的我们又没有。被告回到村里,要逢集称上几斤点心,买些鸡子儿挂面什么的送过去,这才算合理。我就这么点,看看俺村的工会主任还有什么意见?"她回头看看老常。

老常赶紧摇了摇头。田大瞎子说:"像你说的,我还得买点干鲜果品,冰糖白糖哩!聘闺女娶媳妇,我也没有这么势派过!"

"势派势派吧,从前你拿着工人不当人看待,好东西都自己吃了,你既然愿意多送点东西,我们赞成!"老常的庄稼火上来,也气愤愤地说了一套。

"就像春儿说的那样办。"李佩钟说着退了堂。

人们哄哄嚷嚷地走出来,议论着这件事儿。一个年轻人和一个老年人抬起杠来。老年人说:"我看这女县长有点过分,栽了你公公,你脸上也不好看呀!"

年轻人说:"你看的是歪理,当堂不让父,王子犯法还一律同罪呢,做官最要紧的是不徇私情儿。"

二十三

李佩钟送走春儿,回到自己屋里来,兴奋得坐不下,走动着唱起歌儿来。不多一会儿,高庆山来了,她赶紧止住,笑着问:"高同志,我处理的问题怎么样,站得稳立场吗?请你不客气地提些意见。"

高庆山笑着说:"处理得不错,群众看来也很满意,春儿她们也会满意的,在今天,这样判决也就可以了。谈到立场,我们还有机会经历一些锻炼哩。你想:田大瞎子踢伤了工人,我们只是判他道歉和负担一些费用。假如在旧政权的统治下面,一个工人踢伤了田大瞎子,他们该怎样判这个工人的罪呢,恐怕要重得多吧?"

他望着李佩钟,李佩钟一愣,着急地说:"叫你说,我还袒护了他哩!"

"你没有袒护。我知道你倒是存心要左一些的。"高庆山说,"改变人们传统的观念,是长期的事情。你的判决有积极的影响,它已经使劳动人民抬头,这个判决会很快在各村流传,使我们的动员工作更加顺利。不要谈这个了,我要和你讨论一件工作。"

"我想休息休息,"李佩钟没精打采地说,"可是你说吧!"

"今天夜里,我要带队伍到前方去。"高庆山说,"这次打仗,是看机会消灭一股敌人,增加人民抗日的信心,兴奋抗日的情绪,另外就是掩护我们的首脑机关顺利转移,司令部可能到咱们县里来。留给你的工作是积极动员老百姓破路,更重要的一件,是准备把这县城拆除!"

"破路可以,为什么要拆城?"李佩钟问。

高庆山说:"我们不能固守着城池作战,我们要高度分散和机动。敌人可能占领县城,我们把城拆除,使它没有屏障,我们好进行袭击。"

李佩钟说:"还没有打仗,我们就准备放弃县城?这几个月的工作不是白做了?"

"工作怎么会白做呢?"高庆山说,"我们初步完成了战争的动员,人民有了抗日的要求和组织。我们放弃的是城池,并不放弃人民,打起仗来,我们和人民结合得就更密切了,更血肉相连,更能进一步组织和动员。我们要有胆量和信心,不能张皇失措,要组织群众的力量,巩固他们的战斗热情,使人民的生活,渐渐适应游击战争的环境。"

李佩钟说:"破路还容易,这样高的城墙怎么个拆法,砖拉到哪里?土放在哪里?我的老天,三年的工夫也拆不完呀,哪里找那么些人呢?"

高庆山说:"修这城的时候,恐怕更费力,可是人民到底把它修成了,为什么现在就没有力量把它拆掉?好好动员群众,还要进行说服解释,不然全县的群众会反对,他们认为这是破除风水。说通了以后,砖呀,土呀,群众都有办法解决。动工的时候,村中出差要公平,各村负担的尺丈要合理,县里要解决民工吃饭喝水住房的困难。"

"你留给我们工作太多,我一想到那几千年的老厚老高的城墙就头晕。"李佩钟笑着说。

高庆山说:"又不动脑筋想办法,又不找群众商量着解决,那心里就只有叫困难堵塞了。这是战略任务,一定要完成!你计划计划吧,我要回去吃饭了!"

"你不要走,"李佩钟跳前一步用手拦住他,"晚上你就出发了,今天下午我请请你。"

"请我吃什么呀?"高庆山说。

"请你吃十字街路北的羊肉饺子,好不好?"李佩钟说,"我知道你不愿进馆子吃饭,咱们叫他煮好了送来,就在我这屋里吃。我叫老头儿买去,你可不许走!"

李佩钟跑了出去,高庆山在屋子里溜达着,他看见了放在南窗台上的那盆花儿。

等李佩钟回来,他说:"同志,真是小姐脾气,还有时间养花儿呀?"

李佩钟说:"那是刚才一时高兴弄的,现在叫你给压上了一大堆工作,什么心情也没有了。"

高庆山说:"正在打仗呢,枪炮砰啪响,花儿朵儿的就不时兴了。我并不反对文化生活,有时间唱唱歌儿,吹吹口琴还是有意思,李同志在这方面很有天才。"

"地才!"李佩钟笑了,"豁着嗓子瞎喊罢了!"

"现在我欢迎你来一个吧!"高庆山笑着鼓起掌来。

"我不!"李佩钟笑着扭了扭身子,"两个人有什么唱头?"

"两个人听得清楚。"高庆山说,又接连鼓掌。

李佩钟背过身去,刚唱了一句,送饺子的就来了,赶紧红着脸停止。她坐在对面,照顾着高庆山吃饭,她拨拨拣拣,推推让让,叫高庆山吃饱。

她笑着说:"自从上级给我们提了意见,不再吃大柜的卷子和大锅的猪肉,一下改变得过了劲儿,顿顿小米干饭,不是夹生,就是煳爆。看见你盛饭的时候一皱眉,大师傅和管理员还说你不能艰苦,享乐腐化,思想意识成问题,气都把你气饱了。还有那白菜汤,连把盐也懒得放,用勺子一搅,菜叶儿一个赶着一个跑,哪里是吃饭,简直是捞鱼。"

她自己吃得很慢很少,那样小的饺子,要咬好几口,嘴张得比饺子尖儿还小一些。高庆山是一口一个,顿时吃了一头大汗。李佩钟把自己的干净手巾送过去,带着一股香味,高庆山不好意思大擦,抹抹嘴就放下了。

吃完饭,李佩钟低着头,收拾了碗筷。她坐在床上,好久没说话。把头靠在那厚厚的松软的干净整齐的花布被子上。

高庆山站起来说:"时间不早了,我该走了,这顿饺子真香!谢谢你请客吧!"

"你不批评我就行了,还谢什么呢?"李佩钟说,"等一等再走,我有句话儿问你。是你们老干部讨厌知识分子吗?"她说完就笑着闭上了眼睛。

"哪里的话!"高庆山说,"文化是宝贝,一个人有文化,就是有了很好的革命工作的条件。我小时没得上学念书,在工作上遇到很多困难,想起来是很大的损失。遇到知识分子,我从心里尊敬他们,觉得只有他们才是幸福,哪里谈得上讨厌呢? 自然知识分子也有些缺点,为了使自己的文化真正有用,应该注意克服。"

"高同志,我还有一个问题。"李佩钟说。

"什么问题?"高庆山问。

"我的婚姻问题,"李佩钟坐起来,"我想和田家离婚,你看可以吗?"

"这是你自己的事情,"高庆山说,"我很难给你提意见。可是我相信在革命过程里,你会解脱了这种苦恼,完全愉快起来。这是一个应该解决的、不能长期负担的问题。"

"你同意我离婚?"李佩钟笑着问。

高庆山点点头,走了出来,在大院里,他吸了一口冷气,整了整军装。

李佩钟送他到大堂上,又叫住了他,说:"你抬头看看我写的这四个字儿怎么样?"

高庆山回转身看了看,说:"字写得不错,不见这块匾,我还不知道你是个写家哩。不过,现在上级没这样提,我们还是叫抗日县政府吧!"

二十四

黄昏时候,李佩钟站在十字路口,送走那些出征的战士,他们是第一次去作战,一个紧跟一个,急急地走着,举手向女县长告别。高庆山在最后拉着一匹马,沉静地走着。李佩钟望着他走尽了东大街,走出了东城门,才转身回到了县政府。夜晚,她一个人在这大院落里,在南窗台点起一支红蜡烛。她好像听见了寒风里夜晚行军的脚步,霜雪在他们的面前飞搅,骑在马上的将军,也不会想到爱情。她振作自己,在一张纸上,描画拆城破路的计划。

她一个人在夜晚工作。在这样的夜晚,有的母亲正在拍哄着怀里的孩子,有的妻子,正把头靠近她的丈夫。很长时间,李佩钟心里不能安定,拿起笔来又放下。她听着院里的一棵老槐树发出的冬天的风的响声,她把想念引到那走在征途上的人们,她必定拿他们做自己的榜样。眼望着蜡烛的火苗,女人的青春的一种苦恼,时时刻刻在心里腾起,她努力把它克服,像春雨打掉浮在天空的尘埃。

她在一张从学校带出来的图画纸上,设计着农民破路的图样。她用修得尖尖的铅笔,细心地描画,好像一个女学生在宿舍里,抱着竹绷子做绣工。

现在是严冬腊月,冰雪封冻着平原,从她们这一代青年起,今后经历的冬天,都要是残酷战斗的季节。她想,不过几天,农民们就要怀着火热的心肠,背着大镐铁铲,破路拆城,用一切力量,阻止进犯的敌人。这是历史的工程,她竟是一个设计人。在工作里,她忘记自己的痛苦,充满了高尚的希望。

隔着五尺砖墙,县政府的东邻,是一个小印刷厂。半夜里,那架人摇的机器,正在哗哗地响动,工人们印刷着动员会编的抗日小报纸。李佩钟想:等她把图样设计好,再加上一个说明,可以在小报上登载。

机器的响声停止了,接着是工人们的嘈杂。不久,那个印刷厂的负责人,细高个子秃头顶的老崔,跳墙跑到她的屋里来。

"你们出了什么事?"李佩钟停下工作转身问,"半夜三更跑来做什么?"

"李同志,你这里该安一个岗,"秃头老崔说,"这么大院子,一个人就不害怕?"

"一忙,什么也就忘了。"李佩钟笑着说。

"我是来问问你,有这么一件东西没有?"秃头老崔用手比画着,"我们那机器上有一块呢子,老朽得不能用了,没有它机器就不能转动,报就出不来,宣传工作就完不成任务,这是抗战工作的重大损失!找这么一小块呢子,要在北京天津,像烂纸一样,到处可以捡到,可是在这个小小的县城,真比讨换金刚钻还费劲,有钱哪里去买?我想了半天,满城里就许你有这个东西,因为你上过洋学!"

"什么呢子?"他说了那么多,李佩钟并没有听明白。

"就是做衣服用的那个毛呢!"秃头老崔说。

"毛呢衣服可以不可以?"李佩钟说着站起来,从床底下扯出一个包袱打开,抖出一件大红的毛呢外氅来。

"真算我走运!"秃头老崔拍着巴掌说,"画眉张变戏法,假神仙的倒搬运,也来不了这么快!太好了。只是这太可惜了儿了,这是十成新的衣裳呀,就算是你大方,我也下不得手把它割成碎块,去裹那油黑的滚子呀!你再找块别的吧,最好是布头布尾!"

"别的没有,就只这件。"李佩钟笑着说,"你就是这么婆婆妈妈的,既是用着它,就算没糟蹋,有什么可惜的?再说,放着我也不穿,还不是叫虫儿咬了?快拿去吧,别假张支了!"她把衣服扔在秃头老崔的怀里。

秃头老崔赶紧接住,还翻过来翻过去用手摸着,赞叹地说:"真是抗日高于一切,这身衣裳,拿到北京,也能换五袋洋面!"

李佩钟说:"这个时候,你还是面面的,别叫面糊涂了你的心。这是我结婚那年做的,结过婚不顺当,也就没穿过,抗战了,大家全是粗布棉衣,谁还穿这个!我是拿来夜晚压风的。"

"那我回头给你送一条棉被来。"秃头老崔说,"用不了这么多,有一个袖子也就够了,太可惜!"

"你扯去一个袖子,我留着它还做什么用?全拿去吧,你放着使个长远!"李佩钟说着,就又去画她的图样。

"你这样热心,我也就不能再说什么了。"秃头老崔怀抱着大衣恭敬地说,"我要代表我们工厂,代表抗日小报广大的读者群众,向你致谢,因为李同志的模范行为,我们的机器就又转动起来了。"

秃头老崔走了以后,李佩钟的图样画成了,她计划在全县的纵横的车行大道的两旁,每隔五尺,刨一个壕坑,长度,五尺,宽深,三尺。她想,这样就可以使敌人的汽车寸步难行。

她放下铅笔,细心地看着自己的工作成绩,蜡烛着过了一半,火苗跳动。她闭着眼睛休息了一下,身上感到一种像叫亲人抚摸的轻轻的舒快。睁开眼睛,从窗纸的小破口,她看见有一个很大的流星斜过天空坠落了,像泻下了一摊水银,照得全院明亮。

二十五

破路的图样发布下去,已经靠近年节。平原上这一个年节,记下了人民生活心情的重大变化。一过腊月初十,就到处听见娶亲聘妇的花炮,为了使爹娘松心,许多女孩子提前出嫁了。媒婆们忙了一阵,很多平日难以成就的婚姻,三言两句就说妥了,女家的挑拣很少。

有的丈夫不在家,娘家一定要娶,就由小姑子顶替着拜了天地。

敌人的烧杀奸淫的事实,威胁着平原的人民。在铁路两旁,那些十六七岁的女孩子们,新年前几天,换身干净衣裳,就由父亲领着送到了婆家去。在根据地,爹娘们还想叫女儿抢着坐坐花轿,唢呐和锣鼓从夜晚一直吹响到天明。可是,因为敌人的马蹄、汽车和坦克,在平原的边缘,在冰冻的麦苗地里践踏倾轧,就使得在大道上奔跑的迎亲车辆,进村的喜炮,街头的吹唱,都带上了十分痛苦的性质。

在这种情形下面,破路的动员,简直是一呼百应。谁家有临大道的地,都按上级说的尺寸,去打冻刨坑。早晨,太阳照耀着小麦上的霜雪,道路上就挤满了抡镐扶铲的农民。

老温的伤养好以后,又回到田大瞎子家里做工,经人们说合,老常也回来了,还担任着村里的工会主任。田大瞎子的女儿,坐了月子,婆家报了喜来,田大瞎子的老婆忙着打整礼物,白面挂面,包子卷子,满满装了四个食盒,叫老常担了送去。老常进来说:"今儿个上级布置挖沟,我去不了。"

田大瞎子的老婆一沉脸说:"你看你这做活的!是我们出钱雇的你呀,还是你那上级雇的?吃的拿的都是从我们这里出,你那上级,连四两烟叶儿,我看也没给你称过。怎么你这么向着他们,到底是哪头儿炕热呀?"

老常说:"挖沟是国家的事,是大伙的事,自然要走在头里。你们家临道的地亩又多,我不去挖,你们自己去挖吗?"

田大瞎子的老婆一撇嘴儿说:"你什么时候见我摸过铁铲,铁铲把儿是方的圆的,我还不知道哩!挖个坑儿壕儿,就能挡住日本?我看你是穷命催的,有福不享。你担着食盒去了,保险有二两喜酒喝,不强如这么冷风儿削气的去抡大镐?"

"叫当家的担了送去吧,我们得去挖沟!"老常说。

"他什么时候挑过东西?"田大瞎子的老婆说,"亲家门口,能叫他去丢这个人!"

"挑挑东西,怎么就算丢人哩?那我们有多少人,也早丢光了!"

老常说,"要不,他就得去挖沟!"

"嚯!"田大瞎子的女人说,"做活的倒支使起当家的来了!"

"我是你家的做活的,"老常说,"可我也是村里的一个干部。分配你们一点儿抗日的工作,你们也不要推辞。你们掂量掂量吧,是担食盒去送礼呢,还是去出差挖沟。"

田大瞎子的老婆,进到里间商量,田大瞎子虽说挺不高兴,还是选择了挑担的任务,他以为这总比挖沟轻闲些。老常扛起铁铲到街上集合人去了。

田大瞎子的老婆给丈夫拾掇齐整,捆好绳儿,插好扁担。田大瞎子挑了起来,并不感觉沉重。他走出屋门,下了台阶,走到过道里,又折了回来,他走不出大门。他挑着食盒在院子里转悠起来,像在戏台上走场儿一样。他的老婆说:"你这是干什么?天气不早了,过午再到人家那里,还像个送礼的样儿吗?"

"这不是给人家玩猴儿!"田大瞎子说,"坐月子也不看个时候,我不去,你的女儿你去吧!"

他生了气,把扁担一顿,食盒的绳儿没有捆好,盖儿掀开了,雪白的包子卷子在满院里乱滚起来。

他的老婆追赶着馒头,一个一个拾起来,吹吹土,装在盒里,央告他:"你还是辛苦一趟吧!我出去看看,趁没人的时候,你往村外走!"

"满地里是挖沟的,我能飞着过去?"田大瞎子喊,"我去换做活的回来吧!"

田大瞎子说着到地里去了,看见老温抡着大镐,正刨得有劲儿。他走过去,看了看说:"我这是留麦,怎么能一块一块地挖了去,你不想叫我吃麦子了吗?"

"这儿有尺寸!"老温说。

"官家的事儿,不过是水过地皮湿,卖个眼前俏就算了!"田大瞎子说。

"不能那么办!"老温说,"回头县长还要来检查哩,不够尺寸要受批评!"

"你回家去送礼吧!"田大瞎子接过铁铲来,把老温打发走。他把已经刨好的坑,填了靠里面一半,再往大道上伸展,这样,他可以保存自己的地,把大道赶到对面的地邻。田大瞎子是赶种人家土地的能手。冀中乡俗,两家地邻的边界上,插栽一棵小桑树,名叫桑坡儿。每逢春天耕地,他总得嘱咐做活的,把桑坡儿往外赶赶,他亲自站在地头上去监督,叫牲口拼命往外撇,犁杖碰在桑树根上,打破几块铧子,他也不心疼,反正得侵占别人的一垄半垄的地。田大瞎子家地边上的小桑树,永远不得茂盛,总是靠他家的半边死,靠人家的半边活。弄得这一带的孩子们,春天养个蚕儿玩,也没有桑叶吃,只好上树去摘榆叶儿。

对面地邻,挖沟的也是一个老人。这老人的头发半秃半白,用全身的力量挖掘着。他的地是一块窄窄长长的条道地,满共不过五个垄儿宽,他临着道沿儿,一并排连挖十二个大沟,差不多全部牺牲了自己的小麦。他的沟挖得深,铲得平,边缘上培起高高的土墙,像一带城墙的垛口。他正跳在第十二个沟里,弯着腰,扔出黑湿的土块,他全身冒汗,汗气从沟里升起,围绕在他的头顶,就像云雾笼罩着山峰。

这老人是高四海。

听见田大瞎子说话,他直起腰来喘了口气,看见田大瞎子填沟赶道,他按下气说:"田大先生,你们读书识字,也多年办公,你告诉我什么叫人的良心呢?"

田大瞎子扶着铁铲柄儿翻眼看着他说:"你问我这个干什么?"

高四海说:"日本人侵占我们的地面,我们费这么大力气破路挖沟,还怕挡不住他!像你这样,把挖好的沟又填了,这不是逢山开道,遇水搭桥,诚心欢迎日本,唯恐它过来得不顺当吗?"

田大瞎子狡赖说:"你看,把沟挖在大道上,不更顶事儿?"

这时从北面过来了两抬花轿,后面紧跑着几辆大车。赶车的鞭打着牲口,在田大瞎子的地头上碰上沟,差一点儿没把送女儿的客人翻下来。吹鼓手告诉高四海说:北边的风声不好,有人看见日本的马匹了。

高四海对田大瞎子说:"看!你这不是挡日本,你这是阻挡自己人的进路。你的地里,留下了空子,日本人要是从这里进来。祸害了咱这一带,你要负责任!"

"我怎么能负这个责任哩?"田大瞎子一背铁铲回家去了。

"什么也不肯牺牲的人,这年月就只有当汉奸的路。一当汉奸,他就什么也出卖了,连那点儿良心!"高四海又挖起沟来,他面对着挖掘得深深的土地讲话。

二十六

春儿背着一把明亮的长柄小镐,用袖子擦着脸上的汗和头发上的土,笑着站在高四海的身边:"大伯!还不收工吗?"

"就完了。"高四海扔出最后一铲土,从坑里跳出来。已经是吃响午饭的时候,挖沟的人们,前前后后地回家吃饭去了。四周围的村庄,叫中午的太阳光照着,好像浮在水里。风从北边吹过来,能听见敌人汽车吼叫的声音,这声音在老人和春儿的心中,引起每年夏季听见滹沱河水暴涨的感觉。

老人转身往村里走,春儿跟在后面。看看大道两旁的沟差不多全挖成了,老人问:"春儿,你今年十几岁了?"

"过了年就十九了。"春儿在后边答应。

"该说个婆婆家了。"老人说着,并不回头。

春儿没有答言。过了一会儿她才说:"大伯,你看明年的麦子收成好不好?"

"今年雨水大,麦苗儿长得密,只要不闹黄疸,收成就错不了。"老人说,"你是想多打点儿麦子,置买陪送吗?"

"不是!"春儿笑着说。

"我家去和你姐姐商量商量,有对事儿的给你说个婆家。"老人说,"你看不见这几天常过花轿吗?"

"我不寻婆家。"春儿说,"寻婆家干什么呀?"

"寻了婆家,就有了主儿。"老人说,"你从小没了娘,爹又远出在外,眼下兵荒马乱,免得我和你姐姐牵挂着你。"

"叫大伯一说,"春儿笑着,"我这么大了,还是没有主儿的人呢!"

"可不是么!"老人说,"没有个依靠呀。人总得有个亲人,知冷知热的人。比方说,你在地里挖了半天沟,回到家里,一摸炕席是凉的,一掀锅盖是空的,多么累了还得自己去挑水抱柴点火。要是有了主儿哩,进门就有个知心话儿,有个笑模样儿等着,身上有多么累,也就松快了,心里有什么抱屈的事儿,也就痛快了。再遇见有个灾枝病叶,更得用人。这说的是平时,遇见现在这个年月,一个闺女家就更难。寻个主儿,就是颠颠跑跑,躲躲藏藏,也有个人照管,有个人保护呀!"

"我看不准顶事,"春儿笑着说,"日本人一来,光是跑,有男人也是白搭。赤手空拳,谁也救护不了谁,光是碍手碍脚,还不如一个单身人儿利落哩。除非寻一个背枪的……"

"背枪的,就是八路军哪,"老人回头笑了笑,"我不赞成。"

"你老人家怎么倒不赞成哩?"春儿说,"俺姐夫不是一个?"

"八路军好,坚决打日本,更得人心。"老人说,"寻婆家找主儿,顶好还是不找他们!"

"为什么呀?"春儿问。

"这些人呀,是革命不顾家的!"老人叹了一口气,"你没看见你姐姐吗,结婚十几年,和庆山在一块的日子有多少?左算右算,满共也不过十几天。她倒是什么也不说,我知道孩子们心里有苦处。我不愿意你再和她一样。不知道你姐姐和你私下里提说过这些事情没有?"

"没有。"春儿说,"我虽说年纪小,可也明白这点儿道理,我想世界上的事情不能两全,都顾起家来,都躲在炕头儿上,我们还有什么依靠,还有什么指望?大伯记得今年六月发大水的时候,从东三省逃来的那个女人吧?那倒是有家有主,有丈夫也有孩子,落得怎样?还不是丈夫死在逃难的路上,自己叫日本炸死在我们河里,孩子留在别人家里!那都是没有人去打仗的过,现在我们有了队伍,只有他们才能保护我!"

"这样说,你是一准要寻一个八路军了!"老人笑着说,"有个心里的人没有啊?"

春儿正要说话,他们已经走到岔道口上,往南去的大道过河到五龙堂,东南一条小路通到子午镇。春儿站住说:"大伯,跟我家去吧,我给你做饭!"

"不用了。"老人说,"你姐姐等着我。我要和她念叨念叨你刚才说的那些话,看不出,你这孩子,可真有见识哩!"

春儿红红脸,往小道上跑下去了。她跑过几块菜园,绕过几处井台,到了自己的家。开开篱笆门,她养的那几只鸡连飞带跑围上来,跟着她咯咯地叫唤。

"下了你那蛋儿没有,没丢在外头吧?"她轻轻问那只芦花母鸡,走到窗台鸡窝那里,摸出一个暖暖的粉皮大鸡蛋,笑着抓一把土高粱,撒给它们吃。

她烧火做饭,饭熟了,放一只小桌在炕上,一个人吃。她忽然想起大伯说的话来,她觉得在桌子对面,好像还该坐着一个人,这个人,现在到战场上去了。她想:该有那么一个人,在我做饭的时候,给我抱柴,在他推磨的时候,我来筛面,在他锄地的时候,我去送饭。可是,日本过来了哩,什么也就说不上了!自己已经有了这么一个人,他到战场上去了,应该帮助他。这样,就该是他去打仗,我来挖沟,今天的夫妻,就是要这样互相帮助呀!

不管是他还是自己,都应该替家乡和国家出力,自己醒悟过来的道理,还要去告诉别人。

吃过饭,收起小镐,她扯出一杆父亲看瓜园用的花枪来。红缨陈旧了,枪尖挂满了黑锈,她把红缨洗净,抱来一块青沙石,在小院当中,她蘸着清水磨着,用手指拭着,嘴里哼着歌儿,把枪尖磨得锋利明亮。

她背上花枪,走在街上,吹着哨子集合新成立起来的妇女自卫队。在子午镇,人们听见了妇女们保卫祖国的第一声口令,这口令由一个十八岁的女孩子春儿喊出来。

男人们看见她们那乱脚步,起初觉得好笑,可是立时就想到那命运里共同的要求,这行动里的严肃的性质。他们也跑着去集合,说不能落在女子的后面。有很多工作,常常是男人带动女人,在有些地方,是女人走在前头男人们才跟上来。

妇女们排着队,从街上走过来,她们用力迈开脚步,身子扭动着。她们路过田大瞎子家的梢门,俗儿的爹老蒋,正在井台上打水,看着她们走过去,跟在后边说:"消停着点扭。别扭出屁来,砸了我的脚面哪!"

"你说什么?"后边的一个女孩子听见了,转过头来问。

"我没说什么。"老蒋嘻嘻着,"我说着玩儿呢!"

"你侮辱我们!"女孩子们全回过身来,包围了他。

"唉,唉!这是干什么?"老蒋摇晃着水桶,摆手说,"别和我摆这个阵势,有能耐和日本人施去!"

"我们这就是去练习打日本的能耐,你得说说你满嘴喷的什么粪!"女孩子们不让他走。

"姑娘们!我们家里等着使水做饭哩!"老蒋绕着圈儿跑出去说,"我说错了拾回来还不行吗?"

春儿带起队伍走了。后面跟着一群老婆儿和孩子们。

"平日给人家当狗腿子,日本人过来了,就是汉奸的材料!"排尾那个女孩子说。

"嘴上留德。"老蒋听见,站住回头说,"这年头儿,顶数这两个字儿难听,你别给我送这个外号,这比骂八辈祖宗还厉害哩!"

"春儿姐!"小女孩子叫着队长,"我们回来到他家检查检查去,那个臭老道老在他家住着不走,是干什么的!这会儿仗打得这么紧,他们家整天整宿地围着一群人磕头烧香,那要不是汉奸,挖了我的眼睛当泡儿踏!"

隔着一条大道,在两块大场院里,子午镇的男女自卫队对起操来。男自卫队队员们,不愿意在自己的妻子姐妹面前丢人,他们竭力把队形弄得整齐,脚步着地有力。队长竭力把口令喊得洪亮,可是终于夺不过那些老少观众来,他们还是围着妇女队看。

男子们扔起手榴弹来,提议和妇女们比赛,这一下把那些孩子们引逗过来了,还回过头,闹蠢样儿,对妇女们喊叫讨战。

妇女们低了头,她们从来也没摸过这个玩意儿。春儿挺挺身子过去了,她说:"我们还没练习过,我扔两下试试!"

她把手榴弹冲着场边那一行柳树投去,第三次,就超过了男子们的纪录。

散操的时候,春儿站在妇女自卫队的前面说:"今天前晌,村北里已经听见敌人的汽车叫唤,藏藏躲躲、早寻婆家,全不是我们的好办法,我们妇女躲到哪里,还不是叫日本人欺侮,还不是一刀菜?我们要拿起刀枪自卫!我们的队伍到前面打仗去了,那里面有我们的丈夫,也有我们的兄弟,我们要帮助他们,和他们同心合力,就像在家里在地里做活的时候一样。"

野外起了风,摇撼着场边的一排柳树,柳树知道,狂风里已经有了春天的消息,地心的春天的温暖已经涌到它身上来,春天的浆液,已经在它们的嫩枝里涨满,就像平原的青年妇女的身体里,激动着新的战斗的血液一样。

二十七

第二天,是腊月二十七,子午镇年终大集日。往年,不到天明,小贩们就推车挑担,来占地段,大街两旁是柿饼、核桃、黑枣儿,中间排满小车板床,摆的是海带、粉条儿、蘑菇。附近各村的农民,带领着孩子们,从四面八方的道路上奔着这里来了,人多得推挤不动,从东头走到西头,就要半天的时间。卖年画儿的把画挂在客店的梢门洞里,卖花炮的占了村西大场。五龙堂的花炮最有名,他们套着大车,打扮得像卖艺的,用红布包着头,用花枪挑着鞭炮,站在车厢上接连不断地放,大声宣传,互相比赛,好像是来争名,并不是做买卖。

今年大不同了,日本兵占了铁路线,西边的山货和东边的海货都运不过来,集市冷落了很多,五龙堂的花炮上市的也很少。

往年,五龙堂的变吉哥,总是在春儿家的门口,摆个起花摊儿,头天晚上,春儿就给他把地方打扫干净,中午买卖忙,还给他端出碗便饭来。变吉哥做的起花,起得直,升得高,响得脆,还带着炮打灯。五个火球儿在天空极高的地方飘下来,像分开下垂的花瓣儿。临到晚上收摊,变吉哥就给春儿留下这么一把小起花,算是"地铺钱"。

今年,变吉哥没有扎起花,他担了一筐小灯笼来,灯笼做得很精致,画儿的颜色水色都很新鲜。还有走马灯,他装好一盏,挂在筐系儿上,灯上前面跑着一群日本鬼子,在后面追赶的是八路军,男男女女的老百姓,背着铁铲大镐去挖沟,鬼子就跌跟头马趴的受擒了。

立时就围上一群孩子来,用买花炮的钱买了灯去,变吉哥叫他们拿好,别碰破了,还告诉他们点灯的办法。

春儿抱着一捆线子从家里出来,笑着问:"怎么你不扎起花了?"

变吉哥说:"你没到区上开会,你村的武委会主任没给你传达?"

"传达什么呀?"春儿问。

"你们村子大,工作可落后哩!"变吉哥说,"各村不是成立了武委会吗,今年禁止装花裹炮,留下硝磺火药,制造地雷手榴弹,好打日本。"

"这个我早就听见说了。"春儿笑着说。

"你早就听见说了,还问我为什么不扎起花!"变吉哥说,"上级的布置,我们能当耳旁风,不严格执行吗?"

"那你还弄这个玩意儿干什么? 是为的换饽饽吃呀!"春儿掩着嘴笑。

"你不要小看这个!"变吉哥红了脸,"这是宣传工作。买一个回去,大年三十儿起五更,挂在门口,出来进去的人全能受教育,不比买别的有意思?"

"还是变吉哥,"春儿笑着,"又有认识,又有手艺儿!"

"我大大小小也是个抗日的干部,时时刻刻不能忘记自己的职责!"变吉哥安排着一个又大又好的灯笼说,"回来把这个送给你,过年就挂在这篱笆门上!"

春儿问:"变吉哥,你现在是个什么干部呀?"

"五龙堂农民抗日救国会的宣传部长!"变吉哥郑重地回答。

"想起来了,"春儿说,"有个事儿和你商量一下,我们想成立一个识字班,你当我们的先生吧!"

"唉!你们村的大学毕业生,像下了雨的蘑菇,一层一片,怎么单单请我?"变吉哥说,"我可不敢在圣人门前卖字画呀!"

"那些财主秧子们顶难对付,"春儿说,"你不去找他,他们说你瞧不起他,你低声下气地去求他吧,他又拿着卖了。在背后造谣言,看哈哈笑儿,才是他们的拿手戏。有几个好的,全出去工作了,剩下一帮小泡荒子儿,教起书来,也不见得行,谁知道他能把我们教好,还是教坏了呢?再说好人家的妇女,谁愿意叫他们教?那些贼眉鼠眼,屁屁溜溜的,你不招惹他,他还瞅空儿楞着眼看你,好像解馋似的,再叫他对着脸讲起书来,他会连他家的大门冲哪边开都忘掉了哩!我们不找他们,你是咱这一带的土圣人,我们就是请你,咱俩村离得这么近,像一村两头,你每天晚上来教我们一会儿就行了!"

"你说得也有理。"变吉哥说,"抗日的道理,我不敢说比谁知道得透彻,可是心气儿高,立场准没错。我回去和我们主任讨论讨论,看合不合组织系统,我先不能自作主张。"

"好吧!我先去卖线子,散集的时候你到我家里,我还有件事儿求你哩!"春儿说着,摇摆着头发欢跳着跑到线子市上去了。

她卖了线子,到洋布棚买了七尺花布回来,已经过晌午了,变吉哥也收了摊儿,把筐子挑到春儿的院里。春儿先进屋扫了扫炕,放上小桌擦抹干净,请变吉哥炕上坐。她又去烧了一壶水,倒了一碗放在桌子上。变吉哥说:

"你这是待新客吗,这么费事?"

"我求你给我写封信。"春儿说,"我去买纸,捎着借笔砚来。"

"我什么也带着哩,你把我那筐提进来就行了!"变吉哥说,"谁求我写信,我也是赔上纸墨的。"

他盘着腿坐在小桌旁边,铺摊开纸。春儿立在炕沿边,给他研着墨。他问:"给谁写呀,给你父亲吗?"

"不是,"春儿说,"给一个人。"

"怎么个称呼?"变吉哥提着笔问。

"你这么写,"春儿红着脸,在纸上指画着,"你写上我姐夫的名字,可是上面的口气,要说给另外一个人听。"

"我没有写过这样的信。指桑树骂槐树,那怎么个写法哩!"变吉哥把笔一放说,"平常说话行,嘴里说着,眼里斜着。在信上就难了!"

"写吧,不难。"春儿说,"你先写上俺姐夫的名字。"

"写上了,"变吉哥说,"下边怎么说?"

"下边写,"春儿说,"我问他们这次打仗打胜了没有?我又给他做了一双鞋,他穿不穿?我在家里也没闲着,道沟挖好了,开春就去拆城。俺姐姐和她公公都结实。不识字是很遭难的,叫他学习认字。"

"唉,"变吉哥连忙写着说,"我这不是写信,我这是做开会记录!可你也得有个前后条理呀,叫他学习认字,高庆山的文化不是不低了吗?"

"这是和别人说话,你照着我的口气写就行。"春儿说,"下面写,我现在是妇女自卫队的队长,我们出过操,正月里,就成立识字班,我也要去上学。麦子雨水大,明年收成错不了,只要仗打得好,不叫日本鬼子过来就行! 完了。"

"完了。"变吉哥跟着说,"这不是信,这是天书!"

二十八

春儿把信带在身上,到姐姐家去,好找个顺便人捎走,另外,心里有些事,要对姐姐谈谈。

到了五龙堂,堤坡上姐姐家的小屋,整个叫太阳照着,几只山羊,卧在墙边晒暖儿。

小屋的门紧掩着,春儿听听,屋里不止姐姐一个人,好几个妇女在说话,她推了推门。

"谁呀?"屋里安静下来,听见姐姐下炕来问。

"我。"春儿说,"大白天上着门子干什么?"

"我妹子来了。"姐姐和别的人说。

"她是吗?"一个妇女小声问。

"还不是。"姐姐也小声说,"你们先等一等,我出去看看。"

姐姐慢慢开开门出来,随手又把门带上,对春儿说:"你这个时候跑来干什么?"

"哈!上你这里来,还得看看皇历,择择好响?"春儿一下子不高兴起来。

"我们正在开会呀。"姐姐笑着说。

"开会是什么稀罕儿?"春儿说,"区上的会我也开过,县里的会我也开过,就没见过你们这小小的五龙堂开会,关起门子来!是占房,怕人冲犯了?"

姐姐说:"好妹子,你先到河滩里玩一会儿,散了会我叫你!"

"我偏进去看看,净是些什么贵人?我不信我就见不得她们!"春儿噘着嘴,往前迈一步。

"你看你这孩子,人家开的秘密会!"姐姐拦住她,"是党的小组会!"

春儿站住了,她的脸红了一下,对姐姐说:"好吧,我就听你说,去玩一会儿。"

"好孩子,"姐姐给她拍拍身上的土说,"我们很快就开完了,你可不要走!"

姐姐转身进屋里去了,春儿离开那里,她嘴里"哦哦"地招呼着那几只山羊,羊们爬起,跟着她来了,她带它们到河滩里去找草吃。

147

阳光铺在河滩上,春儿有些发闷。党的名字在她心里响着,有一种新奇的热烈的感觉。这个贫苦的、从小就缺少亲人爱抚和照顾的女孩子,很容易被这个名字吸引,就像春水阳光和花草一样。

她知道姐姐和姐夫都是共产党员,芒种也可能是了。凡是她的亲人,都参加了这个组织,就是她还没有。关于共产主义,这个女孩子能够认识到什么程度呢?很难测验。她能记忆的十年前的一次暴动,是为了穷苦的人们,在她感到亡国的痛苦的时候,他们又回来组织了抗日的队伍,进行广泛的动员,建立了政权,并且支持她打赢了官司。她所能知道的就是:共产党保证了她的生活的向上和她的理想的发扬。

她要加入这个队伍,为它工作,并用不着别人招呼一声。她已经参加了妇女救国会,参加了妇女自卫队,早就认定自己是这组织里的一员了,可是现在看来,还有着一个距离,她被姐姐关在了门的外边。

她要参加党,她要和姐姐说明这个愿望。她很快就决定了这个愿望,她抚摩着大母羊身上厚厚的洁净的绒毛,抬起头来,面对着太阳。

姐姐送走了别人,回头站在堤坡上向她招手,她带着羊群跑了回去。

"你不要不高兴,"姐姐笑着说,"不是组织里的人,就是亲生爹娘,夫妻两口子,也不行哩!"

"别充大人灯了,"春儿说,"你以为我还是小孩子,什么理儿也不解哩!"

"我怕你不明白,"姐姐说,"离年近了,你不在家里操扯操扯吃的,跑来干什么?"

"可说得是嘛!"春儿笑着说,"就为的是在家里吃不上,才跑到你这里来,站到大河滩里去喝冷风呀!要不,给你家当个羊倌,求姐姐赏碗面吃吧!"

"我知道你多心了!"姐姐说,"妇女自卫队的工作,你领导得起来不?"

"凑合事呗,反正什么也做了,"春儿笑着掏出信来,"你给找个可靠的人捎了去!"

"给谁的信呀?"姐姐问。

"给我姐夫,另外也捎带着芒种。"春儿背过脸去,引逗那个在炕上爬的关东小孩去了。

"那天我公公回来,说起给你寻婆家的事儿来。"姐姐说,"十八九的人了,你心里到底打的什么主意?"

"什么主意?"春儿把脸凑到孩子的脸上说,"这孩子可胖多了,就是不忙。"

"是心里不忙,还是嘴上不忙?"姐姐问。

"两不忙。"春儿站直了身子,面对着姐姐,"我心里着急的是另外一件事!"

"什么事呀?"姐姐问。

"姐姐!"春儿庄重热情地说,"你介绍我入党吧,我想当一个共产党员!"

姐姐很高兴地答应了她。

春儿回到家来,热了一点剩饭吃。天黑了,她上好篱笆门,堵好鸡窝,点着小煤油灯,又坐在炕上纺线。

她摇着纺车,很多事情在她眼前展开,心里很是高兴。

她思想一些关于妇女的问题,她的知识不多,心里只有那些小时听书看戏得来的故事。在灯影里,她望着墙上那几张旧画儿,丈夫投军打仗去了,妻子苦守在家,并不变心。每一幅的情节,她都懂得,也能猜出那女人说的什么,想的是什么。"可是都没有我们好,我们除了纺线织布,不是还练习打仗吗?"

窗户纸微微震动,她听见远远的地方,有枪炮的声音。她停下纺车,从炕上下来,走到院里,又从那架小梯子,爬到房顶上。

她立在烟囱的旁边,头顶上是满天的星星,不知道从哪里来的霜雪,落在了屋檐上。东北天角那里,有一团火光,枪炮的声音,越过茫茫的田野。我们的部队在那里和敌人接火了,她的心跳动着,盼望自己人的胜利。在严寒的战斗的夜晚,一个农村女孩子的心,通过祖国神圣的天空、银河和星斗,和前方的战士相连在一起。

二十九

不管季节早晚,平原的人们,正月初一这天,就是春天到了。在这一天,他们才能脱去那穿了一冬天的破旧棉袄。

三十晚上,春儿看看没风,就把变吉哥送给她的灯笼,挂在了篱笆门上。回到屋里,她把过年要换的新衣服,全放在枕头边,怎样也睡不着。荒乱年月,五更起得也晚,当她听到邻舍家的小孩放了一声鞭炮的时候,就爬了起来。

她开开房门,点着灯笼,高兴自己又长了一岁。在灯光底下,她看见街上挤满了队伍,在她家门前,有一排人坐在地下,抱着枪支靠着土墙休息。

家家门口挂起来的灯笼照耀着他们,村里办公的人们全到街上来了,春儿正和战士们说着话,老常迈着大步过来:"春儿,快着点,我们去给队伍号房子!"

"号房子要我去干什么?"春儿说,"又不是给妇女派活儿!"

"什么工作也离不开妇女!"老常说。

春儿跟着他走了几家,动员着人们腾出房子来,老常和房主们说:"腾间暖和屋儿,把炕扫扫。咱们在哪里挤插着住两天,也不要紧,叫战士们好好休息休息。人家打了十几天仗,一夜走了一百多里,到现在还水米不曾沾牙,这么冷的天,全坐在街上等着哩!"

房主们说:"你走吧,没错儿!孩子的娘!把炕上那些乱七八糟的东西收拾一下,把尿盆子端出来!"

老常说:"不碍手的东西,就不要动,这个队伍,不拿老百姓的一针一线!"

他们来到田大瞎子家里,田大瞎子的老婆正看着做饭,好几笸帘饺子放在锅台上,一听说军队住房,慌手慌脚又把饺子端回里间去了,出来说:"真是,过个年也不叫人安生!大年初一吃饺子没外人儿,怎么能住兵呀,这有多么背兴吧,你说!"

老常说:"人家军队也有家,出来打仗,还不是为了大伙儿?这时候,还说什么初一十五!"

"你看哪屋里不是堆得满满的,插下人去了吗?你当着干部,就一点儿也不照顾当家的?"田大瞎子的老婆抱怨着。

"就是你们家房子多,还拉扯那个?把东西厢房全腾出来吧,我看四条大炕,能盛一个连!"

老常说着出来,就又到了俗儿家里,她家的大门关得挺紧。老常拍打,喊叫,半天老蒋才开门出来,丧声丧气地说:"老常,大五更里,你别这么砸门子敲窗户,呼噜喊叫的,我嫌冲了一年的运气!"

"来了军队!"老常大声说,"叫你腾一间房子!"

"我家又不开店,哪来的闲房子?"老蒋说。

"你满共两口人,怎么着腾挪不开呀?"老常说,"叫俗儿并并!"

"你们来得不巧,"老蒋说,"俗儿半夜里就占了房!"

老常一怔。春儿说:"怎么先前一点不显,也没听见说过呀?"

"你一个闺女家,什么事也得去报告你?"老蒋说。

"我不信。"春儿说着就往院里走。

北房三间,俗儿那一间暗着,窗户上,遮着大厚的被子,春儿站在窗户下听了听,俗儿正紧一声慢一声地在炕上哼哼。

"怎么样?"老蒋笑着说,"没骗你们吧,要不是赶上这个节骨眼儿,住间房那算什么哩!"

"我就是不信!"春儿想了一想,说着就要推门,老蒋一把拦住她:"你这是干什么,像个姑娘的来头吗?你不能进去,刚下生的孩子,见不得阴人,再说,那是什么好气味儿呀?"

春儿不听他,硬推开门进去,从口袋里掏出洋火来,点着梳头匣上刚刚吹熄的灯,伸手就向俗儿的被窝里一摸。俗儿一撩大红被子坐起来,穿着浑身过年的鲜亮衣裳,自己先忍不住笑了。

老常在一边说:"这是一个话柄儿:老蒋的闺女占房,根本没有那么一档子事!"

老蒋对俗儿这一笑,非常不满,只好红着脸说:"叫军队来住吧,咱们这人家,什么事儿也好办!"

号好了房子,太阳就出来了,春儿回到家里,看见有一匹大青马系在窗棂儿上。

"谁的马呀?"她说。

"我的!"从她屋里跑出一个年轻的兵来,就是芒种。

春儿的脸红了。

"怎么你出去也不锁门?"芒种问。

"街上这么多的队伍,还怕有做贼的?"春儿笑着说,"你有了马骑,是升了官儿吗?"

"不知道是升不升,"芒种说,"我当了骑兵通讯班的班长。"

"我去打桶水来饮饮它吧!"春儿说,"你看跑得四蹄子流水!"

"不要饮,"芒种说,"叫它歇歇就行了,我还要到别处送信去哩!"

"那我就先给你煮饺子去,"春儿在院里抱了一把秫秸,"你一准还没有吃饭。"

芒种跟进来说:"上级有命令,不许吃老百姓的饺子。"

春儿说:"上级批评你,我就说是我愿意叫你吃!"

煮熟了,她捞了岗尖的一碗,递给芒种说:"这回打仗打得怎么样?"

"在黄土坡打了一个胜仗,得了一些枪支。"芒种说,"敌人增了兵,我们就和他转起圈子来,司令部转移到你们村里来了,吃过饭,你看看我们的吕司令去吧!"

"我怎么能见到人家?"春儿说,"我姐夫哩?"

"我们还住县城里。"芒种说。

"高疤哩?"春儿又问。

芒种说:"也在队上,这回打仗很勇敢,看以后怎么样吧。"

芒种吃饱了,放下碗就要走。春儿说:"等一等,小心叫凤顶了。"

"当兵的没那么娇嫩。"芒种说着出来,解开马匹,牵出篱笆门,蹿了上去,马在春儿跟前,打了几个圈儿。

"你怎么这么急呀,"春儿说,"我还有话和你说哩!"

"什么话?"芒种勒着马问。

"过了年,你多大了?"春儿仰着头问。

"十九岁了,"芒种说,"你忘了,咱两个是同岁?"

"你长得像个大人了哩!"春儿低下头来说。

"在队上人们还叫我小鬼哩!"芒种笑着说,"我们年轻,要好好学习哩!"

"我能到军队上去吗?"春儿问。

"怎么不能,要那样才好哩!"芒种把缰绳一松,马从堤坡上跑开了。

三十

春儿想到街上玩玩,今年的大街上,显着新鲜,在穿着红绿衣裳的妇女孩子中间,掺杂着许多穿灰棉军装的战士。战士们分头打扫着街道,农民和他们争夺着扫帚,他们说什么也不休息,农民们只好另找家什来帮助,子午镇从来没有这么干净整齐过。

十字街口,有几个战士提着灰桶,在黄土墙上描画抗日的标语,高翔引逗着一群小孩子唱歌。这一群孩子,平日总玩不到一块儿,今天在这个八路军面前,站得齐齐整整,唱歌的时候,也知道互相照顾。

在那边,有一个高个儿的军人,和农民说话,眼睛和声音,都很有神采。衣服也比较整齐,他多穿一件皮领的大衣,脚下是一双旧皮鞋。

有一个妇女小声告诉春儿说:"那就是吕正操!"

春儿远远地站住,细细打量人民自卫军的司令员。说起来,这也是她的上级呀,想不到这样大的人物,能到子午镇来。

吕司令和农民们说,破路的工作,做得不彻底。这样小的壕坑,只能挡住拉庄稼的大车,挡不住敌人的汽车和坦克,必须把大道挖成深沟,把平原变成山地。又问村里人民武装自卫的情形,农民们说:"都成立起来了,人马也整齐,就是缺少枪支。吕司令,你从队伍上匀给我们一点吧,破旧的我们也不嫌。"

吕司令答应了这个要求。春儿一高兴,觉得自己也该上前去说两句话,她慢慢走到吕司令的身后边。

"春儿来干什么?"一个年老的农民说,"也想要点东西?"

吕司令转过身来,看见了这个女孩子。在冀中,他遇见过很多这样的女孩子,她们的要求更不好驳回。

"我是这村的妇女自卫队的队长。"春儿立正了笑着说。

"我把枪支送给村里,自然也有你们的份儿。"吕司令说。

"除去这个,我还有个要求。"春儿说,"我们不会排操打仗,吕司令教教我们吧,我就去集合人!"

"等明天吧,我派一个连长来教你们。"吕司令笑着说。

"军队上要女兵不要?"春儿问。

"你愿意去打仗?"吕司令笑着说,"现在还没有招收女战士,我们政治部成立了一个剧团,你要是喜欢演戏唱歌,可以去报名。"

"俺不学那个!"春儿转身跑到妇女群里去了,妇女们都冲着她笑。

这天晚上,在村西大场院里,开了一个军民联欢晚会,五龙堂的老百姓也赶来了。吕司令、高翔在会上讲话,动员人民,政治部的火线剧团演出了节目。春儿和秋分,坐在一条长板凳上看,高庆山和芒种也从城里赶来了,拉着马站在群众的后面。戏文都很简单,春儿第一次看到日本鬼子的形状。子午镇的鼓乐,也搬到台上响动了一阵,又把军属高四海大伯拉上去,请他演奏大管。老人望着台下这些军队和群众,高兴极了,他吹起大管来,天空的薄云消失,星月更光明,草木抽枝发芽,滹沱河的流水安静,吹完了,人人叫好。他接着做了一番抗日的宣传,最后大声说:"这就是我们的天下!"

春儿和秋分也感觉到:今天这才是自己的大会,身边站立着自己的人,听的看的也都是自己心爱的戏文。

三十一

目前,从五台山开始的、以阜平城为中心的晋察冀抗日民主根据地已经形成了。冀中区中心十几县的抗日政权,渐渐健全起来,边缘地区自发的抗日武装,还在加紧整编着,冀中区行政公署正在积极筹备。人民自卫军的司令部和政治部住在子午镇,这一带村庄就成了冀中区抗日战争的心脏,新鲜的有力的血液,从这里流向各地。每天,有从远地来汇报工作的,有出发到边缘检查的,有边区来传达命令的,子午镇大街上,来来往往的尽是抗日的人员。车辆马匹不断地从这里经过,输送着枪支子弹和给养。现在,这个村庄,是十分重要,也十分热闹了。惊蛰以后,夜里落了一场春雨,早晨就晴了。杨花飘落着,柳树发芽,田地里到处是潮湿的黄绿的颜色,特别是那些柳树,嫩枝在风里摇摆,好像是要把它那枝叶的颜色,扬送到天空里去。这样早,战士们就换上单军装,军装也是黄绿色。骑马的通讯兵,从子午镇街里跑出来,在翻浆的松软的大道上奔跑。场院里,河滩上,是战士练兵的歌声。

各村正做着拆城的准备工作。春儿头一天晚上,拿一把小笤帚放在碾台上,占好碾子,早起插上一条新榆木推碾棍,推下了自己半个月的吃喝,装在一个小布口袋里。五龙堂和子午镇的民工,编成了一个大队,她和姐姐约好,到那天一块儿进城。

进城的日期决定了,是三月初一。头一天晚上,春儿就背上粮食,带了一身替换的衣服,跑到姐姐家去,她的心情不像是去工作,倒有点儿像去赶庙会。早晨起来,高四海在堤坡上,拾掇好一辆手推的小土车,把拆城的家具、伙食,还有那个东北小孩儿,捆在上面,车前系上一条长长的绳儿,叫春儿和秋分替换拉着,老人驾起绊带,吱扭吱扭地奔城里来了。

各村的人马车辆,全奔着城里去,在一条平坦的抄近的小道上,手推的小车,连成了一条线,响成了一个声音,热烈地做着比赛。高四海下身穿着棉裤,上身只穿一件破单褂,脊背上流着汗。春儿肩上搭一条毛巾,脸涨得通红。路过高坡,老人叫春儿把绳拉紧,下坡的时候,就叫她松下来。

一进西关,买卖家和老百姓全挤到街上来看热闹,县政府已经分别给民工们预备好了下处,春儿和秋分一家就住在城根一家小店里。

吃过中午饭,大家就背上家具跑到城上去看本村本组的尺丈去了,子午镇和五龙堂分了西北城角那一段,外边是护城河,里边是圣姑庙。李佩钟同着几个县干部,分头给围在城墙上的民工们讲话。李佩钟来到春儿他们这一队,站在一个高高的土台上说:"乡亲们,我们要动工拆城了,不用我说,大家全明白,为什么要把这好好的城墙拆掉?我们县里的城墙,修建一千多年了,修得很好,周围的树木也很多,你们住在乡下,赶集进城,很远就望见了这高大的城墙,森阴的树木,雾气腾腾,好像有很大的瑞气。提起拆城,起初大家都舍不得,这不是哪一个人的东西,这是祖先遗留给全县人民的财产,可是我们现在要忍心把它拆掉,就像在我们平平整整的田地里,要忍心毁弃麦苗,挖下一丈多深的沟壕一样。这是因为日本侵略我们,我们艰苦地进行战争,要长期打下去,直到最后的胜利。我们一定要打败日本,一定要替我们的祖先增光,为我们的后代造福。我们现在把城拆掉,当你们挖一块砖头、掘一方土的时候,就狠狠地想到日本吧!等到把敌人赶走,我们再来建设,把道路上的沟壕填平,把拆毁的城墙修起来!"

"到那时候,太平了,还修城干什么?把它修成电车道,要不就栽上花草,修成环城公园!"变吉哥到过大城市,忽然想到这里,就打断了县长的讲话。

"先说眼下吧,"挤在前面的子午镇的民工队长老常说,"把这玩意儿拆了,平平它,不用说别的,栽上大麻子,秋后下来,咱两个村子吃油,全不遭难了。可是这些砖怎么办呢?"

"这些砖拆下来,"李佩钟说,"哪村拆的归哪村,拉了回去,合个便宜价儿,卖给那些贫苦的抗属,折变了钱,各村添办些武器枪支!"

"好极了!"群众喊着,"干吧,一句话,一切为了抗日!"

大家分散开,刚要动手,沿着城墙走过三个穿马褂长袍的绅士来,领头是李佩钟的父亲大高个子李菊人。他们手里都玩着一件小东西,李菊人手里是两个油光光的核桃,第二个是红木腰子,第三个是黑色的草珠子。他们向前紧走两步,一齐把手举起,里外摇摆着,对群众说:"且慢!我们有话和县长说。"

李佩钟站在那里不动,三个老头儿包围了她,说:"我们代表城关绅商,有个建议,来向县长请示!"

"有事情,回头到县政府去谈吧,我现在很忙。"李佩钟说。

"十分紧迫哩,县长!"拿腰子的老头儿说,"我们请你收回拆城的成命。"

"什么!你们不赞成拆城?"李佩钟问。

李菊人上前一步说:"古来争战,非攻即守,我们的武器既然不如日本,自然是防守第一。从县志上看,我县城修在宋朝,高厚雄固,实在是一方的屏障。县长不率领军民固守,反倒下令拆除,日本一旦攻来,请问把全县城生灵,如何安置?"

李菊人领了半辈子戏班儿,不但他的见识、学问,全从戏台戏本上得来,就是他的言谈举动,也常常给人一个逢场作戏的感觉。全县好看戏的人差不多全认识他,民工们扛着铁铲大镐围了上来。

"我们不是召集过几次群众大会,把道理都讲通了吗?"李佩钟说,"那天开会你们没参加?"

"那天我偶感风寒,未能出席。"李菊人抱歉地说。

李佩钟说:"我们进行的是主动的游击战,不是被动的防御战。拆除城墙,是为了不容进犯的敌人,在我们的国土上站脚停留。"

"那可以进行野战,"李菊人截住说,"昔日我轩辕黄帝,大败蚩尤于涿鹿之野,一战成功,这是有历史记载的,可从没听说拆城!"

李佩钟说:"抗日战争是历史上从来没有的艰难困苦的战争,这战争关系整个民族的生死存亡,这战争由革命的政党领导,动员全体人民来参加。很多事情,自然是旧书本上查不出来的。"

"把城墙拆掉了,城关这么多的老百姓到哪里去?"拿草珠子的老头儿鼓了鼓气问。

"假如敌人占据这里,我们就动员老百姓转移到四乡里去,给他们安排吃饭和居住的地方。有良心的中国人,不会同敌人住在一起。"

"那样容易吗?"李菊人说,"城关这些商家店铺,房屋财产,谁能舍得下?"

"是敌人逼迫着我们舍得下,"李佩钟说,"看看我们那些战士们吧,他们背起枪来,把一切都舍弃了!这年月就只有一条光荣的道路,坚决抗日,不怕牺牲!"

"我也是为你着想,"李菊人降低声音说,"你是一县之长,你领导着拆毁了县城,将来的历史上要怎样记载呢?"

"历史上只会记载我们领导着人民艰苦奋斗,战胜了日本侵略者,不会记载别的了。"李佩钟说,"对!每个人都想想历史的判断也不错!"

三个老头儿还要麻烦,群众等不及了,乱嚷嚷起来:"这点儿道理,我们这庄稼汉们全琢磨透了,怎么这些长袍马褂的先生们还不懂?别耽误抗日的宝贵时间了,快闪开吧!"

他们一哄散开,镐铲乱动,尘土飞扬,笼罩了全城。三个老头儿赶紧躲开,除去李菊人,那两个还转回身来,向县长鞠躬告别,从原道走回去了。一路走着,拿草珠子的老头儿感叹地说:"我们每天起来,连个遛画眉绕弯儿的地方也没有了!"

拿腰子的说:"李老菊吊嗓子的高台儿也拆了哩!"

李菊人却把马褂的长袖子一甩,唱起戏来。

三十二

三个老头儿从城墙上下来,到了李菊人的家里,一进院子就听见李菊人的女人正在屋里唱《玉堂春》。

李菊人的宅院,有些没落地主的性质。大门的黑漆剥落了,影壁前面的养鱼缸里,栽种着几棵大葱,也早就冻干了。正房窗台前面,原有两棵高大的石榴树,因为冬天没人养护,死了一棵。进到屋里,是一股强烈的发霉的羊肉馅味,一撩门帘,这个唱戏出身的、李菊人的小婆儿,李佩钟的母亲,正坐在炕当中包饺子,她的艺名叫郭雁声。

她的两手沾着面,身子前面的案板上摆满了面剂、肉馅、蒜皮和葱头。她不过四十岁,长得少相,脸蛋儿很白。她盘着腿儿坐着,绣花的红缎子鞋尖儿,从屁股两边露出来。

"怎么回来得这么快呀,我一帘饺子还没捏满哩!"她望着三个老头儿笑着说。

"别提了,快打点水擦擦脸!"李菊人说,"不光碰了一鼻子灰,还弄了一身土!"

"煤火上铜壶里是热水,你自己倒吧!"女人说,"你们见到佩钟吗?"

"见是见到了,"拿腰子的老头儿说,"所请一概不准!"

"怎么样,我猜得不错吧,"女人笑着拍拍手上的面,"那小妮子邪行着哩!"

"我们当时把你也搬去就好了,"老头儿又说,"当娘的说说她,或者有点儿效力!"

"我去了,还不是一样晾着,"女人说,"嫁出去的女儿,泼出去的水,谁还管得了谁呢?比如说我吧,九岁上就叫人卖到戏班子上,到眼下爹娘连个音信也没有!"说着,眼圈儿就红了。

"别捯捯那千年的布节万年的穗子了,"李菊人擦完脸说,"我们出了正月,就安排着到北京去住,管他娘的三七二十一!"

"那里不是叫日本占了?"女人说,"躲都躲不及,还往老虎嘴里送食儿去!"

李菊人说:"那里有日本,这里有八路军,全不大好受,两头儿挤,我看还是到北京松快点。咱们把这里的铺子合兑了,把家里的东西变卖变卖,到北京混他两年,那里有钱的人多,不像这里,什么事儿也找到咱头上,光这个合理负担就够呛!住在北京,实在混不住了,你还可以搭个班唱两天戏!"

"老得快没牙了,谁还爱听你唱戏哩!"女人说,"这么大的过活,就扔下不管?看看风头儿,再搬舵吧!"

"按说哩,佩钟在这里边,我不该讲,"拿腰子的老头儿说,"别看他们胡闹,长得了吗?"

"别提那妮子,"李菊人说,"她不是我的女儿,她是石头缝儿里爆出来的!不怕闹得欢,就怕拉清单,你说得对!"

"那你们就别愁了,"女人说,"快帮我捏饺子吧!"

"我们还有事儿,"拿草珠子的老头儿说,"要不,你就还接着唱你的《玉堂春》,我们三个坐在这里审你!"

"呸!回家审你太太去吧,问她这几天跟谁过来着?"女人笑着说。

三个绅士继续讨论关于拆城的对策。拿草珠子的说:"看这样,他们是不守这县城了。那些穷光蛋,没家没业的人们,可以跟他们打游击去,你说我们这些户,搬不动挪不动的,到底怎么办呀?"

"不搬!"拿腰子的说,"这有多么干脆。"

"你不搬,他就说你是汉奸,这名帖儿可不大好听!"拿草珠子的说。

"到那时候,他们不知道早跑到哪里去了,还顾上叫这叫那哩!"拿腰子的说,"目前是怎么想办法不叫他们拆,拆城对咱们终归不利!"

"已经在那里扑腾着拆了,还有什么办法?"李菊人说。

"显个灵验给他们看!老百姓一害怕就拆着没劲了。"拿腰子的小声说。

"叫谁显灵验呢?"李菊人问。

"我们分头去进行,"拿腰子的对拿草珠子的说,"你到圣姑庙,叫老道姑在这两天里使个招儿,迷惑那些乡下来的妇女们,我和老菊去西关天主堂找外国神父,也叫他想个法子,威吓那些男人小伙子们!你们看怎样?"

"真乃妙计!"李菊人说着就又和他们出去了。

"你们造孽吧!"女人回脸对着窗户上的小镜儿说。

圣姑庙在北门里,这是一座工程浩大的庙宇,修在一座极高的土台子上,有一百零八级白石的阶梯。河北省流传王莽赶刘秀的故事,说赶到这里,看看拿住,圣姑正在井口打水,放过刘秀,摘下头上的簪子一画,就地成了一条大河,就是现在的滹沱河。这是一段形式美丽的传说,封建统治者利用了这个传说,鼓励了这个迷信。圣姑庙因为修建得庄严,粉画得秀丽,远近朝拜,香火很盛。圣姑的塑像,就是一个精彩出众的艺术作品,老百姓认定这是圣姑的真身,她那灵活的富于情感的眼睛,注意和安慰了每个膜拜的人。庙里的道姑,又多方面铺张,给圣姑安排了婆家娘家的谱系,她是受婆婆虐待的,娘家是河北里河村一个贫苦的农家,每年夏天,里河村的群众,要迎接圣姑过河歇伏。

妇女们特别迷信圣姑,因为她出身贫苦并且受婆婆虐待。加上这一带,旱涝连年,兵灾不断,在那黑暗的年月,圣姑庙就成了附近几县妇女信仰的寄托。

关于西关的天主教堂,也有一段传说,不过是悲惨一些罢了。义和团事件的第二年,两个外国教士来到这个县城,看好一家小店,要强买这片庄基,并且打伤了年老的店主。附近的农民,出于一种崇高的情感,背上火枪火炮来帮助,他们在西关的土寨后面,和鬼子调来的洋枪队开了火,整打了三天三夜,没让他们进来,农民的妻子儿女来往运送着火药和饭食。县知事出卖了抗战的志士,叫马快手在背后夹击,农民们失败了。洋鬼子进城,杀死了那老店主和七个不离寨墙的青年农民,没等扫清他们的血迹,外国人就强迫着居民替他们修盖起教堂,安上了十字架。

自然,以后这教也传播开了,附近很多农民也在了教。可是,他们忘不了这段经过,五十岁上下的人,都还记得死者的姓名和容貌,能演说当时火热的场面和悲惨的结局。大涝之年,寸草不收,外国人弄些高粱来,设粥厂,每个人赈济几斤山药,农民们就在了教,他们不明教义,一般都说在的是山药教。

抗战刚刚开始,农民们也曾向圣姑庙和天主堂求助,天主堂只答应他们,日本人来了,教友可以进教堂避难,但是不久就听说日本人打进了正定的教堂,还强奸了修女。至于圣姑庙上的道姑,就只能说这是劫数,圣姑也到峨眉避难去了。

当时的农民,叫天天不应,叫地地不灵,才坚决走上抗日的道路,并且建立了政治信仰。

三十三

很快,周围城墙的垛口就拆得不见了。子午镇民工队,并起大杉篙,斜倚在城墙外面,妇女们把送过来的砖,一个连一个滑到护城河外面的平地上去,那里的老年人们把砖垒起来,叫大车拉走。

城墙上有一层厚厚的石灰皮,很不容易掀起,大镐落在上面,迸起火星儿来,震得小伙子们的虎口疼。后来想法凿成小方块,才一块一块起下来。李佩钟也挽起袖子,帮助人们搬运那些灰块,来回两趟,她就气喘起来,脸也红了,手也碰破了。

"县长歇息歇息吧!"挑着大筐砖头的民工们,在她身边走过去说,"你什么时候干过这个哩!"

"我来锻炼一下!"李佩钟笑着说,用一块白手绢把手包了起来,继续搬运。看见春儿也挑着一副筐头,她说:"春儿,给我找副筐头,我们两个比赛吧!"

"好呀!"春儿笑着说,"识文断字,解决问题儿,我不敢和你比,要说是担担挑挑,干出力气的活儿,我可不让你!"

她们说笑着,奔跑着,比赛着。男人们望着她们笑,队长老常督促说:"别光顾看了,快响应县长的号召,加油吧!"

只要有女人在队伍里严肃地工作,这就是一种强有力的动员。男人们,镐举得更高,铁铲下去得更有力量,来回的脚步更迅速了。

春儿年轻又有点调皮。她只顾争胜,忘记了迁就别人,她拉扯着李佩钟,来回像飞的一样,任凭汗水把棉袄湿透,她不住地叫着刺激性的口号:

"县长,看谁坐飞机!你不要当乌龟呀!"

李佩钟的头发乱了,嘴唇有点儿发白,头重眼黑,脊梁上的汗珠儿发凉。两条腿不听使唤,摇摆得像拌豆腐的筷子。

"春儿!"老常劝告说,"叫县长休息休息,她不像我们,就这么一咕嘟一块的活儿,有多少公事等着她办理呀!"

春儿才放下担子,拉着李佩钟到姐姐那里,喝水休息去了。

民工队里也有老蒋,他斜了李佩钟一眼,对人们小声说:"你们看看:哪像个县长的来头儿?拿着一个大学毕业的学生,城里李家的闺女,子午镇田家的儿媳妇,一点儿沉稳劲也没有!整天和那拾柴挑菜的毛丫头,在一块儿瞎掺和!"

"这样的县长还不好?"和他一块担砖的民工说,"非得把板子敲着你的屁股,你才磕头叫大老爷呀?"

"干什么,就得有个干什么的派头,"老蒋说,"这么没大没小的,谁还尊敬,谁还惧怕?这不成了混账一起吗?"

"什么叫新社会哩?"那个民工说,"这就是八路派。越这样,才越叫人们佩服。过去别说县长,科长肯来到这里,和我们一块土里滚、泥里爬吗?顶多,派个巡警来,拿根棍子站在你屁股后头,就算把公事儿交代了!现在处处是说服动员,把人们说通了说乐了,再领着头儿干,这样你倒不喜欢?"

"我不喜欢,"老蒋一摇头,"总觉着没有过去的势派带劲,咱们拿看戏做比,戏台上出来一个大官,蟒袍玉带,前呼后拥,威风杀气,坐堂有堂威,出行有执事,那够多么热闹好看?要是出来一个像她这样的光屁股眼官儿,还有什么瞧头?戏台底下也得走光了!"

"你这脑筋,该受受训!"那个民工不再理他,催着他赶快工作。

李佩钟喝了一碗开水,心里亮堂了一些。她整整头发,看见秋分坐在地上,正一手一个往下送砖头,她问春儿:"这是你大姐吗?"

"是呀,"春儿说,"你们见面不多,过去,谁上得去你们家的高门台儿呀?"

"你就是高庆山同志的……吗?"李佩钟又问秋分。

秋分笑了笑,春儿接过来说:"啊,她是高庆山同志的'吗','吗'是个什么称呼呀?"

"这是你们的孩子?"李佩钟笑着抱起秋分身边的小孩来。

"别叫他弄你一身土!"秋分说,"是我们给人家养着的,他娘叫日本人的飞机炸死了!"

"我说哩,"李佩钟说,"高同志回来还不到半年呀!这孩子很苦,好好养着他吧。我们给你妈妈报仇!你要在战争的炮火里长大成人呀!"她拍打着孩子的小屁股,孩子趴在她的腿上,啃着她的膝盖,她痒痒起来。

"高同志知道你来了吗?"停了一会儿李佩钟又问。

"还不知道吧!"秋分说,"我们还没看见他。"

李佩钟说:"他正在开会,我回去告诉他,叫他来看你,你们住在哪一家?"

"住在西城根一家小店里。"秋分说。

"回头我给你们找间房子,你和高同志轻易不在一块儿,趁这个机会该团圆团圆了!"

秋分红着脸没有说话。春儿说:"你看这县长有多好!"

一句话把李佩钟的脸也说红了。

太阳已经掉到西边的几块红色的云彩里,民工们吹哨子收工了。在城外野地里觅了一天食儿的乌鸦,成群地飞回来,噪叫着落在街头的老槐树上过宿。

晚饭以后,李佩钟在城里找好一间屋子,就去叫秋分,秋分嘴头儿上不愿意。春儿说:"既是县长好心好意地找了房子,你就去吧。我一个人睡在这炕上,才宽绰哩!"

李佩钟给她抱着孩子,把秋分带到房子里,又写了一个纸条,求老乡送到支队部,一会儿高庆山就来了,一看是这么回事,就说:"她们是来拆城的,这影响不大好吧?"

"没人笑话你们。"李佩钟说,"谁不知道你们长久分离,难得相见?要不这样,老百姓才说我们不合人情哩!"

"你这县长也太操心了!"高庆山笑着说。

"算我做了一件民运工作。你们安排着休息吧,我走了。"李佩钟笑着出来,回身给他们关上了房门。

路过娘家的大门,李佩钟顺便看了看母亲。家里只有母亲一个人,刚刚点上了灯。母亲见了女儿,高兴得不知道说什么好,先抱怨起来:"你这孩子,早把娘忘到脊梁后头去了吧!你还有家吗?走错了门儿吧!"

"没有。"李佩钟笑着说,"我爹哩?"

"你爹?"她母亲沉吟了一下,"无非又和他那些狐朋狗友们出去瞎逛吧,叫人捏好了饺子,他也不家来吃。你来得正好,等我捅开火,煮熟了咱娘儿俩吃!你这是干什么去来呀?看身上那些土,快过来,我给你扫扫!"

李佩钟背过身去,母亲给她打扫着说:"我说钟儿,你到底还到田家去不去?"

"不去了。"李佩钟说。

"就这样疯跑一辈子?"母亲停下手来问,"一个女孩子家,能跟那些当兵的们跑到哪里去呀?"

"哪里也是家。"李佩钟笑着说,"根据地的地面儿大着呢,我到哪里工作,也是自由的,也是快乐的。在外面,有人照顾我,心疼我,也有人教管我,指引我。娘不用操心惦记我好了。"

"我管得了你呀?"母亲叹了一口气,"听!外面有人推门,准是你爹回来了。"

"他回来,我就该走了,"李佩钟说,"我们说不到一块儿!"

"对了,"母亲小声说,"你们拆城,他们编法儿反对哩!你做工作,也得多多留神呀!"

李佩钟刚转身要走,她母亲又叫住她小声说:"听人说,你和那个姓高的支队长很要好,是吗?"

李佩钟沉静地说:"我自己已经饱尝婚姻问题的痛苦了,我不愿意再把这痛苦加给别人。我和他只是同志的关系。他家里有女人,很好。"

三十四

父女两人,到底在院里碰上了,李菊人又喝了酒,酒气扑人地问:"是佩钟吗?"

"嗯。"李佩钟答应着,"父亲到哪里去来?"

"到了个倒霉的地方,"李菊人很生气地说,"外国鬼子越来越不拿中国人当人,在他们眼里,我们简直连个猪狗也不如,要真的亡了国,这些玩意还不骑在我们的脖子上拉屎吗?"

李佩钟只有在父亲喝醉了的时候,才能听见一些入情入理的话,她说:"所以我们要坚决抗日呀!只有人人奋不顾身地斗争,我们的民族,才能扬眉吐气。你找的什么外国人?"

"啊!"李菊人醒悟过来,"为了一点闲事情,我同一个朋友到法国神父那里去了。我以前没到过这种地方,这回去了,亲眼看见那老家伙对待那些求见的教友们,不是爱答不理,就是骂个狗血喷头。当着我们的面,就还差没叫这些人给他磕头了!"

"你们找他干什么呀?"李佩钟问。

"不要说这个了,"李菊人说,"我净说问问你,可老是没有机会,你打算和田耀武怎么办?"

"怎么办哩?"李佩钟低头说,"各人走各人的路罢了。父亲再也不要干涉我。"

"我干涉你做什么?"李菊人很亲切地说,"蒋介石这个王八蛋,是成不了什么气候了,连我也不会对他再有什么指望。跟他跑到南边去的人,也不过像是道君皇帝的臣下,早晚给日本人纳贡投降完事。我主张你和他一刀两断!"

"父亲的思想,很有些进步了哩!"李佩钟笑着说。

"谈不到进步,"李菊人说,"我是认命要当亡国奴的了,中国不亡,是无天理!"

"你还是亡国论呀!"李佩钟吃惊地说,"根据地的军民,这样热烈动员,毛泽东同志指示得那样英明详尽,你全看不到听不见呀?"

"我对你们没有信心,第一你们不会用人。"李菊人说,"地方上藏龙卧虎,像我这样的人才,竟引不起你们的重视,真真奇怪!"

"我们什么时候不重视你?"李佩钟说,"你什么时候想过做工作呀?"

"鸡毛蒜皮的勾当自然我是不干。"李菊人郑重地说,"我只想在司令部弄个参议干干,你对事儿可以和吕司令念叨念叨。有个附带的条件,就是我不能跟他们吃小米,另外得给我三件家伙两匹马,外带一个特务员!"

李佩钟失望地托个辞离开了他。回来的路上,她又经过高庆山和秋分睡觉的房子那里。从矮矮的院墙望进去,屋里还点着灯。听见脚步声,院里的一只小狗吠叫起来,秋分的影子,在明亮的窗纸上一闪,把灯吹灭了。

李佩钟想去看看那些民工们睡下了没有。她奔着西关来,街上的店铺都上了门,只有十字街石牌坊那里,还有两副卖吃食的挑子点着灯笼。李佩钟在那里遇见了芒种。

"这样晚了,李同志还没休息?"芒种给她敬着礼说。

"还没有。"李佩钟说,"你干什么去来?"

"给支队长又送了一条被子去。"芒种笑着说。

"你没事跟我到西关去一趟吧,"李佩钟说,"我们去瞧瞧那些民工们睡觉的地方。"

芒种高兴地答应了,这对他是一个愉快的差遣。他规规矩矩地跟在李佩钟后面,从身上摘下手电筒来,照亮前面的道路。

"我用不惯这个,"李佩钟笑着说,"我道路很熟,摔不了跤,一照倒眼花起来。"

西关一带,虽说住下了这么多民工,街道上却非常安静,大家工作一整天,全安歇睡觉了。只有天主堂旁边,春儿住的那家小店房里,还点着灯火。

"春儿就住在这里,我们去看看她做什么哩?"李佩钟小声说着,轻轻地走到窗台外面。窗纸上的人影儿分明,春儿和店家老大娘,对坐在炕上说话儿。

"你摸摸,这炕热上来了。"老大娘说,"我特意给你烧了一把柴火,你小孩儿家,身子单薄,睡凉炕要受病哩!"

"大娘费心。"春儿笑着说。

"咱娘儿两个有缘,"老大娘说,"一见面我就喜欢你,疼你。我是六七十岁的人了,又住在城关,好姑娘好媳妇,看见的不知道有多少,说起来,哪个也比不上你。你是我心尖儿上的人。"

"大娘夸奖。"春儿又笑着说。

"我不知道你瞧得起这个大娘不?我满心愿意把你认成个干女儿。"老大娘仰着脖子说。

"只要大娘不嫌我拙手笨脚就行,"春儿说,"我是怕不能得儿的哩!"

"这就好了,一言为定。"老大娘很高兴地说,"咱娘儿俩都是苦命人,你从小孤身一人,我也是年轻轻就守上了寡,从今以后,我们就都有个亲人儿了。"

"干娘什么时候守寡的?"春儿问。

"就是有这个那一年!"老大娘用手一指,"修天主堂的那年,外国鬼子强占了咱那么大的一片庄基,还打死了你那干爹,又把我赶到这里来住,孩子,我有冤仇呀!"

老大娘呜呜地哭了起来,春儿劝解着,老大娘忍着泪说:

"要不你一提说是抗日,我就喜欢哩,你经的事儿还少,外国人可把咱中国欺侮坏了哩!"

李佩钟和芒种只听见老大娘哭泣,听不见春儿说话。这女孩子正在沉默着。她几岁上就死去了母亲,正当她需要人教导的时候,父亲又下了关东。最近一百年,在祖国的身上,究竟经过了多少次外人的侵辱,在平原农民的心里,究竟留下了多少悲惨的记忆,她知道得很少很少。这需要有一个经历多次灾难的母亲,每逢夜深人静,就守着一盏小油灯,对她慢慢讲解。可是春儿并没有这样的一个母亲。现在,她受到这一种教育了。这是神圣的民族教育,当它输入到春儿心灵里的时候,正和她那刚刚觉醒了的、争取解放争取自由的尊严的要求碰在一起。立时,一股拧搅在一起的强烈的力量,就在这个女孩子的心里形成了。一百年来,农民们几次在反抗外人侵略的时候,在保卫家乡的战争里流了血。这里的农民,是因为历次斗争失败,受了压抑,意志消沉,还是积累了斗争的经验,培植了反抗的热情?是失去了信心,还是蕴藏下了更大的力量?两种情形都存在吧,但是,共产党来教育了他们,长久埋藏在平原上反抗的火种燃烧起来了。

最后,春儿说:"干娘,所以说,我们要坚决抗日呀!我们的国家强盛起来就好了。"

"我也成天这么盼望,"老大娘说,"咱这里离圣姑庙不远,我每逢初一十五就去烧香磕头,求她保佑着咱们的军队打胜仗。刚才老道姑对我说,圣姑这两天不大高兴哩!"

"她怎么不高兴?"春儿问。

"她给人们托梦,说八路军不该拆城,拆了她的宫墙,要犯罪哩!"老大娘说。

"干娘信不信呀?"春儿笑着问。

"我怎么不信?别的不信行,这圣姑的灵验,你可是不能不信呀!"老大娘把手合了起来。

李佩钟偷偷笑着,刚要推门进屋里去,忽然听见城墙边大榆树上的乌鸦飞腾了起来,在黑暗的天空里,盘旋惊叫。接着又有砖瓦从城门楼子上掉下来的声音,芒种抓起手电筒,李佩钟拦住说:"不要照!一照就惊走了。你轻轻爬上城墙去,看看是什么人!"

芒种掏出枪来去了,春儿听见声音跑了出来,拿上自己的小镐,也跟到城墙上去。

他们在城门楼上捉住了两个人,一个拿着铁铲挖洞,一个正往里埋炸药瓶。

春儿说:"这是汉奸来破坏我们!要不是看见得早,明天一拆城门楼,还不都把我们炸个粉碎!"

老大娘拽着一根柳木棍,也气喘喘地爬上来了,就近一看说:"我认得他们!这个是天主堂种菜园子的王二鬼,那个是圣姑庙的小道士,哎呀,我那老天,你怎么也跟着他们造孽呀!"

小道士哆嗦着说:"我不愿意来,是老道姑逼着我来的呀!"

李佩钟叫把他们押到县政府,派人报告给高庆山,连夜又逮捕了主使的罪犯。

三十五

第二天,决定召开一个大会:宣布破坏分子的罪状和对他们的处罚,再向群众做一次动员,说明游击战争的道理。另外就是拆城的民工和驻防部队的联欢。

有人提议,把昨天晚上捉汉奸的故事,编成一个剧本,真人上台,在大会上表演。就叫政治部剧团的团长来负责组织这个工作。

这个团长爱好戏剧,在"七七事变"以前,曾经在北平参加过青年学生们组织的话剧团体。抗战以后,抱着青年文艺工作者无比的热情,参加了人民自卫军的政治宣传工作,亲自背着幕布行军,到处在街头上张贴招收演员的红纸布告,不久就成立起了个战斗性的话剧团。

这天早晨,他接受了这个任务,背着一挂包化装的油彩从子午镇赶了来,到支队部找到芒种,带他来到春儿居住的小店。老大娘倒没得说,一口答应了,春儿一听说,叫她当着这么些人演戏,说什么也不干,团长着急地说:"女同志,这是一件光荣的任务呀,你既然实际上做过这样一件工作,难道你就不希望把你的英雄行动,再用艺术的形象表演出来,教育更多的群众吗?"

"实际做,那倒没什么,"春儿红着脸跺脚说,"叫我演戏我干不了,一上台我连嘴也会张不开。"

"那有什么难处?"老大娘在一旁撺掇着,"我们在底下怎么说的,到台上也怎么说,不就行了吗?"

"是呀!"团长说,"不过也不能完全照样,这里还有一段艺术加工的创作过程。"

"你看难不难?"春儿说,"还没动手演哩,只是这个同志说的话儿,我就一门不摸!还是叫我到城墙上搬砖头去吧!"说着就抓小镐儿。

"不行,不行!"团长拦住她,"晚上我们就得演出,我已经给你请过假了。我们快来排戏吧,这就是舞台面。"他夺过春儿手里的小镐儿来,在老大娘的门口,画了一个四方形的界限。又叫芒种借了一张板床来,上面放好一台高高的灯盏。

"剧情我已经了解过了。"团长说,"就开始上场吧,大娘和春儿坐在床上,坐下呀!这就是炕。芒种过来,站在这里,这里是窗台。"

"不是还有李县长吗?"芒种站过去说。

团长说:"她有事不能来,不要她了。等审案子的时候,再叫她出场也可以,艺术并不是照抄现实,作家有独自选择取舍的方便!"

"我又不懂了啊!"春儿盘着腿坐在床上,局促不安地说。

"这有什么不懂的!"团长说,"我是导演,你们听我的指挥就行了。就从你和大娘守着灯谈话的时候演起,大娘先张嘴吧!"

"我们先说的是认成干亲。"老大娘回想着说。

"不要叙述,要直接诉诸观众!"团长说,"不要看我,按你们当时的情形讲话!"

老大娘和春儿开始演起戏来,老大娘说:"不知道你心里怎样,我满心愿意把你认成个干女儿!"

"停!"团长把手里的小镐一摆,"这个地方,大娘的表情还要热烈一些,'我满心愿意'这几个字要提高一些,像这样……"

他做了一次示范,春儿笑了起来,她在日常生活里,并没有听到过这样说话的声音,它不像是在露天地儿里说话,它像是把头钻到了水缸里一样。

"严肃一点。"团长说,"继续。"

下面一段的进行,团长显然还满意,他把两手插在军装口袋里,用一只脚尖,轻轻地敲着土地。

老大娘说:"我见过的姑娘媳妇,不知道有多少,说起来,可谁也比不上你。"

"大娘夸奖。"春儿笑着说。

"停!"团长走到界限里边来,对着春儿说,"你傻笑什么?要低下头去,表示害羞。用右手的拇指和食指扭右下角的衣裳襟儿。"

"为什么扭衣裳襟儿?"春儿问。

"你照我说的做就是了,"团长说,"这能加强羞臊的效果。"

"可是这两个手指头?"春儿举起右手来问。

团长点点头。

戏剧进行着,老大娘说到店房被夺、丈夫被杀害的时候,真的哭了起来,低着头用手擦眼泪。春儿和芒种也忍不住垂头滴下泪来,团长大声说:"大娘!这是一个高潮、沸点,舞台上要像开了锅一样!抬起头来,眼睛望着天幕,把声音提到最高度,喊!"

"哪里是天幕呀?"大娘忍住眼泪说。

上午排好了戏,晚上就在城隍庙的戏楼上演出了,全体民工和整个支队的战士都到了会场。团长在后台守着一碗油灯,在春儿的脸上特别是眼皮上,抹了很多的油彩,使她感到像贴上膏药一样疼痛和头晕。出台来,她演得很认真,一动真感情,很多地方就忘记了团长的导演,可是效果很好,观众看来顺劲,也很受感动。从这一回,春儿就学会了演唱,再登台讲话,也不会脸红。芒种死记着团长的话,在台上很拘束,连脚手也不知道往哪里放,演得最失败。总之,这次演出尽管还有很多缺点,却是把真人真事运用在艺术创作上的一个开头。

演完了戏,支队部的民运科长登台讲话,他说全体民工同志们很辛苦了,明天部队停止练兵,帮助大家拆一天城,叫妇女同志们休息休息。

春儿带着擦不干净的油彩,代表妇女民工讲话,她说谢谢部队同志们的帮助,我们还是希望武装同志抓紧时间练兵,这才是我们胜利的最可靠的保证。明天我们也不休息,我们要把战士同志们穿脏穿破的衣服,全部洗洗缝缝。

第二天,春儿她们选择的集体洗衣服的地点,是圣姑台左边的清水池。

这个水池周围全是碱地,地面上像铺着一层雪一样,水池里的水碧绿澄清,洗出来的衣服光滑洁净。没有结婚的女孩子们,全参加了洗衣组。

她们跳跳跶跶像赛跑一样,绕着池子选择自己工作的地方,蹲在那里,用水撩逗着左右的伙伴,又带着一脸水珠儿跑到圣姑台上去。

站立在圣姑台上,可以看到整个县城的景致。很多人家刚刚点火做饭,轻烟和嫩柳点缀着北方的小城。圣姑的大殿锁闭着,女孩子们扒开窗纸,往里面看。

"人们都说这是那圣姑的真身,是吗?"五龙堂一个女孩子回过头来问春儿。

"怎么会是真的呢,"春儿说,"这是用泥捏的呀!"

"为什么像真的一样?"那个女孩子又问。

"要我给你们讲讲吗?"春儿对身边的女孩子们说,"这里边有个好听的故事哩!"

"给我们讲讲,你得给我们讲讲!"女孩子们全围上来撺掇着。

春儿说:"我也是听人家说的,听变吉哥说的。他说,长得好看的女孩子,遇见修庙的时候,不要到跟前去。那些捏泥人儿画画儿的师傅们,总要找一个人来做样子,你去了,他们就把你的相貌抓了去,塑在泥胎上,你看倒霉不倒霉?"

有几个女孩子认真了,脸上有些惊慌,可是又说:"长得好看的才怕那个,像我长得这么丑怕什么呀?"

春儿说:"塑这个圣姑像的,是一个手艺很好的师傅,他全心全意地工作,圣姑的身段手脚都捏成了,很好看,就是眉眼神情差一些。这个师傅就整天站在这个高台上望着,饭也不吃,水也不喝,刮风下雨也不躲避,他说,要等一个长得十分好看的女孩子过来。修庙的整个工程停顿了,木匠不再上梁,瓦匠不再运瓦,大家也每天陪他在这个高台上望着。"

"就没有人从这里路过吗?"女孩子们问,"这么一个县城里,难道说就没有一个姑娘长得叫师傅满意?"

春儿说:"对那些穿绸挂缎的,对那些擦胭脂抹粉的,对那些走动起来拿拿捏捏的,对那些说起话来蚊声细气的,这个师傅都看不上眼。他等着,田里的庄稼都熟了。有一天早晨,一个女孩子从地里背了一大捆红高粱穗子回来,她力气很小,叫高粱压得低着头,她走到高台底下,放下休息休息,擦了擦脸上的汗,抬头向上面一看。那个师傅说:行了,圣姑显圣了。就照着这个女孩子的相貌捏成了。你们看,这圣姑脸上,不是有受苦受累的样儿吗?"

春儿讲完了,女孩子们对这个故事,并不感觉有多大的兴趣,她们一前一后,从高台两旁的白石扶手上,像打滑梯一样,欢笑着出溜到平地来。在北方战斗的初春,任是神仙,也没有参加了民族自卫战争的女孩子们幸福。

三十六

当拆城完工,民工们收拾家具要回去的时候,县里又开会欢送了他们,表扬了子午镇、五龙堂两个模范村镇。回来的时候,春儿还是拉着高四海的小车,一出西关,看见平原的地形完全变了,在她们拆城的这半月,另一队民工,把大道重新掘成了深深的沟渠。大车在沟里行走,连坐在车厢上的人,也露不出头来。只有那高高举起的鞭苗上飘着的红缨,像一队沿着大道飞行的红色蜻蜓一样,浮游前进。每隔半里,有一个出入的地方,在路上,赶大车的人不断地吆喝。

变平原为山地,这是平原的另一件历史性的工程。这工程首先证实了平原人民抗日的信心和力量,紧接着就又表现出他们进行战争的智慧和勇敢。它是平原人民战斗的整体中间的筋脉。

"我们只说拆城是开天辟地的工作,"高四海推着小车说,"看来人家这桩工程更是出奇!"

"人么,"春儿笑着说,"谁也是觉着自己完成的工作,最了不起!"

他们回到自己家里来。春儿把半月以来刮在炕上、窗台上、桌橱上的春天的尘土打扫干净,淘洗了小水缸,担满了新井水,把交给邻家大娘看管的鸡们叫到一块儿喂了喂,就躺到炕上睡着了,她有些累。

在甜蜜的睡梦里,有人小声叫她:"春儿,春儿!"

"唔?"春儿揉着眼睛坐起来,看见是老常。

"喂,我们少当家的回来了?"老常说。

"谁回来了?"春儿迷瞪着问。

"我们那少当家的,田耀武呀!"老常着急地说,"你醒醒呀!"

"他回来,回来他的吧,"春儿打着哈欠说,"和我们有什么关系。"

"你这孩子!"老常说,"怎么没有关系呢?他穿着军装,骑着大马,还带着护兵哩!"

"那许是参加了八路军,"春儿说,"八路军能要这号子人?"

"又来了!要是八路军还有什么说的?是蒋介石的人马哩,张荫梧也回来了!"老常哼唉着,坐在炕沿上,靠着隔扇墙打火抽起烟来。

春儿一时也想不明白。这些人不是慌慌张张地逃到南边去了吗,这时候回来,又是为了什么?她说:"高翔不是住在你们那里?他们怎么说?"

"还没听见他怎么说,"老常说,"我刚刚到家,田耀武就回来了。他穿着一身灰军装,打扮得还是那样幺不幺六不六的,你想,咱们的队伍都是绿衣裳,忽不拉儿的,羊群里跑出一只狼来,一进村就非常扎眼,梢门上的岗哨就把他查住了!"

"他没有通行证吧?该把他扣起来!"春儿说。

"你听我说呀!"老常说,"站岗的不让他进门,这小子急了。还是虎牌的,立时从皮兜子里掏出一个一尺多长的大信封儿来说:这是我的家,你们有什么权利不让我进去?我是鹿主席和张总指挥的代表,前来和你们的吕司令谈判的。站岗的给他通报了以后,高翔叫人出来把他领进去了。"

"什么鹿主席,什么张总指挥?"春儿问。

老常说:"张就是张荫梧,鹿,听人们说是鹿钟麟,也是一个军阀头儿!来者不善,善者不来,我看这不是一件小事儿,你说哩?"

"你再回去打听打听,"春儿说,"看看高翔他们怎么对付他。"

"我回去看看。"老常站起身来,"我是来告诉你一声儿,叫咱们的人注点意,别叫这小子们给咱们来个冷不防呀!"

"不怕,"春儿说,"有咱们的军队住在这里,他们掉不了猴儿!"

"不能大意。"老常说,"不怕一万,就怕万一。刚说城也拆了,路也破了,一铺心地打日本吧!你看半晌不夜的,又生出一个歪把子来,真他妈的!"跷起一只脚来,在鞋底儿上磕了烟灰,走了。

他心里有些别扭,从街上绕了回来,吃中午饭的时候,街上没有什么人,只有那个卖烟卷的老头儿,还在十字路口摆着摊儿,田耀武带来的那个护兵正在那里买烟。

这个护兵腰里挂着一把张嘴儿盒子,脖子里的风纪扣全敞开,露出又脏又花哨的衬衫尖领,咽喉上有一溜圆形的血疤。他抓起一盒香烟来,先点着一支叼在嘴角上,掏出一张票子,扔给老头儿说:"找钱!"

老头儿拿在手里看了看,说:"同志,这是什么票子,怎么上边又有了蒋介石呀?"

"委员长!"那个护兵大声说。

"啊,委员长!我们这里不时兴这个,花不了!你对付着给换一换吧!"老头儿笑着送过来。

"混蛋!"护兵一斜楞眼,眼仁上布满了红色血丝儿,"你不花这个花什么?你敢不服从中央!"

"你怎么张嘴骂人哩?"老头儿说,"你是八路军吗?"

"我是中央军!"护兵卖着字号。

"这就怪不得了,"老头儿说,"八路军里头没有你这样儿的!"

那个护兵一抓盒子把儿。

"干吗!"老头儿瞪着眼说,"你敢打人?"

"你反抗中央,我枪毙你!"护兵狠狠地说。

"你有胆子,冲着这儿打!"老头儿拍打着胸脯说,"我见过这个!"

那个护兵要撒野,老常赶紧跑上去,这时有两个八路军刚刚下岗,背着枪路过这里,一齐上前拦住说:"你这是干什么,同志?"

"他要杀人!"老头儿说,"叫他睁开眼看看,我们这里,出来进去住着这么些个队伍,哪一个吓唬过咱们老百姓?"

"不要这样,"八路军劝说着那个中央军,"对待老百姓,不应该采取野蛮态度,这是军阀主义的表现!"

"为什么你们不花中央的票子?"那个护兵举着票子挺有理地说。

"不是不花。"八路军说,"这些问题,还需要讨论一下。当初是你们把票子都带到南边去了,印票子的机器却留给了日本。真假不分,老百姓吃亏可大啦,没有办法,我们才发行了边区票。现在你们又回来了,老百姓自然不认头。再说,他是小本买卖,你买一盒香烟,拿给他五百元的大票,他连柜子搭上,也找不出来呀!"

那个护兵看看施展不开,把票子往兜里一塞,转身就要走。

"你回来!"卖烟的老头儿说,"我那盒烟哩?"

护兵只好把烟掏出来,扔在摊上。

"你抽的那一支,"老头儿说,"也得给钱!"

八路军说:"老乡,吃点儿亏吧,这是咱们的友军!"

"什么友军?凭这个作风,能白抽我的香烟?"老头儿冲着护兵的后影儿说着,打开了一盒烟,递给两个八路军,"要是咱们自己的人哩,别说抽我一支,就是抽我一条儿,我也心甘乐意呀! 同志们,请抽烟!"

"谢谢你吧,老乡,我们都不会!"两个八路军摇摆着手儿笑着,回到住处去了。

老常回到家里,看见田大瞎子,像惊蛰以后出土的蚰蜒一样,昂着头儿站在二门口,看见老常就喊叫:"到城里游逛了半个多月,还没有浪荡够? 猪圈也该起了,牲口圈也该打扫打扫了! 中央军就要过来,我们也得碾下点儿小米预备着,下午给我套大碾!"

老常没有搭言。

三十七

有很多事情,实在不能不引起一个稍有经验的人的警惕。这一天,老常心神紧张地工作着,他从当家的高大的粮食囤里,装满两口袋谷子,背到外院碾棚里,套上一匹青骡子。一条金带似的泻下来的谷粒,沙沙的,在宽大的青石碾盘上铺平。老常背靠着桐油油成黄色的扇车抽着烟,在心里分辨他的主人缴纳八路军的公粮和迎接中央军的时候的两种心情。他渐渐明白,为什么两种军队各有各的支持? 一个庭院里,自己的伙计和老少当家的中间,又存在着一道什么性质的深沟? 对国家和人民来说,这两种军队,负着什么不同的使命?

老温替少当家的马拌好了草料,在马脑袋上狠狠地敲了一料棍,也来到碾棚里。

"你看这回是红还是黑?"他和老常打着哑谜。

"是福不是祸,是祸躲不过。"老常说。

"看样子,真像秦叔宝的黄骠马,来头儿不小哩!"老温说。

"怕什么? 水来土挡,兵来将挡。"老常说,"不怕他有千条妙计,就怕我们没有一定之规!"

"芒种来了!"老温听见院里的马蹄声,转身看见高庆山从马上跳下来,拍拍身上的土,到里院去了。他跑出来帮着芒种料理牲口,小声问:"你们知道了吗?"

"知道了,支队长来,就是办理这件事情。"芒种也小声说。

谈判就在田大瞎子家的客厅里进行,张荫梧的代表田耀武,人民自卫军的代表高翔和高庆山,还有一个记录,四个人围着一张方桌坐下来。

"真是巧得很,"问过了姓名籍贯,田耀武龇着一嘴黄牙笑着说,"我们三个都是本县人,两个村庄也不过一河之隔!"

"我们是本乡本土的人,对于家乡的历史情况都很清楚,"高翔说,"对于家乡和人民的前途命运,也都是热心关切的。我们非常欢迎贵军的代表,希望在这个会议上,能讨论出对日作战的一切有效的办法!"

"请把贵军此次北来的主要方针说明一下吧!"高庆山说。

"这是我的家,我应该尽地主之谊,"田耀武站起来说,"我去叫他们预备点儿酒菜!"

"先讨论问题吧!"高翔说,"吃喝的事情,以后机会很多哩!"

田耀武只好坐下来,说:"刚才这位问什么来着?"

高庆山说:"希望你把贵军的作战计划约略谈谈,好取得协同动作。"

"这个,"田耀武说,"上峰好像并没有指示兄弟。"

"那么我们怎样讨论呢?"高翔微微蹙着眉毛说。

"你们一定要我谈,那我就谈一下。"田耀武说,"我谈一下,这个问题,自然,不过主要是,其实呢,也没有什么……"

担任记录的是一个青年同志,为了好好完成工作,他事先修好了铅笔,放好了纸张。他全神贯注地听着这位代表的发言,铅笔尖儿在纸面上来回地比画半天,仍然记录不下一个有用的字眼来。他迷惑地抬起头来,望着田耀武那也在翻动着的嘴唇,在心里恳求着说:行善的人!你能不能发一点慈悲,叫我从你的嘴里抓住一点点实际的东西呢?可惜的是,这个青年人的愿望,就像一个老太婆希望能从一只好诈窝的母鸡的屁股里拉出鸡蛋来一样,不容易实现罢了。

"我们想知道的是:你们打算怎样和日本帝国主义作战。"高翔打断了田耀武的浮词滥调。

"请原谅，"田耀武慌张地说，"这是国家的机密。我不能宣布！"

"我们可以把人民自卫军对日作战的方略谈一谈，贵代表乐意不乐意听取？"高翔说。

"欢迎极了！"田耀武拍着手说。

"我们不把抗日的方针当做机密。"高翔说，"而且是随时随地向群众宣传解释的。我们和群众的愿望相同，和乡土的利益一致。组织人民反抗日本帝国主义的侵略，在'九一八'以前我们就用全力进行了。在'卢沟桥事变'以前，我们在东北、察绥组织了抗日的武装，在全国范围里，我们号召团结抗日。当时在这一带负责守卫疆土的、你们的军队和政府，不顾国土的沦陷，遗弃了人民，席卷了财物，从海陆空三条道路向南逃窜。我们誓师北上，深入敌后。有良心有血气的农民，武装起来，千河汇集，形成了海洋般的抗日力量。"

"委员长对于敌后的军民，深致嘉慰！"田耀武说。

高翔说："我们从陕西出发，装备并不充足。官兵兼程前进，不避艰险。从晋西北到晋察冀，从冀东到东北，从河北到山东沿海，一路上挫败敌人的锋锐，建立了一连串的、有广泛群众基础的抗日民主根据地，改变了因为国军不战而退的极端危险的局面，保证了抗日战争的胜利前进的前程，才使得大后方得到喘息和准备的时间。"

"这一点，就是兄弟也承认。"田耀武说，"我们在大后方刚刚站稳了脚跟，就又全副武装地回到这里来了。"

"我们还是愿意知道你们北来的目的。"高翔说。

"无非是一句老话，收复失地！"田耀武笑着说。

"收复失地！"高翔像细心检验着货色的真假一样，咬嚼着这四个字说，"虽说按照毛泽东同志的战略指示，目前还不是收复失地的时机，它究竟是一个光荣的口号。我们对于贵军的抗日决心，表示钦佩，当尽力协助，但愿不要在堂皇的字眼下面，进行不利于团结抗日的勾当！"

"这话我就不明白了。"田耀武故作吃惊地说。

"我想你是比我们更明白的,根据确实的报告,贵军并没有到前方去抗日的表现,你们从我们开辟的道路过来,驻扎在我们的背后,破坏人民抗日的组织,消磨人民抗日的热情,你们应该知道,这对于我们是怎样重大的损失,这是十分不重信义的行为!"

"这是误会,我得向你解释一下,"田耀武说,"为什么我们驻在你们的后面?这是因为我们刚刚从大后方来,对日作战还没有经验,在你们的背后,休息一个时期,也是向老大哥学习的意思呀!"

"你们的武器装备比我们好到十倍,带来的军用物资也很多,这都是我们十分缺乏的。"高翔说,"我们希望,贵军能把这些力量用到对日作战上。因为,虽然你们在这一方面确实缺乏经验,但在另一方面,你们的经验是非常丰富的。"

"客气,客气,你指的是哪一方面?"田耀武傻着眼问。

"就是内战和摩擦!"高翔说,"我们热诚地希望,你们高喊的收复失地四个字,不只包括这一方面的内容!"

"绝不会那样,"田耀武把脖子一缩,红着脸说,"绝不会那样。"

"为贵军的信誉着想,也不能一绝再绝于人民!"高翔说。

田耀武抓耳挠腮,他觉得自己非常被动,有一件重大的使命,还没得机会进行。他看见高翔和高庆山也沉默起来,就用全身的力量振作一下,奸笑着说:"我忘记传达委员长的一个极端重要的指示。委员长很是注重人才,据兄弟看,两位的才能,一定能得到委员长的赏识。兄弟知道两位的生活都是很苦的,如果能转到中央系统,我想在品级和待遇这两方面,都不成问题。"

"虽然我们很了解你,"半天没有说话的高庆山说,"好像你还不很了解我们。如果你事先打听一下我们的历史,你就不会提出这样可笑的问题了。"

三十八

这一晚上,田耀武又只好宿在他爹娘的屋里。早早就吹熄了灯,爹娘和他小声儿说着话。

"这院里住上他们,连说话也不方便了,"田耀武的娘说,"那些穷八路还和我宣传哩,我有心听他们那个?"

"佩钟家来过吗?"田耀武在黑夜里睁着两只大眼想媳妇,心里一股闷气,翻了一个身。

"你刚刚家来,"他娘长叹一口气说,"我不愿意叫你生气,提她干什么?"

"她不是当了县长吗?"田耀武说。

"现眼吧!"他娘说,"她做的事情,叫人们嚷嚷得对不上牙儿!耀武,我看和她散了吧,我们再寻好的。她呀,把我们田家几辈子的人都丢尽了!"

"老絮叨!"田大瞎子说,"提那些个乱七八糟的干什么?耀武,你和高庆山、高翔他们谈个什么,这都是我们的仇人!"

"张总指挥叫我拉过一点队伍去,"田耀武说,"谁知道这两个小子根底儿很硬,搬不动他们!"

"这些事情,你得看人呀!"田大瞎子教导着,"明儿,你可以找找高疤,这个家伙,在八路军里并不顺当,我看一拍就合!"

"招惹他干什么呀?"田耀武的娘说,"高疤霸占了俗儿,你可不许再往她家去!"

"那是私事,这是公事,有什么关系?"田大瞎子说,"耀武,日本人来势很凶,你们能跟人家打仗吗?"

"跟日本打不着仗。"田耀武说,"要有心跟日本打仗,当时还往南跑干什么?我们的队伍过来,是牵制共产党,叫它不能成事!"

"这我就明白了,"田大瞎子说,"有个白先生在保定府日本人手里做事,前些日子到我们家里,还打听你来着。对机会,你可以和他联络,打共产党,非得两下里夹攻不可,委员长真是个人物!"

一会儿,一家人就带着田大瞎子的希望和祝词走进梦境里去了。

第二天,是子午镇大集。田耀武带着护兵在街上来回转悠了两趟。他逃走的时候曾经提高人们的恐日情绪,现在凭空回来,又引起街面上不少的惊慌和猜疑。在一辆相熟的肉车子旁边,田耀武遇见了俗儿。

"你回来了呀?"俗儿手里攥着一把黄叶韭,倒退一步,打量着田耀武说。

田耀武点了点头。

"做了官儿啦,"俗儿笑着说,"派头儿也大啦!"

"你不是早就当了官娘子吗?"田耀武又像哭又像笑地说。

"受罪的官娘子,"俗儿说,"整天价连个零花钱儿也没有。你看正是吃黄叶韭饺子的时候,我干站在这里看着,连点儿肉也割不起!"

"这不是打发钱的回来了吗,"卖肉的掌柜刘福指着田耀武说,"我赊给你,要肥要瘦吧!"

"人家还肯给打发钱?"俗儿瞟着田耀武说,"隔年的衣裳隔夜的饭,我们的交情早就凉了,你看他爱答不理的!"

"多年的交情,火炭儿热,有个凉呀?"刘福笑着在肉架子上割下一块臀尖来,递给俗儿。

"那你就记在他的账上吧,"俗儿笑着接过来说,"我说田先生,今儿晚上,你一准到我家里吃饺子啊,我等着你,不见不散!"

犹豫半天,趁着天黑没人儿的时候,田耀武到了俗儿家里。原来住在俗儿家的一班八路军,因为俗儿有事没事,也不管黑间白日的到屋里招搭,班长生了气,前几天搬到别人家去了。老蒋正站在门口等着,一见他过来,就迎上去笑着说:"酒早就烫好了,锅里也开着,单等你来了下饺子!"

田耀武没有说话,三步两步迈到屋里,俗儿打扮好了站在灶火前面,笑着说:"真难请啊,你比大闺女上轿还为难哩!快上炕去吧!"

"高团长回来不回来?"田耀武担心地问,"你去关上点门好不好?"

"司令部就住在这村里,八路军的规矩又紧。他不回来。"俗儿说,"他回来了,有我哩!你放心大胆地坐一会儿吧!"

老蒋安排着碗筷,田耀武和俗儿对面坐在炕上,喝了两盅酒,俗

183

儿说:"自从你走了,我常常惦记你。没依没靠,我才嫁了高疤。我这个人呀,反正就是这么一回子事儿!"

"那没有关系,"田耀武说,"我们又不是抓髻儿夫妻,还能叫你给我守节呀!"

"你还是老脑筋呀,"俗儿笑着用筷子一指田耀武的鼻子,"就是抓髻儿夫妻,你也管不住她跟了别人呀!比方你那李佩钟!"

"她怎么样?"田耀武放下筷子。

"怎么样呀?"俗儿说,"反正人家很自由就是了。要不然,你出去半年六个月回来了,还用得着到我这儿来呀!"

"她妈的!"田耀武说,"回头犯到我的手里,我把她宰了!"

"你有那么大权势?"俗儿说,"人家是县长呀!闹了半天你到底是个什么干部呀?"

"什么干部?"田耀武说,"我是个官儿!回头,我一个命令把他们这些共产党的县长全撤换了!"

"你是个什么官儿,一月能挣多少钱?"俗儿问。

田耀武说:"往小里说吧,也是个专员!"

"是专员大,还是团长大?"老蒋问,他打横坐在炕沿下面,听得很出神。

田耀武正要答话,有人一撩门帘进来,正是高疤!

"呀!"俗儿叫了一声,"你什么时候学得这么偷偷摸摸的,进门连点儿响动也没有!"

高疤一见田耀武,就抓起枪来,大喊着说:"我说这么晚了,还开着大门子,屋里明灯火仗,原来有你这个窝囊废,滚下来!"

田耀武把头一低,钻到炕桌底下去了,桌子上下震动着,酒盅儿,菜盘子乱响,饺子汤流了一炕,俗儿一手按着炕桌,一手抓手巾擦炕单子上的汤水,一只脚使劲蹬着田耀武的脑袋说:"你还是个专员哩,一见阵势儿,就嗦成这个样子。快给我出来!"一边笑着对高疤说:"你白在八路军里学习了,还是这么风火性儿,人家是鹿主席的代表,这一带的专员,来和咱们联络的,交兵打仗,还不斩来使呢,你就这么不懂个礼法儿!"

"哪里联络不了,到他妈的炕上联络!"高疤把手里的盒子在炕桌上一拍,把碟子碗震了二尺多高,饺子像受惊的蝴蝶一样满世界乱飞。

"是你不在家呀!"俗儿说,"人家是专来找你的,人家是张总指挥的代表!"

"谁的裤裆破了,露出个张总指挥来!"高疤说着坐在炕沿上,把炕桌一掀,抓起田耀武来。

有半天的工夫,田耀武才安定下魂儿来。高疤说:"你们过来了有多少人?"

"人倒不多,"田耀武说,"钱带得不少!"

"像我这样的,到你们那里,能弄个什么职位?"高疤问。

"兄弟能保举上校,"田耀武说,"可得把人马枪支全带过去。"

"你做梦吧!"高疤说,"八路军的组织,容你携带着人马枪支逃跑投敌!"

"这要看机会,"田耀武说,"在情况紧张的时候,在日本人进攻的时候!"

"和日本勾手打自己的人,你们是中央军,还是汉奸队?"高疤说。

"这叫曲线救国!"田耀武说,"委员长的指示。"

"你为什么不去找别人,单单来找我?"高疤笑着说,"是特别瞧得起我高疤吗?"

"是呀!"田耀武也敢笑了,"就听说高团长是个人才!"

他接着进行起游说工作来。

三十九

鹿钟麟要到这县里来视察,直接给深泽县政府下了公文,李佩钟向高庆山请示怎么办,高庆山说:"召开群众大会欢迎。"

会场在县政府前面的跑马场上。宣传队在县政府的影壁上用艺术体写好"欢迎鹿主席抗战到底"的标语,每个字有半人高。因为拆除了城墙,这一排大字,离城南八里地都可以看得清清楚楚。

由高翔主持大会,这天早晨,下起蒙蒙的细雨来,城关和四乡的男女自卫队都来了,高翔和他们一同在雨中等候着。

鹿钟麟一直没来,直等到晌午已过,才望见了一队人马。

那真像一位将军。鹿钟麟到了会场上,由四五个随从搀扶下马来,他坐在台上,吸的香烟和喝的水,都是马背上驮来。休息老半天,才慢慢走到台边上讲了几句话,有四个秘书坐在他后边记录着。

因为态度过于庄严,声音又特别小,他讲的话,群众一句也没听懂。群众被那些奇奇怪怪的事物吸引着,从十八里地以外跟来看热闹的老蒋挤到他女儿的身边,小声问:"俗儿,讲话的那是谁呀?"

"鹿主席!"俗儿小声答应。

"他讲的什么?"老蒋说,"怎么我一句也听不懂呀?"

"人家是个大官儿,"俗儿说,"要叫你也能听懂,还有什么值重?"

"对。"老蒋点头儿,"就得是这样。不能像高翔他们一样,蚂蚱打嚏喷,满嘴的庄稼气,讲起话来,像数白菜一样。喂,你说人家刚才喝的那是什么水呀,怎么老远里看着黄澄澄的!"

"花露水。"俗儿说,"你看那瓶瓶儿多好看,拿回家去点灯多好呀!"

鹿钟麟讲完,是张荫梧讲。这个总指挥,用一路太极拳的姿势,走到台边上。他一张嘴,就用唱二花脸的口音,教训起老百姓来,手指着县政府的影壁墙说:"谁出的主意?带那么个尾巴干什么?添那么些个扯鸡巴带蛋的零碎儿有什么用?"

"什么尾巴?"台下的群众问。

"那个标语!"张荫梧大声喊叫,"欢迎鹿主席——这就够了,这就是一句完整的话。干什么还加上个'抗战到底'四个字!"

"你们不抗战到底呀?"群众在台下说,"你们没打算长住呀?喝完那带来的瓶瓶里的水,你们就往回走吗?"

"混账!"张荫梧喊,"在我面前,没你们讲话的权利!"

"你八个混账!"群众也喊叫起来,"我们认识你!"

"把'抗战到底'四个字儿给我擦掉!"张荫梧拧着粗红的脖子退到后边去。

高翔到台边上来,他说:"我们不能擦掉这四个字。这是四个顶要紧的字,假如你们不是来抗战,或者是抗战不到底,我们这些老百姓,就不要淋着雨赶来欢迎你们了!"

"对呀!"台下的群众一齐鼓掌叫好。

"我们欢迎你们抗战,抗战是光荣体面的事情。"高翔说,"虽然在去年七月间,你们一听到日本的炮声就逃走了,我们还是欢迎你们回来,我们还是希望你们抗战到底!"

"报告主席,我讲几句话!"在群众中间,有一个女孩子举起手来,高翔和台下的群众,一齐鼓掌欢迎她。

她把头上的一顶破草帽,推到脊背上去。细小的雨点落在她乌黑的头发上,又滴落到她的肩上。淋湿的小夹袄紧贴着她的身体,站在台前,她把胸脯挺得很高。她说:"我是子午镇的人,我叫春儿。我是一个没依没靠的穷孩子,现在是我们村里妇女自卫队的指导员。我愿意在今天这个会上讲几句话。"

女孩子的热烈真诚的声音,使台下上万人的会场安静下来,人们可以听见,春天的雨点落在树枝草叶上的声音。

"这才过了半年多。"春儿说,"什么事情我们也记得。在去年秋季大水漂天的时候,听见日本人的炮响,官面和军队,有钱和有势力的人都往南逃跑了。这些人,平常日子欺压我们,临走拐带着枪支和钱粮。我们有什么办法?我们当时都说:等死吧。可是天无绝人之路,中国不会亡国,八路军过来了,这是共产党领导的队伍。八路军来了,给我们宣传讲解,我的心才安定下来,才觉得眼前有了活路。坚决抗日!我们老百姓动员起来,武装起来,我们成立了农救会,妇救会,我们站岗放哨,破路拆城,我们学习认字,我们实行民主。从这个时候起,我就想:我们将来有好日子过。我们把日本鬼子赶走了,也不叫那些混账东西们再来压迫我们！打倒日本帝国主义！打倒汉奸投降派！"

群众随着她高举的小拳头呼喊,她从台上跳下来,腰里的手榴弹碰得小洋铁碗叮当乱响,跑到她村的队伍里去。

接着由高庆山指挥,在跑马场里,举行了全县男女自卫队的会操和政治测验。高翔请鹿钟麟和张荫梧参加检阅,虽然一切成绩都很好,这两位官长,像土地庙门口的两座泥胎,站立在台上,却满脸的不高兴。

"半年以来,群众在武装上,在思想上,都进步很快。"高翔说,"这是我们国家,战胜日本帝国主义的强有力的保证！"

两位官长没有说话。

"张先生在事变以前,不是也训练过民团吗？"高翔又问张荫梧,"那时的情形和眼下不同吧？"

"不同。"张荫梧说。他招呼了鹿钟麟一声,就命令手下人把马匹拉过来,气夯夯地跳上马去走了。

"不远送！"群众说笑着,继续进行检阅和测验,春儿带来的自卫队,表演得顶出色。

检阅完了,人们要回去的时候,李佩钟跑过来,叫住了春儿。

"什么事儿呀？"春儿笑着问。

"有句话和你说。"李佩钟拉着她走到广场前边的一棵小槐树下面说,"好久看不见你,我很想你！"

"我也想你。"春儿笑着,一边扬着手冲着她的姐妹们喊："你们头里先走吧,一会儿我赶你们去！"

"这些日子,你在家里净干什么？"李佩钟问。

"不得闲儿,正赶着给军队做鞋。"春儿说。

"上识字班没有？"李佩钟问。

"上哩。"春儿说,"我们村里住着队伍,有个女同志给我们讲书,人们上学的心可盛哩,到得可齐哩！"

"认识多少字了？"李佩钟问。

"说不上来。"春儿说,"反正课本上的字都学会了。"

"田耀武回到你们村里了?"李佩钟一下转了题目。

"嗯。"春儿说,"什么你们村里呀,不也是你的家吗?"

"你把这个带回去,"李佩钟从口袋里,掏出一封信说,"交给田耀武。"

"什么信呀?"春儿拿着信问。

"你不是认识很多字儿了吗?"李佩钟笑着说,"又没有封着口儿,你自己看吧。"

"我不看你们的私信。"春儿笑着把信塞进挂包里。

"不是私信。"李佩钟严肃地说,"是个通知,我要和他离婚了。"

遇见这种事儿,春儿不知道该说什么好。待了一会儿她说:"李同志,还有别的话没有?我该追她们去了。"

李佩钟送她,从拆平的城墙上绕到西关来。天气放晴了,天空跑着云彩,地基上长着一团团的野菜,黄色的小花头顶,吊着水珠儿。

在西关分别的时候,春儿觉得应该安慰安慰女县长,她腼腆地说:"李同志,这以后你就好了!"

说完,她就转身跑到堤坡下面去,遍地是长高的麦子,春儿跑在小道上,像在大海里浮游。白色的云朵掩过太阳,金黄色的跳跃的阳光,从天边那里一直铺到她的身上来。她周围的小麦,乱摇摆着身子。

李佩钟站在高坡上望着她。在年龄上,两个人只差七八岁,应该庆幸,从今以后,不会再有种种苦痛,沾染一个女孩子的心了。

四十

春天,把新鲜的色彩和强烈的情感,加到花草树木的身上和女孩子们的身上。春儿跑了一阵,看看还是追赶不上队伍,就慢慢地走起来。小道两旁,不断有水车叮当响动。有一个改畦的女孩子,比春儿稍微小一点,站在那里,扶着铁铲柄儿打盹。水漫到小道上来了,那匹狡猾的小驴儿也偷偷停下,侧着耳朵,单等小主人的吆喝。

"喂,开了口子了!"春儿站住,叫醒那女孩子。

女孩子一愣,睁开眼四下里看了看,笑着跑过来,慌忙把水堵住,一边吆喝动牲口,一边看着春儿身上的枪支手榴弹说:"检阅完了吗?哪村的第一呀?"

"我们的第一,"春儿说,"四区子午镇!"

"我们村里第几呀,小王庄?"改畦的女孩子指一指身后的村庄。

"小王庄?"春儿仰脖儿想了一想说,"我记不清了,反正不大靠前吧!"

"丢死人了!"改畦的女孩子使劲儿挖开一个畦口,把水引进去,说,"去的时候敲锣打鼓,我看怎么着回来见人吧。"

"你怎么不去?"春儿说,"你不是妇女自卫队员吗?"

"为什么不是?"女孩子说,"我要是去了,就不能落个这样。是我爹不让我去,他叫我浇园,他是个出名儿的老顽固!"

"下次检阅的时候,你务必去吧!"春儿安慰她说,"可热闹哩!"

"就是吧!"女孩子笑着说,"等几天,咱姐妹两个在大会场上见面儿吧!这么热天儿,你不喝口新井水,歇息一下再走吗?"

"喝口就喝口,"春儿跑到井边上,扎下脖子喝了一阵凉水,直起身来擦擦嘴儿,在小驴的屁股上拍了一巴掌才走开了。

一路上,红皮的枣树枝上吐出嫩芽儿来,葫芦蔓儿刚刚爬到架边上,就仰起头来,开了第一朵花。一只怀孕的野兔儿,在麦垄儿里悄悄地跑过,从山地飞到平原来的蓝靛儿鸟,在一片金黄的菜籽地里一起一落。

春儿也忽然困倦起来。她靠着道边一棵大柳树坐下,眼皮打起架来了。

这地方离黄村不远,野地里,有几个小孩子,追赶一只虎不拉鸟儿。他们估计虎不拉儿要在这棵柳树上落脚,一个小孩子就提着拍网奔这里跑来。这孩子长得像个小墩子鼓,来到树下,呼哧呼哧的,在拍网的信子上套上一个大蝼蛄,就往地下一按,正按在春儿的怀里。

"你这是干什么呀?"春儿一惊睁开眼,紧紧抱着她的枪支。

小孩子说:"你挪挪地方睡去吧,我要在这里下网!"

"我碍着你下网了吗?"春儿揉着眼,不高兴地说,"吵了人家的觉,还叫人家给你挪地方!"

"这是我们黄村的地方,"小孩子说,"要睡觉到你家炕头儿上睡去!那里没人撵你!"

"你这孩子说话儿怎么这么霸道?"春儿说,"就分得那么清楚呀?我们不都是中国人呀?我们不都是为了打日本吗?"

"你没有我们老师讲得好。"小孩子一擦鼻子,"快点儿动动吧,鸟儿就要飞过来了!"

春儿勉强站起来,把枪使劲往肩上一抡,虎不拉儿飞过来,刚要落树,吃了一惊,一展翅儿,像箭一样飞到崔家老坟那里去了,小孩子跺起脚来,那几个也围上来叹气,春儿说:"抗日时期,你们不好儿上学,却满世界跑着玩儿!"

"跑着玩儿?"小墩子鼓儿说,"我们这是练习打游击战,看看就要把全部敌人,包围歼灭在这棵柳树下面,想不到完全叫你给破坏了!你是哪村的?干什么背着枪?有通行证吗?"

"没有。"春儿掏掏挂包和口袋儿,笑着说。

"那就到团部去吧!"小墩子鼓儿镇静地说。

"什么团部?"春儿忙问。

"黄村儿童团团部。"孩子们说着围了上来。

春儿有些着慌,她赶紧解释,说是参加检阅去来,小墩子鼓儿说:"那你为什么不和队伍一块行动?不是打算开小差,就是犯了自由主义。"

叫他们逼得没法儿,春儿打算到村里去,这时通城里的道上,跑来一匹马,骑马的战士,一会儿把身子贴在马上,一会儿又直起来,用力抖动着缰绳,孩子们都转过身去看了,春儿早笑得张开了嘴儿,认出那是芒种。

芒种跳下来,问清楚了是怎么回事儿,说:"小同志,你们不认识她呀,今天全县妇女自卫队检阅,她考了第一名!"

"看不透。"小墩子鼓儿说,神色上已经对春儿表示着尊敬。

"我给她证明,"芒种笑着说,"把她交给我吧!"

"那没有问题,"小墩子鼓儿说,"我们认识你。不过我们要给这位女同志提个意见:你在全县的检阅上考了第一,这自然是好,可是根据刚才的事实,你还有两个缺点。"

"哪两个缺点?"春儿问。

"第一,脱离队伍,单独行动,这证明你的组织观念不强。第二,带着武器,在大道旁边睡觉,这证明你的警惕性不高。站在同志的立场上,我们提出这两点意见,不知道你虚心不虚心,接受不接受?"

"接受,我虚心。"春儿笑着和芒种走了。

走出了一截,芒种说:"你是在那里等着我吗?"

"闲话!我怎么知道你来哩?"春儿说,"是和李县长说话儿耽误住了,又叫这群孩子们缠了一阵。你这是干什么去?"

"给司令部送信。你累了,骑上去吧。"芒种把马拉住。

"过了村儿吧!"春儿笑着说。

过了黄村,就着崔家老坟旁边的石头人儿,芒种把春儿扶上马去,春儿试着叫马跑了几步,震得肠子肚子生疼,赶紧停下来。

"你应该习练习练,"芒种赶上去给她拉着缰绳说,"用时不当,当时不用,多学一桩本领,又不担什么沉重。"

"怎么这样颠得慌呀?"春儿皱着眉说,"我在上面坐不住。"

"骑儿遭就好了,"芒种说,"身子放活一点儿,不要光叫马随你,你也要随着它一点儿。"

到了子午镇村边,春儿笑着说:"站住。我下去吧,你骑上办你的公事儿去。"

她从马上跳下来,两腿酸疼,一拐一拐地走,在快进街口的时候,遇见了一个邻舍家的老大娘。大娘从地里回来,提着满满的一篮野菜,里面有马勺菜、老鸹锦、乍乍菜和苣苣菜。

"大娘!"春儿说,"又到哪里弄了这么些新鲜菜来?"

"在崔家老坟那里!"大娘说,"不光菜新鲜,我还看见了桩新鲜事儿哩。"

"什么新鲜事儿呀?"春儿问,"是小孩子们到那里赶雀儿了吗?"

"啊,是一对雀儿哩!"大娘瞅着春儿的脸说,"沿着大道飞过来的!"

"我就没有看见。"春儿说。

"你哪里就看见了,"大娘笑着说,"你只顾骑人家的大马了!"

"唉!"春儿红了脸说,"大娘真会逗笑儿!"

"西庄的花轿铺,把花轿全都拆了。"大娘又说,"你知道吗?"

"不知道呀,"春儿说,"那是为了什么?"

"人家说,以后娶媳妇的,没人再坐花轿了。"大娘说,"打你这兴起,都改成骑大马了!"

"她愿意坐什么就坐什么!"春儿笑着说,"我晚上还没菜吃哩,大娘给我一把苣苣菜!"

"多抓点儿,"大娘把篮子放在地下说,"咱娘儿俩这叫不说不笑,不笑就不热闹。"

春儿怀里抱着一把根儿像奶汁一样白的、叶儿上还带着露水的苣苣菜,跑回家去。

四十一

春儿回到家里,这一晚上睡得很不踏实,白天检阅民兵的场面,还在眼前转,耳朵里不断喊口令的声音。她感到屋子里有些闷热,盛不下她,她不知道,是一种要求战斗的情绪,冲激着她的血液,在年轻的身体里流转。

她听见街上有狗叫,有马蹄的声音,有队伍集合的号令。她坐了起来。

有人拍打门。她穿上衣服出来,从篱笆缝儿里看见芒种拉着一匹马,马用前蹄急躁地踏着地面。

她赶紧开开门,问:"黑更半夜,什么事?"

"司令部要转移了,"芒种说,"明天早晨这里就有战斗!"

"我们哩?"春儿说,"我们妇女自卫队怎么配合?"

"部队已经和地方上开过会,区上会来领导你们,你早一点准备一下吧,我要回城里去了。"

"你快去吧!"春儿说,"明天,我们战场上见吧!"

芒种跳上马走了,队伍从村子的各个街口上开出来,像一条条黑色的线,到村西大场院里去集合。

队伍的前边都有一个老乡带路,农民们像打早起、走夜道一样,轻轻咳嗽着,又要摸出火镰来抽烟,叫战士们小声止住了。

"对!"农民把烟袋又掖在腰里,"那兔崽子们有千里眼!"

听见响动,老百姓都起来了,大人一穿衣服,小孩子也跟着爬起来。家里住着队伍的,男女老少都送到村外来。一路上,话语不断:"同志们,你们在我这里住了一程子,茅草房舍,什么也不方便,好在咱们是一家人,这没说的。你们再走到这里,千万不要忘了我,一定到家里落个脚儿。咱家里没有别的吧,可喝个开水儿,吃个高粱饼子呀,你们又不嫌弃!"

"大伯,我们一定来。"战士们小声说,"大伯回去睡觉吧,天还早哩!"

"你们出兵打仗多么辛苦,我缺那么一会儿觉睡呀?"大伯说,"这一程子,别的倒没什么,就是你大娘嘴碎一点,小孩子好发废,你们没得安生!"

"大娘心眼儿很好,"战士们说,"小兄弟也叫人喜欢,好好叫他上学呀!"

"反正得供给供给。"大伯笑着说,"赶上这个年月,还能不叫他上上学?长大了,也叫他出去,和你们一样打日本!"

"等不到他长大,我们就把日本打跑了!"战士们笑着说。

一直送到场院里,站好了队形,大伯还不断猫着腰跑过去,和战士们小声说话儿,说两句就赶紧退回来。大娘也赶了来,着急巴拉地在一个战士手里塞上了一个热乎乎的大鸡蛋。

"拿着吧!"大娘喘着气儿说,"光着急,怕你们走了,也不知道煮熟了没有,你们趁热儿快吃了吧!"

队伍前面,民运科长正说损失了老乡的什么东西,要折价赔偿的事。一个战士说:"大娘,我们不是给你打了一个小玻璃盆儿吗?我去领钱!"

"快别寒碜!"大娘小声说,"就当你小兄弟打了。"

"老乡们,肃静一些吧,"作战科长讲话了,"过去,我们转移的时候,总是不言一声就走了,使得老乡们惊惶,并且对我们不满。现在我把今天的情况简单分析一下,叫老乡们有个准备。敌人从保定、河间出动,沧石线上也增加了一些兵力。主要的是保定出来的这一股,已经侵占了我们的博野、蠡县、安国三座县城,有向沙河以南地区侵犯的企图。现在沙河和滹沱河里都没有水。我们一定能打退敌人的进犯,可是开头一两天,我们得先和他绕绕圈子,比比脚步!老乡们应该听区上和自卫队的指挥。坚壁东西呀,转移呀,帮助军队打仗呀,地方上都有布置。老乡们,我们再见吧,过几天,我们一同庆贺胜利吧!"

队伍分成两路出发了,全村的老百姓,站在堤坡上,直到最后的一个战士也隐没不见,才回到家去,做战斗的准备。

春儿回到家里,往灯盏里添了些油,小灯立时亮了。她开开小柜,把几件衣服和一匹没织完的布包起来,藏在挖好的一个洞里。把纺车埋在柴草堆里,把粮食装好,背到野外麦地里藏了。看看屋里没有什么要紧的东西,才松了一口气,坐在炕上,她守着灯,整理好她的枪支手榴弹,把干粮装在背包里,披挂好就去集合她的人了。

军队在急行军,他们脚步轻快,带着饱满的战斗的力量。他们在黎明前要绕到敌人的后面去。在蜿蜒曲折的道沟里,他们像雨季的河水,震荡着平原。他们通过村庄,换过向导,绕过枣树林,绕过大壕坑。田野里雾气很重,北斗星低垂着,好像再走几步,就可以抓到它的柄一样。

高庆山的支队,奉命从县城开到五龙堂一带村庄驻扎,他接受了战斗的任务。

指挥部就设在他家那有战斗历史的小屋里,他的父亲和女人都到街里工作去了。在小屋里,他召集区委同志们开了一个会。区委同志们的意见,希望高支队能在这里打一个硬仗,长长抗日的威风。他们说,这样一来,地方上的工作就更好做了。

高庆山说明:目前的形势,还是敌强我弱。我们只能选择有利的时机,打击敌人,在战争的锻炼里,壮大自己的力量。用逐渐的由小到大的胜利,来保持和发扬军民的战斗情绪。他说,"拿句地方上的土话做比方,我们的战略是:'老虎捡蚂蚱墩儿,碎拾掇'!"

四十二

区委连夜召集附近几个村庄的支部书记和武委会主任开会,布置了配合军队作战的任务。高四海担任了侦察组的组长,组员里面有一个女的,就是春儿。

"你要我去干什么呀?"从会场出来,春儿问高四海,"给你们添累赘吗?"

"快到家里打扮一下,我们一块儿去出探,"高四海笑着说,"我知道你是个顶灵通的孩子!"

一老一少,在堤坡小屋里打扮好出来,天刚发亮,高四海背着大柴草筐,破夹袄,系着白搭包。春儿举着红缨大鞭,赶着姐姐家那一群山羊。她的腰里,挂着一个用破布袋片缝成的兜囊,盛着两颗手榴弹和几块硬干粮。

他们估计敌人可能从县城这个方向来,就奔着崔家老坟去。春儿赶着羊在道沟里,老头儿走在道坡沿上,四下里瞭哨着。

四月初,小麦正扬花儿。早晨野外的风很凉,春儿的身上却是燥热,她说:"大伯,前边有动静吗?"

"什么也没有,夜里开了会,连路行人都断绝了!"

"你眼花不眼花?"春儿笑着说,"别叫我和敌人走个碰头儿呀?"

"我眼花你给我去配花镜?"老头儿不高兴地说,"年少别笑白头人!"

到了崔家老坟,老头儿站住说:"我们就在这里安营扎寨,把羊轰上来!"

一丈多高的沟墙,就是山羊也爬不上去,春儿一个个把它们抱起来,老头儿扳着犄角,拉了上去。羊们抖抖身上的土,就跑到坟坎里去吃草了。

老头儿把春儿拉上来。

这是一片大坟地。临道边,有两个老虎样儿的石兽,半截身子埋进土里,嘴上涂满车油泥。有几匹石马也陷在泥土里,山羊们跳到它们的脊背上去玩耍,羊们离开山地和石头,已经快到一年了。

坟地里,密密的芦草有半人高,一排排高大的杨树,没有风,也在哗哗地响。有两只秃尾巴老鹰,立在坟头上,看着人走近了,才慢慢地飞起来。

春儿摇动着大鞭,把羊们赶到芦草深处去。

高四海把草筐放在道沿上,割起芦草来,不断直起身子,瞭望通城里的路。

春儿有些着急,一有风吹草动,她就侧着耳朵听。她听见咚咚的响声,在她身边的一棵大杨树上,有一只啄木鸟儿,展开花丽的翅膀。春儿脱了鞋,光着脚爬到树上去,坐在树杈上瞭望,把手榴弹掏出来,插在啄木鸟的窝洞口上。

"有人来了!"她小声对高四海说,把身子紧贴着树干。

从东边来了一个骑车子的,他在道沟上面,走走站站,看看前边,又看看后面。

路过坟边,他从车子兜儿里掏出一支手枪来。

高四海还是弯着身子割芦草,整整齐齐放到筐里去。

"老头儿!"骑车子的人下来走到他跟前说,"你是哪村的?"

"你问我呀?"高四海直起身子来说,"小村庄,五龙堂的,你打哪里来呀？"

"你不要问！"骑车子的人把手里的枪一扬。

高四海就又弯腰割草。

"你们村里驻着军队没有？"骑车子的人问。

高四海不言一声。

"喂！"骑车子的人喊，"你聋了吗？"

"我不聋。"高四海一边割草一边说，"鸡叫狗咬我全听得见。你不叫我问你，你就也别问我！"

"这老头儿很倔！"骑车子的人把枪又一扬说，"你不怕这个玩意！"

"我不怕，"高四海说，"在我们这一带，凡是拿枪的都是八路军，工作人员。他们从来也不吓唬人，除非是那些汉奸们，可我看着你又不像！"

"我不像吧？我不像一个汉奸吧？"骑车子的人笑着，把枪放在车兜儿里，把车子靠在石兽上。

"不要靠在那上边，那上边有油。"高四海说。

"可不是！你不说，我还没看见哩，"推车子的人把车子往前推了推，靠在高四海身边一棵小树上，转过身来坐在一铺芦草上说，"你这老头儿很好，谁在这老虎嘴里抹了这些油呀！"

"这是一对坏家伙，"高四海也坐下说，"你要不往它身上抹点油儿，它就祸害你，叫你翻车！"

"你们这里的人，也够绝的了，"骑车子的人说，"这样一挖道沟，汽车坦克都不好走，通到你们村里，都是这么深的沟吗？"

"到处一样，"高四海说，"咱这里哪有汽车呀？"

"你们没有，日本人有呀！"骑车子的人说，"一边走一边填沟，你看有多么别扭！"

"他别扭他的吧，用不着替他们发愁。"高四海把烟袋递给骑车子的人说，"谁叫他侵略咱们呀！抽袋烟吧！"

骑车子的人接过烟袋来，低头打火，他没有使惯火镰，老是打不着。高四海伸手从他的车子兜儿里把枪摸出来,坐在屁股底下,说:"来,我给你打吧,你是使自来火儿的手!"

"你算猜着了!"骑车子的人说,"我平常抽的是烟卷儿,可是这两天,什么也买不到。"

"一看你就不像咱乡下人!"高四海又说,"你一定生在大地方!"

"唔!"骑车子的人说,"我是保定府人!"

"你是出来给日本人带路,你一定是个汉奸!"高四海说着站起来。骑车子的人立起来,就去车子兜里抓枪。

高四海把枪一举说:"在这里呢!"

汉奸扑过来要夺,高四海一闪身子,顺劲儿一推,汉奸就栽到一个石老虎身上,亲了个嘴儿,沾了满脸油泥。高四海把他的手背过来说:"你先不用回去给日本报信,就在这里凉快会儿吧!"

他把汉奸的裤带解下来,把汉奸的脑袋硬折过去塞到裤裆里,像打蒲包儿一样,用裤带捆了,推到芦草深处一个狐狸洞口上。

"大爷,你不要活埋我呀!"汉奸在裤裆里说。

"谁家的坟地叫埋汉奸呀?"高四海说,"这叫看瓜园。说实话,你出来干什么?"

"日本人叫我来打探这里有没有八路军,道路儿好走不好走。"汉奸说。

"日本人到了哪里?有多少人马?"高四海问。

"到了新营,"汉奸说,"两辆汽车,二十匹马队,现在也许过了河。"

"走哪条路,奔哪里来?"高四海问。

"就打算走这条路,奔子午镇来。"汉奸说。

"你在树上猴着吧,我去给你姐夫送个信儿,"高四海望着春儿说,"就骑着这辆自行车!"

四十三

高四海把车子拉进道沟里,骑上去歪歪扭扭地走了。

春儿一个人望着通城里的大路。大路上,除去有时飘过一个旋风,拧着沙土和柴草,跳过道沟,跑进麦地,连一只飞鸟儿也看不见。到处的村庄像封闭着,谁家房顶上也没有炊烟。

春儿看着这条路,她想:如果没有敌人,这时候大道上就会有送粪拉土的车辆,有吆喝牲口的声音,有接连的鞭子的响动,有小孩子们去砍草放羊。这样好的天气,也许有妇女们打扮好了,到近处去赶庙会,有男人们带着本钱和行李出外去经营。他们的妻子,一直送到大路边。在这条大路上,经常有热闹红火的迎亲的花轿和鼓乐,那些老年的乐手们,永远在吹奏着轻快和振奋的调子。

她想:假如叫敌人占据了我们的国家,我们就什么也没有了。

春儿揭开手榴弹的盖儿,她看见了日本人的汽车。这孩子头一次看见这种奇怪的车辆,它装载着敌人,凶恶地践踏着家乡的土地。

汽车在道沟旁边的正在扬花的麦地里走,密密的小麦扑倒了,在汽车后面留下了一条长长的委屈痛苦的痕迹。

女孩子震动了一下,她用力咬着嘴唇,一只手紧紧搂着树干,敌人的车辆马匹,像是在她的胸膛上轧过来了!

高四海回来了。

"大伯!"她招呼高四海,"日本人过来了,我们怎么办?"

"不要慌!"高四海把车子草筐藏好,把手枪掖在裤腰带上,脱下鞋来。这老人上树,赛过一匹猿猴,他两只手攀着光滑的大叶杨树身,弓着身子,像走路一样。

"就是送信也来不及了,"春儿着急地说,"我们扔个手榴弹,叫村里知道吧!"

"等我数一数,"高四海一手扳着树枝,探出身子去望着,他说,"敌人数目并不大,不要惊动他!"

"进村烧了房怎么办?"春儿说。

"军队早有准备。这像一个荷包,等它钻进去,我们再收口儿吧!"高四海小声说。

敌人的汽车从坟前面过去,两旁有几十匹马队。他们浑身是土,满脸是汗,他们侵略别人的国家,一步步是走的下到地狱去的道路。高四海和春儿把身子隐在枝叶里。等敌人走到河滩中间的时候,高四海向空中放了三声枪。

那是一段大空地。敌人在阳光照射的白茫茫的沙滩上,像晾在干岸上的鱼。我们的部队在四处的道沟里飞快地运动着。

这只是一小股侦察性质的敌人,高庆山命令直属的一个营在很短的时间把它消灭在河滩里。

战场就在五龙堂村庄的边沿,作战的又都是农民的子弟,五龙堂的老百姓,全围在堤坡后面助威来了。战士从他们身边跑过,老年人小声地鼓励和嘱咐他们。

秋分领导的妇女炊事组,对面站在堤坡里面,一排人捧着烙饼裹鸡蛋,一排人提着开水壶,像戏台上的执事一样。战士们顾不得吃东西,她们只能等候亲人们作战回来。

必须占领那片高高的丘陵起伏的柳坡子地。

芒种的通讯班,抱着一挺轻机枪,跑过一段沙滩,完成了这个任务。

河滩里的敌人四处乱蹿起来,一辆汽车打翻了,另一辆汽车想突围,回到崔家老坟来。春儿在树上看得准准的,扔下了两颗手榴弹,在车厢里炸开了。

全村群众跑出来,帮助打扫了战场,军队进村吃了些东西,就向北方转移了。

四十四

但是,北边的敌情,发生了变化。高疤带领的一团人,奉命驻扎在石佛镇附近一带的小村庄,任务是监视敌人,牵制敌人,在不利的情况下,迅速转移。高疤近来觉得自己在这个支队里,比起别的团长来,有些闷气。支队长一谈就是政治、政策,他对这些全都不感兴趣。他觉得,既是一个军人,就应该在打仗上见高低。很久以来,他就想露一手给大家看看:我高疤的长处,就在这打仗上面。

为了热闹和吃喝方便,他私自带着一营人驻在石佛镇大街上。中午的时候,他听说在子午镇打起来了,并且是直属营打胜了,他越发跃跃欲试起来。敌人从安国县顺着通石佛镇的公路走,道路完全破坏了,敌人就沿着道沟沿走,并不防备附近村庄驻着我们的队伍。这也是敌人兵力较大的表现,高疤却单单把它看成了敌人的弱点,并且生了气,咒骂敌人不把高团长放在眼里,他很想跳到高房上去呐喊一声。他鼓动手下两个连长,带着一部分弟兄们上了房,当敌人的先头部队刚刚爬进他的火力圈的时候,他开了枪,暴露了目标。

高疤的队伍,从成立以来,打过几回高房防守仗,在束鹿县,曾死守一个城镇,一个月的工夫。那都是在混乱时期,他别的杂牌队伍互相吞并的时候。敌人发觉前面有我们的队伍,就好像找到了目标,散开包围过来。敌人火力很强,飞机很快也来了,炮弹炸弹毁了很多房屋,村子着起火来。高疤的队伍,还没有经过这样严重的阵势,支持不住,下面的人对高疤的冒失行为有很多抱怨,意见不一致,有的跟着老百姓逃散到漫天野地里去了。老百姓见他们不能保护自己,反跟着乱跑,不愿意和他们在一起,排斥他们,他们就乱冲乱撞那些妇女孩子,只顾自己逃到前边去。敌人打进了石佛镇北街口,眼看就包围了整个村庄,队伍和老百姓再也撤不出来了。

高庆山接到报告,研究了全部情况。他带领部队,采取极为隐蔽的形式,迅速地转移到了敌人的侧面。派一营兵力,去切断敌人。

芒种和他那一个班,又参加了战斗。他刚刚经历了一次指挥得好的战斗,取得了胜利,光荣和功绩还在鼓舞着他。在路上,他见到那些满脸泥汗,饱受惊慌的妇女孩子们,一种战士的责任感,强烈地冲激着他的心。

他带领一班人,在大洼里准备好,顺道沟翻过大堤。他们的任务是,经过一带菜园,冲进一个坟丛,沿着潴龙河岸,占领石佛镇南街口那座大石桥。现在,园地里的春大麦长得很好,但是也还不能完全隐蔽跃身前进的战士。包围村庄的敌人,正要在桥头会合,遇到芒种他们的袭击,慌乱了一阵。利用这个时机,芒种弯着身子跑到一架水车后面,然后冲到了那个坟丛里面。

不久以前,曾经有一辆敌人的坦克,绕过道沟,冲到这坟地里,几棵碗口粗细、枝叶茂密的榆树,连根折断了。一个坟堆,像被犁过的一样,铲去了一半,这不知是谁家祖先的坟墓。现在,芒种伏在它前边的白石碑座子后面射击,等候弟兄们上来。

前面,还有一段地,就是潴龙河,河两岸,长满芦苇和青草,看不到里面的流水。敌人火力很强,现在芒种他们只能匍匐前进。他们一边射击,一边注意着眼前的每一棵小树,每一丛野草,每一个坑壕。他们觉得,所有祖国大地上生长着的一切,就连那西沉的太阳,河里的泥水,也都和他们的生命,和他们的作战的任务,结合在一起了。

他们紧紧趴在地上,心跳得很厉害,感觉身子下面的大地也在震动。家乡的土地!是你在万分危急,生死存亡的时候,默默地鼓动着你的儿女!当你受到侵辱的时候,你有权利召唤你那最勇敢的儿子前进!

他们跃身抢到河边。然后,一齐把手榴弹投向敌人,占据了石桥,切断了敌人。但是芒种受了伤。

黄昏,炮火笼罩着平原。所有的村庄,都为战争激动着。青年和壮年,都在忙着向导、担架和运输。沿大路的村庄,建立了交通站。夜晚,有一盏隐蔽起来的小红灯挂在街里。受伤的战士们,一躺在担架上,就像回到了家。在路上,抬担架的人宁可碰破自己的脚,也不肯震动伤员,又随时掩盖好被头,不让深夜的露水洒落在伤员的身上。

妇女们分班站在街口上,把担架接过来,抬到站上去。那里有人把烧开的水和煮熟的鸡蛋,送到战士的嘴边。

一路上,不知经过多少村庄,战士们听到的是一种声音。当他们被轻轻的声音唤醒,抬起身子,接受一个打开的生鸡蛋,或是一箸头缠搅着的挂面的时候,他们看见的是姐妹和母亲的容颜。

芒种的腿上受了伤,高庆山把他交给高四海带领的担架队,抬到子午镇春儿家里来休养。

春儿背着两支大枪,跟在担架后面,太阳下山了,地里有一阵阵的风声。她为亲人的受伤担忧,心里又十分兴奋。

她跑到前面去,把屋子打扫了一下,铺好厚厚的被褥。把芒种安排着睡下,把人们送走,她就去请医生了。

子午镇有个西医姓沈,是个外路人,因为和这里的一个女孩子结了婚,就在大街上甜井台旁边丈人家开了一座小药铺。他原来在保定一家医院里拉药抽屉,手艺自然不高,为人可是十分热情。住在丈人头上,更要亲密乡里,不管早起夜晚,谁家有了病人,去个小孩子请他,也从来没有支吾不动的时候,人缘儿很好,过年过节,常有人请他去陪客吃饭。

春儿到他家里,他刚从外村看病回来,在院里解车子上的药匣子,他的女人正坐在灶火坑旁拉风箱做饭哩。一见春儿进来,那女孩子就拍拍身上的土,迎出来说:"快屋里坐吧,大姐!听说你打了胜仗,我正要做点儿好吃的给你庆功哩!"

"谢谢你吧,可是顾不上,"春儿笑着说,"我是来请你们的先生来了!"

"什么蠢先生!"那女孩子笑着说,"不要看他胡子拉碴的了,论乡亲辈儿,他是你妹夫,就叫他的小名儿好了!你就单身一个人,是谁病了呀?"

"是军队上一个通讯班长,"春儿说,"我姐夫让抬到我家里来养着,为了离着你家近,看病方便。"

"那就是芒种哥吧,你快去!"女孩子笑着命令她的丈夫,"不要往下解你那行头了!看病要紧,回来再喂你!"

医生忙着又把药匣子捆好,推着车子跟春儿出来。

"大姐!"那女孩子站在台阶上喊,"这不是外人,你可别给他烧水做饭呀!"

"就是吧!"春儿答应着。

来到家里,春儿放轻了脚步,医生把车子轻轻靠在窗台下,跟着走进屋里。

"他准是睡着了。"春儿说着点上小油灯,走过去照了照,芒种睁着两只大眼醒着哩。

"怎么又醒了,疼吧?"春儿问,"我给你请了先生来了!"

"来,我看看!"医生轻轻掀开了芒种身上的被褥,斜着身子坐在炕沿上,"大姐,你把灯端近点!"

春儿一只手护着灯,弯下身子去。她看见芒种腿上那些血,赶紧转回脸来,强忍住自己的眼泪。

医生给洗了洗污血,涂了些药,春儿把坚壁的新布取出来,扯下一条缠好了。

四十五

春儿送回医生,顺便约好医生的丈母娘来做伴儿。这位大娘,今年五十岁了。她的丈夫和春儿的爹一年下的关东。

她好和人家做伴儿,能全心全意地帮助有困难的人家。夜里,她抱着一条被子过来,指着炕上小声说:"他吃饭了没有?"

"还没有哩,"春儿说,"兵荒马乱的,咱这人家,有什么好做头儿呀?"

"我拿来了一把儿挂面,三个鸡蛋,"大娘打开被子说,"你去给他煮煮!"

春儿添水做好了饭,端到被窝头起,叫芒种吃着,大娘说:"春儿,我嘱咐你:破伤怕响动,最怕铜器,可别再叫那些孩子们到你院子里来扭秧歌了!"

"不怕,"芒种说,"阵地上机关枪大炮都经过了,敲敲锣鼓算什么?"

"不能那样说呀,孩子!"大娘说,"打仗的时候,心里有一股火气,只想打胜了,那是天不怕地不怕的。眼下你是养病呀!"

"大娘怎么说你就怎么听好了,"春儿在一边笑着说,"还顾着抬杠哩！"

"我的伤并不要紧,是支队长一定把我留下来！"芒种叹了一口气,就翻身向里睡去了。

"你跑腾了一天,也睡吧！"大娘上炕对春儿说,"上半夜我来支应着！"

春儿把灯盏移到窗台上,打横儿躺在大娘的身后边。她用力闭着眼睛,一直睡不着,翻了几个身说:"大娘,咱娘儿俩掉换掉换吧,我侍候上半夜！"

"不用掉换,"大娘说,"别看我老了,精神大着哩,三宿几夜的不合眼,我也不觉困,你睡吧！小人儿家,失了觉可不行哩。"

"我睡不着。"春儿说着坐了起来。

"你睡不着,咱娘儿俩就说闲话儿吧。"大娘说。

"那不吵得他慌呀？"春儿指一指芒种,"干熬着两个人干什么,大娘你就先睡会儿吧！"

"那我就睡会儿,"大娘说,"你什么时候困了,什么时候再叫醒我。"

大娘靠着墙,把眼一闭,就轻轻打起呼噜儿来,睡着了。她做起梦来。她梦见芒种的伤养好了,背起枪来对她说:"大娘,这些日子,多亏你照看我,管我冷热,喂我吃喝,拿着黑间当白日,端屎端尿不嫌脏,我一辈子忘不了,我要把你当亲娘看待！"

"那你不要挂意,"大娘对他说,"你打仗是为了谁呀,还不是为你的大娘呀？你只要告诉我你现在到哪里去,什么时候回来就好了！"

"我要到东三省去,"芒种笑着说,"我要一直打到鸭绿江边,把日本鬼子完全消灭！"

"那你等一下,"大娘着急地说,"等我换上双鞋,跟你去！"

"千山万水,大娘去干什么呀？"芒种说。

"我去找你大伯！他走的时候,我的头上插着红花儿,现在头发白了,他还不回来。我要去找他,告诉他说,我们这里,因为有共产党领导,八路军打仗,穷人们全有了活路,年轻小伙子,不用再撇妻撂子受苦下关东,家来过好日子吧!"

"那就走吧,大娘,"芒种搀扶着她,跟在大队后面,走了很远的路,过了多少条河,出了山海关,穿过大森林,一天傍黑,在一间地主人家的场屋里,找到了她的年老的丈夫。

大娘的老眼里流下泪来。

"不知道队伍宿营,找到房子了没有?"芒种翻过身来说。

"睡醒了呀,"春儿笑着说,"还是说梦话?"

"睡醒了。"芒种说。

"大娘睡着了,"春儿说,"可老是说梦话。"

"大娘是个苦命的人,"芒种说,"她家那个大伯,小的时候,和我一样,给人家当小做活的,后来逼得下了关东!比起老一辈儿的人们来,我们是赶上好年月了。"

"俺爹也是在关东呀,"春儿说,"你不要忘了他。"

"我怎么会忘了他哩,"芒种说,"我要好好打仗,一直打到山海关外去,把那里的人民也解放出来,把咱这一带因为穷苦,因为地主豪绅剥削逼迫,失家没业,东流西散的人们全接回来!给他们地种,给他们房子住!"

"这是你的志向呀?"春儿笑着说。

"这是我的头一个志向。"

"第二个志向呢?"春儿问。

"第二个志向更远大,我一下还说不周全。"芒种说,"党会领导我去实现的,我只要永远做在前头,永远不掉队就行了。"

"你是一个共产党员了?"春儿低下身子笑着问。

"嗯。"芒种说,"你有志向没有?"

"为什么没有?"春儿直起身子来说,"你不要小看我!"

"说说你的吧!"芒种说。

"你等我想一想,"春儿昂起头来,"姐姐对我说,村里的支部,就要吸收我入党了,我的志向就是做一个好的共产党员!"

她说着,拉住芒种的发热的手,又轻轻抚摸着他的头。

月亮照到炕上来,三个人的热情和希望,把这间常年冷清的小屋充实了起来。

早晨起来,大娘家去吃饭,春儿撒开了鸡窝儿,抓给它们一把粮食,低声说:"吃饱了,你们就出去玩儿,下蛋也不许叫唤。不要吵闹屋里的人!听见了吗?"

鸡们使劲点着头,赶快吃米。

她照着芒种穿的旧鞋,剪了一双鞋底儿,坐在院当中。一只喜鹊叫着飞到院子里来,她扬着手轻轻把它轰了去。一个好说笑的女人,夹着一抱衣裳来了,蹲在东房凉儿里那块青石板前面,抡起棒槌来。春儿赶紧放下针线跑过去说:

"嫂子!到别人家去捶吧,我家里有个病人!"

"一宿的工夫就忘了,我真是个冒失鬼!"那女人说,"轻些了吗?"

"轻些了!"春儿说,"睡着了。"

"等他醒了,也替我问个好吧!"那女人把衣裳卷起来,提着脚跟走了。临出门又回过头来小声问:"大妹子,你给谁做的鞋呀?"

"给受伤的战士,"春儿说,"等他好了,好穿上找队伍去呀,你不愿意早些把日本鬼子打走吗?"

"看兴得你!"那女人咂咂嘴儿说,"谁说不愿意来呀?"

四十六

高疤不按照命令作战,部队受了很大损失,敌人退走以后,高庆山在石佛镇一家盐店的大院子里,召集支队的干部开会,检讨了这次战役,强调说明在目前形势下的游击战争原则,严厉地批评了高疤,高疤红着脸坐在一边,不服气地说:"扯那些原则当不了飞机大炮,我不懂那个,直截了当地批评我打了败仗就完了!"

"我们要明白打败仗的道理!"高庆山说,"为什么打了败仗?"

"是战士嘛包,武器孬蛋,众寡不敌!"高疤一甩胳膊说,"我高疤在战场上可没有含糊!"

"你是一个团长,一团人的性命在你手里。你不是一个走江湖耍枪卖艺的单身汉,部队受了损失,就证明你不是英雄!"高庆山说。

"那么该杀该砍,就请支队长下命令吧!"高疤低下头去说。

"我要请示上级,"高庆山说,"这次一定送你到路西去学习一个时期。"

散会以后,高疤趁着大家吃饭,一个人到街上来。石佛镇,是南北交通的要道,又是潴龙河的一个热闹码头,大街上有很多店铺,石桥头上有一家小酒馆,门口挂着一只破酒壶,高疤走进去,说:"烫一壶,有菜没有?"

"菜是没有,"跑堂的说,"同志要喝酒,还有昨天剩下的两块豆腐,也许有点儿馊了!"

"拌了来。"高疤一拍桌子坐下。

这桌子正对着朝南的窗子,窗外就是潴龙河,这是一条清水河,水流很安静,水里浮着绿水草。因为左近的人家,长年往河岸上倾倒脏东西,不断有一股臭气扑上来。石桥下系着几只船,也在淘米做饭了。

对岸有一只新油的楼子船,一个女孩子从后舱的小窗口探出身来,一条油黑的大辫子甩到船帮上,穿一件对襟儿的红布小褂,把洗菜的水,泼到河里。她提着水盆,望着小酒馆的窗户。

高疤闷闷地喝着酒,转脸看见了这女孩子,一拧眼眉说:"你看我干什么,想叫我过去吗?"

"你不叫看呀?"女孩子一抽身藏进船舱里去了,菜盆碰在船板上,当的一声。

"怎么了呀?冒失鬼!"一位白头发的老大娘吆喝着,从小窗口伸出头来,"和谁吵嘴?"

"和我吵嘴。"高疤接过来说,"你的女儿多大岁数了啊?"

"十八岁了。"大娘说。

"该寻个婆家了。"高疤笑着说,"穿红挂绿了,船舱里还养得住她吗?"

"女大不中留,"大娘说,"女儿是娘的挂心钩。同志,你多打胜仗吧,把日本打走了,地面太平了,顶马花轿,铜鼓喜炮,热热闹闹的,我把她送出门子去!"

"这个模样儿,该给她寻个带兵的官长……"高疤说。

"对,给她寻个打日本有功的人!"大娘说。

女孩子过来把她的母亲一推,狠狠地把小窗户关上了。高疤听见母女两个在船舱里吵起来。

"你老瞎了眼,"女孩子说,"你和他唠叨什么?"

"人家不是一个八路?"母亲说。

"一个吃败仗的家伙!"女孩子啐了一声,"要不是人家高庆山支队长过来,我们连今晚上的饭也吃不成了!"

"他妈的,"高疤把桌子一拍站起来,"势利眼!"

跑堂赶紧过来,笑着说:"同志,包涵一点儿。赶的时候不巧,今天鬼子出动,高团长指挥得又糟糕,这街上受了大害,油也叫鬼子们吃了,盐也叫汉奸们给抢走了。滋味儿全不对吧?"

"我问你,"高疤小声说,"你们这里有那个地方没有?"

"什么地方?"跑堂的睁大眼睛问。

"解闷儿的地方。"高疤说。

"没有。"跑堂的说,"鬼子刚走,救火的救火,埋人的埋人,这时候哪里还有什么解闷儿的地方?"

"我问你有暗门子没有?"高疤说。

"没有,没有。"跑堂的连忙摆手,"早先,河边上倒是有这等人家,自从成了八路军的地面,那些乱七八糟的人,改造的改造,不学好的就跑到敌人那里去了。同志,你是一个革命军人,怎么打听起这些肮脏事情来?"

"我是调查调查。"高疤说着走出来。

他上了大石桥。蹲在栏杆上面的小石狮子,一个个拧着脑袋望着他。桥下的河水冒着浪花,石桥的一头,还有一片血迹,有一班战士在这里作战牺牲了。

他感到烦躁,拐进河南岸的一家小澡堂里去。这是乡下的小澡堂,十天半月才换一次汤水,屋子里潮湿霉臭,池子里翻搅着白色的泥浆。高疤脱光了跳进去,在雾气腾腾里,踩住了一个胖胖的身子。

"谁呀?"那人像受惊的蛤蟆一样,翻身坐起来,抹着脸上的水说。

"高团长!"高疤大声说,"你看见我进来,为什么不早早躲开,是想绊倒我,叫我喝这口脏水吗?"

"啊,原来是高团长!"那人笑着说,"巧遇,巧遇!"

"你是谁?"高疤问。

"我们在子午镇田大先生家里见过一面。"那人说,"那天我们不是在一张桌子上吃饭来吗?"

"你是白先生?"高疤四脚八叉地仰在水里问,"你不是在保定做事吗?"

"这里是我的家,"那人说,"回来看望看望。"

"这澡堂的掌柜也算胆大,"高疤说,"今天他还开张!"

"我们这是沾的日本人的光,"那个人笑着说,"这是日本人洗过的剩水,我们好久不见了呀,高团长近来一定很得意吧!"

"得意个屁!"高疤在水里翻滚着,像小孩子趴在泥坑里练习游泳,溅了对方一脸水,他也不在意。白先生只好缩到一个角落里,躲避他造成的浪潮,背过脸去说:"没有升官?"

"就要到山沟里受训去了,"高疤说,"还升官!"

"八路军的事情,就是难办!"白先生叹了口气,"耀武这次回来,高团长和他有没有联系?"

"见过一面。"高疤停止了运动,靠在池子边上喘气说。

"听说中央的队伍占了你们县城,"白先生爬过来小声说,"我劝你还是到那边去。在这边永远吃苦受限制,在那边,武装带一披,是要什么有什么。千里做官,为的吃和穿,何苦自己找罪受?当了半辈子团长,又叫去当兵受训,那不是罐里养王八,成心憋人吗?"

"他们怎么占了县城?"高疤也吃了一惊。

"怎么占了?"白先生冷笑说,"这像走棋一样,八路军退一步,中央军就得进一步!空出的地面不占,还到哪里捡这样的便宜去?"

"里外夹攻,那我们不是完了吗?"高疤说。

"可不是完了呗!"白先生说,"日本的来头,你是尝过了,你看人家武器有多凶,人马有多整齐?这还不算完哩,听说各路又增兵不少,非把吕正操完全消灭不可!中央军再一配合,从今以后,八路军再不能在地面上存身了,你只好跟他们到山沟里吃野菜去,你舍得这个地方吗?舍得下你的太太吗?"

"我有点不信。"高疤思想了一会儿说。

"我要骗你,就淹死在这池子里,"白先生把脖子一缩说,"你想一想吧,升官发财,倒是哪头儿炕热?晚过去不如早过去,你要去,我们一块儿走。"

"我穿着八路的军装,路上不大方便吧?"高疤说。

"只要你去,"白先生说,"我家里什么也有。"

四十七

在姓白的家里,高疤换上一套便衣,在灯光下面,对着镜子一照,恢复了他一年前的模样。他脸上的疤一红,叹口气说:"干了一年,原封没动,还是我高疤!"

姓白的站在一边说:"走吧,到那边你就阔起来了!"

由姓白的领着,他俩翻过石佛镇大堤跑了出来,没有遇到岗哨。这样晚了,路上已经断绝了行人,在堤头的一棵老榆树上,有一只夜猫子叫唤。

"我们要先奔子午镇,"姓白的说,"到田大先生那里一下,你也可以顺便告诉家里一声。"

"白先生,"高疤说,"我不明白,你是给日本人做事,还是给中央军做事?"

"其实是一样。"姓白的笑着说,"原先我是投靠了日本的,当了汉奸,觉得有点对不起乡亲。中央军过来,田耀武对我说,我走的路子很对,还推许我是一个识时务有远见的人,叫我也给他们做些事情,这样一来,我的路子更宽,胆量也就更大起来了!"

"我是个粗人,"高疤说,"现在的事情,真有点儿不摸头,从今以后,希望白先生随时指点。"

"其中并没有什么深奥的道理。"姓白的说,"你这样看:中央军和日本,合起来就像一条裤子,我们一边伸进一条腿去走道就行了。这个比方你不懂,我们再打一个:你原先不是一个走黑道的朋友吗?你的目的是偷,是发财。我们不管别人说长道短,不怕官家追捕捉拿,有奶便是娘亲,给钱就是上司,北边的风过来向南边倒倒,东房凉儿没有了,到西房凉里歇去,中国的事情越复杂,我们的前途就越远大!"

"白先生真是一把老手。"高疤说。

"这一篇文叫汉奸论。"姓白的笑着说,"你学会了,就能在中国社会上,成一个不倒翁!"

两个人讲究着到了子午镇村边,由高疤引路,避开自卫队的岗哨,把姓白的送到田大瞎子家门口,他回到俗儿这里来。

田耀武也刚偷偷地回到家里。他的母亲正把李佩钟通知离婚的信,交给他看。田耀武说:"你们不要生气,她夯不了刺儿!"

"人家是县长啊!"他娘说,"衙门口儿是她坐着,还不说个什么就是个什么?天下的新鲜事儿,都叫她行绝了,头回是审公公,二回是捕她父亲,这回是传自己的男人去过堂!"

"她传她的,我不会不去?"田耀武说,"我们不承认她们这份政权。论起官儿来,我比她大着一级哩,我是个专员!我是中央委派的,是正统,她是什么?邪魔歪道,狗尿苔的官儿!"

"对,"田大瞎子说,"不理她这个碴儿!"

"可是哩,"他娘有些怀疑,"你做了官儿,你那衙门口儿在哪里呀,就在咱家这炕头儿上吗?"

"我们就要进攻县城,把她们赶出去,"田耀武说,"这不是白先生来了,你和日本联络了没有?"

"联络过了。"姓白的说,"我还给你们引来了一个向导高疤,明攻明打,恐怕你们进不去,就叫他带头,冒充八路军,赚来这座县城!"

"你们在村里,也要做些工作,"田耀武对他的爹娘说,"要尽量破坏八路军的名誉,在村里,谁抗日积极,就造他的谣言,叫群众不相信他!"

"反对共产党,造八路军的谣言,实在不是一件容易的事。"田大瞎子说,"我研究了一年多,也想不起什么高招儿来。现在不像从前,那时候共产党不公开,红军离咱这有十万八千里,你编排他什么也行。眼下共产党就在村里,八路军就住在各家的炕上,你说他杀人没人信,说他放火看不见烟。村里穷人多,穷人和共产党是水和鱼,分解不开。像我们这样的户,在镇上也不过七八家,就在这七八家里,有很多子弟参加了抗日工作,他们的家属也就跟着变了主张,现在人们的政治又高,你一张嘴,他就先品出你的味儿来了,有话难讲。"

"田大先生的分析,自然有道理。"姓白的说,"可是我们也不能在困难面前认输,群众也有反对他们的时候,妇女出操,碰球开会,演戏扭秧歌,男女混杂,那些当公婆的就不赞成,当丈夫的也有反对的,我们就要看准这些空子,散放谣言,扩张群众对他们的反感。再如征粮的时候,做军鞋的时候,扩兵的时候,都要看机会进行破坏。"

"白先生很有经验,"田耀武介绍说,"他在东三省破坏过抗日联军的工作。"

"常言说,没缝还要下蛆呢,"姓白的说,"有缝你再不下,简直连个苍蝇也不如。干部也好打击,男的积极,你就说他强迫命令,女的积极,你就说她有男女关系,无事生非,捕风捉影,混乱黑白,见水就给他搅成泥汤儿!"

"我看那个叫春儿的,就是个好对象。"田大瞎子说,"咱们那小做活的芒种,是她鼓动着参加了八路军,那天作战受伤,现在她家里养着。我看这就是个好题目,一敲两响,既破坏了八路的名声,又打击了村里的干部!"

"这些事儿,"田耀武的母亲说,"我不好出头,得去找俗儿。"

"就去找她。"姓白的说,"她丈夫成了我们的人,她自然也得是我们的了!"

四十八

医生又来给芒种换药,芒种的伤已经大见轻了,春儿站在一边,笑着说:"先生,你为什么不参加八路军呢?为什么不把自己的手艺贡献给国家呢?"

"年岁大了,"医生收拾着药箱子说,"腿脚又不得劲儿,八路军不要我吧?"

"请都怕请不到哩,"芒种说,"要是先生参加,为了工作方便,我看是应该给一匹马骑的!"

"那你回到队上,就和我姐夫说,"春儿说,"叫先生去参加!"

"先不用,"医生笑着说,"我还得和家里商量商量,一大家子人,全凭我跑动着养活哩!"

"你去了,她们也饿不着,"春儿说,"我那妹子能织能纺,还愁吃穿吗?你不要犹豫了,抗日战争,人人有份,你更不能落后,我们就一言为定吧!"

"不行,不行!"医生有些慌张,"我给芒种同志看病,这不也是抗日的工作?大姐,你不知道,各人家有各人家的困难,她们离开我不行!"

"怎么就不行呀?"春儿说,"你把我们妇女看得太落后了,你才来了几年?你不来,我那妹子,还不是长到了十七八,也没见得饿死吧?"

"不能那么讲,"医生说,"我还得和她商量。"

"和她商量什么,"春儿说,"她能限制你抗日吗?我和她说去!"

医生不再言语,提起药箱子来走了。芒种对春儿说:"你怎么那样急呀?叫人家回去商量商量,安置安置不好吗?你这不是逼人家?"

"怎么算逼他哩?"春儿说,"抗日是光荣的,一听人家动员,应该提脚就走!这样为难哪?"

"那得是一个好党员。"芒种笑着说,"你应该到他家里去,看看人家到底有哪些困难,有哪些地方想不通,帮助他们解决。不能只是一句口号:抗日是光荣的!"

"接受你的意见,"春儿笑着说,"我去找他媳妇儿,这个人惧内,我那个妹子说一句话,管保比圣旨还灵!"

"对了,"芒种说,"你多做些妇女工作,叫她们的眼界放大,心地开展起来,动员参军的工作,就好办多了!"

"你不要小看我们妇女!"春儿说,"你怎么看着我们就心地狭窄,眼界不开呢?男子大汉,自己没有主张,一定得媳妇在枕头边念咒,才去参军吗?"

"那是你自己说的呀,怎么又往我身上推?"芒种说,"实际上是这样,妇女同志在推动参军工作上,起了很大的作用!"

"你自己呢?"春儿笑着,眼睛却看着别的地方。

"我是完全自愿。"芒种笑着说,"自然也不能忘记,你对我有很多的鼓励和帮助。我的意思是,你应该多做些妇女工作,从两方面着手。"

"哪两方面呢?"春儿问。

"一方面是组织她们参加政治和文化的学习,使她们知道抗日战争的道理,我们为什么作战,斗争的结果是怎样。一方面组织她们参加生产。"

"我们这些妇女里,没有二流子,"春儿说,"天天早晨纺,夜里织,看孩子做饭,推碾子捣磨,喂猪喂狗,照顾丈夫公婆。你看,哪一个不是累得头不梳,脚不洗,跟头趔趄,喘不过气儿来?"

"还要组织她们学习种地,"芒种说,"她的男人参军去了,就不再牵挂家里的吃食,地里的庄稼!"

"是你们爱牵挂。"春儿说,"只剩下妇女,我们也不能叫田地荒了!"

"这要做很多工作,"芒种说,"不是你一个人在这屋里保证,就算成功了。要说没有二流子,那更是睁着眼说瞎话。俗儿是一个什么人?"

春儿出来看看阴了天,想先抱下些柴火。她走到柴火垛跟前,听见吱吱的声音,吓了一跳,以为是藏在柴火里的老鼠,下了小耗子,要不就是家雀儿安了窝。她走近一看,在抽去柴火的窝里,有一条绿色的带子拖下来。她一扯带子,掉下一个沉重的包裹来,哇的一声,里面是一个刚刚下生的小孩子。春儿慌得不知道怎样好了。

正好大娘来了,大娘拿着包裹一看,是一个八路军用的绿色挂包,小孩子饿得快断气儿了。

"这是怎么回事?"大娘惊慌地说,"快把他丢到河滩里去!"

"一个活泼的孩子,怎么能丢了?"春儿把他抱到屋里,放在炕上,端来芒种吃剩下的挂面汤,喂了小孩子两口。

"我劝你不要行这个善心,"大娘站在一边说,"这不定是哪个黑心肠的给你安的赃哩!"

"他给我安的什么赃?"春儿说。

"你这孩子!"大娘说,"怎么不解理儿呀?一个十八九的大姑娘,炕上放着一个血娃娃,算是怎么说的呀?"

春儿一下红了脸,没有说话。

"你不去,我去把他扔了!"大娘抱起小孩儿来。

"我不。"春儿说,"我们不能造这个孽,他们给我安赃,安得上吗?"

芒种也不同意把小孩抛弃。他爬起来,端详着小孩子的脸,用手指把一根面条抹到小嘴里去,笑着说:"你们来看,这小人儿长得像谁?"

"我看不出。"春儿说,"管他像谁哩?"

"我看很像老温,"芒种说,"你看这鼻子!"

"瞎说八道,"大娘说,"他一个穷光棍,上哪里弄孩子去?"

"那也说不定,"芒种说,"穷人就不该有个小孩儿吗?"

"别拉闲篇儿了!"大娘说,"你们不愿意扔,就抱到我家里去吧,我七老八十的,他们没的说!"

大娘把小孩子裹好,抱了出来。刚一出门,就看见俗儿从田大瞎子家的房角拐过来,一步一探头,像一个等鱼吃的鹭鸶,大娘赶紧往回一闪。

"闪什么呀大娘,"俗儿笑着走过来,"怕我冲了你们的好运气吗?"

"有什么好运气?"大娘用袖子一盖。

"那么大的玩意,盖得住吗?"俗儿走到跟前,伸手一扯说,"啊,这是谁家新添的大胖娃娃呀?"

"这是拾来的,你不要胡说。"大娘往前走着说。

"从春儿的炕上拾来的吗?"俗儿跟在后边说,"她家炕上躺着一个大八路,怎么又弄出了一个小八路来?哈,还用挂包兜着,这么小人儿,就穿八路军的军装吗?"

"你嘴上留些德性吧,"大娘说,"冤枉了好人可有报应!"

"叫别人听听吧,"俗儿说着拐到大街上去,"整天价在一块儿,我准知道就不能干净,大娘,谁拉的皮条纤呀?"

大娘是个热脸皮的人,又从来不能跟人吵架拌嘴,只好返回来,把遇见俗儿的事和春儿说了:"真倒霉,碰上这么一个扇车嘴,管保嚷得一村子也知道了!"

"不怕她嚷,"春儿说,"我们要调查这件事。"说完就到街上去了。

四十九

俗儿像一个屎壳螂,带着臭气一路嗡嗡着,她的谣言已经发生了影响。有几个妇女围在临街的碾棚门口说话儿,一见春儿过来,就散开进去了,故意拿大腔吆喝拉碾的牲口。春儿走过去,她们又从门口探出身子来。

春儿不理她们,走到医生家里来。医生出去看病了,医生的小媳妇,上下打量着春儿。

"我怎么了?"春儿笑着说,"你在我身上看出什么毛病来了吗?"

"没有。"医生的小媳妇说,"有句话儿,我不能不告诉你。"

"有话说吧。"春儿坐在炕沿上。

"姐姐!"小媳妇站在对面,把手搭在春儿的膝盖上,亲热地说,"咱俩虽然不是紧邻当院,从小像亲姐妹一样。"

"你有什么话,就直截了当说吧,"春儿说,"怎么学起田耀武说话来?"

"我们小时一块儿到人家地里拾麦穗,"小媳妇说,"披着星星出去,戴着月亮回来,歇晌的时候,我们俩坐在一棵柳树下,分着吃一块糠饼子。田大瞎子那老狗,拿着棍子追我们,骂得我们多难听:别叫大麦穗突破了你们的裤裆呀!你还记得吧?"

"记得。"春儿点点头。

"我们穷人家的孩子,要争气。"小媳妇说,"名帖儿要正,脚跟儿要稳,衣服是要自己穿破,不能叫人从背后指点破!"

"我觉得我这当姐姐的,并没有给你丢人!"春儿说。

"我的姐姐,在妇女群儿里,是一个英雄。"小媳妇说,"可是,刚才我听见人们喧嚷,你和芒种哥添了一个私生!"

"你白寻了一个医生男人!"春儿推起她来,说,"那孩子身上还带着脏东西,顶早也是夜里添的,前天我才打过仗,爬到崔家老坟的大杨树尖上。你看我的模样气色,像刚坐了月子的吗?"

"不像呀,"小媳妇说,"可人家都那么说哩。"

"人家怎么说,你就怎样信呀?"春儿说,"我们要把这件事弄清楚,把那些人喷出来的狗血,涂到他们自己的脸上去!"

"这以后我就不信了。"小媳妇笑着说。

"我不是来和你对证这个,是为一件要紧的事。"春儿说。

"是动员你妹夫参军吧?"小媳妇说,"他回到家来,就和我说了。"

春儿说:"国家现在正打仗,前方很缺少他这样的人才,他要是走了,你有什么困难吗?"

"困难是有啊,我那姐姐!"小媳妇说,"头一条是钱,他有这点手艺,地方上的人信服他,推着辆车子绕世界跑,我们的吃穿就不发愁。可是呢,现在我们正打日本,谁也不能光替自己打算,虽说我有这么一条困难,实在并不成问题儿。"

春儿笑了。小媳妇又说:"我家有三亩半地,麦秋两季,他也算得上半个长工。有个阴天下雨,街上一擦一滑的,他替我担桶水。房子漏了,他上去抹点泥。他走了,我去求谁?"

"他走了,"春儿说,"村里要照顾抗属,耕耩收割,有人帮助。你的水瓮里总得常常满着,房顶儿上也不能看见一棵草。"

"我也可以下地。"小媳妇说,"我上房,腿也不会打颤儿。有困难我要不说,不是在姐姐面前作假吗?还有第三件。"

"第三件你也就忍耐着些吧,"春儿笑着说,"等打走了日本鬼子,夫妻们再相会在寒窑前吧。"

"那就叫他去吧。"小媳妇说。

从医生家出来,春儿准备好词儿到识字班去。这一天,妇女们到的很少,来了几个,也不愿意进讲堂,在门口推打吵闹。从来没到过的田大瞎子的老婆,和轻易不来的俗儿,却肩并肩地占据了前边的座儿。

春儿走到讲台上,说:"今天,我来讲一段儿。是和咱们妇女顶有关系的、结婚生小孩子的事儿。"

站在门口的人们一听,都挤进来了,有的笑得捂着嘴,有的用两只手把眼睛也盖起来。

春儿说:"我们常说,托生女人,是上一辈子的罪孽,这自然是迷信话。女人的一辈子,也真是痛苦得不能说。儿女是娘肚子里的一块肉,掏屎擦尿,躲干就湿,恨不得孩子长大成人。当娘的没有不疼孩子的。"

屋子里的人满了,还有很多人挤在窗台外面,推开窗户,伸进脑袋来。

春儿说:"今天我在柴火垛里拾了一个小孩。我心疼那孩子,也心疼那当娘的。为什么要扔孩子呢?也许是家里生活困难,儿女又多,养活不起。也许是因为婚姻不自主,和别人好了,偷偷生了孩子。生活困难,现在政府可以帮助,婚姻不自由,妇救会可以解决。到了这个时候,为什么还按老理儿,忍心扔掉自己的孩子?那当娘的,在家里不知道怎么难过,伤心啼哭呢!"

在讲堂的一个角落里,有一个女人哭起来,她先是用手掩着嘴,后来一仰脖子,大声号叫起来。春儿跑过去,看见是一个寡妇,她的脸焦黄,头上包着一块蓝布,春儿说:"嫂子,你不是早就闹病吗?家去吧!"

"我那亲妹子!"寡妇拉住春儿的手说,"那是我的孩子啊!"

五十

这个寡妇住在东头,平常身子很结实,走路的时候,胸脯儿狠狠往前挺着。她还不过三十岁,家里有两间瓦房,一个小场院。去年秋天,她从水里捞回几个高粱头,放在场里晒干轧了,堆起来。她坐在粮食堆边上,休息一下,准备扬扬。那天闷热,抓一把粮食,扬出去试试,糠皮粮食一同落下来,望望场边的树,树叶儿一点儿动的意思也没有,她叹了口气,天越阴越沉,就要下雨了。

这时长工老温背着张大锄,从地里回来,他在这村里待了好几年,大人孩子全认识,也常和妇女们说笑,路过寡妇的场院,转脸说:"还不快拾掇,雨就过来了。"

"哪里有风啊!"寡妇说,"你有工夫没有,帮我甩出去。"

"有工夫没工夫,这只是三簸箕两簸箕的活儿。"老温说着把锄靠在场边树上,走过来抓起簸箕,收了点粮食颠了颠,站好了位置。寡妇拿着木锨,站在他的旁边。

老温用力把粮食甩出去,很快就扬完了。抓起扫帚来,漫去粮食上的草末儿,用推板推在一块儿,寡妇笑着拿了布袋来。

刚刚装起粮食,大雨就过来了,寡妇赶紧收拾着家具,老温替她把粮食背进小屋。

"全亏你,"寡妇跑进来说,"再晚一点儿,我这个大秋就完了。快擦擦你身上的汗,坐下歇一会儿吧!"

她拉开一领麦秸苫子,铺在地上。雨下得大极了,天昏地暗,房里院里,什么也看不见。

"一个妇道家过日子,就是难。"老温大声说。

"那难呀,就不能提了,"寡妇说,"还算我有人缘儿,你呀,老常哥呀,全肯帮助我。"

"这些活,放在男人身上就不算什么,"老温说,"放在你们身上就难大发了。"

"难得净哭。"寡妇说,"你们也有遭难的事儿呀,缝缝补补的活儿,就拿给我吧!"

老温几次想走,都叫寡妇拦住了,她说:"热身子,叫雨激了,可不行!"

从这一天起,老温和这寡妇发生了爱情。寡妇的肚子大起来,她用布把它缠紧,后来就不愿意出门了。前几天俗儿来她家,冷不防叫她看出来了,俗儿说:"你知道,八路军最恨这个男女关系,知道了,小人要摔死,大人要枪崩。"

寡妇老实,叫她给想个办法,俗儿说:"添下来,你就交给我。"

妇女们叫俗儿和田大瞎子的老婆坦白。田大瞎子的老婆摆肉头阵,站在台上,两手交叉捂着肚子,低着头高低不说话,群众的质问,她当做耳旁风。俗儿顶不住,说了。她说:"那天高疤同着一个姓白的汉奸来了,在田大瞎子家开会,叫我们破坏村里的抗日工作,谁抗日积极就破坏谁的名誉,我和她就想了这个招儿,今后改过,再也不犯了。"

从这件事情,春儿想起来,应该为村里的妇女和儿童们做些工作。她请变吉哥按照乡村的实情,画两套画儿。

听说又请他画画儿,变吉哥很是高兴,他说:"当然,现在是武装抗日第一,可是社会上的落后势力我们也要负责扫除。关于婚姻自主,我可以编排着画,可是关于生小孩子,我就有点外行。"

"这有什么困难,"春儿说,"你可以问问你家我嫂子呀!"

"她知道的那一套,都是我们要改革的对象,"变吉哥说,"关于新的接生法,我得去请教那位医生。"

当天晚上,他支架起做饭的案板,点上油灯,从老婆的梳头匣子里,找出几包颜色就工作起来。

他的创作的环境,并不安静,女人有病,孩子闹得慌。可是他能专心地工作,他对躺在炕上奶着孩子的老婆说:

"你们添孩子,是坐着还是立着?"

"你问那个干什么,"他的老婆笑着说,"这些脏事情,也能上画儿呀?"

"叫你说,什么才能上画儿?"变吉哥问她。

"你还不知道吗?"他的老婆说,"你师傅怎么教你来着?你这些年不都是画的那些神仙、云彩、花鸟和大美人儿吗?"

"那都是为了侍候人,为了吃饭。"变吉哥说,"宣传迷信,粉饰太平,对人民没有什么好处。"

"那你就画吧,"他的老婆说,"我生孩子的时候,不是坐着立着,折腾了半宿吗?"

"那些偷偷和人好了的,怎么处置那肚里的孩子?"变吉哥又问。

"有的用棒槌砸下来,有的用大弯针扎下来,有的请人揉下来,吃药打下来。"他的老婆念叨着,"你这是画的什么呀,我困了,你别再问我了!"

"你先不要睡,"变吉哥说,"你听我说,我打十三岁上,替师傅背行李,学画匠,到现在快三十年了。整天价,风里来,雨里去,在那荒山野寺,面对着粉墙,一笔一画地工作。我专心地学习,千里投师;精细地描画,一笔不苟,饿了打开梢马吃一口剩饭,渴了,提起白铁壶喝一口凉水。身边围着一群光屁股的孩子,指指点点,乱加批评。说好听点儿,我也算个手艺人,说难听一点,简直连要饭的花子也不如!我常想:三百六十行,我为什么选中了这一行?我的工作,对人民有什么好处哩?看见村里的土财主横行霸道,气愤不过,也只能画张黑帖儿,偷偷贴到他家的门口。现在,我才觉得我的工作,是很有价值,很有意义的了。我的画儿可以贴到大街上去,也可以贴到会场上去,它能推动村里的工作,扫除落后和黑暗,助长进步和光明。这两套画儿画好了,贴出去,能改变村里的风俗习惯,能使年轻的姑娘们找到合心如意的丈夫,能叫孩子们长得美丽和胖壮。一想起这个来,你看,我的画儿就越画越精彩了!"

他的女人笑着爬起来,站在他后面,看着他画,一直到夜深。

画儿贴在识字班的讲堂的两面土墙上,妇女们看过婚姻自主的画儿,埋怨着包办婚姻大事的顽固爹娘,咒骂着胡说八道的媒人,又绕到南边去看怎样生养小孩的画儿。一看见一个产妇躺在那里,嗡的一声就返回来,像逃难遇见了情况一样。后来还是你推我,我推你,三四个人拉起手儿来,像过什么危险的关口,红着脸看完了这套画儿,可真长了不少的知识。她们明白,只有积极参加抗日的工作,参加村里的民主建设,参加劳动和生产,学习文化,求得知识,才是妇女们争取解放的道路。

五十一

乡村医生每天来治疗,芒种的伤口渐渐好了。他已经能够在春儿家的小院里走动几步,因为技术和器械的限制,有一小块弹片没有能够取出来,好在他的身体过于强壮,正在发育,青春的血液周流得迅速,新生的肌肉,把它包裹在里面了,他也并不在意。

这天从早晨,就刮起了黄风,初夏的风沙一阵阵地摔打着窗纸。天黑以后,风才渐渐停了,天空又出满了星星。做伴的大娘,吃罢晚饭就来了,和春儿坐在炕头,围着油灯给军队做鞋。芒种靠在被垛上,显得有些烦躁,他说:"春儿,你把那马枪递给我。"

"又干什么?"春儿抬起头来问。

"你和大娘坐开一点,让给我点灯明儿,"芒种坐直了笑着说,"我把它擦整擦整。"

"这就是你的亲人。"春儿爬起身子,从墙上给他摘下枪来,递过去说,"你可忘不了它。小心点儿呀,别走了火,打着我们!"

大娘赶紧靠窗台一闪,说:"黑更半夜,你可摆弄这个干什么?我就怕人们搬枪动斧的!真是,你可留点心,别打着我了。你别看我老了,我还想活到把日本打出去呢!"

"又想把日本打出去,又不叫人拿武器。"芒种笑着说,"你这个大娘呀!"

春儿又从破迎门橱里,找出一个小小的生发油瓶子,摇了摇递给芒种说:"使我们妇女自卫队点擦枪油吧,我说你可省着使,不同你们大部队上,我们就剩瓶底儿上这一点点了。"

芒种在炕尾巴上擦枪,大娘在炕头上一直不安心,不断地回过头去看。春儿说:"你快收拾起来吧。叫大娘把针扎到手指头里去,不能给你们纳鞋底儿,你就不闹了!"

村北头田大瞎子家的狗,忽然叫起来。它先是汪汪了两声,接着就紧叫起来,全村的狗也跟着,叫得很凶。

"听一听!"芒种侧着耳朵说。

春儿和大娘全停下手里的活计。街上乱哄哄的,像是队伍进了村。接着有喊叫骂人的,有走火响枪的,有嗵嗵砸门子的。芒种眉开眼笑地说:"好啊,我们的队伍回来了!"说着爬下炕来,就摸着找他的鞋。

"你先停一下!"春儿小声说,"别是日本进了村吧!"

"那明明是中国人讲话,怎么会是日本?"芒种说。

"那也许是汉奸。"春儿说,"你听听骂得多难听,你听听,八路军有这样叫老百姓的门子的?像砸明火一样!小心没过祸,我去看看吧!"

"你,你也要多加小心呀,"大娘说,"我那老天爷!"

春儿穿上鞋,下炕来,轻轻打开房门。她走到院里,扳着篱笆往外一看,田大瞎子家的外院里,已经是明灯火仗,人和马匹,乱搅搅的成了一团。

她看不见老常和老温。她看见田耀武和三四个人,站在二门的台阶上,喊叫:"快!派人包围村子!"

春儿的心一收缩,"我们那些岗哨哩!"

她赶紧回到屋里。她把情况和芒种说了,芒种判定这是张荫梧的队伍,自己不能留在村里,要冲出去。

春儿说:"你的腿还没好利落,走得动? 也许不要紧吧,我们和他们不是统一战线了吗?"

芒种背上枪,着急地说:"我们信得住自己,可不能相信这些人。他们狼心狗肺,两面三刀,这回一定是编算我们来了,快走!"

"那我也就跟你走!"春儿说。

"要是他们来了,你们就全出去躲躲吧!"大娘说,"我给你们看门,我不怕他们,你们不要看我平常胆小,遇上了,刀撂在脖颈上,我也不含糊!"

开开篱笆门,芒种提着枪走在前面,春儿提着枪跟在后面,叫堤坡掩护着,往西南上走。穿过一段榆树行子,跑进那片大苇坑,已经离开村庄了。

在村西打甓场一圈甓罗儿里,他们遇见了老常。老常正影着身子向村里张望,一见是他们就说:"我就结记着芒种,这就好了!"

"我们那些岗哨哩?"春儿急得跺脚说。

"没有经验,叫他杂种们给蒙混了!"老常说,"他们进了村,还冒充八路军哩!"

"这些人呀! 看不见他们穿的灰色衣服?"春儿说。

"前面来的,都是穿的绿衣服,胳膊上还戴着八路的符号儿哩!"老常说,"搭腔说话的,你们猜是谁?"

"我和他们又不认识,我猜那个干吗!"春儿说。

"是高疤!"老常说,"我看这小子是叛变了。我们不能在这里耽误着,要赶紧到五龙堂,给区上去报信!"

三个人奔着五龙堂来,芒种说:"老常哥,你怎么跑出来的?你听到什么情况吗?"

老常说:"别提了,他们砸门子,我正和老温蹲在牲口屋里学习认字哩。一开门,田耀武和高疤拥进来,老温冲我使了一个眼色,我就想走。后来一想,要看看他们干什么,说什么,就借机会到里院去了两趟,听到田耀武讲:要拿县城。田大瞎子看见我,冷笑了两声,说:老常主任!这里没有你的事儿,先到外边休息一会儿吧,回头我们就要正式谈谈了!我一听事不好,才闪出来。"

"老温哥哩?"芒种说,"他也该出来呀。"

"我出来的时候就很难了,"老常说,"他叫我先走,他说他有一条命支应着他们。我们要快走,去报告区上。"

到了五龙堂,在高四海的小屋里,区委书记听了老常的报告说:"情况十分紧急,敌人正在进行一个政治阴谋。我们城里武装力量很小,准备也不足。我们第一步,要去通知李县长做准备。第二步组织附近各村的民兵武装,打击敌人。"

老常、芒种、春儿担任了进城送信的任务,马上就出发了。区委、高四海去召集民兵。

春儿飞身跑下堤坡,着急地对芒种说:"我们得快一点,得比敌人先到一步,要不就坏事了。可是,你的腿疼不疼?"

"不要紧,"芒种跟上来说,"你路上说话,声音要小一些。"

芒种忍着疼,赶到春儿前边去,在这个情况下面,一个男孩子不愿意落在一个女孩子的后面。老常也迈着大步跟上来。

他们没有走那条通往县城的大道,他们从紧紧傍着这条大道的一条小路走,可以近便一些。就要成熟的、沉重的、带着夜晚的露水的麦穗子,打着他们的腿,芒种在前面,差不多是用一条腿跳着跑。

他们要走到前边,要保卫已经解放了的土地。过了黄村,他们听到了第一声叫明的鸡声,在树林里过宿的小鸟,也在不安地飞动。村庄、树林、道路和麦地都不是在旁观,它们在关切着,它们在警戒着。小路在黑夜里,渐渐变得非常清楚,走起来非常平坦了,家乡要继续战斗,平原鼓励她的亲生的儿女,在黎明之前抗拒那些进犯的、叛变了祖国的敌人。

他们听见田耀武的队伍,已经从子午镇出发了。大道上有乱糟糟的马蹄响。

如果是田耀武先到了,这一带的村庄和人民就又要从白天退回黑夜去,命运就十分悲惨了。如果是芒种和春儿先到了,我们的家乡,就按照这两个孩子的宝贵的理想,铺平它的幸福的道路吧!

芒种和春儿望见了县城,那拆平的城垣,反射着星斗的光辉。

他们三个人的心里,同时一冷。难道拆去这座城墙,他们辛辛苦苦的工作,是做错了吗?无坚可守,今天夜晚,他们怎样来阻击敌人的进攻呢?

五十二

芒种他们先到了。芒种刚刚和守城的几个民兵说明情况,叫春儿和老常快去报告县里,田耀武的几匹马队已经到了跟前。

"站住!口令!"民兵们伏在原来是城门的土岗后面,喊叫起来。

"耳朵叫黄蜡灌了,连自己人的声音也听不出来?我是高团长!"答话的还是高疤。他的马已经上到土坡上来了。

"你回来干什么?"一个民兵问。

"敌情吃紧,"高疤说,"回来防守县城。"

"你后边是什么人?"民兵们问。

"高支队长!"高疤说。

"你是一个叛徒!"芒种喊叫着射击了一枪,高疤的马直直地打了一个立桩,就倒下了。

高疤并没有受伤,吃了一嘴土,跑回田耀武的队伍里去。芒种指挥着几个民兵射击,民兵们的破枪旧子弹不好使唤,枪法又不准,看到敌人的大队,心里又有些害怕,实在抵挡不住,敌人分几路攻进了县城。芒种拼命奔着县政府跑去。

白天,李佩钟用电话和司令部联系了,知道情况紧张。但是她知道的只是日本人有可能从东面向县城进攻,并没想到高疤的叛变和张荫梧匪军的偷袭。县委们分头下乡去做战时的动员,留下她做城关坚壁清野的工作。她看着大车队把公粮拉到城外,又派人把一些重要的犯人押送到乡下去。政府的大多数干部,也都分配下去了。夜晚,她把重要的文件,装到一个白色绣字的挂包里,放在身旁,准备天明以后,到区上去看看。她躺在只剩下木板的床上,要休息一下,就听见了西关附近的枪声。春儿和老常跑了进来,她仓皇地带好文件,挂上手枪跟着他们出来,刚刚走到大堂门口,就遇见了田耀武和高疤。田耀武用手电筒一照,就抱起一支冲锋枪,向她扫射,她把文件投给春儿,倒在了跑马场上。春儿慌手慌脚地投了一颗手榴弹,田耀武和高疤跳开,钻小胡同跑了。

"背着她走!"春儿喊叫着老常,在地上摸着李佩钟的文件包。

老常背起李佩钟,春儿在前边,碰见了芒种,他们和城里的一部分工作人员,一群老百姓,冲出县城来。田耀武的队伍在城里抢夺着商店居民的财物,放起火来。在回来的路上,春儿哭了。她一直跟在老常的后面问:"她要紧不要紧?"

"不要紧吧。"老常觉得李佩钟的伤很重,血不断流到他的手上来。他细心听着,李佩钟的气息虽然微弱,可是她还是活着的。

老常心里非常难过。他亲眼看见是田耀武端着枪打的她。老常想:"这个畜生,平日那样窝囊,对待自己的女人,竟这般毒辣。从今以后,在天地之间,我是不能和田大瞎子这一家人在一起活着了!"

他们把李佩钟放在黄村南边一个小村庄上,找了医生来。春儿叹气说:"我们没有完成任务,还吃了大亏。去的时候,一个拐腿,回来又多了一个伤号。一个是叫日本鬼子打的,一个是叫张荫梧害的!"

他们等候着主力回来,收复县城。

主力并没有过来。这天下午,日本军队没放一枪,就进了县城。田耀武的队伍恭恭敬敬地交代了"防务",就退回到子午镇来,实际上成为敌人的右翼。

他们在镇上,积极地恢复汉奸统治。他们搜查了各个抗日民主团体,逮捕了很多人。砸碎一切抗日的牌示,烧毁文件和报纸,封闭民校。田耀武打发两个护兵,跟在田大瞎子的后面,站在大街十字路口,给村众讲话,要选举村长。村众虽然很多,没有一个人讲话。田大瞎子忽然变得很谦虚了,他说:"你们不要以为我又想上台,我是绝对不干这个的了。八路军在这里的时候,谁给了我气受,他自己知道,可是我绝不记恨。咱们走着瞧吧!可是,你们不要再选我当村长,不要选我。实在没法,你们可以选老蒋,因为这次打出共产党去,光复我们的村庄,是他女婿高疤的功劳!"

田耀武在家里,把长工老温倒吊在牲口屋里的大梁上,下面是牛屎马尿。田耀武拉过长工们的棉被垫着屁股,坐在土炕沿上,手提着一根粗马鞭子,拷问老温的口供。

"你是一个共产党!"田耀武咬着牙说。

"我不是。"老温说。

"老常是不是?"田耀武翻着一只白眼问。

"他是不是我不知道。"老温说。

"你说,你赞成国民党不?"田耀武奸笑着。

"我没见过国民党是什么样儿,"老温说,"你说他们一个人我看看。"

"我就是。"田耀武颠着脑袋说。

"啊!你就是。"老温咬着牙不言语了。

"你怎么不说赞成!"田耀武喊,"你是赞成共产党?"

"共产党我从前也没有看见过。"老温说,"这半年我才见到了。看见了他们的人,也看见了他们的主张行事。日本侵略中国,老百姓心慌没主,共产党过来了,领导着老百姓抗日,就是像我这样的人,心里也有了主张。八路军里面,干部们多是贫苦出身,当兵的也是村中的子弟。办公的讲究说服动员,做官绝不见钱眼开。从他们来了,村里的穷人也有了希望,老弱孤寡有人照顾,妇女们上学识字,明白了好多道理。道路上没有饿倒儿,夜晚没有小偷儿,睡觉全用不着插门。没有放债逼命的,没有图谋诈取的,没有拐儿骗女的。我不知道共产党将来要做什么,就他们眼前的行事儿,我看全都是合乎天理人心的!"

"你还说你不是共产党,这就是你的口供!"田耀武狠狠地说。

"我能问你一件事吗?官长!"老温喘着气说,"现在不是团结起来打日本吗?你们为什么却来抄抗日军队的后路,给日本当开路先锋?"

"混蛋!"田耀武说,"不许你问。我要吊着你,一直到你改口为止。"

"恐怕我这一辈子是不能改口的了。"老温闭上眼睛说。

田大瞎子回到家里,很不以儿子的措施为然。他夺过田耀武的马鞭子说:"东伙一场,不能这样。老温自然对不起我们,我们可不能和他一般见识。你在军队上打人打惯了,当家过日子,可不能全用军队上的规矩。麦子眼看就熟了,老温还得领着人给我收割回来。他这个人,有点认死理是真的,别的倒没有什么,他不过是受了老常的坏调教!快把他放下来!"

张荫梧也到这镇上来了一次,田大瞎子像孝子见了灵牌一样,就差没跪在他的面前问他这回站住站不住。但是,张荫梧脸上并不高兴。虽说今天占了八路军一点点便宜,他心里明白:深武饶安这个地区,已经不是一年以前他所统治的那个样子了,它已经从根本上起了变化,张荫梧说是人心变坏了。

他要犒劳他的军队,叫老百姓杀猪送鸡。老蒋的差事又来了,很忙了一阵,到一个人家,他就说:"我为什么来掏你的鸡窝?你要知道,我是新当选的村长呀!"

"哎呀,你要不卖字号,我可真不知道。"那些人家说,"你顶好是登登报,把你的官衔和你的大号连在一块儿,要不就在脖儿里挂上一个牌子。我刚吃了一肚子稀饭,你别叫我恶心吐了!"

"咱们平日不错,我警告你,"老蒋沉着脸说,"现在可是改了势派,张总指挥就在咱们村里,这不是八路的时候,容许老百姓胡说八道的,你可要自己小心一点!"

"咬不了谁的!"人家冷冷地把他送出来。

张荫梧的队伍,一天一夜的工夫,就改变了子午镇的容貌。这天晚上,有人捡着地下的破衣烂裳痛骂了,有人守着空洞的猪窝啼哭了。街道上,很早就像戒了严一样,家家紧闭大门。小孩子们也惊吓得在母亲怀里哭了,母亲赶紧把奶塞给他,轻声说:"野猫子来了。"

人们偷偷埋藏着东西,谁都明白:这个中央军就是日本鬼子的前探。他们要在子午镇做一次日本进村的演习,我们也赶快做一次坚壁清野吧!

人们感觉:这简直又回到了去年七月间。那时日本离得还远,眼下,强盗就在身旁了!

这一晚,这么大的一个子午镇,只有田大瞎子家和老蒋家热闹。

五十三

给春儿看门的大娘,从春儿他们走了,就用一个大木杈子,把篱笆门顶了个紧,还在外边落了锁。白天,她也不撒鸡窝,抓一把粮食,扔进鸡笼。鸡们不知道村庄发生了严重的变化,那只大花公鸡,到了中午的时候,在笼子里照例长叫了一声。

大娘从屋里跑出来,小声斥责它:"嘘!安静点。外边驻了张荫梧的队伍,他们要进来抓你去拔毛下锅!"

鸡不明白她的意思,不久,它又咯咯地叫了一声。大娘狠狠地踢了鸡笼一脚。

紧跟着,就有生人叫门。还没等大娘跑过去,两个张荫梧的兵,就蹬着篱笆,跳到院子里来了!一个年长,一个年幼,年长的东北口音,年幼的河南口音。

"老婆子,为什么大白日,倒锁上大门?"年长的说。

"听说你们来了。"大娘说。

"我们又不是日本鬼子,你怕啥?"年长的说,"八路军在这里,你们把好吃的拿给他们,把热炕头让给他们。我们来了,还没见面,你就关门子。都是中国的军队,你为什么两般看待,你有鸡吗? 掏出来,慰劳我们!"

"我有一只老公鸡。"大娘说,"你们拿去也可以,谁叫它不看头势,瞎叫唤? 这可不能说是慰劳。"

"我们不辛苦?"年长的说,"我们从东三省跑回大后方,又从大后方跑回你们这里,你敢说我们不辛苦?"

"这么远跑来跑去的,那是干什么呀?"大娘说。

"为了抗日,为了收复失地。"两个兵一齐说。

"你们和日本打过仗吗?"大娘问。

"还没有。"年幼的笑笑说。

"你们收复了多少失地?"大娘又问。

"昨天收复了你们的县城,"年幼的说,"又叫日本占了。这不怨我们,这是总指挥的命令。"

说到这里,两个兵放下大娘不管,自己对答起来。

"他奶奶个熊! 怎么回子事? 咱们从大后方出发的时候,不是说来抗日? 怎么到手的东西,还让给日本?"年幼的问年长的。

"我明白。"年长的说,"我们的上级,从'九一八'起,就一直这样欺骗我们。抗日,抗日,实际上,我也算是十来年的老兵了,我做梦也没有梦见过他们抗日。他们是要打共产党。"

"为什么要打共产党?"年幼的问,"共产党和我们有什么仇?"

"就因为共产党抗日。"年长的说,"你看见了,我们从共产党手里夺了一座县城,就双手交给日本。"

"那我们不成了汉奸队伍吗?"年幼的说。

"谁说不是!"年长的说,"妈拉巴子,这就不要怨老百姓小看我们了!"

大娘在一边听得很入神。她想:有些话,是可以和这两个兵说说了。

"老百姓顶恨的是汉奸,"她笑着说,"顶欢迎的是抗日。人们为什么那样喜欢八路军,就因为他们真心抗日。不瞒你们说,我这小院里,就不断住过八路军,我就是顶喜欢他们。他们不只对待我好,大娘长,大娘短,替我挑水扫院,帮我捡柴推碾,他们还有一条你们没见过的好处,就是官对兵好。我见过那些团长连长,他们看待那些战士,就像亲兄弟。不用说吃穿一样,开会学习在一起,要是哪个弟兄有了个灾枝病叶,那些官长呀,跑前跑后,照看得真比家里人还周到。有些好吃的送来,有些好铺好盖的抱来,知冷知热,安抚劝说。家属们来了,全班的弟兄都欢迎,要是爹娘,就是全班的大伯大娘,要是兄妹,就是全班的哥哥妹妹。我从来没见过这样人情道理的队伍,只凭这一点,我就断定八路军一定能成事,一定能抗日,一定能把老百姓救出来。可是,你们那里怎样,也是像他们这个样儿吗?"

"我们哪!"那个年幼的兵说,"当官的是阎王,当兵的是孙子,你有病,他只恨你不死,好多吃个空名儿!要想对你好,除非你是他的小舅子!"

"我常想,"大娘说,"不当兵便罢,要当兵就当八路军,名誉又好,工作又顺心,老百姓又欢迎,你说哪一条不好呀?"

"你看这位老大娘,"年长的兵说,"比我们那卖膏药的政工队长说的还有道理。大娘呀!你不要见外,我认识你们村里一个人。"

"你认识我们村里的田耀武。"大娘说,"要不就是高疤。你认识他们,我不嫌你恼,我们还是成不了一家人。"

"不是他们。"年长的兵说,"是一个小姑娘。"

大娘没有说话。

"是一个小姑娘。"年长的兵又说,"可惜我没记住她的名字。去年七月,我们的队伍溃散南逃,我掉了队,害怕路上叫人卡了,在高粱地里藏着,好几天没有吃饭。是那位小姑娘看见了我,给我换了便衣,拿了干粮,我才得走路。临走,我把我那支枪送给了她。"

"这样我就知道了,"大娘说,"她是我的小侄女,名叫春儿!你那支枪也早去抗日了。"

"我一直感念她的救命恩情。"年长的兵快活地说,"快请她来见见。"

"她逃出去了。"大娘说。

"为什么逃出去?"年长的兵问。

"因为她抗日,你们进村捕杀抗日的老百姓,她就走了!"大娘说。

"这是从哪里说起?"年长的兵说,"我真对不起她呀。我临走时候说,我要回东北参加抗日联军,走在半路,就又叫国民党抓住,他们欺骗我,说是就要北上抗日。我原想到这里来可以见到救命的恩人,谁想到成了仇家?大娘,我们这些当兵的,和抗日的八路军,并没有一丝一点仇恨。等她回来,你一定替我问候她!走吧。"

"那好办。"大娘给他们开了篱笆门说,"你们还要鸡不要?"

"不要扯我们的臊皮了!"两个兵笑着说。

田耀武继续在村中进行宣传。他叫老蒋召集民众在小学堂开会,半天只到了十几个老头,其中有几个早就聋了。田耀武站在讲台上说:"我们是来消灭共产党的,因为他们不好。他们怎样不好呢?你们是都见到了。从他们来了,把我们的村庄,闹了个天翻地覆。儿子不尊敬老子,媳妇不服从婆婆,穷的不怕富的,做活的不怕当家的。工人也开会,也讲话,也上学识字,也管理村中的事情,这是从来没有的,这是绝对不能容许的。抗日,抗日,抗日是我们政府的事,我们军队的事,你们老百姓瞎嚷嚷什么?国家事用不着你们操心,没看过《空城计》?从今以后,不许老百姓抗日,不许穷人背枪,从今以后,不许工人开会,不许妇女上学,不许唱歌扭秧歌。富的还是富的,穷的还是穷的,男的还是男的,女的还是女的。不能变更,不能不服从。从今天起,取消合理负担,改成按地亩摊派。听到了吗?你们!我是代表蒋委员长讲话。"

他讲完话就走了。老头儿们也就散了,他们的心里很沉重,也很恐怖。因为他们的儿子并没反对过他们，媳妇也还孝顺。家里没有长工，儿子是在别人家当长工。取消合理负担，难道说已经掀去的压在头上的大石头，就又要搬来顶上吗？

五十四

正赶得这样不如意，地里的麦子熟了。去年河南河北全泛水，黑土地白土地里的小麦都很好，沉甸甸的穗子㐄㐄着长，"谷三千，麦六十"，今年随手摘下一穗，在手掌里捻开，就有八十个鼓鼓的大麦粒。麦子身手高大，刀劈斧砍一样整齐，站在地这头一推，那头就动，好像湖面上起了风。

古老传言："争秋夺麦。"麦收的工作，就在平常年月也是短促紧张。今年所害怕的，不只是一场狂风，麦子就会躺在地里，几天阴雨，麦粒就会发霉，也不只担心，地里拾掇不清，耽误了晚田的下种。是因为城里有日本，子午镇有张荫梧，他们都是黄昏时候出来的狼，企图抢劫人民辛苦耕种的丰富收成。

老百姓说，今年的麦子，用不着雇看青的巡夜了，有八只眼睛盯着它，一边是日本和张荫梧，一边是本主和八路军。这几天，城里的敌人，不断用汽车从安国运来空麻袋，在城附近抓牲口碾轧大场。子午镇的村长老蒋，也正在找旧日的花户地亩册子，准备取消合理负担，改成按亩摊派。

敌人是为麦子来的。

抗日县政府指示各区：要组织民兵群众，武装保卫麦收。

指示规定邻近村庄联合收割。芒种和春儿都参加了民兵组织，每天到河口放哨。高四海担任了子午镇和五龙堂的护麦大队长，他的小屋又成了指挥部。

白天收割河南岸的麦子。高四海到各家动员了，秋分又分别动员了那些妇女们。农民们鸡叫的时候就起来，拿着镰刀在堤坡上集合。他们穿着破衣烂裳，戴一顶破草帽，这些草帽不知道经过了多少次紧张的麦秋,抵御过多少次风雨的袭击。高四海从小屋里出来,肩上背一支大枪,腰里别一把镰刀。用过多年的窄窄的镰刀,磨得飞快,它弯弯的,闪着光,交映着那天边下垂的新月。高四海站在队前,只说了几句话,就领着人们下地去了。

这队伍已经按班按排分好,一到指定的地块就动起手来。割得干净,捆得结实,每个人都用出了全身的力量。这不是平日的内部竞赛,这是和对面的两个敌人争夺。胶泥地是割,河滩附近的白土地,就用手拔。抢着拔起的麦子,在光脚板上拍打着,农民们在滚滚尘土里前进。

太阳出来的时候,他们的工作已经进行了一半。大车队在村东村西两条大道上,摇着鞭子飞跑。三股禾叉,在太阳光里闪耀着,把麦子装上大车,运到村里。秋分领导着妇女队,担着瓦罐茅篮,从街口走出,送了中午的饭菜来,也有人担来大桶的新井水。小孩子们也组织起来了,跟在后面,拾起农民们折断和遗漏的麦穗儿。

在五龙堂村里碾了几片打麦场。在场边,放几条大板凳,结实的小伙儿们,光着膀子站在上面,扶着铡刀。大车把麦子卸下来,妇女们抱着麦个儿,送到铡刀口里去。

中午,她们在大场中心撒晒着麦穗。几次翻过摊平,到起响的时候,牵来牲口,套上大碌碡。鞭子挥动,牲口飞跑,碌碡跳跃。她们拿起杈子,挑走麦秸,拉起推板,堆好麦粒。用簸箕扬,用扇车扇,用口袋装起。

晚上,民兵和收割队到河北去。三天三夜,他们把麦子全收割回来,地净场光,装到各家的囤里去了。田野像新剃了头似的,留下遍地麦茬,春苗显露了出来,摇摆着它们那嫩绿的叶子。

我们的军队,正在平原的边界袭击敌人。这是新成立起来的队伍,最初几天,曾经想法避开了敌人的主力。不分昼夜地急行军,跳出了敌人布置的包围圈。对于刚刚参加部队的农民来说,行军就是一种作战准备,在行军中,组织严密了,纪律的感觉加强了,每个战士都要学习判断情况,决定动作,掌握敌人运动的规律,并且看穿它的弱点。

在保定和高阳的公路上,连续袭击了几次敌人。敌人从深泽、安国撤走薄弱的兵力,我们赶在前边,破坏了公路,在唐河附近作战,又消灭了两股敌人。最后,高阳的敌人也撤回保定去了。

当日本鬼子从深泽撤退,民兵武装就开始攻击张荫梧盘踞在子午镇附近的队伍,高疤随着田耀武窜到了冀南地区。

一场患难过去,李佩钟的伤还没好。芒种回到部队上,还住在城里,春儿和老常回了子午镇。

晒麦子的天气,白天焦热,一到夜晚,天空是清朗的,星星是繁密的,风吹过来是凉爽的。五龙堂村边平整光亮的打麦场,是农民们夏季夜晚的休息场所,一吃过夜饭,人们就提着小木凳,或是用新麦秸编制的小蒲墩来了。在场院中间,是一个夜晚也在闪着银光的、发散着香味的高大的麦秸垛。

农民们坐在风凉的地方,恢复白天的疲劳,庆贺护麦的胜利。妇女们刷洗了锅碗,挂上大门,也跟在后面来了。她们一手抱着孩子,一手扯着宽大的麦秸垫子,铺开了坐在男人的后边。孩子躺在怀里,她们拍打着,哼哈着,什么时候孩子睡实着了,就把他放到草垫上去。

这是阖村欢乐的时候,邻居畅谈的时候,然而她们只是静静地听着。夏季的晚风吹拂着妇女们,脚踏着收获过的土地,头顶着明媚的星斗,从这里听到了多少古往今来的战争,知道了多少攻防斗智的故事?为那些悲欢离合的情景,多灾多难的人物,先苦后甜的结局,她们流过多少眼泪,发出过多少轻声的欢笑啊!

虽然都说"听书长智,看戏乱心",乡村的文化生活,很早就有了明显的阶级界限。田大瞎子,在酒足饭饱以后,好在他家的场院上,讲说"三国"。他说这真是一部才子书,他的全部学问,就是从这一部"圣叹外书"得来。可是去听他讲演的,只是村中那些新旧富户,在外面发财的商人,年老退休了的教员。农民们进不去,也不愿意进去,他们都是跑到五龙堂来,听些庄稼玩意。

这几天,五龙堂的打麦场上,变吉哥正在说唱新编的抗日小段。

他说的是梨花调,一定得请高四海来给他伴奏弹弦。高四海很忙,顾不上弄这个。可是那些书迷们,一到天黑,就给他们摆好桌子,放好板凳,还从做饭的大锅里舀来一大壶开水。又有人把鼓板弦子取了来,任凭他怎样推托,也不能不来一段了。

变吉哥说书的兴致是非常高的。这在他也有一套想法:既然自己拔麦手疼,背口袋背不动,赶车牲口夹套,扶犁沟垄不平,能在文化宣传工作上下些工夫讨些彩,不也是十分应该的吗?

所以,每当他唱完一段,说天气不早该休息了,明天还要去耩晚棒子的时候,有几个青年农民说:"变吉哥,不要紧,再来一段。明天一早,我们背上种式去给你耩地,连饭也不吃你的,还不好吗?"

变吉哥,就又抓起壶来,润润嗓子,扬着两块用破碎的犁铧砸成的铁片,叮当地说唱起来了。实际上,你就叫他说个通宵,他也是高兴的。

农民们听得入迷,真是鸦雀无声。直到西北角上变了天,云彩一涌一涌地上来,甚至已经在滴着雨点了,他们还不愿意散。一边往树底下躲,一边说:"说完,说完。下紧了再走!"

其实呀,并没有惊人的场面,离奇的故事。变吉哥不过是把这次五龙堂人们的护麦斗争,稍加编排,添些枝节,大致上是按实情实事说唱一番罢了。

五十五

雨渐渐下紧了,这一场雨,对晚田的播种很有益处。听完变吉哥说书的人们,都往家里跑,妇女们低着头紧扯着衣襟,遮掩住怀里的小孩,男人们把麦秸垫子顶在头上。变吉哥把鼓板揣在怀里,还是扬长地走着,好像他的光头,并不怕风吹雨打。高四海有些抱怨,又心疼他那张旧三弦,只好扯起破棉袍的大襟,包裹住它,这样走起路来,就感到非常不方便了。

他要回堤上去,刚刚走到村口,有人叫住了他。

"四海大哥,慢走。"老温喊着赶上来,"我有个问题和你讨论一下。"

"有什么问题,到我那小屋里细讲。"高四海说,"这么大雨。"

"这个节气的雨并不伤人,"老温说,"像这样的好雨,往常年念经打醮都不容易求下来。真是国民党带来水旱雹灾,八路军占着天时地利,麦收一过,就又催着人们种小苗儿了。我和你讨论一下,我在田大瞎子家这活还做不做?"

高四海说:"不做活,在这青黄不接的时候,到哪里去呢?"

老温说:"我是不想再在这个人家待下去了,这回没叫他们吊死我,难道再等他吊我一回?凭我这年纪力气,就是给人家打短,我看也饿不着,为什么非缠在他家?"

"我也不愿意你在田大瞎子家里。"高四海说,"我是说,要研究一个长远的办法。眼下,我们主要的敌人是日本,我们和田大瞎子的斗争,也是为了抗日。你要是一跺脚走了,对我们的工作,反倒是一个损失。"

"吃他家的饭,他总是当家的,咱总是做活的。"老温说,"在他看来,咱头顶的是他家的,脚踏的也是他家的呢!你就得看他的眉眼,听他的声口。一离开,谁也是一个脑袋,谁也就不比谁矮一截了!"

"村里的工作是多打粮食,支援前线。"高四海说,"田大瞎子,反对抗日,我们偏要抗日,田大瞎子不愿交公粮,我们偏要好好生产,打下粮食,他敢不交?这个时候你辞活,田大瞎子正怕不能得儿的哩。要走,就像芒种,到我们部队上去。村里的工作,有老常他们也就行了。壮大我们的军队,才是最长远的打算。你回去就和老常谈谈吧。"

他们在堤口上分手,高四海上堤回家,有一个女人从堤上跑下来。

"谁呀这是?"高四海往旁边一闪,伸着头问。

"我呀,"那个女人笑着说,"你不认识我?"

"可不是一下听不出来。"高四海说,"这么大雨,你这是干什么去来?"

"去找你家秋分,讨论问题儿。"那个女人说着,脚一滑,就侧着身子溜到平地上来了。

刚刚走到河边上的老温,却听清了这是谁的声音。这声音,即使离得再远一些,说得再轻一些,他也会听得很清楚的。这是和他相好的那个东头的寡妇的声音。

妇女也看见了他,追上来了。她轻轻地说:"喂,你等等我。"

等她走到身边,老温说:"这么大雨,你干什么来了?"

"听说书来呀!"那女人笑着说。

"怎么我没看见你?"老温说。

"我坐在人们的后边。"那女人说。

雨点虽然细小,下得可紧。它滴落得很有力,打在干燥轻松的泥土上,泥土马上就把它吸收了。在眼下,收获了一季的土地,是需要多少雨水啊。春苗们挺直着腰,仰着头,把中间的一张新叶,拧成一个喇叭承接着。突然降落的温暖的雨水,使它们的心胸张开,使它们的身体润湿了。

老温和这个女人,在这样深的夜晚,这样紧密的雨里走着。他们走得很慢,风雨天对他们竟成了难得的时机。走到河滩里,看到那只被日本的炮弹打破,现在修理好了的摆渡船,那女人靠着它坐下来了。她说:"我累极了,歇一歇再走。"

老温对面蹲在她的跟前,摸摸烟袋,想抽一锅烟,想一想又放下了。他说:"你找秋分讨论什么?"

"讨论我和你的事。"那女人说,"这样就算完了呀?我怎么把那孩子抱到街上来?难道叫他在小屋里长大,一辈子不见日头?"

"抱出来怕什么?"老温说。

"那样省事?"女人说,"他娘是我,他爹是谁?"

"人们不是全知道了吗?"老温说。

"知道是知道了,"女人说,"还得办一件事儿。"

"什么事儿?"老温说。

"你要把我娶过去。"女人歪着身子哭了,泪水和雨点一同滴在摆渡船底上。这只摆渡船,每当夏季水涨,两岸相隔,曾经载负着多少男女,渡过了汹涌的河流。

虽然全身已经叫雨水浇湿,女人的眼泪,却一直浇进老温的胸膛里去了。他说:"我要对得起你和孩子。你想,我不愿意把你娶过来?可是,我的家在哪里,难道叫你跟我去打短,在树底下睡觉。"

"我不嫌你穷。"女人说,"跟着你,我沿街讨饭也情甘乐意。再说,眼下也没有要饭讨吃的了。"

"秋分怎么说?"老温仰起头来问。

"她说,过去我们做的事有些缺点。"女人说,"应该先结婚。她又说,这也不完全怨你和我,旧社会里的妇女们,并没有婚姻的自由。现在呢,她劝我和你结婚,她说这对哪方面也好。"

"难就难在我还没有房子地。"老温说。

"这我早就替你打算过了,"女人说,"我家里不是有那么两间瓦屋,几亩碱地?就缺你这么一个人来耕种收拾它哩!"

"那我不干。"老温说,"那不成了倒踏门儿?再说你那当家子们也有话说。"

"他们有什么话?秋分说,妇女今天也有继承权。"女人说,"你的脑筋还没有我开通,为什么净认那些老理儿?"

"我想的更长远一些,"老温说,"眼下顶要紧的是抗日。是要不叫日本和张荫梧再过来,他们一过来,你看还有我们的活路?我现在想的不是结婚,是怎么着辞了活去参加八路。"

"去抗日,那就更好。"女人说,"张荫梧在这里,俗儿不断找寻我,我连门儿也不敢出。你去抗日,我和孩子都有脸面。你的年纪过时不过时?"

"抗日是看的决心,"老温说,"不像找男人看的是年纪。比起芒种来,我自然是老了一些,可是干起活儿来,不比他弱。论打整个牲口,铡个草什么的,他还得让我哩。"

"人家讲究是出兵打仗,"女人笑着说,"又不是当长工。"

"八路军里也有了马队呀。"老温说,"我们就这样决定。"

"就这样决定吧。"女人说,"我们还是得先结了婚。头天晚上过了事,第二天早上,我就送你到队伍上。这不是我落后,这为的是端正我们娘儿们的名声,好有脸见人。"

"你说的也有道理。"老温站起来。

在旷野里,他亲了亲她那只亲近过一次的、现在被幸福和希望烧干了雨水和泪水的脸孔,就分别了。

五十六

老温回到家里,把辞活的事和老常说了,还说了结婚以后就去参军的事,老常说:"不呢,我还是愿意和你就伴儿。我们这些人,离不开土里刨食儿,可是眼下我们又没有自己的土地。既是要参加八路军,那我就不能拦你了。参加军队是根本,只有这样,我们才有长远的指望,不要犹豫,就去吧。这活什么时候辞呢?"

"明天一早就辞。"老温说,"我先在春儿家住两天。"

"那好。"老常说,"眼看四十的人了,虽然我们穷,结婚也是一辈子的大事。要准备准备。咱弟兄俩就伴过十年了,我不能帮衬你什么东西,给新人添箱。可是我有力气,跑前跑后的还行。"

第二天早起,老温给牲口添上几筛子草,把自己的几件破旧衣服,两只鞋子,包裹好了,就找田大瞎子去。田大瞎子说:"老温伙计,这是你不干,可不是我辞你,你要和农会说清楚。按你们的律条是:东辞伙,工资按一年算;伙辞东,就得按月日算。实在说,现在正是农忙的时候,你这一走,真有点撇我的过儿。可是,赶上这个年月,我还有什么说的。回头我看看账,把你的工钱算给你。"

"算出来,你就交给老常哥吧。"老温说着走出来。

田大瞎子跟在后面说:"我们东伙十几年,按实情说,我们谁也没有亏待谁。就说前几天把你吊了一下,使你受了点委屈,那也是耀武的过,现在他走了,你叫我怎么办?咱们都要往长处看,谁也不要记恨这些小节。你走吧,我不送你了,以后,在外边要是混不上吃喝,你就还回来,千万不要不好意思。"

老温说:"不要你结记。我就是饿死在大道边上,也不会再登你家的门限儿!"

"老温,你说的什么话?"田大瞎子说,"真的咱们就有了那么深的仇恨?说话不要往气上顶。我对你明白说了吧,这么几顷罪孽地,我也不想费心经营它了,回头,我想把它贱贱地卖了,不担这个富户的臭名,我也参加农会,到那时,咱们就是一家人了。"

其实,老温早已经走远,他这一套话语,是对送走老温、站在梢门口的老常说的,老常也没有搭言。

老温到了春儿家里,把小包裹往炕上一丢,说:"春儿,我把活辞了,要在你这里吃两天闲饭,行吧?"

"行,太行呗!"春儿高兴地说,"我就去给你做饭。"

"我不能白吃你的饭,"老温笑着说,"我去给咱挑水。"

他挑上水桶,把小瓮灌满。又给春儿抱了柴来,坐下就烧火。春儿一边和面一边笑着说:"打了点麦子,今天叫你吃白馒头。什么时候,我用上这么一个大领青的长工就好了。"

"不要盼那个。"老温说,"用上长工,人就黑了心。"

"我说着玩儿哩,"春儿说,"我是说添上你,我倒轻闲多了。"

"你轻闲不了几天,"老温从灶火里扯出一根火,点着烟说,"回头还得叫你忙活一阵。"

他告诉春儿,要和东头寡妇结婚的事。春儿赞成极了,不过,她为难地说:"这是件大事,恐怕我料理不好,还是请大娘来吧。"

"对,就请她来。"老温说。

春儿带着两手面,去喊叫大娘。叫她赶快过来,有要紧的事儿商量。大娘立刻就来了,一听明白,就问:"合了八字儿?看了好晌儿?"

"不用那个。"老温说,"八个字只剩下四个字:人穷命苦。好晌不用挑,就是五月初五。"

"几乘轿?几个吹打的?"大娘说,"就打着咱们定不起官轿,花轿总得有一乘。至少也得叫四个吹打的,娶场子亲事,连个响动儿也没有可不大好。"

"我看全免了吧,"老温说,"抗日时期,凑合着办了事儿就算了。"

"我不赞成大闹,也不赞成太省事。"春儿说,"今年不同去年,现在咱们是根据地了。我看就请咱村的子弟班来吹唱吹唱,叫他们喝上两盅就是了,也不费什么。"

"他不懂得颜色布丝儿,明天集上,春儿去给他扯点布,做身裤褂。"大娘说。

"行。"春儿答应着,"我再赶着给你做双鞋。"

"那我就成了甩手掌柜的,什么也不管了。"老温笑着说。

五月初五是端阳节。初四那天下午,小孩子们钻到村西大苇坑里去摘苇叶,回来叫母亲包粽子。其实小户人家还是吃不起,子午镇包粽子的不过十来家。春儿整整一夜没有睡觉,直到老常他们赶来两辆大车,老温穿戴好,到东头娶亲去了,她才稍稍休息了一下。

本来订了四个吹鼓手,可是村中的子弟班,自动来了八个人。老常到工会一说老温娶媳妇,那些工人们争着来赶大车,要求拉着老温和新媳妇,围着村子多转几转。

到东头,天还没亮,新人上了车,大车一直转到五龙堂村南里去了。

太阳一露头,听见了大笛吹奏的将军令,大娘和春儿又忙了起来。关于接待新人下车的礼节,春儿和大娘很有一番争执。这是一个后婚儿,按照老理儿,要在新人下车以后,叫两个小伙子抱了大捆的秫秸,跟在她身子后面燎火把,为的赶走她身上带来的邪魔。春儿说那简直是拿着妇女开心,是封建势力对寡妇的残酷虐待。现在婚姻自主了,妇女的人格提高了,要免除这个,叫她像初次结婚时一样受到人们的尊敬,感到快乐。大娘只好依她,免去这一个步骤。

院里挤满了人,新人一下车,大娘和春儿赶紧随她到屋里去,随后就插上了门子。小孩子们在门外顶撞着,爬到窗台上去撕窗纸,吹鼓手们站在院子里,拼命地吹打,四支大笛冲着天空,一低一扬,吹笛的人脸红脖胀,眼珠儿全鼓了出来。

大娘和春儿在屋里忙着,春儿是有些手忙脚乱。大娘为了表现她经手的事儿多,并且还想叫春儿提前见习一下,以备结婚时心里有数,不着惊慌。她把结婚时一些繁重的手续,都加到这个新娘子身上来了。把新人弄得筋疲力尽,大娘才开门出来,鼓乐手们才停止演奏。

院里放上几张方桌,酒菜十分简单,每桌上不过是一斤酒,一碟子绿豆芽儿,一碟子豆腐泡儿。人们喝得很高兴,老常带着老温,一桌一桌地给人们斟了酒,致了谢意。老常说:"酒薄菜少,我想也没人挑他的礼儿。大家多喝几口,也算是给他送行吧,明天,老温兄弟就到部队上去!"

"这样更好。"人们说,"可有一桩,新报名的战士隔不得夜,明天一早,可不许叫新媳妇的大腿压住了!"

"不能,不能。"老温笑着保证。

晚上,老常又套上车,把新人和老温送回东头。大娘和春儿也跟了来,说了一会儿话,替他们端出灯盏带上房门,叫新郎新妇安歇了。

从这一天起,老温就有了老婆孩子。一夜的时间很短,多半辈子在田地里操劳过去的汉子,从窗纸的颜色,看出天就要亮了。从幼年起,他的两只粗手,只是在风沙的田野里,抚摸着青苗和黄谷,泥土和草根;只是在炎热的太阳下面,操持着鞭把和镰把,犁杖和锄头。现在抚摸着的是身边的妻子。从幼年起,在他耳边响动的只有大道上车马的声音,水井边辘轳的声音。现在听到了女人轻轻的嘱咐。除去田大瞎子的吆喝,老少当家们的白眼,在天地之间,原来还有这样可爱的声调和欢喜温柔的眼色。

然而,他还是很早就起来了。穿好他新做的衣裳,告别了新婚的妻子,到城里找芒种去报名参军了。

因为,有了妻子,就有了牵连,也就有了保卫她们的责任。生活幸福,保卫祖国的感情也就更加深了。

五十七

女人把他送出大门来。她一手抱着孩子,一手扶着门框,看着老温走到街上去。她说:"春儿给你做的这身衣服很可体呢,颜色也好。"

"到军队上恐怕就穿不着了。"老温爱惜地轻轻拍着褂子的前襟说,"等我换了军装,有方便的人就把它捎回家来,在外边丢了怪可惜了儿的。"

"衣裳不要丢,也不要忘记我们。这会儿城里不知道还有照相片儿的没有?你要能给我们捎回一张穿着军装照的相来,那多好啊。"女人说。

"照那个干什么,光花钱。"老温说,"家去吧,我这就走了。"

他走到街上来,往东西两头一看。这时候,普通人家还都没有起来,只有村里的长工们,勤谨的农民们,集合出操的男女自卫队员们,开始在街上活动。老温不愿意惊动别人,他很想从小胡同穿到村外去。可是老常正在井台上打水,早就看见他了,三把两把提上水桶,把担子往旁边一扔,大踏步赶过来说:"怎么起得这样早?也没吃点东西?我是说拾掇清了,再去叫你的。咱镇上的工人同志们,约会下要欢送你一下。"

"不要送了吧!"老温笑着说,"大家都很忙。"

"早晨的工夫,忙什么?芒种走的时候,没有热闹一下,那时咱们还没有组织。"老常说着跳到当街一个半截碌碡上,向村西那头扬着手吆喝了一声,几个长工,就都放下水桶跑过来了。

这些长工们,都在壮年,一清早就敞着怀,宽大的胸膛晒得黑黑的,走起路来,拿着摇鞭把赶大车的姿势。他们跑到小学校里,推出那架大鼓来。一个年老的,在后面抡起两根像擀面杖一样粗的鼓槌。

这是惊天动地的音响。使小孩子们,顾不得穿裤子就跑到街上来了,妇女们一手掩着怀也跟出来。男女自卫队,踏着鼓点,迈着坚强的步子,排队过来了。

"欢送老温同志武装上前线!"

在子午镇大街上,是什么力量在鼓动人心,在激励热情,在锻炼铸造保家卫国的决心呢?是谁在领导,是谁在宣传?

"同志们,乡亲们!"老常站在碌碡上说,"老温同志就要去参加咱们的八路军了!他像我们一样,在别人家,辛辛苦苦干了几十年。昨天才成了家,今天就要到队伍上去。这是我们工人弟兄的光荣,这是我们工人弟兄的榜样。他为什么这样做呢?还是叫老温同志自己给我们讲究讲究吧!"他说完,就从碌碡上跳下来。

老温不愿意登台讲话,过去两个长工,差不多是把他抬到碌碡上去。他站稳了,慢慢地说:"我为什么要这样做呢?工人弟兄们会明白我的心思。我糊涂了几十年,从去年七月间到现在,才从一连串的实际事儿里,看出一个道理来。我从共产党八路军这里看见了咱们的明路,日本和张荫梧过来了那就是咱们的死路,只有这个八路军,才能保卫我们的国家,才能赶走日本,只有参加这个八路军,才能解放我们工人和那些受苦受难的人们!"

"老温哥,你先走一步,我们就跟上来!"子午镇十几个长工,围随着老温到村外来。

这样晴朗的天气,大鼓的声音是多么清脆!远近十几里都可以听到了,更何况那侧着耳朵站在小小庭院里的新人?

光荣,随着大锣大鼓的声音,飞到小院里来了,飞到女人的耳朵边、小孩的头顶上。它旋转着,跳动着,长久不能消散,一直到战争的胜利。

到摆渡口,老温才伸着胳膊,把人们拦回去。在五龙堂的堤头上,又有很多人站在那里欢迎他了。

到城里一共是十八里路,在这十八里路上,老温有几十年的感触。到了城里,他才觉得肚里饿了,在十字街口找了一家豆腐脑棚,坐在临街的一张白木桌旁边的板凳上。掌柜的用围裙擦着手过来,老温说:"盛一碗,多加醋蒜!称一斤馒头。"

他掏出烟袋,抽着,望着大街上来往的车马、军队。在过去,无论是赶集上庙,出车走路,他最注意的是车马。牲口的毛色,蹄腿的快慢,掌鞭的手艺,车棚的搭法,车脚的油漆,车轴的响动。今天,他注意的是军队。在他眼里,今天的队伍,已经不像去年冬天。去年冬天,我们的队伍,在服装上还是不么不六,在走动上还是一群一伙,今天的队伍,是服装也一律,步伐也整齐了,枪支的披挂得法,马匹的鞍鞯齐备。

是谁在指挥,是谁在训练?农民们为什么这样快就变成了支持祖国北方的坚强的长城?从今天起,老温也就不是给当家的收割几亩庄稼,看养几匹骡马,他的职责扩大了,他是保卫这一片广大的乡土、关心祖国的前途的人民战士了。

掌柜的端了饭菜来,他慢慢地吃着,还望着南来北往的人们。

北大街通着北关,是从保定来的大道,大街两旁都是客店,门口都还挂着久经风雨的笊篱。现在车马不多,街口上只有两挑卖馒头的柜子,几只卖青菜的筐子。从北边过来一个老年人,他的头发多日不剃,布满风尘,脸晒得很黑,皱纹像一条条的裂口。一身黑色洋布裤褂,被汗水蒸染,有了一片一片的白碱,脚下的鞋,帮儿飞了起来,用麻绳捆在脚背上。这是一位走过远道的人,他已经很疲乏了。可是,看得出来,这是一个好强的汉子,走在人群里,他拿着一种硬架势。从这个架势,老温猜想这也许是一位赶四五套大车的好把式。

老人后面,有一位中年妇女,她穿着一身蓝色洋布裤褂,头上的风尘,脸上的干裂,和老人是一样的,她背着一个黑色的破包袱。

老人走到十字街口,等女人跟了上来,笑着说:"这可就到了,这就到家了,还有十八里路。你看看,这就是我们县里最热闹的西大街,你看那座石牌坊,是明朝的物件哩!"

"那我们就歇息一下子吧。"女人说话是外路口音。

"要歇息歇息,"老人说,"还要吃点儿东西。来,吃碗豆腐脑,我有七八年不吃这家的豆腐脑儿了。"

老人招呼着女人坐在老温对面的板凳上,女人侧着身子把包袱放在脚底下。

老人的口音,老温听着很熟。他仔细看了看,从老人那在高兴的时候、眼睛里的跳动的神采,他认出这原来就是他多年的老伙计,秋分和春儿的父亲吴大印!

"大印哥,是你回来了呀!"

老人站起来看了看,就抓住了老温的两只手。

掌柜的端来两碗豆腐脑,老温说:"再拿二斤馒头来,一块算账。唉呀,大印哥!这咱们可就团圆了,就差你一个人了。"

他拉着吴大印坐在他的身边。大印说:"我出去七八年,没有一天不想念你们。人一年比一年老了,在外边又剩不下个钱,光想回家,可没有盘缠呀!今年听说咱们这里也有了八路军,改了势派,我就一天也待不下去了,走!要饭吃,也要回老家。老弟,这一路真不容易呀,全凭你哥哥从小卖力气,修下的这副腿脚,换换别人,早躺在大道旁边了。老常兄弟好吧,芒种哩?"

"都好。老常哥是咱镇上的工会主任,"老温说,"芒种去年就参加了八路军。我对你说吧,咱这里可大变样儿了,庆山也回来了,是一个支队的司令,你看!"

"你看,"大印对那女人说,"这个支队的司令,就是我们那个大女婿!"

女人正低着头吃饭,抬起头来笑了。老温说:"这是谁?"

"这是,"大印说,"这是你的新嫂子。出外七八年,这算是那落头。"

"我们这里的妇女可提高了,到镇上就要参加妇女抗日救国会哩,"老温高兴地说,"春儿就是主任!"

"春儿,就是咱们那小闺女。"大印又对女人介绍。

五十八

在县城里,吴大印知道了村里的很多事情,故乡的新的变化,在他的心里已经形成了一个约略的轮廓。老温也和他谈了自己结婚,现在就去参军的事。直到天快晌午,豆腐脑棚的买卖忙上来,他们才分手告别。

吴大印领着女人回子午镇去,这十八里路,他走得非常快,女人得时时喊叫他等一等。

起响以后,他们到了子午镇的东街口。墙院还是旧墙院,堤埝上的柳树高密了。乡亲还是旧乡亲,子午镇的男女老幼都集在十字街口的广场上。用碾场的碌碡支着台板,搭起来的席棚里,挂着宽大鲜红的幕布。它不像是庙会演戏,台上没有锣鼓胡琴的响动,台下没有各种叫卖的嘈杂。在席棚附近是严肃的、紧张的,好像在讨论什么要紧的事情。

一进街口,两个背枪的青年民兵,就把吴大印拦住了,虽然吴大印笑着说这里就是他的家,并且还能指着叫出一个民兵的小名,知道他是谁家的孩子。可是因为他身上带来的过多的风尘,身后女人的远方打扮和外路口音,使得两个青年查问得越发紧了。

十字街口的席棚那里,有人在讲话,尖利又带些娇嫩的声音,传到村外来了,吴大印望见那里,是一个女孩子站在台上。

"那讲话的不是春儿?"他对两个青年民兵说,"我就是她爹!"

两个民兵才好像想了起来。一个民兵带他们到会场上去,在路上,这个青年也不肯安静,不住地用鞋尖踢着道沟边上的土块,说:"走这么远路,怎么你就不开个路条呢?"

"没有路条,我能从关外飞回来?"吴大印兴奋地说,"到了自己家门,我就该是活路条,谁知道碰上了你们两个年轻的,偏不认识我,论乡亲辈儿,你该跟我叫爷爷呢!"

"咳!"青年民兵一拧身子,把枪支换到另一个肩膀上说,"你就算我的亲爷爷,出外这些年,回来也要查问查问哩!你们先在这里站一站,不要搅乱了会场。等妇女主任讲完了话,我再去给你通报。"

吴大印和女人只好靠着墙站住。他提着脚跟,望着自己的女儿,想听听她在白话什么。

"妇女同志们,"春儿在台上正讲得高兴,"今天这个大会,是个选举会,选举村长和村政权委员们的大会。我们选举的村长,是抗日的村长,是坚决抗日的人,是誓死不当汉奸的人。选他出来,好领导我们抗日。我们妇女,在过去不能参加选举,就是穷门小户的男人,也不能参加选举。过去的村长,都是几个人唧咕成的,他们财大气粗,可是不给老百姓办事。今天参加选举,是我们妇女的权利提高了,我们绝对不能马虎,要在心里过一下,看谁抗日坚决,就选举谁!"

春儿讲完话,就退到后面去。这一回站到台前来的是老常。老常在台前这一站的姿势,引起了吴大印一段亲切的回忆:在从前,乡村演唱大戏,总得请上几个管台的人,管台的工作,是维持台下的秩序。乡下人看戏,要拼着全部力气和一身大汗。戏唱到热闹中间,比如《小放牛》唱到牧童和小姑娘对舞对唱,《喜荣归》唱到花头一手叉腰一手扬着花手绢来回踏碎步,《柜中缘》唱到哥哥要开柜、妹妹不让开的时候,台下就像突然遇到狂风的河水一样,乱挤乱动起来。那些年轻力壮的小伙子们,讲究看戏扒台板,就像城里的阔人,听戏要占前五排一样。他们通常是把小褂一扎,三五个人一牵手,就从人群里挤进去。挤到戏台前边,双手一扒台板,然后用千钧的力量一撅屁股,这一动作,往后可以使整个台下的人群向后一推,摧折两手粗的杉篙,压倒照棚外的小贩,往前可以使戏台摇摇欲坠,演员失色,锣鼓失声。当这个时候,管台的人,就站到台前边来了,他们一手提着烟袋荷包,一手一按一扬地喊:"乡亲们!这是和谁过不去呀?还看不看戏呀!"

态度既从容又急迫。这样台下就会渐渐安静起来,管台的笑一笑,又退回打锣鼓的后面,抽着烟看戏去了。

这种角色并不好当,第一要有人缘,第二要有涵养,第三要人佩服。面对着动乱的群众,他负责的显然是临阵指挥的工作。但是今天他的老伙计来到台前,并不是为了台下挤。

台下的人正在鼓掌,人们问什么话,老常笑着解答着。吴大印等不及,他说:"我可以过去了吧?"

"还得等一等,就要选举了。"青年民兵说,"我也要去投一张票哩!"

"我们也要去投票呀,"吴大印说,"赶上了,还能放过去?我当了一辈子长工,还没有参加过村长选举哩!"

"你刚来,你知道选谁?"青年民兵说,"允许不允许你投票,我还得去问问呢!"

青年民兵说着就到台那里去了。这时台下放上了几张桌子,每个桌子有一位写票的,一位监视的。工农妇青,都按小组编好,拿着票到桌子前边,轻轻说明自己要选的村长,写好了,再投进台前的票箱里去。

那个青年民兵只顾自己投票,一直没有回来。吴大印着急,自己走过去了。春儿第一个看见,从台上跳下来。吴大印说:"春儿,别的事家去再说,我要写一张票!"

群众决定让新回到家乡来的吴大印参加选举,发给了他一张票。吴大印拿着票走到写票桌跟前,写票员小声问他:"你选谁?"

"我选老常。"吴大印说。

"他的大名叫常德兴。"写票员笑着说,"你真有眼力呀!"

选举的结果,老常当选了子午镇的抗日村长。老常站到台前来,讲了话,做了抗日的动员。去年冬天,高庆山在地里和他谈话,说工人可以当村长,他当做一个笑话听。现在,这是一个事实,不容他推托,他要担负起这艰难沉重的工作。最后,他约请他的老伙计吴大印发表一点回到家来的感想。

吴大印站到台上去说他的感想。他说,他出外不久,那里就叫日本占了,农民们更不能过活。在那里很受了几年苦,回来的时候,日本人又占了我们很多地方,他只能挑选偏僻的道儿走,整整走了三个月。可也见到很多新鲜事儿,在我们国家的广大地面上,不管是铁路两旁,平原村镇,山野森林,湖泊港汊,都有我们的游击队。凡是八路军到的地方,农民们就组织了抗日的团体,建立了大大小小的根据地。这些根据地,有时看着并不相连,有时又被敌人切断,可是,它们实际上是叫一条线连接着,这就是八路军坚决抗日的主张,广泛动员人民参加抗日的政策。他知道这条线通得很远,它从陕北延安毛主席那里开始,一直通到鸭绿江岸的游击队身上。他想,这条线,现在是袭击敌人的线,动员群众的线,建立抗日政权的线,以后,我们就会沿着这条线赶走日本。回到家来,看到村里的热烈的抗日气象,他要告诉大家的是:像我们这样同心协力坚决抗日的地面,是很宽广很强大的了。他要求参加村里的抗日工作。

在他讲话的时候,人们都往台前挤,高四海和秋分也赶来了。只有田大瞎子和老蒋退到远远的地方,低着头抽起烟来,好像不爱听。这一天,春儿家里,亲人团聚。一年以来,在子午镇和五龙堂,发生了很多变化,过去流散在外的,像高庆山、高翔、吴大印,全都回来了,像芒种、老温,成群结队地从村里走出去抗日去了。无论是回来和出去,分离和团聚,都是存了保卫乡土、赶走日本的一片热心的。

也有那走了又回来,回来又走了的,像田耀武和高疤。因为他们并不保卫乡土,只知道闹摩擦,乡土也就不再需要他们,不再在他们身上寄托任何的希望了。

五十九

这天下午,秋分又给爹娘送了一小笸箩白面来。临走,叫出春儿去说:"你的好日子到了,今天晚上。"

"在哪里呀?"春儿笑着问,她的脸有些发红。

"在我们家里,吃过晚饭,你就赶快去吧!"秋分说。

"为什么在你们家里,"春儿问,"我们村里没有共产党呀?"

"眼下,因为党员还少,两个村子合着成立了一个支部。"秋分说,"看你,哪村不是一样呀,普天下的共产党还是一家人哩,别说一条河隔不开,就是国家的边界也分不开、割不断呀?"

"还要开大会吗?"春儿问,"叫我讲话不? 姐姐,你告诉我,到时候该说些什么呀?"

"从今以后,我们就是革命的同志,"秋分说,"同志的关系和姐妹不同。它比起姐妹来,还要亲密。讲什么话,要出自你的心里,能叫别人教呀?"

春儿点了点头,姐姐走了。

春儿的心里,忽然觉得沉重起来。她想到入党不仅是高兴的事,从今天起,她是负起一种责任来了。一种重大的责任,她的生命,成了党的生命的一部分。党对人民所负的责任,她也要分担。她已经把自己的青春和将来,交给了党。党就要培养自己,使自己的生命发挥出最大的力量,完成最光彩最高尚的任务。

她告诉爹和娘,就到五龙堂来。

天快黑了,有三片红色的云彩留在西边的天空里。遍地是庄稼,一只鸟儿衔着一条青虫,正在吐着穗子的密密的谷丛上面飞腾,里面有新出卵壳的小鸟在啾啾叫唤。玉米棒子吐出的红绒花,鲜艳得像结婚的新娘子头上的花朵。小道旁边的园子里,已经搭起一个新窝棚,一对年轻的夫妻,并排坐在上面,把光着的脚板垂下来,共同看守着他们那已经结成的碗口大小的甜瓜。

"开园了吗?"春儿望着他们笑着说。

"还没有,"窝棚上的媳妇说,"瓜是熟好了,就等一个有福分的人了!"

"你还没有福分吗,"春儿说,"看乐得你快钻上冒天云儿里去了。"

那丈夫轻轻推了媳妇一下,那媳妇就笑着跳下来,摘下躺在垄沟边上的一个黄皮大甜瓜,跑到春儿跟前说:"今年算赶上吉幸了,你的小嘴儿顶有福,就请给我们开园!"

"我有什么福呀?"春儿说。

"我看准了,"那媳妇说,"你今天一定有喜事。你吃了我们这瓜,管保我们今年能做好买卖,瓜园里,不涝不旱,不闹地羊,不出虫子!"

"好吧,恭喜你小两口儿发财,"春儿接过瓜来,打开就吃,"地羊虫子是你们管着,我只管不叫日本鬼子来糟蹋你们的瓜就行了!"

"我说你是顶有用,顶能叫我们幸福的人么!"媳妇高兴地跑回窝棚里去了。

一路吃着甜瓜,春儿也很高兴,她回头望望,那一对夫妻说笑着钻到窝棚里睡觉去了。春儿觉得脚下的土地,头上的天空,庄稼和人民,都在自己的身上,寄托着亲密的希望。

春儿过了河,上了堤坡,天空出现了那颗大明星。姐姐正在小屋门口等着,领她到屋里去。

炕上地下全打扫了,靠南边的小窗户,摆好一张桌子,变吉哥正装饰着他画的毛主席像。一盏明亮的灯放在窗台上。

高四海严肃地望着毛主席的画像。变吉哥安排好了,回过头来笑着说:"大伯,你知道画这张像多为难呀,遇见从延安来的人我就打听,有没有毛主席的相片,后来还是庆山哥给我借来了一张,是一位参加过长征的老战士保存的,我高兴极了,买了好纸张、好笔墨,等到晚上,老婆孩子全睡下了,我安安静静地画,整整画了三宿才成功,你们看画得怎样?"

"画得好,"高四海点头说,"他在望着我们,在鼓励我们,他经过了多年的艰苦的斗争,把党的事业领导到胜利。这些情景,从你的画像上,全可以看出来!"

"那样啊!"变吉哥高兴得红了脸,激动起来说,"大伯最能批评我的作品,秋分同志,你说哩,我愿意听听你的意见。"

"是好。"秋分说,"面对着这张画像,就像毛主席亲自在前面指引我们!"

"春儿,你说说!"变吉哥说,"是为了你入党,我才精心画的呀!"

"我心里高兴极了,"春儿笑着说,"从今天起,毛主席来领导我这个穷孩子了!"

"那我们开会吧,"变吉哥立正了说,"我先向春儿同志介绍:高四海同志是五龙堂子午镇中国共产党的支部书记,我是支部的宣传委员,秋分同志是组织委员。同志们,我们今天举行春儿同志入党的仪式。我们接受春儿入党,因为她是敢于反抗地主压迫的雇农吴大印的女儿,因为她在抗日战争中勇敢负责地工作,对党热情和忠诚。"

高四海讲话说:"春儿!你还年轻,你要知道我们党的历史,要想念那些为党艰苦地工作和英勇地牺牲的人们,秋分!你把我保存的那面红旗取出来!"

秋分打开一只破旧的红油板箱,取出那面旗来。这是十二年以前农民暴动的时候,高庆山打着的旗帜。庆山把它插在堤坡上,在它的下面抵抗围攻的敌人,胸部的鲜血,染紫了红旗的一角。庆山出走以后,高四海叫秋分把它保藏了起来。它仍然完整,颜色凝重,十几年来,它不停地在这一带人民的心里招展。

高四海把红旗铺展在春儿前面的桌案上,它带着当年滹沱河边的风暴,壮烈的斗争和鲜明的理想,和这个女孩子的热情结合了。

春儿举起右手来,安静有力地说:"我要做一个好的忠诚的、积极斗争不怕牺牲的党员!"

会后,高四海又谈了谈子午镇的政治情况,把党员介绍给春儿,把她编在老常领导的小组里。

回去的时候,姐姐送她,在河滩里,慢慢告诉她以后应该怎样做工作,怎样团结群众和领导群众。

六十

高庆山支队原有的骑兵连,新近扩充成了一个骑兵团,芒种是个班长。老温参加部队以后,就在这个班里当了一名骑兵。他原来要求并不高,就是当马夫也乐意,可是到班里以后,芒种发给他一支新马枪,还把全班最好的一匹小青马交给他骑。在我们的部队里,对于新来的战士,就像对待最小的弟弟,是什么也要让他挑选的,虽然按年纪说,老温在这一班里是最大的了。

老温看养和驾驭了二十多年牲口,在他手里倒换过的骡马也有几十匹了。他被惊车的牲口轧伤过腰,惊了犁踢破过脸,可是,老温能使劣性牲口是有了名的。对于牲口,他不只能从口齿看出年龄,从眼色看出性格,从蹄腿看出快慢,从肩膀看出力量,还能一鞭子下去打倒直立起来的牲口,并不损伤它的毛皮。他对牲口的使用法是:能打也能喂。在他手里调理出来的牲口,真是力大膘肥,驯顺无比。

当了骑兵,他渐渐知道,军队里使用牲口,并不完全像庄稼主,对一个战士的要求也并不像对一个长工的要求。牲口要喂好,这是一样的,但主要是训练得它成为战士的肢体,对牲口的感情也要加重,对待它,就要像对待自己的腿脚一样。他骑在小青马身上,就把小青马当做自己最亲密的战友了,马能了解他的意图,很好地完成战斗的协同动作。

他要和小青马锻炼成一个整体。就像爱人们幻想把男女两个人打乱重分一样。他身上要有马的感觉,马身上要能寄托他的想象。小青马,跃进飞扬吧,当他冲锋陷阵的时候;小青马,迅速卧倒吧,当他隐蔽作战的时候。

虽然这匹小青马还只有四岁,已经长得非常高大,今后转战疆场,老温和它就不只关心对方的饥渴冷热,灾病甘苦,也细心地听着战友的呼吸和心脏的跳跃吧。

不久就有大战到来,冀中军区正在利用战斗空隙,进一步整训部队。高庆山支队就要调往河间去了。老温请了半天假,回了一趟子午镇的家,看了看他的妻子。他往返只用了三四个钟头,站在院子里说了五六句话,他的目的不过是穿着新军装,骑着小青马,在乡亲、伙计、妻子的面前,晃一下就是了。

部队夜晚出发,骑兵团走在前面。在满镇过滹沱河,在五毛营过沙河,在张岗休息十五分钟,半夜就到了河间。

第二天是七月七日,卢沟桥抗战一周年了。卢沟的流水和月光,石桥和芦苇,还披带着敌人侵略的创伤,但它有的已经不只是创伤,也有了动员起来的巨大的民族的信心和力量。它已经在看着祖国儿女的英雄行为含笑了。

冀中军区的阅兵在河间东关的古教场上举行。

初升的太阳多彩耀眼的光芒,射向平原晴朗的天空。在教场中间的墩台上,竖起了一面高大的红旗,飘展有声。新近训练的青年的号兵们,吹着集合号。在附近的古代遗留的残断的碉堡上,有一只苍鹰展翅飞起,所有这一切,都在兴起战士们对于敌人的愤恨,对于战争生活的向往,也强烈地吸引着周围那些从事耕种的农民。

　　祖国现在进行的,是历史上从来没有的、规模巨大组织坚强的民族解放战争。吕正操司令员,高庆山支队长,高翔政治委员,站在墩台上检阅了他们所领导的、由冀中区青年农民组织成的抗日部队。

　　阅兵完毕,高翔做了政治报告。他说明抗日战争的性质,战争的过程,为什么是持久战,怎样进行持久战,和怎样才能争取到最后胜利。他打击了亡国论,揭发了投降论,也批评了速胜论。他的报告比起去年七月,更确切,更有事实的根据。他指出了持久战的三个阶段,描绘了犬牙交错的战争,强调了政治动员的重要,又详细解释了游击战争战略战术的原则。

　　他讲得很生动通俗。经过一年实际战斗的战士们,都感觉政治委员是总结了他们每个人的经验,指出了军民全体奋斗的目标。这总结和每个战士的思想结合,加强了他们的信心,鼓舞了他们的力量。

　　他们能够理解,受到鼓动,听得十分入神。坐在地下,抱着枪支,相互称赞他们政委的讲话的才能,分析的能力。部队里的知识分子,平日虽有些自高自大,一听这样卓识远见的分析,也感觉到自己的理论水平太低,和政委比较起来,是相差太远了。

　　高翔的报告,依据的是毛泽东同志在一九三八年五月发表的《抗日游击战争的战略问题》和同年同月在延安讲演的《论持久战》。

　　这两本书,是伟大的抗日战争的指南针,是通俗的兵书战策,是必胜的决算,民族解放胜利的保证。

　　《论持久战》在冀中军区最初只油印了几百本,随后由印刷厂大量铅印出版了。这本书由"钢板战士"们精细刻写,由印刷工人们夜晚赶印,它有各式各样的版本,用过各式各样的纸张。这本书由干部研究,向战士传达,由部队向老百姓宣传。随着它,部队前进,根据地建立,抗日武装扩大了。它把必胜的信念注射到民族每一个成员的战斗血液里。

六十一

一九三八年七月,冀中区创办了一所抗日学校。这所学校,分做两院,民运院设在深县旧州原来的第十中学,军事院设在深县城里一家因为怕日本、逃到大后方去了的地主的宅院里。

部队保送芒种到军事学院学习了。行前,他捎一个口信给春儿,说到深县学习去了。他带着组织介绍信来到深县,学校里到的人还不多,房舍也正在改造修理,看样子得过几天才能开学。他闲着没事,到旧州去玩了一趟,顺便打听:民运院是不是还招收学生,前来学习要经过什么手续?教务处回答说:现在人数还不齐。学生入院,一般要经过考试,如果是地方上保送,文化程度低一些也没多大关系。芒种在回去的路上,坐在道旁大麻子棵下边,掏出钢笔日记本,给春儿写了一封信。叫她见信就来深县投考。

把信折叠好,赶进深县城,今天正是大集日,可是因为正在秋忙,遇不见一个他们那边来的熟人。把信交到交通站,又怕耽搁,他就站在十字街口等起来。直等到晌午过了,才遇见一个贩蜜桃的,托他把信带到子午镇。小贩怕忘记了,把信压在桃堆里。

这些日子,春儿在家里倒比较清闲。她家地里的庄稼已经锄过三遍,今年雨水不缺。青纱帐期间,战争情况也不紧张。村里的群众基础,比过去巩固了,工作也顺利。自从父亲回来,她也有了照顾,新来的后娘,待她很好,帮她做饭做活。她自己觉得,这么大的一个姑娘,现在竟有些娇惯起来了。

这天晌午,天气很热,人们都在歇晌。春儿似睡不睡的,听到街上有卖蜜桃的声音。这个孩子,从来很少买零食。今天,她忽然从蜜桃联想到深县,想起吃个桃儿来。她跑到街上,卖桃的小贩刚进村,正把桃子放在南房凉儿里。春儿过去望着堆在筐子上面的小桃奴儿说:"多少钱一斤?"

"五百。"小贩蹲在两个筐子的中间,用白布手巾扇着汗。

"这么小的桃儿,"春儿说,"这样贵?"

"别不懂眼,这是真正的深州蜜桃,给西太后进贡的东西。"小贩说,"你尝尝,保管顺嘴流蜜!"

"我不尝你的。"春儿笑着说,"称半斤吧!"

她随手就刨开桃堆,正要挑拣,一封折叠着的信,像认识她一样,从桃堆里挺了出来,她立刻看见了那亲切的字体和自己的名字。

小贩正要向她打听这个叫春儿的住在哪街哪头,她已经把信打开,看得入了迷。她告诉小贩,不称桃了。谢谢他给带了信来,问他是不是到家里坐坐喝碗开水,就跑回家里去了。小贩也高兴碰得这样巧,虽说半斤桃的买卖没有做成。他想,对这位姑娘,这封信的内容,一定是比深州的蜜桃还要甜蜜。

刚刚看过了信,是要她去学习,春儿很高兴。可是当决定明天就走,她也像那些第一次离家远行的孩子们一样,心里有些烦乱起来。

她经过村、区、县,写好了介绍信。她又和本村的同志姐妹们告别。她到五龙堂去看望了姐姐。回来,一夜差不多没有合眼,年老的父亲就催促着母亲起来给她煮赶路的饺子了。

她带了一个挂包,装着她珍惜的纸笔和文件,一个小包裹,里面只有一身替换的单衣和一双新做的鞋。

子午镇到深县有六十里,走到双井村,天气就热上来了,一个人走远道,有些累得慌。过了双井村,净是沙土道,走着更费力。好在这一带大道旁边,果木树很多,随时有树阴凉可以歇息。雨水勤,梨儿挂得很密。起响以后,春儿就到了旧州。

旧州实际上只是一个小乡村,并没有春儿想象的那样热闹。原来的第十中学却占着很大的地势。红油的大门旁边,有两棵一般粗的大柏树,一棵树下面蹲着一头白石大狮子。春儿很少见过这样大片的青楼瓦舍,和这比较起来,她们村头一份的田大瞎子家的宅院,也不成什么规模。一眼望过去,这个学校,给了她一个大庙的印象。

校门口,有一个战士,来回走动着站岗。春儿想起,她是要进到这里面去学习,是来这里投考了。她的心很快地跳动起来,脸也腾地红了。

她被人领进教导主任的办公室,教导主任是一个年轻人,看来是刚从部队上调来,春儿还好像在哪里见过他,顾不上问,忙把自己的介绍信交过去了。

年轻人详细地问了问春儿在村里的工作,和她的家庭生活,就叫人来测验一下她的文化。前来测验文化的是一个年老的教员。他虽然也很喜爱跟前这个女孩子的活泼态度,却为她回答试卷的情况皱了眉头。

"我没有上过学,"春儿不住地用手擦着脸上的汗,把卷纸也染湿,"我只是在冬校识字班里,念完了一本书。"

"你考的可是学院,"教员笑着说,"是大学哩。"

"文化可以慢慢提高,"教导主任解释着,是在安慰春儿,"她有一定的政治认识和工作经验。"

"那你就听候榜示。"教员摇摇头,拿着那张如果没有几处污手印,就是一张完全的白卷出去了。对于榜示,教导主任又给春儿解释一番,就叫人带她去吃饭。

这一顿饭,春儿吃得很不安心。她不知道这究竟算考上了没有?如果考不上,又怎样回到村里?她奇怪,为什么对着一张纸,坐了那么一会儿,身上就这样不舒服,比三伏天锄几亩小苗还觉累?对于文化,她真有点害怕起来。后来又想,既是叫她吃饭,就有几成儿,心里一宽,才吃完那拨搅了半天咽不下去的一碗小米干饭。

吃完饭,有一个比她年岁大些,穿军装的女同志来叫她去做游戏。春儿一听这个女同志的口音,就和她攀起乡亲来。女同志说:"把你那包袱放到我屋里,晚上就和我一块睡觉。"

春儿出大门,就看见那片大操场,一大群男女学生正在那里捡拾烂瓦和砖头。他们要把"七七事变"学校南迁以后,久经荒废的操场清理出来。在这群青年学生里边,有些是穿制服的,更多的是穿着便服。他们多数是原来北平、保定的大学和中学里的学生。女学生有的穿月白色士林布短大衫,下边光着腿,有些穿短袖漂白小褂,露着胳膊。这些当然都是富家小姐。有的脸上还擦着脂粉,她们的手很小很白,她们轻轻地蹲下身子,一只手小心地提着衣裳襟,在那里喊叫加油。干这种勾当,春儿觉得比答试卷要超脱得多,她的活泼熟练的动作,立刻引起了那些女学生们的注意。

然后,她们牵起手来,拉成一个大圈子,那些女学生很自然地把手伸给男同学,春儿找好两个女同学的中间,插了进去。把圈子拉圆,她们围着操场转。按照旧有的习惯,春儿觉得,她,一个贫苦农民的女儿,是幸运地参加到这些学生们的队伍里来了。但等到跑步开始,这些学生们就能看出:不仅在姿势和动作上,春儿可以作为她们的表率,在认真努力和坚持不懈的精神上,这个女孩子更是远远地超越了她们。

六十二

榜示以后,春儿也跟着人们跑到大门口墙壁上去看榜,她从最后面找寻自己的名字,她的心怦怦地跳着,然而她的名字却列在了榜的前端。她是正式录取了,学院也正式开了课。她们没有星期休息制度,芒种在一天黄昏的时候,来看了看春儿,给她送来一个他自己裁订的笔记本,还有一条用棉被拆成的夹被。春儿都收下了,在人群里红着脸送他出来,说:"你有什么该拆该洗的,就给我拿过来。"

"这些事情我都会做了,"芒种说,"我们都在学习,哪能侵占你的宝贵时间。"

学院是军事组织,制度很严,春儿把他送到门口,就赶紧跑回班里去了。当时,即便女同学们在一起,也并没人追问这些关于男女的事情。至于那些男同学,虽然平日对春儿很有好感,自从看见芒种来过一次,也只是从心里知道,春儿这个女同志,好像是已经有主儿的人了。

　　学院的学习很紧张，上午是政治科目，下午是军事科目。雇来很多席工，在大院里搭了一座可容五百人的席棚。这里的教员都称教官，多数是从部队和地方调来的知识分子。他们参加工作较早又爱好理论研究，抱着抗日的热情来教课，在这样宽敞的大席棚里，能一气喊叫着讲三个钟头。

　　春儿对军事课很有兴趣，成绩也很好。政治课，她能听懂的有"论持久战"和"统一战线"，听不懂的有"唯物辩证法"和"抗战文艺"。虽然担任这两门功课的教官也很卖力气，可是因为一点也联系不到春儿的实际经验，到课程结束的时候，她只能记住"矛盾"和"典型"这两个挂在教官嘴边上的名词。

　　春儿认识的字有限，能够运用的更少，做笔记很是困难。在最初一些日子里，每天下午分班坐在操场柳树下面讨论，她发言也很少。在这些时刻，她就时常望着远处地里的庄稼，想到在那青棵棵下面工作，虽然热得流汗，也比在这里讨论好受一些。她愿意讨论些乡村里的实际事儿，现在主要的是要记些教条。在一些日常生活里，她也有时感觉和这些学生们相处不惯。主要的，她觉得有些人会说会写，而实际上并不爱去做，或根本就反对去做；好教训别人，而他自己的行为又确实不能做别人的榜样；想出人头地，不是从帮助别人着手，而是想踩着别人上去。春儿是个有耐性的孩子，在一些细节上，她很少和人家争吵，也知道帮助别人。有些事情，想通了也知道向别人学习。比如这些学生们很讲究卫生，很爱洗头发，每隔一个星期，就到后院的井台上洗一次。春儿觉得洗过了的头发，确实好看，因此，她除去向她们学习勤洗衣服和穿衬衣，也经常去打水洗头。她那特别乌黑的头发，立时引起了人们的羡慕。但是当这些学生只干净自己，不干净别人，甚至为了干净自己把别人和环境弄脏，春儿就不向她们学习，还要指出她们的错误。

　　她从不嘲笑别人。当她在讨论题目的时候，有时忘记和说错了，那些学生们是常常忍不住用手帕堵住嘴的。但当她们在树下讨论问题的时候,一听见飞机声就那样惊慌,而有时飞过的不过是一只螳螂,才强作镇静。偶尔又有一条绿色的小虫,爬上她们的脖颈,就尖声怪叫,活像挨了蝎子蜇一样。春儿虽然看不惯,也没有觉得好笑。她知道这些人从小是在另外一个环境里长大的,和自己并不相同。

这些女学生,有的也能热心地帮助春儿,好像也了解她。有时,在收操以后,她们叫着春儿到田地里去玩。这时大秋就要到了,遍地高粱,长得像红山一样。这些学生还只知道爱好风景,不知道关心老百姓的收成,她们面对着夕阳唱歌,并不问雨水的勤缺。她们问春儿:"你觉得在家里种地好,还是在这里学习好?"

"学习好。"春儿说,"学习好了,我才能做更多的工作。我的文化太低了。"

"文化高有什么用?"女学生说,"现在就是生产和打仗有用。我还后悔自己有文化哩!我已经给我妹妹写信,叫她不要上学,快学织布。我羡慕的是像你这样的人。"

"你是笑话我。"春儿说。

"是讲的真话。"女同学说,"你出身好。"

"可是,文化总是好的。"春儿说,"我没有文化,我很痛苦。我要好好学习,希望你们多帮助我。"

春儿颜面上表现出来的真实感情,使这些知识分子出身的女同志们很受感动。她们沉默了。

她们有的时候,发些怪问题,问得春儿不好回答。走着走着,她们会忽然指着一丛树木问:"春儿,你喜欢柳树,还是喜欢枣树?"

春儿想一想:柳树枣树对人们都有好处,就说:"我,都喜欢。"

这就使得提问题的女同学很不满意,说她白白在农村长大了。春儿又想:枣树能结果实,柳树不能;枣木能砍油楔,能做车轴,而柳树有的只能砍马勺。就说:"我喜欢枣树,我好吃甜枣儿。"

这又使得女同学不满。女同学说:"在一切树木中间,我呀,顶不喜欢枣树。它是个屠头。发芽最晚,落叶最先,长年枯枝少叶,干巴拉权。我顶喜欢的是柳树,春天还没有来到,她的身上就发绿发黄,她的枝条柔嫩,她的身态多姿,她是春天的信号,构成大平原风景的主要角色。在性格上,她见水就活,能抗旱也不怕涝,不管山地平原,气候冷暖,到处都有她的子孙。并且在一切树木中间,她落叶最迟……"

春儿虽然觉得这些谈话里面也有一定的学问,可是她只能点头,并不能从心里感到同意。

六十三

春儿在这里过的是军事生活。每天,天还很黑就到操场跑步,洗脸吃饭都有一定时间,时时刻刻得尖着耳朵听集合的哨音。夜晚到时就得熄灯睡觉,她没有工夫补习文化。有些课程,道理是明白了,可是因为记不住那些名词,在讨论的时候,就不敢说话,常常因为忘记一个名词,使得这孩子苦恼整天。为了记住它们,她用了很多苦功。

因为默念这些名词,她在夜晚不能熟睡。为了把想起来的一个名词写在本子上,她常常睡下又起来,脱了衣裳又穿上,打开书包抱着笔记本,站到宿舍庭院的月光下。

有时,庭院里没有月光,或是夜深了,新月已经西沉。她就抱着本子走到大席棚里来,她记得那里的讲桌上有一盏油灯。她把油灯点着,拿到一个角落里,用身子遮住,把那个名词记下来。

每逢这时,她的脑子很清楚,记忆力也很好。整个课堂里,只有她自己和一排排摆在黑影里的长板凳。席棚外边,有一排大杨树,一只在上面过夜的鹁鸪,在睡梦里醒来叫唤了两声。

在灯光下面看来,到学院的一个月里,这女孩子是消瘦了许多。她就着灯光喃喃地念着笔记本上的名词,当她记住了,她也就觉得困乏了。她想闭着眼休息一下再回宿舍去,可是头一低就睡着了。灯盏里的油也点完,灯头跳动了一下,熄灭了。

起初,她听见有人闯进课堂,绊倒了迎门的一条板凳,她还以为是在梦里。接着,她听见一个男人的声音:"进来呀!"

"看急得你。"一个女的笑着说。

春儿立刻惊醒了,心里突然怦怦地跳动起来。

"连玩的时间都没有,我看不出在这里有什么好处。"男的说,"人们还一群群的奔这里来,简直是自找罪受!你过来呀!"

"你为什么半夜三更的去叫我,真把我吓死了!"女的说。春儿听出是她班里的一个女同志,心里就更害怕起来。

"理由不是说过了吗?"男的说,"并且我就是爱上了你。"

"你是在威胁我。"女的说。

"威胁是爱情的集中表现,是发展的最后阶段。"男的说,"你为什么穿衣裳那样慢?"

"我们班里少了一个叫春儿的,我怕她回来看见了,看样子她又是一个党员。"

"怕她干什么?"男的说,"她一定也是出去打野食儿吃了,你以为她们都是些贞节烈女吗?他妈的,用大学的幌子把我们骗了来,却叫我们受大兵的训练,和一些野孩子们在一起。我知道你出身书香门第,受过的是教会办的大学教育,我们的身份教养相同,我们有相亲相爱的基础。"

"你是个流氓。"女的躲闪着,"这些早不是求婚的光荣条件了,现在人家爱的是工农老干部。"

"我并不想在他们这里待一辈子,所以还是按照我的习惯找爱人。"男的扑过去说,"这才叫生活。"

春儿很后悔自己打了一个盹儿,就陷入了这样难堪的境地。当这一对男女站起来要走的时候,男的用命令的口气说:"明天或是后天,有一个国民党的委员到这个学院里来。你要在女同学里串通一下,在委员来到的时候,表示热烈的欢迎,并高呼口号:欢迎中央派人来领导我们的学院。你一定要执行,从今天起,我直接领导你。"

明天或是后天,委员并没有来。学院正为一个新鲜的问题,争论得有趣。不久以前,有从鹿钟麟那边来的一个姓胡的教官,据说,他是一个左倾分子,受那边顽固分子的排斥,要求到我们这里来的。他没有担任正式课程,却主持了一种课外的讲座,就叫"生活讲座"。他背来很多马列主义的书籍,态度严肃,满嘴革命的名词,好像是一个很有理论修养的人。但细听起来,他的唯物辩证法真是海派,他惯于添油加醋,他所作的比喻非常荒谬,他所有的用意非常下流。他从不用唯物辩证法去讲解革命和抗日战争,却常常去联系他个人的"生活",甚至吃饭喝酒、聚赌嫖娼的历史。

这一次,他在学院的告示牌上,贴出来的新题目是:"自由恋爱"。许多同志认为,在紧张的军事训练里,这个题目会分散青年的政治热情,松懈他们的生活纪律,瓦解他们的战斗要求。但前来大席棚听讲的学生很多,又因为胡教官的颠倒是非的口才,拼命一般的叫喊,他竟能一战成功,被一些学生誉为名教授。

在他的演讲里,照例以革命的词句作引子,然后引证了很多下流小说弹词和唱本上的故事,有时近于丑角的打诨,有时超过花旦的骚情。使青年们觉得:那些革命的理论,好像不是先烈的热血浇灌起来的果实,不是无数次壮烈斗争积累起来的经验,不是为了阶级斗争,不是为了抗日胜利,不是为了社会改革和文化的发扬。一切都被他利用,成了他个人哗众取宠的阶梯,招摇撞骗的工具。

凡是真正为了抗日和革命来学习,并且有了初步判断能力的同学,都非常不满地退出了教室。春儿因为文化低,必修科目还学着困难,她很少参加这些课外的讲座。但是"自由恋爱"这个题目,确实也打动了这个女孩子的心。她在课堂里挤满了人的时候,才偷偷地站在后面听了几句。她立时认出主讲的教官,就是那天晚上为了反动的政治目的,玩弄了一个女同学的人。

她把问题反映给党的组织。回到宿舍,她就发起疟疾来。隔一天一场,冷上来浑身打颤,热上来想跳进水井。她用了一些土方子,藏到别处去躲,跑到野外去丢,但疟疾并不离开她,越来越重。这种病夺色夺力,几场过去,这女孩子就黄瘦得像蜡捏的人儿了。

她不愿意到学院的卫生所去打针。班长强迫她,医生也来劝告,她才勉强去了。打过一针,病就显好,对医生也就非常信任起来,第二天就自动到卫生所去了。

汉奸张荫梧在衡水一带抢劫了农民的食粮,收编了一些封建势力和土匪流氓混合的武装,又突然向北进犯,到了学院附近。

六十四

两个学院先后两期训练了将近五千个干部,那正是根据地非常缺乏有理论基础的干部的时候。这些干部投入实际工作以后,冀中区就转向艰苦的阶段,他们多数经过了考验,成了对革命有用的人。他们散布很广,几年以后,当有几位教官,从冀中出发,路经晋察冀、晋西北,到延安去的时候,一路上不断地遇到他们的学生们。因为他们熟人很多,不被盘查,行军得到很大方便,同行的人就送给他们一个"活通行证"的称号。

三个月的学习期间,春儿也有很多收获。主要是她理解了抗日战争的性质和持久战的方针,对领导群众,她也觉得有些办法、有些主见了。学习初期,那些因人设课的"抗战地理"、"抗战化学",她虽然听不大懂、记不大清,对她也有启蒙作用,她知道知识的领域是很广大的。对于各式各样的人,对于各种理论上的争执,她也有一些分析和判断的能力了。

并且,当习惯了这个新的环境,心里有了底,学习有了步骤,她又慢慢胖了起来。眼下,她的相貌和举止,除去原有的美丽,又增加了一种新的庄严。确确实实,她很像一个八路军的女干部了。

三个月期满,芒种在军事学院毕了业,要回原部队上去。春儿成绩很好,学院留下她,当下一期学生的小队长。

芒种临走的时候,绕到旧州来看她。这几天学院正在青黄不接,春儿也有些时间,她请假送他出来。大队长问她:

"那个小同志,是你的什么人?"

"我的一个亲戚,"春儿笑着说,"你怎么看着他小呀?他年下就要二十岁了。"

"现在才十月初,"大队长说,"离年下还远哩,同志!"

春儿先到学院附近一家小饭铺里,用她节省下的津贴费,买了几个油炸糕给芒种吃。然后,他们顺一条小路,去找通往城北边的大道。他们要通过一个大洼,大洼里是碱地,没有庄稼,只有一片片红色的草。在水坑里洗得洁白的绵羊群,躺在沙滩上晒着,阳光在这里,很明净也很强烈。一条小路弯弯曲曲通过草地,伸延到前面的大沙岗。大秋已过,路上并没有很多的行人,道旁边倒有很多肥大的蚂蚱,被春儿的脚步惊起,飞几步就又落下了。它们都带着沉重的肚子,春儿不明白为什么它们不在那草丛中松软的泥土里生产,偏偏要找到这硬邦邦的道路上来。

"把你的背包给我,"春儿拉着芒种那打得整齐的背包上的带子,"我给你背一截路。"

"不沉重。"芒种说,"你背着我可干什么哩?"

"你轻闲一会儿。"春儿硬把背包拉过来,套在自己肩膀上,"看起来,你还没有我胖哩,背包带子怎么这样短呀?"

她用力拉着两个肩头上的带子,她的胸脯还是叫带子挤得高高地鼓了起来。

"勒死人了。"她说。

"来,我给你松一松。"芒种过去说。

"我不松。"她笑着奔跑到大沙岗上去了。

这条沙岗很高很长,站在上面也看不到它的头尾,沙岗啊,风从哪里把你吹来?什么年代把你吹到这里来?为什么把你吹到这里来呀?沙岗上树木不多,在通过沙岗的这条小路旁边,只有一棵黑树皮的高大的枝叶繁密的杜梨,它的叶子已经发红,今天天气还热,它的阴凉投到白沙上,就像在炎热的高山顶上遇到的一洼墨色的水泉。

"你回去吧。"芒种站住说,"把背包给我。"

"我累了。"春儿把背包放下,坐在树阴凉儿里,"我们在这里休息休息,我们要分别了,我要和你谈谈。"

"在这个制高点上,四下里走路的人都望得见,"芒种也坐下说,"可谈什么呀?"

"怕他们看见呀!"春儿低下头去说,"我们就好比到这里来站岗放哨的呀!"

但是很长的时间,她并没有谈什么。她拔着沙地上的野草玩儿。在她旁边,有一棵苍翠的小草,头顶上歪歪着一朵紫色的铜钱大小的花朵。虽然到了晚秋的时候,它才开放了这样小的一朵花,它那乳白的多汁的根,为了吸收水分和营养,向地下进行了怎样努力的坚韧的探求呀? 它的根足足有一尺多长。

春儿挖掘着白沙下面的湿土,拍成一个小窑,然后用湿土在手掌里团成一个个的小球儿,放在里边。在小窑的旁边,她又堆起一座小塔。

"上了三个月大学,"芒种说,"你会闹着玩儿了。"

春儿笑着把小窑小塔全毁了。她用力拍打着,用沙土筑成一个小平台,在平台上面,轻轻地整齐地插上三枝草花。

"这是什么?"芒种问。

"看不出来呀?"春儿抬起头来,把两只手放在膝盖上,庄重地问,"猜一猜!"

"你弄的那个什么也不像,"芒种说,"这都是跟那些女学生们学来的玩意,我猜不着。"

"这就是你的缺点,"春儿不满意地说,"笨,不好动脑筋。"

"我是有这么一个缺点。"芒种不好意思地笑了。

"这是一个香案。"春儿指着那个小平台,抚摸着那三根草,"这是三炷香,咱们乡下结婚的旧规矩。"

她笑着伸过手去,拉着芒种站起来,替他挂好背包,说:"走吧,要不你就赶不到了,你看树影儿转到哪里去了呀!"

她站在沙岗上,望着芒种穿过一片梨树园,走到大路上去。有一架敌人的飞机飞了过来,它飞得很低又很慌促,好像是在侦察什么。

六十五

民运院第二期收生,变吉哥也被录取了。直到现在,他才脱下那破旧的长衫,穿上了全新的制服。可是,他脸上的胡子还是不常刮,下边的绑腿也打不紧,个儿又高,走起路来拿着穿大褂的架势,就很容易给人一个浪荡兵的印象。

他学习很努力,讨论会上也踊跃发言,最爱和那些学生们争辩,参加课外的活动,他尤其热心。变吉哥常到担任"抗战文艺"的张教官那里去请教,非常热诚地去替张教官做一些事,在执行弟子礼上颇有些古风。

教官起初叫他给墙报画些小栏头、小插图,看出他有一套本领,就叫他画些大幅的宣传画,这样他的两只手上,就整天沾着红绿颜色。不久,学院成立了一个业余剧团,他担任演员又管理布景,遇见音乐场面上没人,就抓起小锣来帮忙。他很能照顾那些女同志,剧团里女演员又多,他实际上成了剧团的负责人。

现在学校强调联系实际,变吉哥的剧团常常跟着实习队到乡下去演出。他走在最前面,打着一面小红旗。其实他像一只远行的骆驼,他的身上,上下左右都背满和挂满了东西。在背后,那个装着大幕布的包裹上面,驮着他自己的背包,人们看着这背包上面很稳当,又赶上来给他加上一把别人不愿意提着的胡琴。到了村里,他放下东西,就去看地势,拿着铁铲帮老乡修整戏台,蹬在板凳上张挂幕布。他们演的戏都很短小,一天上午,要演出四五个节目,差不多每个戏里都有变吉哥。老乡们热情地犒劳他们,在戏台旁边烧了一大锅开水,用筐子背来一堆粗瓷碗。变吉哥绝不感觉劳累,一到演戏他总像神附了体一样。最后的一个戏已经演完闭幕,台下的观众也要走散,他不换服装,也不擦去油彩,又慌忙地从幕布里钻了出来。他哑着嗓子,对观众们说:"今天的戏就算完了,不早了,回家吃饭去吧!怎么样,大伯,你对我们的演出有什么意见? 没意见,回去就照着我演的这个模范人物学习呀!"

"行了。"有的老乡回过头来说。

变吉哥已经攀到柱子上去解绳子拆幕布。

一些学生出身的演员,对于变吉哥这种演戏作风,有些不满。他们认为这样絮絮叨叨,会减弱戏剧的实效。但看到变吉哥这样做,实在是出于过分的热情,并不是想闹个人突出,也就不好意思提出来,只有时和变吉哥开个玩笑,说他像在跑江湖卖艺一样。变吉哥听了,点头认可,并不以为这是讽刺,他以为大家对他的评价很是适当。

他说:"我们要向那些人学习,学习他们苦学苦练的精神,学习他们联系群众的方法。你们见过那在庙会上变戏法儿的,在他打锣开场的时候,只有几个小孩子守着他。在这个时候,他总不肯闲着,他叨念着和孩子们逗笑话。抖出一块白布来,在地下铺平,从口袋里掏出一只蛤蟆,放它在上面跳几下,又收了进去。这都是为了招引人,在表演中间,在散场的时候,他都有一份和观众维系感情的诚意。使观众明知道戏法儿是假的,也还要掏出钱来,因为艺术是真的,感情是重的。在那旧社会里,凭一技之长,在人群里端碗饭吃,实在并不比今天容易!"

联系到过去的身世,说着说着,他竟有些伤感了。对于变吉哥,这只能使他对今天的宣传工作更加努力。下午,他又盘腿卧脚地坐在老乡家的炕头上,编写明天演出的新词了。

他的窗外,有一盘石碾,这也像一个农民,每天从早晨起一直忙到天黑。现在,有一位粗腿大脚的中年妇女在那里推碾。她已经推好一泡儿玉米,又倒上了一泡儿高粱。

这时又来了一个青年妇女,背着半口袋粮食。她的身段非常苗细,脸上有着密密的雀斑,可是这并不能掩盖她那出众的美丽。

"让给我吧,大嫂子!"她放下口袋喘着气说。

"你的脸有天那么大,"中年妇女笑着说,"我好容易摸着了,让给你?"

"你是推糁子吗?"青年妇女问,"那我就等一会儿。"

"我推细面,晚上烙饼吃。"中年妇女说。

"那你就让给我吧,"青年妇女跑过去拦着她的笤帚,"我的孩子好容易睡着了,就是这样一会儿的空。"

"我就没有?"中年妇女说,"三四个都在村南大泥坑里滚着哩!你图快,就帮我推几遭。"

"呸!"青年妇女一摔笤帚离开她,"你这家伙!"

"我这家伙不如你那家伙!"中年妇女摊开粮食,推动碾子,对着青年妇女的脸说,"你那家伙俊,你那家伙鲜,你那家伙正当时,你那家伙擦着胭脂抹着粉儿哩!"

青年妇女脸上挂不住,急得指着窗户说:"你嘴里胡秃噜的是什么,屋里有人家同志!"

"同志也不是外人,"中年妇女说,"同志也爱听这个。"

青年妇女跺跺脚,背起口袋来,嘟囔着:"我是为的快交公粮,谁来和你斗嘴致气呀!"

"你说什么?"中年妇女咯噔一声把碾子停了。

"公粮!"青年妇女喊叫着。

"你的嘴早些干什么去了?"中年妇女赶紧扫断了推得半烂的粮食,"你呀,总得吃了这不好说的亏!来,你快先推。"

青年妇女转回来,把口袋里的金黄的谷子倒在碾盘上,笑着说:"醒过人味儿来啦!"

"我是看在那些出征打日本的人们的面上,"中年妇女说,"这年头什么也漫不过抗日去!"

她头上顶着一个簸箕,左胳膊夹着一个簸箕,右手拿着笤帚,挺挺直直地走了。走了几步,又转过身子来,说:"大妹子,你可把米碾细点。你的汉子和我的汉子全在前方。他们穿的还是我们织的布,吃的还是我们种的谷。"

"你那高粱还推不推?"青年妇女问。

"不推了,这样贴饼子正合适。"中年妇女走着说,"为了他们呀,我在家里吃糠咽菜也甘心!"

青年妇女默默地把谷铺好。她的身子很单薄,推着碾子有点吃力,天快黑了,有几只麻雀飞回来,落到碾棚的檐上,它们唧唧地叫着,好像在催促。

一个女孩子跑来。这女孩子穿的衣服很瘦很短,裤子又狠狠地往上兜着,身体显得格外结实利落。她过去一帮手,大石碾立刻就轻快起来了。

"你不来,我着实费劲哩,"青年妇女高兴地说,"你今天怎么回来得这么晚?"

"考试来呀!"小姑娘笑着说,"题很难答。我到家放下书包就跑来了。"

"回头和我一块吃饭去。"青年妇女说。

天黑了,她们要点着碾棚里挂着的小油灯,小女孩扒着变吉哥的窗台来借洋火。变吉哥问她:"你和她是一家?"

"不是。"小姑娘说。

"你们经常互助?"变吉哥又问。

"嗯。"小姑娘笑着答应,"我这个嫂子是抗属,我应该帮她做活。你问我们这个干什么呀?"

"唔,"变吉哥说,"我可以给你们编写一个剧本。"

六十六

变吉哥常常编写一些小剧本。

变吉哥编写的剧本,在题材上,虽然也不外是青年参军,妇女支前,拥军优抗,送交公粮,但是在他的每一个小戏里,都有真实的群众生活的情调。

他的编剧和他的绘画一样,并没有经过多少明师的指点,差不多都是自学自纂出来的。幼小的时候,他跟着一个堂叔父,在冬闲期间,学习过一本千字文,没有纸笔,他用镰刀在村边的土寨墙上习字。后来学习绘画,他才认识和积累了更多的文字。在他的生活里,凡是遇到印着和写着字的东西,他都非常尊重和珍惜,对于学习文字,他有超过一般人的热诚。村中街头上的公私告白,贴在人家立柜上的喜帖,他都认真地去读。流浪画庙的年代,对于那些用木炭或是粉块题在破庙墙壁上的诗句和谜语,尤其感到兴味,总是尽情地欣赏和批注。至于那些躺在道路上的残断的古碑,庙宇里悬挂的匾额,他就更当做伟大的作品来仰慕了。

结婚的那年,他称了几斤旧报纸,自己裱糊的新房,乡间的画匠都兼有纸匠的技能。在风雨天不能外出的时候,他在炕上,仰着立着,挨篇挨段,读完了所有报纸上的文字。这间用废报裱糊的小屋,成了他的藏书库和文化宫,等到报纸被烟熏火燎,不能辨认的时候,他还能指出在屋顶上有一篇什么故事,炕头上有一则什么新闻。包了杂货的旧书篇页,他也是仔细地读过,然后保存起来。

他喜欢听人讲说故事,在外边画庙那些年,冬天的夜晚,他常常和那些小贩,同宿在山村的小店里。他有机会听到了很多很好的故事,有时也受骗。一天下了大雪,小店的炕上早早地就挤满了人,后来的一个卖线货的客人,只好蹲在地下,他看见变吉哥睡在热炕头上,很是舒服自在,就说:"这样冷天,我们来说个故事吧?"

"你会说故事?"变吉哥一翻身坐起来。

"我会讲《西游记》。"卖线货的说,"平常忙着做买卖,我轻易不说罢了。"

"那太好了,"变吉哥催促着,"你快讲吧,人们一定爱听。"

"这样公平吗?"卖线货的说,"你们睡在热炕上,叫我这说书的蹲在地下。"

"说得有理。"变吉哥说,"伙计们,那我们就给说书先生挤出一个地方来吧!"

可是,那些客人们都纹丝不动。他们好容易睡下了,宁可放弃听书,也不肯缩小自己既得的地位。

"这样吧,"变吉哥说,"你上来在我这个地方睡,我下去在你那个地方蹲着。"

他们换了一个位置。卖线货的拿着会讲故事的架子,安排好自己的行李,慢慢地脱了衣服,钻进被窝里,眯缝上眼。

"你可讲呀!"变吉哥说。

"唔,"卖线货的说,"讲什么?"

"西游。"变吉哥在地下冻得直打颤。

"好,我讲。话说唐僧取经到东天,骑着草白呜哇大叫驴……"卖线货的并不会讲故事,他不过借这个名义,骗取一夜的热炕,而且当别人指出他的错误,他终于生了气,说:"我不会讲。你会讲,你就讲给我听吧!"

等到别的人真的讲起来,才证明他既不会讲故事,也不是一个真正的鉴赏家,他睡着了。

变吉哥更好看戏,他能看到的只是在乡间跑大棚的那些戏班。只要戏唱得好,不分寒暑,他可以跑出二十里外去看夜戏。看完戏走回家来,天就亮了。前些年,这一带来了一个唱青衣的,叫小出云。变吉哥看她看得入了迷,他制了一些卖给小孩们的耍货,跟着这个青衣跑了四个台口。戏班在一个地方唱完四天,当夜就坐上接戏的大车,赶到另外一个地方演出,有时竟在一百多里以外。变吉哥也就背上他那不值钱的耍货跟了去,耍货里有红油的小轿车、小皮鼓,黄油的小碌碡、小木枪,把它们摆在戏台旁边,做着买卖听小出云的戏。在这十几天里,变吉哥完全忘记了道路的远近和自己的饥渴。

他同情和帮助那些出门卖艺的人,年节时候,凡是街上来了唱独角戏的,唱"十不闲"的,说书为了卖针的,变戏法儿带着卖药的,都找他担任散筷子的职务。当演唱终了,再由他收回那些插满过年的饽饽的筷子,卖艺的人对他十分信任和感激。

六十七

十月,武汉失守。十一月,冀中区的敌情就很严重了。敌人在正面战场对蒋介石诱降,并在蒋介石节节败退的形势下,抽调大批兵力,进攻八路军,认为这才是它的真正的心腹之患。敌人又是先从东北角上蚕食,侵占了博野、蠡县,并用公路把据点连接起来。不久,深县也被敌人侵占了。

学院转移到深南地区。一天,变吉哥,春儿,还有教"抗战文艺"的张教官,接受一个任务,到滹沱河沿岸,慰问一支新来到冀中的部队。起初领导同志并没有告诉他们是什么部队。他们要通过敌人的封锁公路,要预先计划好可以依靠的社会关系。在路上,张教官提议第一天晚上,就宿在他的家里。

张教官家中有一个很好的媳妇,参加工作以后他很爱回家,每逢行军,只要向着他的家乡的方向前进,他就走得特别有精神,说话也多,如果是反着方向,他就觉得腿脚沉重,因而也就沉默寡言。这次,他这样说服春儿:"按说,我们的感情并不错。不过,她有些落后。"

"谁呀?"春儿正在望着前方警戒地走着。

"我的老婆。"张教官说,"她有些落后,不愿意出来工作。我们那里的妇女工作同志,能力很弱,她们说服不了她。我更说服不了她,她只是和我打哈哈。我好久就想,只有你能够帮助她进步,你有丰富的群众工作经验。这是一个好机会,宿在我家里,你可以和她彻底谈谈。"

春儿笑了笑。张教官又说服变吉哥。变吉哥替张教官背着东西,他虽然道路不熟,却好跑在头里。也不爱打听,常常钻错了胡同,又退了出来,还是急忙忙走到别人的前面去。

张教官叫住他说:"变吉,我知道你喜欢书画,可是因为生活条件不好,你见过的好书好画并不多。我家里书画很多,有一柳条包,还有一火柴箱。我也是一个穷学生,隔二跳三地才上完了大学。我家里是一个富农。一个普通的富农,只能供给一个中学生,上大学就要省吃俭用,我这些书画得来得实在不易。你去了,可以翻着看看,对创作有帮助。我家里还有些颜色纸张,都是现时不容易买到的,我们可以拿出来用。"

变吉哥高兴极了,他帮着张教官说服春儿,春儿说:"走着看。"

现在,田地里已经没有庄稼,眼界很宽。农民害怕敌人进村放火,把秫秸、棒子秸、谷草和豆蔓,分散垛在地里,不往家拉。道路上很少行人,地里跑着很多野兔。抗战以来,硝磺贵重,就是在初冬,也再看不见有人在漫地里踢跶着打猎了。野兔们变得胆子很大,可以沿着道旁,和人们面对面地行走,等到你伸手去捉,它一闪就窜到柴火垛后面去了。

在黄昏时候,他们过了公路。应该记住,他们还是第一次在自己家乡的土地上,通过敌人修筑的公路。天空很晴朗,四野里没有一个人,离公路还有好远,他们就快跑起来,跳过公路的封锁沟,变吉哥还跌了一脚,春儿走到公路中间,立住,向东西两方面张望了一下,她看见公路翻掘起家乡的土地,伸延过来,就像敌人在母亲的胸膛上,狠狠地砍了一刀,心里骤然搅痛起来。

张教官的村庄,四面叫白沙包围,在本县的地图上,称做"沙漠"。原有几处树林,都被敌人砍伐了,今后几十年,这一带都看不见参天合抱的大树了。村边,正在刮着一个旋风,那旋风像一条直直立起的长蛇,脚踏着白沙地面,头顶着晴朗的天空,它漫过小树,坟丛,沙岗,摧残着一切,滚滚前进。到了村庄的东头,忽然有一股黑烟火烬,卷进它的身体,其中夹带着哭喊的声音。

"情况不好。"张教官说,"我们在村边找个地方避一下吧。"

他们跑到村西南的一座砖窑上来,一窑砖刚刚烧好,窑工们趴在窑道上,偷看村里的事变。

张教官认识这里的掌作张老冲。这老头子到这个时候还光着脊梁,白胡子飘撒在黑胖的胸膛上,系着一条宽大的绣花围腰,站在窑顶后面。他指挥着张教官他们趴下,春儿感到身子下边滚热。

"我们的一个小队被敌人包围在村里了,"老头儿说,"他们本来可以撤出来,也可以隐蔽起来。他们叫敌人的疯狂劲儿气坏了,就打了起来,敌人太多,现在是撤不出来了。"

窑工们都焦心地望着村里。打水坯的模子翻在坯场上,闷窑的水担和水桶扔在窑道上,他们关心的不只是自己家里的老小,主要的是这一小队战士的命运。

敌人早已经攻进了村子,但村子里很沉寂,除去不断升起来的烟火,简直听不到什么声音,也看不见有人往外跑,这种沉寂是可怕的。田野紧张起来,太阳停在远远的村庄上面,收敛了光辉,像一块烧红了又离开了风炉的铁。窑的附近,就连那一排排整齐的水坯,一垛垛高耸的柴火,都像在那里激动着。

"我们的一个战士上了房,"老头子提高了声音说,"咳,他受了伤,他躺在房顶上了。"

别人却望不见。

"他没有命了。两个鬼子上了房。"老头子的声音低下来。接着,他喊叫,"好!他站起来了,他和鬼子拼了!"

人们听到了一颗手榴弹的爆炸,一家房顶上冒起一股黑烟。

村里又沉寂起来,那些房屋和树木好像僵直的一样。可是,街道上和房屋里正遇到了多大的灾难呀!

"跑出来了一个!"老头儿说。

这次人们都可以看见,我们的一个战士从村南头一条小胡同里跑出来,他的腿部受了伤,他不断地跌倒。有一个日本人追他。

"奔这里来吧!"老头子喊叫了一声。

那战士好像并没有听见,但是他奔着这里跑来了。日本人也跌跌撞撞地跟上来。战士的血滴在白沙上,窑上的人也可以看见。他挣扎到窑坑旁边,就倒在地上了。

日本人站在那里望着窑顶。

"我们不能放这个鬼子回去,他会报信。"老头子说。"战士身上有一支枪,我们这里的人,谁会射击呀?"

望着那些窑工,他知道他们都不会,就叹了口气。

"我会。"春儿说着就从窑顶上滚下去了,她从战士身上摘下枪支,在烂砖堆后面卧倒。日本人并没看到她。她瞄准的时间很长,最后枪声响了,老头子叫了一声好。

他们把战士埋葬在砖窑的附近。

六十八

他们等到天黑才进村。张教官的家是四合砖房,一个黑油梢门。他们到家时,张教官的父亲正要关门,看见儿子回来,有些吃惊也有些高兴,看见后边还跟着两个人,脸上又一冷,说:"怎么你们就赶这么个日子?日本人刚走,家家拾掇了个落落翻,在东头烧了好几家的房子,杀了四五口人。"

"我们还是往前走吧!"春儿说。

"不要紧,"张教官的父亲怕儿子也跟着走,就说,"既然来了,就好歹在家里住一宿吧。敌人今天来了,明天不一定再来。家来吧!"

二门外边有一大架葡萄,月光从落了叶子的架上洒下来,使得庭院的景象阴森,人的心情不得安定。走进二门,张教官的老婆站在院子里,在月光照耀下,她那秀丽的脸上,带着亲切的笑容。

"给他们烧壶水喝。"张教官的父亲说,"赶上这个时候,家里也没好吃的。"

媳妇很怕难为了自己的丈夫和他带来的客人,她低声说:"爹!你到东头老马那里称点挂面吧。"

"我去换点。"张教官的父亲,在一条蹲在灶火旁边的破麻袋里掏摸着,"卖挂面的掌柜就是喜欢这个,这一本,你看不厚,能换一斤。"

"那不是我的书吗?"张教官跑过去,翻着麻袋,"怎么都装在这里面?"

"再别提你这书,差点没叫它要了我的命!"张教官的父亲两只手哆嗦着,"东头你姐姐家,就是因为几本书,叫日本烧了房!眼下,这是顶犯病的东西!"

他又从麻袋里掏出几本,一起夹在胳肢窝里出去了。

"这不是添了一大锅水,"媳妇掀开锅盖对丈夫说,"我们撕着烧了半天了。别说你看见心疼,我还心疼呢。我拣了几本硬皮好纸的,想留着当样册,还叫爹闹了一顿。"

"给我几本吧。"变吉哥蹲下身子挑选着,把自己的挎包塞满,又要过春儿的挎包,"我们背着它抗日去。"

"把我那些颜色和图画纸也给了他。"张教官对媳妇说。

一会儿,张教官的父亲换了二斤挂面回来,又掏出几本,在手里掂量掂量,说:"再去换点杂碎肉儿!"

这一顿饭虽然算是丰富,可是主人客人全吃得苦脸愁眉。

媳妇在外边拉着风箱,父亲蹲在旁边把一本本的书,撕碎了扔进灶火。他抱歉似的对儿子说:"烧,也得晚上,白天就不方便。"

"把它埋了不好吗?"张教官说。

"埋在这里也是祸害。"父亲凄惨地笑着,"还是烧了吧。你以为我就不爱惜这个?这也是我地亩里的出产,一大车一大车的粮食,供给着你买来的呀!"

锅里的水大开着,哗哗跳跃着,女人拉着风箱,书的火烧得她心疼。她热爱自己的丈夫,结婚以来,他们还没有一个小孩。丈夫的书和画,她的花样和布头,曾经是他们共同生活的珍宝。丈夫常常把新买来的书,和她新做好的针工,一同放在她的梳头匣子里。现在是一把火烧了,不留一片纸。

越是烧到最后,她越难过。她站起来,擦擦眼泪,到自己屋里去了。她为了文化的遭厄,很是伤心,这个女同志,后来参加了抗日工作,当了一名油印员。到那时她才看到,在战争里,文化也和别的事物一样,有一些是毁灭了。但是,抗日战争创造了更新鲜活泼、更有力量的文化。这就是那些用粗糙的纸张印成的书报。这些文化产生在钢板上、石块上,它和从来没读过书的人们结合,深入人心,和战争一同胜利了。

"把他那些制服也找出来,"张教官的父亲在外边紧紧拉着风箱说,"那也不能存着,李家就是吃了一条裤子的亏!凡是安袖的褂子,直缝的裤子,都包在一起,我系上块石头,趁着天黑,沉到村北大井里去!"

"嗯,听见了。"媳妇慢慢开着柜。

"还有他在外边照的那些相片……"父亲说着咳嗽起来。

六十九

在这个家庭里感受到的是一种非常低沉的气压。等到一切拾掇清,该烧的烧了,该沉的沉了,张教官的父亲才叫媳妇安排着客人睡觉。家里只有两条炕,变吉哥愿意张教官和媳妇去团圆一夜,那媳妇怎样也不肯,她把春儿拉到自己屋里去了。变吉哥、张教官、老人,三个人睡在西屋。

春儿和张教官的媳妇,早早吹灭了灯,可是不断地小声说话儿。这个媳妇给了春儿一个很好的印象。

"你认识字不?"春儿问她。

"小的时候,跟着哥哥念过一本头册。"媳妇说。

"在村里参加了工作没有?"春儿问。

"参加了妇救会,"媳妇说,"有时也帮着集合集合人儿,统计统计数目字儿,我不知道那叫不叫工作。"

"叫工作。"春儿说,"你为什么不出去?"

"出去是好,就是舍不得家呀!"媳妇说。

"你当家的在外边,舍不得谁呀?"春儿说。

"舍不得我这立柜、红箱、梳头匣子、镜子、花瓶、小吃饭桌儿,舍不得我睡觉的这条炕。"媳妇一边念叨一边笑,"庄稼主儿过日子,就是这么一堆呗!"

话音还没有落下去,街上忽然响了一声枪。

枪在街里乱响起来,听枪声又不像打仗,有的冲着天上打,有的冲着地下打,有的冲着墙,有的冲着门子窗户。这是土匪绑票的枪声。

在临街的高房上,有人大声喊叫:

"枪子儿没眼,有事的朝前,没事的靠后!"

接着砰砰的就是一梭子子弹。

"这是叛徒高疤的声音!"春儿吃惊地说。

张教官的父亲,叫起张教官和变吉哥,开门跑出来,砸了媳妇的窗子一下,就都上房跳到村子后面去了。

媳妇拉着春儿出来,说:"我们也从房上跑,后面就是沙岗。"

她扶着春儿上了小耳房,春儿刚要回过身拉她上来,从西邻的房上,跳过一个土匪,端着枪问:"别跑,谁是女学生?"

春儿没答话,转身就往下跳,一枪打过来,子弹贴着她的耳朵穿过去。

春儿栽到沙岗上,荆棘刺破了她的手脸。她等着那媳妇跳下来,她听见一声尖叫,那媳妇叫土匪捉住了。

街里,枪声夹杂着乱腾腾的叫骂、哭喊、哀求。土匪们架着绑住的人往村北去了。

春儿赶紧藏到一个刨了树的土坑里。土匪们从她身边走过去,到了最高的沙岗上,放了一声枪。春儿听见高疤打骂那些被绑的人:"喊叫!叫家里拿现洋来赎你们,你们都是抗属,不然就毙了你们!"

沙岗上接二连三地喊叫起来,里面也有那媳妇的脆弱的声音。春儿心里多么痛苦啊,那媳妇是为了让她快跑,才晚走了一步。不然,是会跑出来的。这是高疤新从张荫梧那里学来的政治绑票吗?

高疤不断往村里打枪,过了好久,从村里出来一个提着灯笼的人,一边走一边大声咳嗽:"朋友们!我是烧窑的张老冲。我给你们送钱来了。这不是,放在这棵大臭椿树下边了。"

"多少?"高疤大声问。

"四八三百二。"张老冲说,"白天刚叫日本抢了一下,硬货实在太缺。"

"你当过牲口经纪,连行市也不懂?"高疤喊叫,"牵你一条骡子,你得给多少?"

"咱们赌场上不见,酒场上见,"张老冲说,"看我的面子!"

"你这老家伙,还有什么面子!一个票儿再添二十,少一个,就叫他们抬门板来吧!"

这是一个女人。春儿听出是俗儿的声口,差一点没有呕吐起来。夜猫子叫得难听,如果一只公的和一只母的在一个桌面上唱和起来,那就更要命。

"女镖客!"张老冲打着哈哈,"在团长面前,你该给我帮个好腔才是,怎么还打破桃?"

"那就放下吧。"俗儿说,"你回去告诉村里,高团长这回不是绑票,是筹划军饷。"

"是。"张老冲提起口袋来摇了摇,洋钱在里边哗哗地响着,说,"过来拿吧!"

高疤过来提上口袋,喊叫了一声,又放一阵枪,就带着他的人马奔公路那里下去了。

张老冲打着灯笼,在一个扒了坟的大坑里,找到了那些遭难的人,给他们解开绳子。

春儿回到家里,那媳妇扑到她怀里痛哭着说:"你带我出去吧,家里待不得了,我什么也不要了。"

张老冲提着灯笼,对张教官的父亲说:"不要难过。咱们宁叫财帛受屈,不能叫人受屈。钱财是身外之物!不过,我要说大兄弟一句:可能是你拿书换杂碎肉的时候,走漏了风声!"

听说春儿他们要走,他又自告奋勇,送他们一程。他对春儿说:"女同志,昨天有幸,我们见过一面。我自己再介绍一下:我叫张老冲,是我们这一带有名的好赖人儿。好事儿里面有我,坏事儿里面也有我。我认识高疤,我可不赞成他。这叫什么,日本人刚刚放火杀人走了,他们就来绑票,这叫趁火打劫!还说什么筹划军饷!这算什么军头?我,可也不是什么正经人,我从小赶趟子车,后来当牲口经纪,现在烧窑,也拉过宝局,也傍虎吃过食儿,可是我赞成抗日。高疤这回专绑抗属,又图财害命,又破坏抗日,证明他心肝都黑了,以后我就不招惹他,你们可别把我也看成他们一起。"

"你们村里那些民兵哩?"走出村来,春儿问。

"唉!"张老冲说,"从一修公路,日本人又这么一闹,村里的工作有点儿泄气,同志,要打几个胜仗才行啊!这也不能怨老百姓,谁经过这个年月?可是,我们不能悲观失望。当一辈子人,顺水能凫,呛水也得能凫。看事情,就像交朋友一样,要往长远里看。当人家红火了,你才看见人家红火,那不算能耐,在他不红的时候看出他能红,这才算眼力。你们别看我无二八非了一辈子,我可不是个轻易就随风转舵的人。你看高疤今天夜里横不横?四条人命在他手心里攥着,愿意打就打,愿意骂就骂,别人不敢吭声,这算不算威武?可是我说他不行,他一百个不行,他没有好结果。日本人就不用说了,那更是暴横绝短。可是,依我看,它像我们村边常常刮着的旋风一样,谁也不知道它在什么时候起来,只要留心,谁也能看到它的灭亡。它旋得越凶越快,消灭得就越麻利。日本没有根,它是没头没尾的旋风,在中国地面上做梦。它虽说找到了高疤这些人,这些人既是我们这一带的败类,就绝不会成事。反过来看,我们八路军找到的净是些什么人,这些人,是这一带地方的真正的财宝,结实的根。从人上看,八路军一准能成事。看见日本人修了一条公路,烧了几间房,有几天看不见八路军,或是看见八路军打了一两次败仗,就说抗日不行了,我绝不相信这个。天南海北,我哪里也去过,什么人物我也见过。我见过吕正操吕司令。我见他,不是在他带领了多少支队,手下又有多少司令的时候。我见他,是在去年七月间,他不愿意南撤,带着一支小队伍往回翻的时候。那时候,人们每天看见的是队伍往南逃,谁也没想到队伍会往北开。我正在安国东长仕庙上拉着宝局,一天晌午,我站在那大庙的山门高台上吹凉风,看见他带着队伍从正南下来了。这队伍,鞋袜不整,脸上都有饥色,走得实在又困又乏。吕司令走在前边,脸晒得很黑,步眼很大。他看见我站在庙台上,就问:老乡!这是什么村庄?离城几里?我说:东长仕,离城八里。吕司令叫队伍站好,在我站的那个大石牌坊下边讲了几句话。这一段话,直到现在我还记得。这段话是说我们要抗日,就不能怕艰难,我们的力量虽然小,可是有群众支援。他讲得很短,可是力量很大,我看见那些军队立时精神起来,系了系鞋带,就奔安国去了。到了县衙门口,把两门子小炮一支,就收编了伪商团一百多支枪,这队伍越闹越大,后来打着野外,在十二村解决了土匪高建勋,我都亲眼见来着。从那个时候起,我就认定吕正操这个人,行!"

老头子一路话语不停,送出春儿他们十里。

七十

天明的时候,春儿他们到了滹沱河边。使他们兴奋的是,他们已经知道,他们前来慰问的部队,就是那传说和盼望了很久的,贺龙将军带领的一二〇师。

更巧的是,司令部就驻在春儿的家乡子午镇。他们在村东头一家贫农的北屋里见到了贺龙将军。突然见到他,她只顾得浑身打量,好像在这位将军身上,每一个地方都带着红军时代的灿烂的传说,都是些出奇制胜的英雄故事。

将军很是和蔼可亲。向他们致谢以后,他首先关心的是他们身体的健康。问到学校里的伙食,问到他们除去军事科目,平时还有什么运动?

他们还见到了周士第参谋长,参谋长站在悬挂着的一张军用大地图旁边,给他们详细地讲解了目前敌后战场上的形势。他们虽然缺少军事经验,也能预感到:随着这些英雄人物的到来,一场新的激烈的战争风暴,就要在他们的家乡开始了。参谋长告诉他们:敌人好像发觉我们的主力过来了,情况变化得很快,叫他们先不要离开司令部,编成一个民运小组,跟着部队转移。可是,晚上还从容地召集了一个交流经验的座谈会,主要是请他们介绍了冀中区的风习和人情。

慰问了自己的部队,见到了红军时代的人物,是春儿生平很值得纪念的一件事。她想:她出生的这个村庄,有机会驻扎了这一支革命劲旅的首脑机关,它一定也感觉着光荣。

春儿和变吉哥都到家里看望了看望。春儿家里也住着一班战士,他们看见自己部队上的客人,和这家房东这样熟识,最初还有些奇怪哩,后来才知道是春儿的家,战士们笑着说:"好呀!这么一来,你这个女同志,就不是我们的客人了,快来招待我们吧!"

乡亲们偷偷地问春儿:她会见的到底是一个什么样的大司令?春儿保守军事秘密,只是笑着说:这是一位很有名的人物,一位很能打胜仗的将军。乡亲们虽然闹不清将军到底是谁,可是他们知道:这一准是真正老牌的八路过来了。

一开始就是紧张的行军。春儿还没经历过这样的行军,行军是从每天黄昏开始,宿营是在第二天的早晨。她们编列在一支队伍的后面,一走起来,就得跟着紧跑。队伍走开了,真像一条龙,它忽东忽西,忽南忽北,有时,使得春儿她们这些本地人,也闹不清方向,只是跟着紧转。只有在第二天驻下的时候,一打听村庄的名字,才知道又出来了一百几十里。

是连续的行军。最初几天夜里,春儿是累,是腿疼,是害怕掉队。后来,也就习惯了。每天黄昏出发的时候,她觉得很有精力,脚步跟得上,也就用不着那样紧追紧赶了。行军到了黎明,才是最困最乏的时候,她常常是走着路就做起梦来了。

到了宿营地,太阳升起来,坐到大场边上就不再愿意动弹。可是她们的任务,正是要在这个时候完成。部队上的口音,老乡们听不清,有些风俗习惯又不相同。她要帮助管理员去找房子,借东西,要粮要草。她要向老乡们动员解释。等大家都进了房子,伙房里把米下了锅,她才能去休息。

敌人从东西两线向根据地压迫,调集了很大的兵力,跟在一二〇师的后面。一二〇师好像并没有和它一决胜负的意思。这支部队只是在敌人的空隙里穿过,攻击敌人的弱点,在根据地的边缘打着回旋。这支部队也不是单纯地行军,它有很大的政治影响,有很强的吸引力量。它刚刚进入冀中的时候,听说只有两个主力团,现在它一路行军,一路扩大,谁也不知道它已经增加了多少倍的人马。

跟着这支部队,春儿走遍了冀中区。在平汉路一带,村庄很大很密,水车园子很多。定县境内,小小的清凉的水沟在村边绕过,用手就可以捕捉那潜藏在芦苇根底下的小鱼。在津浦线附近,地形宽阔,村庄很稀,农民们住在那零散的黄土筑成的小屋里,村外大洼里是一丛丛的红荆,天空里盘旋着大鹰。

她渡过了家乡的不同姿态的河流。夜晚,她跟着部队,在一个灯火繁多的镇上,通过子牙河的木桥。再往东,沿着红土河身的运粮河,它两岸都是长满了肥大白菜的园地。有时候,她蹚着沙河的清澈的浅水,一直走到西边的铁路,看看就到大山的脚下,然后又返回东北,宿营在雾露很重的大清河边。她无数次在奔腾的河流上,小心地走过颤动的浮桥,她的身影和天上的星月,一同映进碧绿的水流。有时候,她静静地站立在河岸上,等候那集中起来的、穿梭一样摆渡的船只。

亲爱的家乡的土地!在你的广阔丰厚的胸膛上,还流过汹涌的唐河和泛滥的滹沱河。这些河流,是你身体里沸腾的血液,奔走和劳作的动脉,是你的奋发激烈的情感,是你生育的男孩子们的象征。你的女儿是沉静的磁河和透明的琉璃河。她们在柔软的草地上流过,娇羞得不露一点儿声色,她们用全身温暖着身边的五谷,用乳汁保证了田园的丰收。她们摇动着密密的芦苇,承载着深夜航行的小船,她们给了人们多少慰藉和恩情啊!看见她们,就看到你的美丽,也看到你的孕育的伟大和富庶了。

春儿经过号称金的束鹿和号称银的蠡县,这里盛产棉花。她到过叫做小苏州的胜芳,那里著名的是荷菱鱼稻。农民们用秋收的新粮,供给过往的部队。

行军当中,她可以听到各个地方的民间小曲。家乡啊!你的曲调是多么丰富,为什么一支横笛,竟能吹出这样繁复变化的心情?原来只是嫁娶时的喜歌和别离时的哀调,现在被保卫祖国的情感充实激发,都变得多么急促和高亢了啊!

黎明的时候,春儿远远望见过定县的古塔,正定的大佛,起伏在大水洼里的曲折的十二连桥。

她还望见过大城市里的不安的灯火,听到过人民在那里受难的呻吟。

家乡啊!一支曾在几次反"围剿"战斗里立下威名,经过雪山草地上的千辛万苦的部队,正在你的富饶的土地上,急急忙忙连续不断地行军。

深夜里,春儿看见过那骑在马上的将军。他们有时停在村庄的边缘,从马上跳下来,掩遮着一个微小的光亮,察看地图和指示向导。他们骑马走在队伍中间,春儿不知道在他们前边走着的有多少人,在他们后边走着的又有多少。有时他们闪在一旁,让队伍通过,轻声安慰和鼓励着每一个人。到了宿营地点,战士们都睡下的时候,他们又研究敌情,决定行程。

仍旧是长距离的方向不定的急行军。春儿跟着部队,每天夜里,就又要经过无数的村庄,听着一起一落的犬吠鸡鸣,听着妇女们在夜间操作,因为各地的出产不同,她们有的鞣制皮革,有的编筐抱篓,有的织造铜丝罗。

各个村庄的民兵都在集合,深夜里,区村的干部们还在工作。所有根据地的人民,站在门口,兴奋地欢迎他们,把必胜的信念,寄托在自己的主力部队身上。

她听到铁锤叮当的声音。在一处僻静的街道,她看见一座打铁炉燃烧着,火苗闪在油黑的大风箱上。在火光里,那系着破油布围裙的,来自冀南或是山东的铁匠们,正在给农民打制破路的铁铲小镐,给民兵们修制枪支地雷。就是在阴雨连绵的夜里,炉火也不会熄灭,铁锤的声音也不会停止。

家乡啊!你儿女众多,你贡献重大,你珍爱节操,你不容一丝一点侵辱,你正在愤怒!

七十一

大敌当前,在家乡的土地上,存在着两种性质完全不同的军队,人民的斗争就复杂和艰难了。

敌人的进攻方略,在张荫梧这些摩擦专家那里得到了充分的呼应。当敌人的军事行动显得非常嚣张的时候,张荫梧提出一个口号:"变奸区为敌区"。敌人进一步引诱他,对他表示友好,把"剿共灭党"的口号削去一半,只剩下"剿共"一条,张荫梧紧跟着又感恩地喊出"反共第一"。敌人因为获得了这样忠实的汉奸伙伴,就在北平开了一次庆贺大会。

高疤叛变了八路军,张荫梧写了一篇文章,大加称赞,这篇文章在国民党的报纸上发表了,敌人的报纸也全文转载它。可是张荫梧对待高疤,就像他对待那些"礼义廉耻"的词句一样,也是用来一把抓,不用一脚踢。他对高疤的队伍没有供给,也不指明防地,叫他利用环境,自己找饭吃。高疤完全恢复了过去的生活方式。

当八路军和日寇在平原上转战的时候,高疤在这一带空隙里狠狠抢掠了一番。但是,高疤也能看出来,在人民武装日见壮大的形势下面,这绝不是长远的办法。有一天,他听说张荫梧为了配合敌人修好通过滹沱河的公路大桥,来到了五龙堂,他就带着他那一小股人马过河找上前去,追索给养。张荫梧起初不接见他,高疤在村边开了火,张荫梧才叫人把他带进来。

张荫梧住在五龙堂西头一处比较整齐的砖瓦房舍里,这是高翔家的宅院。

这个军队最初住进来,高翔的父亲赶集去了。这班人马既不通过村干部,又不招呼主人就拥进了正房。高翔的母亲看着不对路,赶紧叫高翔的女人躲到邻舍家里去,老太太一个人在家里支应着。

快到中午的时候,高翔的女儿在房后边场院玩得饿了,回到家来拿饽饽吃,她一路上唱着歌儿,手里托着一个鸡毛毽儿,她看见家里住了军队,心里很是高兴,因为这些日子打仗,八路军好久不来村里住了。她跑近在房门口站岗的那个马弁身边说:"叔叔,你给我带来胜利品了吗?"

"小丫头子,什么胜利品?"那马弁瞪着眼看着她问。

女孩子听着口气十分不对,她仔细看了看,这个人穿的是中国军装,她还是愿意和他亲近亲近。她又问:"你见到我父亲吗?"

"我知道你父亲是黑的白的!"马弁轻蔑地说。

女孩子心里很是委屈了,她听见奶奶在西屋里叫她。但是,她还没有完全失望,她愿意再给这个士兵解释一下。过去那些八路军叔叔们,听到这些话,就会亲热地把她高高举起来的。她说:

"我的父亲叫高翔,是一个支队的政治委员哩!"

"啊?你这个该死的小八路!"那个士兵做个狠狠的鬼脸,把女孩子差点儿吓哭了。

她非常纳闷,中国怎么会有这样的军队?她呆呆地坐在西屋的台阶上冷眼观察着,又到街上去看了看,后来她明白了,这是另外的一种军队。他们到来,不只人们插门闭户,街上冷冷清清,连院里这些鸡狗,也在惊惶地躲避他们,她也赶快躲到屋里去了。

高翔的父亲在集上听说家里住了中央军,东西没买好就赶紧往回返。他是个胆小怕事的人,又知道自己儿子和这帮人是死对头,一路上心里很是不安。这样冷天,棉袍叫汗水湿透了。

当他走进家门,张荫梧正在房里和石友三、高疤开会。庭院里和台阶上布满了马弁卫兵,穿的都是灰色服装。现在到了吃中午饭的时候,前院里一棵大槐树下落下了两只鸽子。这是一雌一雄,它们还没来得及看清庭院里的变化,和往日一样,在阳光下面,忘情地追逐着,嘀咕着。一个卫兵走过来,掏出小手枪,简直是没有什么声响地就打落了一只,同伴们围上来,称赞他的枪法。老人看见心爱的鸽子躺在地下,哭丧着脸,走过去拾起来。卫兵瞪眼说:"放下,这是我的猎物。"

老人只好扔下,苦笑着走进二门去了。打死的是一只雄鸽,那只雌的像断线的风筝一样,在高高的天空里,翻腾号叫,然后不知道飞向哪里去了。

老人回到西屋里,低着头对坐在炕上的高翔的母亲说:"听说儿子负责咱这一个分区,就住在近处。"

"快给他捎个信去!"老太太脸上立时布满了笑,"叫他带兵来把这帮子匪类打出去!"

"他那么听你调动?"老人说,"他的军队是打日本,叫你一说,那不成了内战?"

"那你就出去应酬这些阎王爷吧,"老太太气愤地说,"你可要小心点。真是,一块地里能长五谷,也能长蒺藜和刺儿棵!"

今天是张荫梧作主席,在北房外间,高疤坐在一个末座上。张荫梧不停地在桌子头起那块不大的地方转动着,有时回身把一只肥厚的手掌用力抵到糊着粉纸的墙上,有时把两只手撑在大方桌的边沿上,悬起他那牛犊一样的身体。

石友三正在发言,他说:"和日军联络问题,在兄弟这一方面,有几条线索。兄弟和保定的特务机关长有旧,前些天有信来,他的意思叫我们直接和平津联络,我打算叫我的兄弟友信到北平去一趟。"

"很好。"张荫梧说,"要利用一切关系。我们的同乡、同学、同事,凡是和日本有来往的,都叫友信联络一下。多带一笔钱去不算什么。"

"我建议,"石友三说,"我们应该精诚团结。"

"这你还怀疑吗?"张荫梧说。

"不然。"石友三沉下脸来说,"我这位兄弟友信,跟我多年,很有功劳,这次到河北来,我委了他个县长。前些天上任去,听说已经有四个县长在那里争吵不休。"

"有共产党派去的?"张荫梧问。

"没有。"石友三说,"都是我们派去的。"

"民政厅委派了一个,省政府又委派了一个。"张荫梧说,"我想以后委派人的事,还是大家提出名单来,由民政厅统一掌握才好。"

"还有一个,听说是什么专员委派去的。"石友三说,"那我就更有权利委派两个了。"

"一个是我委派的。"坐在对面的田耀武站起来说。

"听说你委派去的那个,是个混蛋!"石友三喷着唾沫说。

"不要争了。"张荫梧说,"我们要想尽一切办法,扩充我们的地盘。我们是混世魔王,在时间空间上,都得有充分广阔的天地。希望大家努力完成这次决议的任务。"

散会以后,张荫梧和高疤谈了一次话。在座的有田耀武。

"你来要求什么?"张荫梧问。

"补充和给养。"高疤说。

"我不能生孩子给你添兵,也不能种地打粮食给你添饷。"张荫梧说,"兵和粮食,你和老百姓去要。"

"老百姓不给我们。"高疤说,

"你的手段哩?"张荫梧说,"道路多得很,你要灵活点。"

"上级的军令军纪呢,我们也不能不注意呀!"高疤说。

"笑话。"张荫梧说,"军令军纪是对八路军说的,你是什么?"

"我们可以换上皇协军的臂章吗?"高疤问。

"等我联络好了就换。"张荫梧说,"你记住,和日本友好,是我考虑好久得出来的上策,谁也不要怀疑。可是要做得秘密,不要给八路口实。你自己想想,自从你投靠我方,出力很少,影响很坏。我所以宽容,只是希望你以后能有些成绩。"

"希望总指挥多指示,"高疤说,"目前我们实在困难。前次遇到日本,因为条件没讲好,他们把我骑的马也抢了去,我要求总指挥发给我一匹好马。"

张荫梧没理他就出去了。

"高团长,"田耀武抬起头来说,"你不要碰日本,那不会有好处的。"

"我哪里是碰他?"高疤说,"就是老躲,也有个躲不及呀!"

"你以后不要躲,要向他身上靠。"田耀武说,"我再向你说一次,我军北来的目的,绝不是为了抗日。这些好名声,叫别人去承受吧,对我们并不要紧。我们的职责是消灭共匪,这样就必须和日军协同动作,你好像对这个根本道理,并不十分明白。"

"我明白。"高疤说,"从那天跟白先生到你这里来,他就给我讲清了。投靠日本，也得有些人马枪支呀，凭我这一群，日本也不一定收留。"

"收留的。"田耀武说，"就像我们当时收留你一样。这当然不是军事上的胜利，可也是政治上的胜利。"

七十二

高疤顺便又向田耀武要求补充和供给。田耀武说，他更没有办法，自己只是一个空头专员。他给高疤出主意，叫他多利用家乡关系，把俗儿还放回子午镇去，探听一些八路的消息，联络一些反共的力量，还可以完成一些其他的任务。高疤只好答应了。

高疤从正房里出来，天已经快黑了。他的情绪很不好，低着头。当他走到前院的时候，老房东的长工正慌慌张张牵着一匹青马到槽上去，高疤立时精神起来。

"这牲口什么口？"他问。

"是个马驹子。"长工说着，赶紧把马拉到屋里去。

"好玩意。"高疤打量着马匹的后腿说，"这样热天，你为什么不把它拴在外面？"

"它不老实。"长工拴好牲口，关上门出来说，"院里住着队伍，踢着人了，不是玩儿的。"

"不是为那个。"高疤笑着说，"你是怕军队要了你的马去，你把它藏了起来。好，你把门上再加一把锁就更严紧了。"

高疤在院里站了一会儿，四下里观望了一下。他一直和那些马弁们混到夜深。

半夜里，长工开门喂牲口，青马不见了。他跑来告诉主人，差一点没把高翔的父亲气挺在炕上。

"我怎么说来？"老人斥责长工，"不要在这些队伍面前牵出牵进。"

"牲口渴得不得了，天黑了我才去饮它。"长工辩解说，"回来遇到一个官儿,他还劝我把门加上一把锁。"

"那个官儿就是高疤!"老人说,"你以为他们是什么真正的大老爷吗?"

"可是门窗全没动。"长工叹口气说。

张荫梧晚上招待石友三,丰富的筵席上,又加了一盘清蒸小鸽,主客都非常满意。饭后,两个人促膝谈心,夜深还没睡。

"在这里吃到野味实在不易。"石友三说。

"这是我那卫兵们孝敬的。"张荫梧说,"他们常出去打只野兔、野鸡儿什么的,拿回来叫我吃。"

"平原上也有野鸡?"石友三吃惊地问。

"有的。"张荫梧说,"你知道,我是不允许我的卫队偷鸡摸狗的,这样才能给部队树立起一个模范。可是,这些大兵有他们变通的办法,他们把老百姓的鸡,从窠巢轰出来,赶到野外去,这样家鸡就变成了野鸡!在目前这样混乱的局面下,我们也不好管教得过于严紧,这就叫做行为不轨,情有可原吧!我这个厨师傅也真好,他曾经给袁世凯做过饭,对袁大总统的故事知道得很多,我从他那里得到很多的学问哩。"

出其不意地,老房东走了进来,张荫梧说:"什么事?"

"我有一匹牲口丢失了。"房东说,"请总指挥给我查点查点。"

"你那意思是说我的部下偷盗了你的牲口?"张荫梧变色说。

"我不敢那么想。"老房东说,"我只是求求总指挥的情面,帮我找找。"

"丢了东西,要报告区县。你们县的县长,现时就住在我的对门。"张荫梧说。

老房东只好站在一旁,不敢再说。

张荫梧的面色却渐渐缓和下来,他转身对石友三说:"这位房东原来是个洋布庄的经理。他的儿子就是大名鼎鼎的高翔政委。高翔曾经在四存中学上过学,现在八路那边。"

"那只是传闻。"房东说着要退出去,张荫梧把他叫住,说:"老先生,有这样大名气的儿子,还瞒得住人?你的儿子是我的学生,虽然他在八路那边工作,我们还是师生。我希望他能幡然改悔,来我们这里做事。因为和高翔有师生之谊,我和老先生的关系,也就非比寻常。荫梧侧身戎伍,出身翰墨。我的家乡博野,曾经出过两位圣人。我办四存中学,就为的使礼义廉耻的观念,得到继续。这次奉蒋委员长命令,率队北上,也是为了反抗共党,解除老先生们这些殷实户主的苦痛,数月以来,孤军奋斗,备尝辛苦。老先生,你的儿子和你讲过阶级斗争吗?说实话,按照马克思的学说,你和我才算是一个阶级,我们应该站立在一条战线上。如果共产党得了势,他们就要分你的地,拆你的房,还要开大会斗争你。这二年,虽说你是政委的父亲,在村里大概也尝到一些苦头了吧?老先生应该体会我们来此地的本意,和衷共济,尽力支援。现在居然对我军这样看法,荫梧实感遗憾。"

张荫梧说着话,眼睛死盯着高翔的父亲,嘴角上挂着森冷的微笑。他的话,有些确实激起了老人内心的波澜,但是,面对着这种现实,这波澜很快就平息了。很久以来,老人确实为他的产业担过心,经历了多少不眠的夜晚,痛苦的矛盾的纠缠。但他明白,中央军是不会抗日的,如果当了亡国奴,那就不只是财产的问题。至于将来的事,他早已想通:脑袋破了用扇子扇,就只当是万贯家财叫儿子糟了,管不了那么许多!因此,老房东说:"总指挥,这牲口的事情,我自己认倒霉吧。可是白天我亲眼看见你的卫兵打死了我那心爱的鸽子。我希望你约束一下你的队伍。"

"不会有这样的事!"张荫梧横眉立眼地说,"我马上就把队伍集合起来,你指出那个人来,我立刻把他枪毙。"

"唉唉,"老房东说,"为了一只鸽子,我敢老虎嘴里掏食儿去?我不敢闯那个祸。天不早了,总指挥早点休息吧。"

老人回到西屋里,坐在炕沿上,半天没说话。高翔的母亲早钻了被窝,说:"明天再想法儿,先睡觉吧。"

"这就是有些人想念的中央军!"老人说,"看起来,咱那儿子的说法，真对！"

他无可奈何地脱了衣裳，刚要睡觉，又听见张荫梧住的正房里吵闹起来。他趴在窗台上，贴着窗户纸听着。老太太也爬起来听。正房里来了什么紧急报告："报告总指挥，东面十几里一带村庄，来了一小队汉奸，挨家抓民夫修路。"

"叫他抓就是了。"张荫梧的声音。

"有些乡绅来请求我们保护。"报告的人说。

"不要理他。"张荫梧说。

"弟兄们都愿意打。"报告的人说，"敌人兵力很小。"

"谁是我们的敌人？"张荫梧说，"告诉士兵们，谁和日本人发生了冲突，我就把谁枪毙。"

"这样我们会失掉人心。"报告的人小声说。

"混蛋！"张荫梧说，"失掉什么人心？你以为人心在我们手里吗？"

"假如那些人再向这边进攻哩？"报告的人问。

"那我们就再向西退却。"张荫梧说，"战略原则不能动摇！"

报告的人匆匆走了。

不到天明，张荫梧的司令部就从这个村庄向西退走，老婆子听见人马乱搅搅地从院里走完，合起手掌念了一声佛。

"可走了！"她说。

"日本也就要来了。"老人叹气说。

七十三

当各方面的条件成熟了，一二〇师用一个团吸引住敌人的主力，往死里拖，然后用全部力量包围上来，坚决、猛烈地歼灭了它。敌人有生以来还没见过这样严重的阵势，它着急施放毒气，也没能逃过死亡。

战斗结束以后，虽然敌人还占据着一些县城据点，冀中区的局面和人民的心情已经稳定下来。地方部队经过这一次战争的学习和考验,也能够逐渐在各方面适应新的环境,壮大自己和保卫根据地。一二〇师不久就奉命转移到山地去了。

春儿她们接到通知,学院暂时结束,张教官和变吉哥调路西参加文化工作,要回家准备一下,头两天先走了。春儿留在地方工作,她在区党委那里办好手续,想看看芒种,没有找见,就一个人回县里去。

整个的冬天和青年人一向迷恋的旧历年节,今年是第一次在战争中度过了。

现在已经是春天,严冬的痕迹,除去披在春儿身上的破军装棉袄,就是在田野里也很难找到了。麦苗油绿并且长高起来了,很多雁群在大洼的麦地里啄食和过宿,在浅沙上留下连环的竹叶形状的爪印子。有的小桃树得天独厚,这样早就在一棵大柳树下面开花了,柳树长在一眼大井的旁边。田野里,到处是驴马拉动水车的响声,改畦的妇女们倚着铁锨的种种姿态,黄雀在榆钱里穿动的尖厉的叫声。小孩子们光着屁股在沙岗上翻跟头,姑娘们只穿着一身单衣,还觉得浑身燥热。在战争的空隙里,根据地的人民劳动生息,就是在黄昏黎明,谷垛底下,麦苗垄里,也不断爱情的追求。

响午的时候,春儿走到安国县城南二十五里有名的大镇伍仁桥。还离北寨门很远的时候,春儿就听到了集市上骚动嚣乱的声音。从这些声音里,可以分辨出大粮食市那里的过斗的呼喊,牲口市那里的对蹄腿快慢的褒贬评价。这些买主和卖主,好像不是赶集做交易,而是进行着一场严重无情的斗争。经纪已经说好价钱了,因为一句话不合,卖主又抱住粮食口袋,不让过斗,或者是牲口已经牵在买主的手里了,卖主又搬着小牛的犄角硬把它夺回来。

自从敌人占据了一些县城,我们就把商贩动员到四镇上来。各处的抗日集市越赶越大,伍仁桥的四九大集,一到中午,就到处拥挤不动,各色货物一直摆到四下的大堤上来了。

安国城关有名的饭馆,像宴宾楼、宴宾园也打起游击,跟着农民到这里赶集做生意。南堤坡上有一家搭着席棚卖豆腐菜的馆子,生意最好。他们原来开设在安国南关药王庙对面,是一个山东老汉,因为老家遭了荒年,担着两只破筐来到那里,发财起家的,现在也转移到伍仁桥来了。老汉已经去世,儿子们全参了军,老伴儿只是坐在柜台上照顾着,掌柜的跑堂的全是家里的一班女将,年轻的女儿和媳妇们。这一班女孩子,长得都很好,在棚口掌柜的她家那位大姑娘,在大集日,密黑的头发,梳得整齐,穿一身十成新蓝布袄裤,一件洁白的护襟围裙,从领口挂下来。她一边做着菜,低头注意着火色,一边又不住地抬起头来,用她那一对又黑又大又水灵的眼睛,看着在她家棚前过往的人。

春儿饿了,走进来坐下,因为钱少,只要了一碗素豆腐菜。那个掌柜的姑娘一直望着春儿,把菜盛好,叫她的一个小妹妹端过来。

穿得整齐的小姑娘两只手捧着一个豆青大花碗,里面的豆腐和丸子冒起了尖儿,汤上面浮着很厚的荤油。她小心翼翼地把碗放在木案上,一歪,还是流了一桌子。

"吃吧,同志。我姐姐特别给你加了油水。"小姑娘低声笑着说。

"为什么特别优待我?"春儿仰头问,又赶紧低下头去喝汤。

"你说为什么?"小姑娘蹲在她的身边,说,"你从堤上走过来,我们老远就看见你了。姐姐和我说,这个女同志是个老八路,刚打了胜仗的,她要到我们这里吃饭多好哇!"

"你姐姐长得多好看,她有了婆家吗?"春儿问。

"我早有两个小外甥了。"小姑娘说,"我们南关的家叫鬼子烧了,把我们赶到这大堤上来。"

听见姐姐叫了一声,她跑过去,端来一碟子热烧饼,说:

"你为什么不要干的?"

春儿笑了。

"我知道你没有钱。"小姑娘拿起一个烧饼,放进春儿碗里,溅出很多汤儿。"这烧饼不要钱,是我们姐儿俩请你吃的!"

这一家人是多么值得留恋啊!春儿从大堤上跑下来,走得更高兴更轻快了。

在前面的道上,跑着一辆小牛车,赶车的是一个矮矮的身体浑实的女孩子。她穿一件褪色的宽大的红夹袄,卷着裤腿露着腿肚。车上装着几棵大白菜,肥大得像怀了八个月孕的妇女,在车厢里滚来滚去。还有几个又大又圆的红萝卜,不断地从车后尾巴蹾下来。小姑娘回头看见了春儿,就喊:"女同志,快赶两步,来坐车吧!"

她的声音很嫩很脆,难道是从小吃这些新鲜菜蔬的关系吗?

"我走得动呀。"春儿笑着说。

"我一个人实在压不住它,"女孩子说,"你上来,它就稳当了。"

春儿上去,和她并排坐在前车辕上。这头黄色的小仔牛,肥胖得油光发亮,两只小白犄角,向前弯着,像个"六"字。它感到了新增加的重量,小尾巴愤怒地害羞地摆动了几下,老实了。

女孩子把红山木小鞭压在腿下面,然后用一柄镰刀,悠闲地雕刻着一棵萝卜。她很快把它做成了一个精巧的花篮儿。

这应该是春节前后的礼物。女孩子们把它挂在房梁上,里面种上麦子,等麦苗长高,萝卜缨儿也就开花了。过年的时候,还可以在里面插上一支蜡烛,这萝卜就叫灯笼红。可是,这一个新年是叫日本鬼子给搅了!

"你是哪村的?"春儿问。

"过河就到了。"女孩子往前一指说。

七十四

春儿坐在车上想,今天竟遇到了这些个好心肠的人。自从参加工作以后,人们对自己都很好,难道也真的是因为自己长了个有人缘的脸蛋儿吗?

牛车很快就到了沙河的草桥。今天集日,桥头上挤着很多车辆,等着过河,看桥的老头儿,站在他那房顶和地面相平的小屋门口,和熟识的车夫打着招呼,又伸着手向远地来的车辆要桥钱。沙河里的冰块快融化完了,水流很大很急。草桥两旁压上了很多的土袋,桥桩顶上碌碡,防止摇倾,可是大车在上面一走,桥身还是颤动着,咯吱咯吱地响着。桥的两头,有两根高大的杉木,临时搭起来的军用电线,被河滩里的风一吹,发出很大的咝咝的声音。

车夫们正为抢先过桥争吵,堤坡上面忽然出现了一个战士,他全副武装,脸上满是尘土和汗,手里斜举着一面小小的军旗。他那跑上堤坡昂头一望的姿势,使人想起黎明的时候,一只虎或豹爬上了一座可以俯瞰一切的高峰。他后边有一小队人,严整地沿着堤坡走过来,他们前进的沉重有弹性的步伐,就像连绵的山峰向前移动,流水的节拍也加紧加强了。

当领队的人走到桥头上,和看桥的老头儿说了几句话,老头儿就向车夫们喊:"把车往外靠一靠,叫同志们先过去。"

春儿坐的牛车,本来在很多车辆的后面,队伍过来,她们也看不清楚。因为过河就可以到家,赶车的小姑娘也不太着急,她坐在车上,撕着白菜的烂叶子,探着身子喂她的小牛。

春儿忽然感觉到了什么。她在车辕上站立起来,望着这队过河的人马。他们差不多是用力按住枪支和弹药,在草桥上冲过去的。带队的人站在草桥旁一只土袋上指挥着,春儿看清了,就从车上跳下来说:"小妹妹,我走着过去吧。我还要赶路呢!"

没等小姑娘答言,她就在人马车辆的中间插过,跑到草桥上喊:"芒种!"

带队的那人一转身。

"我们要调到山里去。"他低声地说,"我没想到在走以前还能看到你。"

"我到区党委那里打听你来,"春儿喘息着说,"他们说你们的队伍改编了。"

"这次战役以后,我升了指导员。"芒种说,"我们已经完全是正规军的建制。现在要到路西执行任务,你回家吗?告诉村里同志们,就说我走了。"

他的队伍已经过完,战士们在他和春儿的面前通过,都好奇地望望春儿,有的还做个怪样儿。春儿红着脸,芒种装做没看见。

"我不能也到山里去吗?"春儿着急地说。

"你向上级要求么!我们也许还要回来的。"芒种望了望她的眼睛,就转过身去,赶紧跑到队伍的前面去了。春儿沿着草桥的旁道走过来,跳过那些土袋,踏着翻斈起来不断绊人的秋秸。队伍过了河,就沿着南岸奔西方走了。太阳已经被晚霞笼罩。

春儿站在河岸上,望着西去的队伍。河水翻滚着从西面过来,冲击桥身,向东流去。有一只刚刚开河就从下水航行上来的对槽大船,正迎着水流,紧张地钻进桥孔。她的感情也好像逆着大水行船,显得是多么用力又多么艰难哪!

芒种差不多没有回头。只有走在排尾的那个战士,春儿现在才看清他是老温,不知是真情还是和她开玩笑,不断地回过身来向她摆手儿,那意思是说:不要远送。

大车也陆续从桥上过来了。车一过桥,便像通过了一道险阻的关口一样,人马欢畅地奔跑起来,谁也没有注意她。只有那个赶着牛车的小姑娘,坐在车辕上,摇摆着腿儿对春儿笑:"你这赶路的可好,天快黑了,还站在这里!你骗我,和你说话的那是谁?"

"一个认识的同志。"春儿含着眼泪说。

"还坐上来吧,"小姑娘好像明白了什么,轻声把车停住,"今天不用走了,就宿在我家里,和我做伴儿。"

春儿说可以赶到家,就和小姑娘告别,一个人走上那条奔东南方向的小路。夕阳在沉落以前,鲜艳得像花的颜色,春儿再回头西望的时候,它已经完全钻进山里去了。春儿想,芒种他们今天晚上,如果顺利的话,也可以赶到山里去的。在经过平汉路的时候,一场战斗也是避免不了的。她觉得她和他不是一步一步、而是两步两步地分离着。

她的脚步变得沉重起来,她的心不断地牵向西面去。路上行人很少了,烟和雾掩遮住四野的村庄。在战争环境里,这种牵挂使她痛苦地感到:她和芒种的不分明的关系,是多么需要迅速地确定下来啊!

当她走到子午镇村北的横道上,遇见了一个一边走一边发着哮喘的女人,是变吉哥的老婆。她手里拄着一根在路上捡起的干树杈,怀里还抱着一堆细小的干树枝。

"你这是到哪里去来?"春儿问她。

"学了学新兴样儿,"那女人又喘又笑地说,"送郎上前线。你哥哥要走西口,我这老婆子也难留。"

"变吉哥动身了吗?"春儿问。

"信上插着三根鸡毛,要不我是叫他和我耩上地再走。"女人说,"反正他干活也不中用,还是俺娘儿们自己遭罪自己受吧。"

"你送他到哪里了?"春儿问。

"送他到刘家大坟那里,我捎着捡了点干巴,春天就是柴火缺。"女人说,"唉,我到他家里十几年,他出外像是上炕下炕,什么时候送过他?他到山里也不是一遭儿了。过去是给人家画庙,这回是抗日工作吧,也不过还是画个画儿,编个剧词儿,也没有长进多少!"

"那你为什么还送他这么老远?"春儿忍不住笑了。

"是为了那么一位客。"女人说,"你哥哥说是他的老师,一块到路西去的。老师来了还不算什么,后边又来了一个师娘,一个漂亮的小媳妇。"

"那是我们的教官和他的女人。"春儿说。

"没见过人家这样的夫妻,真是恩爱夫妻呀!"女人笑着说,"看样子一块儿从他们家里来,也是过了夜的。在家里有多少亲密话说不完,又陪伴着到这里!一把鼻子一把泪,你看那个哭劲呀,把我也哭得伤心了。我想,我和你哥哥结婚以来,地里是我,家里也是我,我不管多冷多热带着孩子们下地,省下工夫叫他在家里画画儿。锅里没米,灶前没柴,都是我一个人操心,有点好吃的,叫他和孩子们吃,受累的勾当,我一个人去做,还不到三十年纪,我就落下了痨病喘的病根儿。你说我还能不陪着那小媳妇哭一场?我这一哭不要紧,你哥哥对他的老师说:'你看她,病病拉拉的身子,跟着我可没得过一天好。'大妹子!结婚十几年,这是你哥哥说的头一句人话,多么知心的话呀,我哭得更欢了!"

"就哭着送了这么远?"春儿问。

"可不。"女人咂着嘴,"我是送他去学习,去抗日。你们说的,只要打败日本,我们就能解放,就能改善生活,我没有别的指望,我就是指望那一天!"

七十五

走上抗日革命的道路,有些人是轻松愉快的,也有些人是负担沉重的。对于变吉哥,更明显的是对于像芒种这样的年轻人,他出身贫苦,脱下破棉袄,穿上新军衣,扔下缺米少柴的愁苦,过一天一斤十四两小米口粮的日子。过去不能进学堂,现在可以学文化,都是一种生活的提高,切实的改善。他没有妻子儿女,因此也就没有过多的牵挂。偶尔想到这些,也不过把希望寄托在革命胜利,革命成功了,什么也就会有的。张教官的情绪,就不能这样单纯。他好像每逢前进一步,就感到一次身后的拉力,克服这一点,是需要坚强的意志的。

他们走在路上,他的老婆一步不离地靠在他的身边。这年轻的女人,又从来没有走过这样长远的路,她的脚一颠一拐的,好像踩了水泡。张教官就只好常常停下来,甚至搀扶她。

这女人从家里给丈夫打整了一个很大的包裹,除去路上吃的东西,还包上单夹皮棉四季的衣服。变吉哥为了对老师的尊敬,只好背在自己身上,他的行囊是非常简单的。今天晚上,他们要赶到地委那里,办过路的手续。如果情况紧急,今天夜里也许就要过路。他几次劝说师娘回去,而那个多情的女人一定要送他们到地委那里,她说那里有她一家亲戚。

到地委那里,已经是半夜的时分。因为这里接近铁路据点,在寻找机关的时候,很费了一番周折。最后,一个民兵把他们领到一家大梢门场院里,在一间像草棚的房间里,他们见到了李佩钟。

李佩钟自从受伤以后,调到地委机关来工作,因为她的身体还不很健康,就暂时负责过路干部的介绍和审查。她正守着一盏油灯整理介绍信。在灯光下看来,她的脸更消瘦更苍白了。虽然她和变吉哥认识,可是不知道是由于哪一个时间的观感,她对于这位"土圣人"印象并不很好。变吉哥把学院党委的介绍信交过去,李佩钟问了他很多似乎不应该在这个时间审查的内容。因为一天劳累,和还没有人招待他们饮食,变吉哥的态度变得很不冷静。

"我找这里的总负责人。"他说。

"总负责人是地委书记,你过路是部门的工作。"李佩钟说。

变吉哥抓起包裹来,就转身出去了。他到处找地委书记,结果他找到的地委书记不是别人,正是高翔和高庆山。

"我知道这里总没有外人。"变吉哥得意地说。

高庆山立时给他们叫了饭和安排了休息的地方,并且告诉李佩钟,除去一般的组织介绍信,再用他自己的名义给那边负责文化工作的同志写封信,说明变吉哥在美术工作上有一定的修养和成就。高庆山还告诉他们,明天晚上才过路,今天夜里可以好好睡一下。

第二天早晨起来,李佩钟把组织介绍信和那封私人的介绍信交给变吉哥。他把组织介绍信慎重地带好,打开那一封看了看,信写得很长,变吉哥对于这样的介绍信,并不满意,他认为李佩钟的文字,过于浮饰,有些口气甚至近于吹嘘。他想:虽然地委书记关照自己的情意是可感的,但对自己来说,这是不必要的,他把这封信扯毁了。

黄昏的时候,他们在树林里集合。他知道掩护他们过路的,是芒种带领的队伍,紧张的心情,就沉静了一半下去。他靠在一棵杨树身上,养精蓄锐地闭起眼睛来听指挥人的报告。

近来敌人已经在铁路两旁掘了封锁沟,在一些重要的路口,还建立了炮楼,安设了电网。在沿路的村庄设置保甲,在哪段发现八路军过路,哪村就要受残酷的刑罚。关于通过铁路,我们用过好多的方式。一种最简单利索,我们兵力强大,一阵炮火硬打过去。一种是在铁路上安设两处爆炸物,阻止敌人的铁甲车前进,我们从中间过去,岗楼上伪军的动作,是无足轻重的。可是,在铁路附近,绝对保密是很困难的。村庄里"两面派"的人物很多,他们可以不让我们受很大的损失,可是也多少让敌人知道点儿,好不担沉重。如果消息走漏了,敌人的铁甲车出动到爆炸物跟前,就停了下来用探照灯照射,用掷弹筒打过路的人们,我们前些日子就吃了这个亏。并且,爆炸有时会伤了普通客车,影响也不好。

这次是用一种新研究出来的办法。

现在是阴历月初,一钩新月升起的时候,他们集合好了,从树林里出来。新月遭到了普遍的诅咒,谁也希望快有一块黑云把它遮住。但当他们接近铁路的时候,月亮就像很懂事似的落在山后去了,这都是指挥人员事先算计好了的。他们在离铁路十几丈的地方,伏在地上掩护起来。变吉哥看见芒种带着队伍爬到路基下面那里去了。

大地有些颤抖。有一列火车隆隆地从南方过来了,不久他看到北边不远是一座小车站,车站上的红红绿绿的信号全点着了。列车在他们面前还没有过完的时候,芒种的队伍就站立起来,列车一过去,战士们就跳上路基,一个人举起大锄刀劈开了铁丝网的栅栏,回头招呼人们快过。

他们在铁路上跑过,有些没有见过铁路的人,还俯下身子摸一下铁轨。沿线的电灯和车站上的信号唰的一声全灭了,敌人已经发觉,可是它那一辆预备在车站上随时准备出动的铁甲战车,现在却开不出来,它的道路被刚刚要进站的这一列客车挡住了。铁甲车和列车,愤怒地慌乱地吼叫着,等到它们错开,我们的人已经过完了。

铁甲车还是冲了出来,芒种他们伏在地下向它射击。

过了铁路是一段急行军。因为不只要防止敌人的追击,还要通过敌人在山口的封锁。这是沙河滩上,人们一路跑着,脚下不是泥沙,就是尖石。这里的河水,还在结凌,蹚水的时候,刺骨的寒冷。

变吉哥替张教官背着包裹,还要随时照顾他。进入山口以后,本来是可以休息一下的,忽然下起大雨来,很多人头一次进山,就赶上了在大雨中爬山的艰难的时刻。

他们从冀中穿过来的薄底鞋,很快就叫山石磨穿了,脚趾不断碰在石头尖上。下山的时候,越战战兢兢越容易被冲下来的红泥滑倒。这一段山路,对于张教官来说,真是艰苦的锻炼,变吉哥有时回过头来,看看他那作为一个画家的老师,在弥漫的风雨里,攀登着高山奇峰,竟没有了任何观察和创作的心情,他浑身流水,脸色苍白,嘴唇发抖,情绪可以说是低落到不能再低的程度了。

绕过几座山峰,雨渐渐停止了,一下到山脚,就奉命休息,人们就不顾一切地躺在岩石上草丛里睡着了。

一觉醒来,大家吃了些东西,换了换鞋子,就又开始行军。天已经放晴,现在是早饭前后的时刻。一夜的紧张、劳累、惊恐、痛苦,都雨过天晴地忘记了,人们又沉入一种精力恢复、肚子饱、腿有力量的幸福的感觉里去了。

现在,大家才有心情看看山区根据地的可爱的景色。太阳照射在半山腰里,阳坡上的茅草小屋的炊烟和流散的薄云分别不开。穿着浅蓝色布衣服的妇女们,站在门口。穿着白粗布棉裤的汉子们,披着老羊皮袄,悠闲地抽着烟。小孩子们抱住大雄狗的脖子,为的是不叫它们向新来的同志奔突吠叫。

七十六

随同部队,芒种和老温行进在荒凉和高险的山区。当部队继续向西北进发的时候,简直是一步一登高,好像上天梯一样。部队每一回顾,他们原来驻扎的地方,就好像栽到盆底去了。按照序列,芒种行军的时候,总是走在他那一连人的后面。老温现在是第三班的副班长,正好走在芒种的前面。老温是顶爱说话的,更好在别人感到疲乏的时候,说个笑话。对于芒种,虽然他时刻注意到,现在他们已经不是在田大瞎子家牲口棚里的关系,而是正规军里的直属上下级,应该处处表现出个纪律来。但是他又觉得自己和芒种那一段伙计生活,不应该忘记,那也是一种兄弟血肉之情,和今天并没有什么两样。所以一有机会,他还是和芒种说长道短。在芒种这一方面,老温看出来,变化是很大的。根据他们那些年相处时的情形,老温觉得芒种没有按照他的预计发展,而是向另外一条他当时绝不能想到的道路上发展了。这小人儿好像成熟得过早了一些,思想过多了一些。当然老温明白,这是因为他负责任过早了一些也过重了一些的缘故。芒种现在的脸上是很难找到那些顽皮嬉笑,在他的行动上也很难看见那兴兴撞撞的样儿了。

老温想起他们有一次在田大瞎子家地里割谷子的情景。那时天气还很热,地块离家很远,他们提来一破锡壶凉水,主要是为了磨镰,也为了实在干渴的时候喝上一口。芒种割谷的时候,很卖力气,他紧紧跟在老温的后面,老温前进一步,他就前进一步。当时弄得老温很不高兴,他想:如果我不是"二把",这孩子就把我漫过去了。老常领青,照例走在最前面,也回过头来说:"芒种,慢着点,干什么那样急,没大没小的!"

"他想挑了我的饭碗哩!"老温苦笑着说,"你这孩子,就不想想,你就是忠心保国,累死在谷地里,田大瞎子也不会给你买口柳木棺材的。"

老温觉得说话重了些,他看见芒种立刻就像撒了气的皮球,半天没精打采。这孩子显然是还有些不明白这长工生活里的种种底细和艰难,他直起身来,低着头到地头上磨镰去了。

他磨镰磨得时间特别长,老温割到地头,看到这孩子正提着那把破锡壶,用里面的清水,冲灌一个田鼠的洞穴。他趴在地上,侧着耳朵倾听那水灌进洞口的嘟嘟的响声,就好像看见了那些小动物因为突然的水灾,家庭之间发生的慌乱一样。

老常的镰也需要磨,老温口渴,很想喝水。芒种却把水全灌了老鼠洞。老温非常生气地说:"你这孩子实在是废!那老鼠洞是个填不满的坑,你一壶水,十壶水也灌不出它来!没有水磨镰,我们今儿个的活别做了!"

芒种好像并没有听见他的话,他还是注意着那洞口,手里紧握着镰柄,等候田鼠跑出来。可是等到水渗完了,田鼠还是没有动静,只是从洞里慌慌张张地跑出一只大肚子的蝼蛄来。芒种一镰柄把它拍死了,笑着说:"看样儿这蝼蛄就像田大瞎子一样。我们为什么还给他出力做活呢!"

闹得老常和老温全笑了。

现在队伍还是向高山上爬。前边的人们不断地停下,用手挥着汗水,有的飞到后面人的脸上,有的滴落在石头道路上。山谷里没有一丝风,小块的天,蓝得像新染出来的布。

"我们要爬到哪里去呀?"老温说,"我看就要走进南天门了。"

芒种没有说话,他的眼睛老是放到最前面,放到他那一连人的领头那里。他注意大家是不是很累了,是不是快到休息的地方了。

"指导员,"老温看见芒种不回答,就改了一个题目,"你说是六月天锄高粱热呀,还是六月天行军热?"

"热是一样的,"芒种说,"可是意义不同。"

"怎么意义不同呢,指导员?"老温说,"不是一样出汗吗?"

"是一样出汗,"芒种说,"那时出汗是为了田大瞎子一家人的享乐,现在流汗是为了全中华民族的解放。"

"是。"老温说,"一切问题都应该从抗日观点上看。可是,指导员,这民族解放是不是包括田大瞎子那些人在内?"

"谁真心抗日,就包括谁在里面。"芒种说,"田大瞎子反对抗日,自然就没有他。"

"我看没有他。"老温说,"我们抗半天日,要是叫他沾光,那还有什么意义?你说不是吗?"

"是的,"芒种说,"抗日战争解放了我们,我们要努力学习,努力进步才好。"

老温不再问了。前面还没有传令休息的征候,他们继续往前爬,老温走路,如果不说话了,就得闹些动作,他不断地用脚踢起路上的石子,叫它滚下那万丈深沟,侧着耳朵听那隆隆的声音。

"不要闹声响。"芒种制止他,"下面有人有羊怎么办?"

"我保险这阴山背后,除了我们,没有别的人。"老温说,"我们这真叫走进深山老峪里来了。"

"什么地方也有人住。"芒种说,"老百姓很苦,是没法挑拣地方的。"

"有人住也许有人住,"老温说,"可是我敢保险,除去我们,外边的人从没有到这里来过。这是什么地方,谁的肉痒痒得受不了,跑来喂狼?"

"你怎么能保险?"芒种有些烦躁,"人们为了生活,哪里也会去的。日本挡不住人,狼还能挡住人?"

"日本挡不住我们。"老温镇静地辩驳着,"多么高的山我们也过得去,多么宽的河我们也过得去。我是说,这个地方是个没有人烟的地方!"

"那不是烟?"芒种指一指山顶上面笑着说。

部队在原地休息了。在这一直爬上来的笔峭的山路上,战士们有的脸朝山下,坐在石子路上,有的脸朝左右的山谷,倚靠在路旁的岩石上,有的背靠着背,有的四五个人围在一起。人们打火抽烟,烟是宝贵的,火石却不缺少,道路上每一块碎石,拾起来都可以打出火星。战士们说笑唱歌,这一条条人迹稀罕的山谷,突然被新鲜的激动的南腔北调的人声充满了。

太阳直射到山谷深处,山像排起来的一样,一个方向,一种姿态。这些深得难以测量的山谷,现在正腾腾地冒出白色的、浓得像云雾一样的热气。就好像在大地之下,有看不见的大火在燃烧,有神秘的水泉在蒸发。

"这不是烟,"老温抽着烟,对芒种说,"这是云彩。我们种地的时候,常说西山里长云彩,就是这个。"

随后他们就继续行军了,他们在这无边的烟云里穿上穿下,云雾越来越浓,山谷里响起了雷声。

"又可以不动脚手地洗洗澡和洗洗衣服了。"老温兴奋地说。

在这些年代,风雨并不会引起部队行军的什么困难,相反,大家因为苦于汗热,对风雨的到来,常常表示了不亚于水鸟的欢迎,他们会任那倾盆的大雨在身上痛痛快快地流下去。这里的山路石头多,就是在雨中,也不会滑跌的。

往上看,云雾很重,什么也看不见,距离山顶究竟有多远,是没法想象的。可是雨并没有下起来,只有时滴落几个大雨点。他们绕着山的右侧行进,不大的工夫,脚下的石子路宽了,平整了,两旁并且出现了葱翠的树木,他们转进了一处风景非常的境地。这境地在高山的凹里,山峰环抱着它。四面的山坡上都是高大浓密的树木,这些树木不知道叫什么名字,叶子都非常宽大厚重,风吹动它或是有几点雨落在上面,它就发出小鼓一样的声音。粗大的铜色的树干上,布满青苔,道路两旁的岩石,也几乎叫青苔包裹。道路两旁出现了很多人家,人家的门口和道路之间都有一条小溪哗哗地流着。又有很多细小的瀑布从山上面、房顶上面流下来,一齐流到山底那个大水潭里去。人们在这里行走,四面叫水、叫树木包围,真不知道水和绿色是从天上来的、四边来的,还是从下面那深得像井底似的、水面上不断蹿着水花和布满浮萍的池子里涌上来的。

"看见人家了吧?"芒种逗老温说。

"这是仙界。"老温赞叹地说。

七十七

这里的居民,并不像老温说的是什么仙乡佛界,他们也像高山区的群众一样,生活非常贫苦。部队原来打算过了前面的关口再吃中饭的,现在进入了这样一个不平常的环境,村庄的几个老年人,相约出来,挡住爬山的道口,要部队休息做饭。那些妇女和小孩子们的欢笑惊奇的脸,全贴在粗木窗棂上,而窗棂外面,瀑布像水帘洞一样挂下来,她们看不清楚过路的人,更是多么希望男人们把客人引到家里来呀!

领导决定在这个村庄做饭。

部队在"街上"立正,然后分配到各家房子里。老温带一班人进到面对南山的一户人家。这一家的房舍,充分利用了山的形势,一块悬空突出的岩石做了房的前檐,后面峭直的岩石就成为房屋的后壁。房椽下面吊挂着很多东西:大葫芦瓢里装满扁豆种子,长在青棵上的红辣椒,一捆削好的山荆木棍子,一串剥开皮的玉米棒子。两个红皮的大南瓜,分悬门口左右,就像新年挂的宫灯一样。

这家房子很小,祖孙三辈人却很齐全。老头子招呼着大家,叫老伴、儿媳和躺在炕上的孙女儿退避到炕角上去,把在灶火台上烤着的烟叶也清理了,让同志们坐下休息。

这一顿饭,因为村庄小并且还没有粮秣委员,下锅的是战士身上米袋里的小米。柴火不缺,家家门前都有砍下来的松杉树枝,这些木柴就是潮湿也燃烧得很旺。老温虽然是副班长,每次行军做饭,都自讨下抱柴烧火的职务,他很早就发现了这一工作的种种好处,费心不多,抽烟方便,如果赶上雨天冷天,还可以取暖烘干。

据老汉说,这里知道抗日还是不久以前的事。是一个从曲阳调到繁峙去的干部,在这里路过告诉大家的。这个干部过去是个石匠,几乎是唯一的到过这个山庄的外路人,至于见到八路军这还是头一次。

"八路军的好处,我们从那个石匠嘴里就听说了。"老头子说,"可是我们想,你们一定走不到这里来。"

"我们哪里也能走到的,大伯!"战士们说。

"我们一辈子可不常出门。"老头子说,"我今年六十七岁了,就没有离开过这四面山。"

战士们观察着这屋里的陈设,他们信服了老头子说的话。这一家人吃穿使用的东西,每一件都好像鲜明地打着这座高山的印记。他们的衣服,毛皮是一部分,树皮和草又是一部分。只有那害羞的、靠着窗台坐着一声也不吭的媳妇才穿一件布袄子。布的颜色是染得不匀的黑红色,这种颜色的原料也许是橡树的果实、乌拉叶,也许是长在山坡上的野靛。老头子的烟嘴,老婆子的发簪,媳妇捻毛绳的线坠儿,都是用兽骨削成。屋里很多工具是石器,好看的兽角兽皮,和肥大的果实种子一同张挂在墙上,这是他们的生活资料,也是他们的装饰品。

起初,这屋子里很暗。含有多量油脂的松枝,在灶火膛里吱吱喇喇地响着,屋子里弥漫着有香味的烟。当战士们的饭快要煮熟的时候,云雾忽然裂开,阳光照射进来,屋子里非常明亮了。小米饭在锅里突突地响,米的香味也散射出来。

战士们原以为在那里睡觉的小姑娘,忽然转动起来。她掀开盖在身上的黑山羊皮,向锅台这边伸着一只小手。

"香。"她睁开眼睛,喃喃地说。

"好些了。"那媳妇望着婆婆笑着说,"想吃东西了哩。"

"病了两三天,汤水不进。"老婆子向战士们说,"你们都是福星,一来我这小孙女儿就清醒了。"

"孩子有病,这可不知道。"老温说,"我们这样吵吵嚷嚷了半天。"

"不要紧。"老婆子说,"一个小妮儿,病了也没拿她当过回子事。"

小孩子这时才看见,在她家屋子里竟有这么多眼生的人。她把伸出来的手缩回去,插到母亲的怀里。媳妇又对婆婆笑笑,老婆子才说:"我和大哥们卖个老脸,俺家小孙女儿想吃你们的干饭哩!"

"这好说。"老温连忙掀开锅盖,在锅台角上抓了一个饭碗,盛得满满的送过来。

奶奶喂着小孩吃,小孩吃得实在香甜,轮着小眼对战士们笑了。

"在我们这里,不容易吃到这样好的干饭。"媳妇羞怯地对战士们说。她爬下炕来,给战士们抄出一大盘酸菜来,当做回敬。

"小孩子什么病啊?"老温吃着饭问。

"发热。"媳妇说。

"那要看看。我们带着医生哩。"老温放下饭碗到连部去。芒种听他报告完了,对卫生员说:"去给老乡的孩子瞧瞧,用见效的药品,不要老是阿司匹林和红药水。"

卫生员跟着老温过来,把当时认为珍贵的退热剂给小孩注射了一针。

村庄里听说军队会看病,那些有症候的人就全找了来。这里边有多年的疮疖、心口疼、眼疾,原不是一时可以治好的。卫生员尽可能地满足了他们的要求,告诉他们应该注意的方面,军民的关系显然更亲密了一层。那些患病的人说:"八路军给我们治好了病症,我们一辈子也忘不了。我们这里实在难得有个看病的先生哩。"

尤其是那个小孩的母亲,她心里有十分的感激,又苦于没有办法表示和报答。她忙着替战士们洗锅洗小碗,又把炕上扫一下,愿意他们坐到上面再休息休息。老温有时到街上去,她就站在门口张望,好像对待刚刚回家的亲人一样。老温终于感觉到了这一点,当他整理背包准备集合的时候,他想应该留给这个妇女和小孩一点纪念。可是,他是一个穷八路,有什么富裕的东西可以留赠旁人?他翻开背包,打开几层纸,找出他还没有参军时,求变吉哥画的那张毛主席的像来。

这是尺幅不大的一张水彩像。当时,他到集上买了好几次纸张,又替变吉哥做着地里的活,变吉哥才很高兴地画好了。

"把这张毛主席的像留给你们,挂在墙上吧。"老温对那媳妇说,"我们就是他的队伍,我们就是听他的话到处关心老百姓的困苦的。"

一家人全俯着身子来看。那媳妇两手捧着画像,轻轻地欢笑着说:"啊,这就是他吗?这就是他!"

当队伍集合起来,宣传员在对着村口的那面大岩石上,写好一幅大字的抗日标语。从此,这个高山顶上的村庄,就到处传说:"毛主席的队伍到过我们这里了。"

"是的。他们奉毛主席的命令到前边抗日去了。"

部队啊,你的任务,不只是开山辟路,作战冲锋,万里跋涉。你是革命的耕犁,每逢你前进一步,每逢你走到一个新的地方,你就把革命的种子,播种在那一带人们的心灵之中了。

七十八

部队在这里作战,十分艰难。这地区群众的生活很苦,粮食和棉花,都很缺少。天气冷得早,补充给战士们的服装,都是用旧衣改制,尺寸又小,很多人穿上露着腿腕和半截胳膊。鞋袜也是用破单衣做成的,妇女们,不分昼夜地搓着麻绳给战士们做鞋袜,把她们给丈夫纳好的厚鞋底,也都捐献出来。

本来这里人烟就稀少,经过敌人的连续"扫荡",这地区就更显得凄楚荒凉了。

但是,在那吹着大风的山顶,在那砖石残断的长城边缘,在那堆插着乱石的河滩和道路上,部队在行进。

他们黄昏时分在狭窄的河滩上的乱石中间集合,然后爬上高山的绝顶,再冲下去,袭击川下敌人的据点。登上高峰,天空的星星也并不多给战士一些光亮,他们在羊肠小路上行进,伸手可以摸着天,脚下艰难,偶一失足,就会滚到万丈深的山沟里去。在行军中,常常听到哗啦一声,一匹负重的驮骡掉下去,就再也没法挽救它。

狂暴的风,战士们要用全力把步子踏下去,才免得被暴风吹落下去。

一天夜晚,他们露宿在一处山腰的羊圈里。这是牧人带领羊群来卧地施肥时搭成的。现在没有牧人也没有羊群,周围一排木栅栏,中间是厚厚的干羊粪。能在这里面睡一觉,使人感到难得的舒适和温暖。战士们靠在木栅上,小声说笑几句,就睡着了。

"有人说抗日战争就是农民战争。"老温睡前和芒种说,"我完全相信这句话。除去行军打仗,我们的一切,都还是一个贫苦的农民。"

"这句话也表明我们和农民是血肉相连的关系。"芒种说,"我们的衣食住行,都离不开农民。进了深山,我们也是睡在他们辛苦搭成的羊圈里。"

整夜,一阵冷风,一阵骤雨,沉睡的战士,连身也不翻。谁能知道,他们现在正做着什么甜蜜的梦?有人在梦里发出了轻微的笑声。

芒种同一个战士在附近的山头上担任前半夜的岗哨。北风呼啸着吹卷他身上那件全连人轮流穿用的棉大衣。远处山坡上奔跑着嗥叫的狼群。在这样的时候,他的头脑很清楚,心境很安静。他直直地站在那里。

他守卫着荒山就像以前在冀中守卫着乡土一样。已经沉睡的弟兄们,占有了他全部的感情。参军已经有两年的时光,每个冬季,都在紧张的战斗里度过。两年来,他已经有显著的进步和变化。他现在能够用整个的心,拥抱这距离他出生地方很远而又荒凉的山区。

因此,掩盖住狂暴的风声,他听到了山野和村庄发出的每一个轻微的声响,包括野兔的追逐声,羊羔落地的啼叫声,母亲们拍抚小孩的啊啊声,青年夫妻醒来时充满情意的谈话。一切生命,现在对于他都变成了叫做诗的那种东西,只有庄严纯洁的胸怀,才能感觉到那种境界。

他下岗回到羊圈,躺在老温的身旁。在这样寒冷的夜里,老温睡起来,也是这样香甜,他那高亢沉着的、表示着没有丝毫挂念和烦恼的鼾声,几乎要和山风争雄,响彻了梯田层层的山谷。

但是因为他身量高,脚手大,睡时肢体伸张,那短小的军衣,包裹不住他,有一半身子露在外面。芒种给他往下拉了拉衣服,然后紧靠着他睡着了。

七十九

家乡的音信,好像断绝了似的。每逢在一个地方驻下,芒种带几个班长到附近那些高山上去观察地形。有时和战士们一同去打山柴和采野菜。

今天带着他们观察地形的是寺院里的一个佃户,年纪老些了,可是爬起山来,就是这些长年行军的战士们,也有时跟随不上。对于这一带的地理,他完全可以详细背诵,每次上山之前,他都是一沟一坡一石一木地讲清了,然后实地观察,分毫不差。他笑着对芒种说:"指导员,为什么地方上不给你们介绍一个放羊的或是砍柴的,单单介绍我?就因为放羊的只知道哪个山上有草,砍柴的只注意哪个山上有树。我是一个活地图,熟悉从这个地方通往各处的路。我从小在这一带山上爬上爬下,你看,这样高的地方,我可以一屁股从山顶滑到山底。"

这引起了战士们的好奇心。芒种俯身往下看,刚刚升起的太阳,照耀着这座山坡,山坡上没有种什么庄稼,却有一片片开着黄花的野菊,一丛丛挑着紫色小铜铃花的丰润的灌木。有他们熟悉的草虫噪叫,有他们在平原从来没有见过的鸟儿飞掠。

那年老的佃户,把上衣紧了紧就从山顶滑下去。他有时是立着,有时就坐在地上。那些树木葛藤都不能阻碍他,他随时可以利用它们,保持滑行的平衡。芒种和几个班长也跟着他滑下去,手脚衣服全有些伤损。

太阳虽然照不到山脚地方,这里却显得宽阔明朗。他们从上面滑下来的这个山头,是群山的主峰,和另外的两座山脚,形成一个雄奇的局面。那两座山长满幼小的杉树,沉静温柔,左右伸张,像两扇大门一样,围抱着这座主峰。

溪水围绕着三座山流泄,使人不能辨认它们的方向和源头。溪流上面,盖着很厚的从山上落下的枯枝烂叶,这里的流水,安静得就像躺在爱人怀抱里睡眠的女人一样,流动时,只有一点点细碎的声响。

他们脱下鞋袜,把脚浸到这绵软清凉的水里。

"指导员,不要认生,这就是你们滹沱河发源的地方。"老佃户说,"谁要是想念家乡,就对着这流水讲话吧,它会把你们的心思,带到亲人的耳朵旁边。"

"不像。"老温用脚踢着水里那些枯枝烂叶,它们结片成堆地飞到山坡上去。"我们村边的河流可又宽又大。"

"到你们那里,它没有拘管自然就宽大了。在我们这里,它就只能是这个样儿。"老佃户把他们领到主峰的山脚那里。山脚悬起来,在它下面是一洼泉水。泉水从一条赤红色的石缝里溢出,鼓动着流沙,发出噗噗的声音。

这就是滹沱河的主泉。两座小山下面,还有几个泉眼,流出的水也加入在它的雄厚的声势里。

同志们相信了老佃户的话。

"我知道了你们的家乡,我就想领你们来看看。"老佃户说,"我们住得相离很远,可是多少年来,就有这么个东西把我们连在一起。"

"我们就像吃着一个井台上的水,那样亲近。"老温笑着说。

"年轻的时候,我曾经沿着这条河,走出山地,然后坐上船,航行到海边上。"老佃户说,"你们那一带的风俗人情,我还记得清楚。河的两岸,高粱种得多么整齐,长得多么兴旺!夹着大抱高粱叶的小伙子们,从地里钻出来,汗水冲着满身上的高粱花儿。老头儿提着旋网,沿着河岸走,看着水花撒网。河两岸的松软的泥块,不停地崩散到河水里。有的人用一个兜网捉鱼,站在一个洄水流那里,半天不移动,像扇车一样地工作,不管有鱼还是没鱼。我们船往下行。滹沱河过了饶阳、献县,和滏阳河合并,河身加宽了,再往东北流,叫子牙河。可是,天下的水,都是从我们这里流过去的。我看着那里的河水,也像看着亲眷一样。经过水淀,大个蚊子追赶着我们,水拨子载着西瓜、香瓜、烧饼、咸鸭蛋,也追赶着我们。夜晚,月亮升起来了,人们也要睡觉了,在一个拐角地方,几个年轻的妇女,脱得光光的在河里洗澡哩,听到了船声,把身子一齐缩到水里去。还不害羞地对我们喊:不要往我们这里看!"

"说实在的,我们平原上,是多么广阔和散心啊!"老温仰头望着高高的、像淘井的时候看见的天空。

"我并不想搬到你们那里去住。"老佃户说,"那里道路太多。我们这里,不管通到哪里,就只有一条路,你就放心大胆奔前走吧!哈哈,我这是说笑话儿了。"

他们蹚着水顺着山谷往前走。山谷里闷热。脚下的烂叶,也在蒸发。天空出现了大块黑云,压下来,像一架大夯一样。老佃户说:"不好,要变天了。我们赶紧上山。"

老佃户走得很急,像有什么追赶他,跑出山谷,爬上一条山道,他攀着石角猛上。老温还没有穿上鞋袜,跟在后面说:"你别安心拉扯我吧,就是下雨,这里也不会发水冲房。"

"你没有吃过什么亏,就不知道对什么害怕。"老佃户说,"赶快走,不然我们就会过不了前边的河。"

四面的山峰全叫阴云盖住,雨声就在耳朵里怪叫,可是并没有一滴落在眼前。他们爬过山梁,老佃户带他们急急地过了河。这是滹沱河的前身,现在水还只涨到膝盖以下,可是在过河的时候,老温跌倒了好几次,那水流好像叫什么大力量压下来,一人高的石头,在河身里翻动着。他们过了河,又急急上山。直等爬到山顶,雨也下起来了,老佃户才停下来喘喘气,对老温说:"往上流看,现在你可以看看山里发水的情形了。"

在大雨里,老温转身看滹沱河。山洪像一堵横泥墙一样,从山谷压下,水昂着头,一直漫到半山腰。水往下行走,好像并没有什么声响,可是当水头接近他们站着的山脚,他们觉得这座山也摇动起来。洪水上面载着在山沟潜没多日的树枝树叶,载着整棵的大树,载着大大小小的野兽牲畜。

"多么危险哪!"老温打了一个寒噤说。

"这场水是发大了。"老佃户说,"你们那里也要受灾了。"

"不知道我们那里堤修得怎样?"老温担心地问芒种。

芒种只是直着眼望着那向东方奔溢的洪水,没有回答。

八十

部队爬到了长城岭上的关口。这个古代的关口,它的本身并不高大,像一个小小的城门洞。它的关系重大,成为攻战的焦点,是因为它所处的这极端险要的地位。

古长城沿着山顶的外斜坡筑起来,也并不显得很高大,它的防御的能力,同样表现在它是建筑在这样连绵起伏的高山上,它所凭依的山峰是群山中的突起的脊骨。这山好像不能再高再险了,而在它的上面又筑起了堡垒,守卫了兵士,施展了弓箭。

长城和关口都有些残破,砖石被风雨侵蚀,争战击射,上面有很多斑驳。通过关口的石道,因为人马的践踏,简直成了一道深沟,可以想象,曾经有多少人马的血汗滴落在上面。在洞口石壁上,残存着一些题诗,一些即兴的然而代表征人的想象的断片的绘画,一些烽火熏烤的乌烟。

风从关口外面吹进来,关口外面是应县大川。河床宽阔,布满乱石,河身不定的桑干河水,流在南北相峙的高大的山峰之间。河水很有力,冲击着乱石,在夕阳照射下,翻起滚滚的沙浪。河上有一排刚刚打好的长长的木桩,沿岸的居民正在上面铺搭木板,以备部队通行。

站在关口回望,在关里,除去那挤到一块的一排排的山谷山峰,就什么也看不见了,那些人烟,那些河流,完全隐蔽起来了。太阳还没有落下,圆圆的月亮就出现了,她升起得很快,好像沿着长城滚过来。有一大群山羊,这时还没有下山,黑色的羊群在岩石上跳跃着,沐浴在落日的红光里。那个背着水斗饭袋的中年牧人,抱着牧羊的小铲,向着阳光坐在长城的墩台上。你啊,是回忆着古代的频繁的争战?还是看见新的部队出关,感到你和你的羊群有了巩固的保障?

战士们在关口休息了一下,他们爬上城墙,抚摸着那些大砖石。不知道由于什么,忽然有很多的人唱起《义勇军进行曲》来,一时成为全连全队的合唱。他们的心情像长城上的砖石一样沉重,一种不能遏止的力量,在每个人的血液里鼓荡着,就像桑干河的水。歌声呀,你来自哪里?凌峭的山风把你吹到大川。古代争战的河流在为你击节。歌声呀,唱到夕阳和新月那里去吧!奔跑在万里的长城上吧!你灌满了无穷无尽的山谷,融化了五台顶上的积雪,掩盖了一切的呼啸,祖国现在就需要你的声音!

出关以后,往下去的道路很陡很难走,但部队很快就从一个山谷里走出来,到了宽阔的川里。过了流沙乱石的桑干河,沿着北山坡向西走,远远的前面有一个大村庄,显出一带红色的围墙和一片金色的脊顶,那是一座大寺院。

进村的时候,部队通过一座上面有雕刻得很好的栏杆的石桥,溪水在下面流过,它那清澈的水色和淙淙的声响,很能解除人们的长途行军的疲乏。

在寺院的山门前面有一个大场院,这场院的规模,叫芒种和老温看来,简直不亚于他们当雇工时从事劳动的场所。场院里有几垛莜麦秸和玉米秸,有十几个农民正在那里收拾晒好的粮食,有一个中年的僧人,手里拿着念珠,在那里监视着。

"这都是寺院的佃户。"部队里有个山西人对老温说,"这里的大寺都是地主。"

那个拿念珠的僧人不断地向战士们合掌致敬,含着笑说:"同志们,辛苦。团部就住在寒寺里,你们也可以休息了。"

部队在这里过夜,上级告诉战士们要尊重佛教的风俗,保护寺院的文物。那位僧人是大寺的"总务",临时兼着村庄的粮秣委员。

"我们欢迎抗日的部队。"总务僧人对战士们说,"我们寺里就可以住下一个团。"

这个僧人还分班率领战士们各处参观。战士们并不进到佛殿里去,只是站在庭院中间,看看那些精雕细镂的红油隔扇,和殿顶上光亮耀眼的琉璃。老温问:"为什么盖房用那样大的瓦块,总有五斤重一个吧?"

"这里好刮大风。"僧人说,"瓦轻了就叫北风卷走了。"

僧人在战士们面前,很像一个村干部。今天的晚饭是,莜麦面饸饹,素炒茴子白。

吃过晚饭,老温看见他们住的偏院里有几匹马,缰绳系在大石碑座上。几个通讯员站在旁边。

"哪个的马?"老温兴致很高。

"地委书记和专员的。"一个通讯员说。

"借你那手电筒照照。"老温说,"我看看你们这牲口。"

通讯员只好给他一个一个照了相。

"喂得很好。这地方草肥。"老温说,"这匹白的一定走得好,就是脑袋长得笨了一些。"

他说完就到屋里睡觉去了。这一条大炕上,还睡着十几个小和尚。那些小孩围着战士们,不肯去睡觉。老温说:"像你们这样大小的,一共有多少?"

"可多了。"孩子们说,"十五岁到十八岁的就有一百多个。"

"你们愿意当八路军吗?"老温说。

"愿意。"孩子们齐声答应,"我们都是穷人家的孩子,没有办法才当和尚的。我们愿意跟你们走。"

这一晚上,老温想起了童年见过的那些佛事,超度和经棚。他听到了前院佛堂里的诵经声,他忽然想到了他那在子午镇的妻子,好久不能睡着。他想:明天请芒种给家里写封信吧,把在这山地里见到的一些新鲜事由,说给她们听。

八十一

自从门婿高疤叛变八路投降了张荫梧,经常在附近扰乱,俗儿也跟着走了,乡亲们早把他们看作汉奸,老蒋却并不以为耻,那团长老丈人的身份,也不愿下降。他自己想:女婿是中央军,这比起过去响马时代,自然是一种明显的高升,比起是八路的时候,论官职势力,也不见得就已经低人一头。别人议论是别人议论,最后的胜利,也许说不定就落在老蒋的身上。女儿随夫潜逃,他也不觉得是她的失算,还认为这也是跟着男人走马上任,是他蒋门的无上光荣哩。

在村里,他还是倾向田大瞎子。田大瞎子自从芒种、老温相继参军,老常当选村长,一力向外,这老奸在农业经营上,有了个退一步的策略。他觉得这年月,多用长工,就是自己在家门里多树立对头人,非常不上算。可是不用人,这些田地又怎样收拾? 田大瞎子并不愿意卖地变产,他觉得这份祖业不能从他手里消损丝毫。他屡次从祖先家簿上查考评定,他这一代,还应该算是手头上有几招的人物,绝不能轻易就向这群穷光蛋低头认输。可是近来负担也实在重,八路军的合理负担,非常不合理,不用说了。中央军偷袭,日本侵占县城的时期,村长是由他的手下老蒋担任,可以说是名副其实的蒋政权了,汉奸日本人对他也并没有放松。因为论起油水,有眼的人就会看到,在子午镇,只有他家的锅里汤肥。村中地亩册上既然登着三顷地,多么有人情,也得出血。

田大瞎子想减轻一点负担。他想了一个既不落败家的声名,也不减实际的收入的办法,左掐右算,觉得万无一失。然后置办了一桌酒饭,找了个晚上的工夫,把老蒋请了来。

"好久不喝你的酒了。"老蒋好像很抱歉地说,"今天为什么这样高兴?"

"高兴什么?"田大瞎子说,"我是找你喝杯愁闷酒。"

老蒋也就装起愁眉苦脸的样儿,以适应主人的心情。并且大箸夹菜,大口喝酒。

"小口着点。"田大瞎子严肃地说,"我们是壶中酒,盘中菜,细水长流,光为的多说说话儿。"

"有话就说吧。"老蒋放下筷子。

"我想卖给你点地。"田大瞎子又把那一只好眼闭起来说。

这对于抱了田家多年粗腿的老蒋来说,完全是出乎意料。

"不要开玩笑吧。"他说。

"是实在话。"田大瞎子说,"我不愿意多用人。多用一个人,就多一个出去开会的,庄稼还是收拾不好,生气更是不用提。"

"这倒是。"老蒋首肯。

"因为这样,我想卖地。"田大瞎子说,"我家没有坏地,当年买地的时候,都是左挑右拣,相准了才买的好地。我卖出去,自然也得找个相好知心的主儿,便宜不落外人。现在村里,就是咱两家合适。"

"可是,就是你肯,我也没钱呀!"老蒋说。

"当给你。价钱定低一点。"田大瞎子说。

"我一个钱也没有。"老蒋说。

"那我就不要你的钱。"田大瞎子说,"你只挂个买地的名儿,地让你白种。"

"打的粮食呢?"老蒋说,"负担呢?"

这是个复杂的难以议定的条款,直到半夜,老蒋才自认帮忙,答应下来。走出大门,他觉得田大瞎子,实在不好惹。

达成的协议是:畜力由田大瞎子负担,打下的粮食,除去支差交公粮,全在夜间背到老家。如果不方便,则由老蒋背到集上出粜,把粮钱交来。老蒋想:这真是赔本赚吆喝的买卖,只是为了交情,他不好反驳。

确定的地块,是老蒋家房后身那三亩。这确是一块好地,原是老蒋的祖业地,那年水灾,老蒋没吃的,又要陪送长女,磨扇压着手,田大瞎子乘人之危,捡便宜强买过去的。现在,他又叫老蒋在亲人的骨肉上,挂上虚假的招牌。虽是老蒋,也觉得有些难过。

一切仪式,全像真事那样进行。规定的那天,在老蒋家里摆买地的"割食",请到了地的四邻,中人很不好找,也算找到了两个。酒饭是老蒋预备,田大瞎子花钱。吃罢饭,写了文书,点了钱,这钱自然也是演戏的道具。

老蒋也有他得意的地方。无论如何,从今天起,村里传出这样一种风声:田大瞎子不行了,现在去了村北的地,买主是老蒋。除去两顿酒饭,这一点虚荣,也够老蒋过几天瘾。

一到开春,老蒋借来田家的牲口,把地耕耙了一下。田大瞎子不放心,站在地头上,问:"你打算在这块地里种什么?"

"你说哩?"老蒋小声说。他没使过大牲口,担心骡子惊犁。

"随你种什么吧。"田大瞎子转脸往家里走,"看你耕的地,还不如狗舔的匀实哩!好地也得叫你糟蹋了。"

这块地头起有一条绕村边走的小道,断不了有路过的人。有和老蒋认识的,看见他耕作,觉得新鲜,就停下来问:"老蒋,给田家做活吗?"

"你怎么看我是给他家做活?"老蒋翻着白眼说,"我自家的活儿,还做不过来哩!有对事儿的人,你给我留点心,我想雇个月工哩。"

"新买的地吗?"行人问。

"对啦,你们村里有去地的户,也给我注意点。地块大小没关系,最好是离我们村边近点,种着方便。"老蒋说。

"大骡子也是新买的吗?"行人笑着问。

"这还没定准。"老蒋说,"先拉来试试。这牲口,碾磨上倒好,拉犁有些瞎障。你看到有合适的好牲口,也给我注点意。"

老蒋东一犁西一犁地耕完地,又累又饿,把牲口牵还田家,不想回家做饭,就到了西头卖烧饼馃子的何寡妇家里。何寡妇正坐在门限里,数那卖剩的货。见老蒋进来,连头也没抬。

"你说,人就是这样,"老蒋大声说,"没地的时候想地,等有了这么几亩啊,可也真够操心受累。"

"听说你要了地。"何寡妇数完货,把那装货的油柜子抱在怀里说,"真的吗?"

"有那么几个闲钱。"老蒋有些抱怨地说,"我本想存在你这里换烧饼吃,可是人家劝我置些产业。现在交完地价,还剩这个零头,要是换烧饼,就够我吃这么一年二年的。先来一套。"

他过去掀开何寡妇的柜子,挑好一个烧饼一个馃子,夹在一起,"蛤蟆吞蜜"地吃起来。

"再来一套。"吃完了说。

"可是要现钱哪!"何寡妇说。

"崩不了你。"老蒋站起来一抹嘴,"明天我一总把钱带来,把钱放在你这里我放心。你最近出去说媒来没有?"

"你问那个干什么?"何寡妇说,"现在可不兴那个了。"

老蒋笑嘻嘻地说:"你看我种上这么几亩地,顾了外头顾不了家里,做半天活儿,谁还愿意趴锅做饭? 有合适的,你给我说个人儿。"

"哪里一下子就有合适的,"何寡妇说,"你有钱就每天到我这儿吃烧饼吧。"

"那也行。"老蒋往外走着说,"可也不是长远办法。你留点心吧,咱这年纪,大闺女是不好说了,弄个寡妇什么的,我看满行。"

八十二

老蒋的行迹和关于他的风传,引起村中很多人怀疑。有人猜是那汉奸女婿给他捎来的款子,不知道有多少。嚷嚷得厉害了,村治安员也来找老蒋谈了两次话。

起初,老蒋对于那些传闻,暗暗得意,还不断制造一些新的材料,促使那传说更为有声有色。可是一到治安员要和他谈话,他就恐慌起来,甚至想销声敛迹,也觉得来不及了。

在这些村干部里面,老蒋最怕的是治安员。老常虽是主要干部,那原是个老实人,嘴头上不行,心地更良善。春儿虽说兼着小区委员,嘴头上也不让人,可到底是个女孩儿家,好脸热害羞,老蒋也不大怕她。唯独这个治安员,他觉得最难对付。说起来,治安员也是个庄稼人,小的时候在外面学过几天手艺,见了人也不好说话,可是那眼睛总好像是在打量着。每逢遇到他,老蒋不知道为什么,总不期然而然的,对他表示十二分的客气,从心里又愿意远远离开。

治安员头一次来了,没说什么,屋里院里转转。老蒋说:"治安员,找我有事吗?"

"没事,闲转转。"治安员说着走了。

第二次又来了,坐在炕沿上抽了好几锅烟。老蒋觉得他那眼把山墙立柜都看穿了。又问:"治安员,有事吗?"

"听说你要了几亩地。"治安员说。

"是要了几亩。"老蒋对回答这个问题,早有几分准备。"我从心里是赞成抗日的,八路军给了我很大教育。这年月,闲人懒人吃不开,谁也得抗日生产。你知道,过去我游手好闲,帮财主家,吃眼角食,现在我要改邪归正,就要了几亩当契地。"

"你哪来的这些钱?"治安员问。

"这几年我省吃俭用,积攒了些。另外,那天在集上,卖了俗儿几件衣服。"

治安员没说什么就又走了。老蒋虽然对答如流，没有漏洞，可也总觉得这是块心病。他很后悔和田大瞎子订立的盟约。他想来想去，总得在这几亩地里找些便宜，不能完全按照田大瞎子那如意算盘去做，干担嫌疑。他决定在这三亩地里栽瓜，为的一来可以零卖些钱还点账，另外这一夏天，可以闹他个"西瓜饱"。

可是说起栽瓜来，他更是外行。他只知道什么瓜好吃，究竟瓜籽怎样安法，尖朝上还是朝下就把不定。另外，想到整天蹲在瓜园里松土压蔓，也实在腰疼。他想搭个伙计，自己当个不大不小的东家。想了半天，他想起春儿的爹吴大印。这老头子年上从关外回来，待在家里没事做，是百里挑一的种地的好手，为人又忠厚让人。老蒋就找他去商量。非常顺利，吴大印一口答应了。

春儿不大赞成，她说："你和谁搭不了伙计，单招惹他？那地是怎么来的，和田家有什么干涉，你弄得清吗？"

吴大印说："咱管不了那么多。咱凭力气吃饭，按收成批钱，他搅赖不了我。咱家里地少，又添了你后娘一口人，你经常出去工作，不能纺织，生计上也有些困难。咱家这么点地，够我种的？我闲着就难受。"

"那你还是和老常叔商议商议去。"春儿说。

找到老常，老常说：

"可以办。这地的事，反正有鬼，慢慢咱会看出来。可是和老蒋搭伙，收成了，他不能让咱吃亏。现在政权在咱们手里，不怕他。"

吴大印就到地里栽瓜去了。大印是内行，甜瓜籽净找的谢花甜、铁皮沙、蛤蟆酥、白大碗。西瓜也是找的黑皮、黄瓤、红子儿、又甜又耐旱的好种儿。养出了水芽，班排齐整地种到地里去。

吴大印在瓜园里工作。他种的瓜，像叫着号令一样，一齐生长。它们先钻出土来，迎着阳光张开两片娇嫩的牙瓣儿，像初生的婴儿，闭着眼睛寻找母亲刚刚突起的乳头。然后突然在一个夜晚，展开了头一个叶子。接着，几个叶子，成长着，圆全着，绿团团地罩在发散热气的地面上。又在一个夜晚，瓜秧一同伸出蔓儿，向一个方向舒展，长短是一个尺寸。吴大印在每一棵瓜的前面,一天不知道要转几个遭儿。

子午镇的人们,都把这瓜园叫做吴大印的瓜园,似乎忘记了它的东家。老蒋成了一个甩手掌柜,就是想帮帮忙,吴大印怕他弄坏园子,也就把他支使开了。春天天旱,吴大印浇水勤,瓜秧长得还是很好。四月里谢花坐瓜,那一排排的小西瓜,像站好队形的小学生一样。

他们在瓜园中间,搭起一座高脚的窝棚。五月里,因为地里活儿多,吴大印和老蒋轮流着看园,一个人一晚上。在乡下,瓜园的窝棚里,曾经发生过多少动人的有趣的故事啊。现在,他们的窝棚,却成了子午镇两个对立的政治中心。

每逢吴大印值班的时候,窝棚上就出现了老常和村里别的干部,春儿和那些进步的妇女们。老蒋值班的时候,围在窝棚上的就是他那些朋友相好,田大瞎子有时也在座。

有一天晚上,月亮圆了。田大瞎子喝了几盅酒,走到窝棚里来,他忽然想做几句诗,对老蒋说:"咱两个做诗吧。"

"我哪里会做诗呢?"老蒋说,"平常话我还说不通顺哩。"

"瞎编就行。一人两句。"田大瞎子说,"我先来:长工去开会,水干没人挑。你来。"

"你成心憋我。"老蒋说,"我就来两句:小伙子唱歌喊劈嗓,小媳妇跳秧歌扭断腰。"

"意思不错,就是句子不齐整,"田大瞎子说,"你这叫大鼓词,不叫诗。我接下去吧:提倡三八制,草苗一般高。"

两个人正做诗,有人站在地头上喊:"今日个谁值班?"

老蒋一听是个村干部,就说:"今天是我。明天你再来吧。"

那人就不言语,走了。

"你家姑爷有信来吗?"田大瞎子靠近老蒋小声说。

"没有哩,不知道跑到哪里去了。"老蒋叹气说,"要有他在近处,我会受这个洋罪?"

"不远。"田大瞎子说,"你知道吗,中央军的势力,现在可大多了。除去张荫梧总指挥,还有石友三司令,听说过吧,过去和你家姑爷是一道。还有庞炳勋、朱怀冰,还有丁树本、侯汝镛,还有赵云祥。现在这些队伍都集中到一条线上,就要开始了。是这么个阵势:中央军从南往北,日本人从北往南,把八路夹在中间,用力一挤,完蛋。"

"这是准信?"老蒋问。

"耀武打发人来报的信。"田大瞎子兴致很好地回家睡觉去了。

八十三

五月的瓜园,是将近成熟的,丰盛茂密的,虫鸣响遍的,路人垂涎的。甜瓜,最大的一代,皮肉开始松软了,香味在夜间冒得很浓。西瓜已经从叶蔓里露出那鼓鼓的、汪着露水的肚子,懒洋洋地躺在干松的畦背上。而它们那蔓子的尖端,还是高高昂起,开放着香的、充满水分的、挑战性质的花。它们那无忧无虑的、目空一切的、充满自觉的神态,不知道我们能不能拿在路上遇到的那些昂头走过的少女们来比喻。

今天晚上,坐在瓜园里窝棚上看瓜的是春儿。春儿从部队回来,担任了妇救会的小区委。因为工作的头绪纷杂,很久没有这样安静地坐坐想想了。今天,父亲有事,她答应替他到这里来。

可是,她刚刚爬到窝棚上,凉风刚刚把她身上的汗吹干,一个女人就到这里找她来了,那是老温的老婆。

"你的孩子哩?"春儿问她。

"在院里床上睡着了。"那媳妇说着也爬上窝棚来,坐在春儿的身边。不知道为什么她们的脸都望着西边,有一股红云,还在那边天际留恋着。

"你找我有事情吗?嫂子?"春儿问。

"没有事情。"媳妇说,"好几天了,我就想找你在一起这么坐一会儿,不是你没工夫,就是我没工夫。我们这样在一块坐坐多好啊,你就像我的亲姐妹一样。"

春儿拉过她的手来。

"我们就是姐妹。"那媳妇说,"芒种和老温在外边也就像是兄弟一样,不知道他们现在分开了没有,我就是不愿他们离开。"

"不会离开的。"春儿说。

媳妇说:"山里不知道离我们这里到底有多远,这样看着是多么近啊,云彩下边就是山,可走起来一定很远。人要是能像鸟儿一样多好啊。我们早该给他们写封信了。"

"我给你写一封。"春儿说。

"我们写在一块。"媳妇说,"话是一样的,末了落上我们两个的名儿就行了。"

然后她们就不说话了,望着西面。月亮在流散的乌云里,急急地穿行着。

媳妇始终很高兴,她觉得和这运命相关、情感接连的人在一块,是很幸福的,她的要求并不多。她对春儿说:"我近来很愿意学习,每天学几个字,你告诉我:保卫的这个卫字怎么讲?"

"保卫和保护差不多。"春儿说,"卫字更有力量。敌人侵略我们的祖国,为了保护它,我们要用一切办法一切力量打击敌人,向敌人进攻,这里面就有卫的意思了。"

"我明白了。"媳妇说,"芒种和老温是保卫祖国去了。打个比方,我们看着瓜园,也可以说是保卫吗?"

"当然也可以。"春儿说,"瓜园的敌人就是那些獾、猪、刺猬,我们就是向它们进攻的战士。"

媳妇说:"瓜园虽然小,也是你们一家人辛辛苦苦栽种来的,再说,坐在这园子里,心里是多么舒坦哪!我们不要说话了,就这样坐着吧。"

媳妇两手搬着腿,头望着天。月亮钻到一大块黑云彩里,一时露不出来了。

这园子两面叫高粱地夹着,北头是一块谷地,风从那里吹过来。

天气凉快了,草虫们的声音也就稀疏了。媳妇听见,靠东边高粱地那里的瓜叶哗啦响了一下,接着"喀吧"一响,那是西瓜断蔓的声音。

"有人扒瓜了。"她轻轻对春儿说。

"也许是一个獾。"春儿小声说,"我们去看看。"

"我不敢去。"媳妇说,"叫它咬一口怎么办?"

春儿轻轻从窝棚上跳下来,小心不蹚响瓜蔓,轻轻地推开高粱叶,从高粱地里绕过去。她看见一个白色的东西趴在地下,半截身子伸到瓜园里,扒着一个大西瓜,从瓜园里蜷伏着退回来。春儿把一只脚蹬在那个东西的脊背上,那东西叫了一声。

这声音不像獾,也不像刺猬。可是它只叫了一声,就再也不响。这种情形,倒使春儿有些害怕,她喊叫老温嫂子快来。好久,那媳妇才哆嗦着来了,月亮也闪出来,春儿看出趴在地下的是一个女人。

这女人把脑袋钻到地里,死也不回头。春儿硬拉她起来,还安慰她:"你要是饥了渴了,吃个瓜不算什么,就是不该偷。"

那女人转过脸来,咧开嘴一笑。媳妇和春儿都吓得后退一步,原来是高疤的老婆俗儿。

俗儿想逃跑,春儿追上捉住她,说:"你偷瓜是小事,你得告诉我,你从哪里来,来干什么?"

"你管得着我从哪里来?"俗儿掸掸身上的土,一本正经地说,"谁偷你的瓜来?你攥住我的手了吗?"

"这还不算捉住你?"春儿说,"今天晚上,你得交代明白。"

"我没什么可以对你交代的。"俗儿从口袋里掏出一个小拢子,悠闲地梳理着她那长长的披散到肩上的头发。有一股难闻的油香放散出来,春儿打了一个嚏喷。俗儿越说越振振有词,她说:"这是我的家,我愿意什么时候回来,就什么时候回来。"

"你的家?"春儿气得说话有些不利落,"你在深县境绑过人家的票。"

"你捉住我了?"俗儿说,"你就是会给我扣帽子,你纯粹是诬赖好人。我不和你说,我们到区上县上去说,我们去找高庆山,我们去找高翔。多么大的头头儿我也见过,他们对我都是嘻嘻哈哈的。走,走,我不含糊!"

春儿不放她,紧跟在她后面。到了街口,正有几个民兵巡逻,春儿把她交给了他们。俗儿哼哼唧唧,想对那几个小伙子卖俏,民兵不理她,伸过几只老粗的胳膊来,她才着了慌。

"春儿大妹子,你不能这样!"她回过头来说,"你得看点姐妹情面。想当初,咱两个一同参加抗日工作,是一正一副,不分彼此。再说,我对你们家也不是没有一点好处,那一年咱秋分大姐,立志寻夫,是我成全了她,不然你们会打听着高庆山的真实下落,一家人接头团聚?人有雨点大的恩情,应该当海水一样称量,谁走的路长远,谁能到西天佛地。春儿妹子,你救救我吧!"

春儿没有说话。民兵们把她带到一所大空屋子里,俗儿一看,一条大炕上,铺着一领烧了几个大窟窿的炕席,就对民兵们小声唧唧地说:"你们叫我在这里睡觉吗?我一个人胆儿小,你们得有一个人抱铺盖来和我做伴儿才行。"

"不要紧,我们在外面给你站岗。"民兵们说。

俗儿被捉,老蒋正在田家,陪着田大瞎子说反动落后话儿。田大瞎子的老婆,过去很少出门,现在每逢家里来人,就好站在梢门角,望着大街上,一来巡风,二来听个事儿。她回来给老蒋报信。老蒋正在"感情"上,一跳有多么高,大骂。

田大瞎子拦住他,小声说:"蒋公,不能这样。我们现在是要低头办事。你先到街上去听听看看,无妨和那些干部们说几句好话,保出俗儿来。我担保,俗儿此来,必负有重大任务,一定给我们带来了好消息。暗暗告诉她,这回千万不要再坦白。"

"我不能向他们低头!"老蒋大声呼喊,"在家门上截人,这是他妈的什么规程!"

可是,等他跑到民兵队部门口,一看见有人站岗,他的腿就软了,说什么再也跳动不起来,像绷在地上了一样。胡乱问答了两句,他扭回头来去找吴大印。说:"大印哥,咱弟兄们祖祖辈辈,可一点儿过错也没有。现在又同心合意,经营着一块瓜园。刚才听人们说,春儿叫民兵把你侄女儿捉了起来。大哥,我求求你,叫他们把俗儿放了。"

吴大印正睡得迷迷糊糊,也不知道哪里的事,就问:"到底是为了什么呀?"

"就为俗儿摘了咱那园子里两个瓜。"老蒋说。

"这还值得。"吴大印穿衣裳起来,"别说两个瓜,就是十个也吃得着呀!"

"你看,他们就是这样,随便捉人。"

"我去看看。"吴大印开门出来。

老蒋顺路又叫起老常来,一同来到民兵队部。

春儿对他们说了俗儿和高疤在深县绑票的事,主张送到区里,详细问问。俗儿坚决不承认,并且说,因为高疤不正经,她已经和他离了婚,自己跑了回来,路上又饥又饿,到了自己村边,想摘个瓜吃,就闹成这样。

老蒋说:"送到区上去干什么?自己村里的事,就由你们几个大干部解决了吧。我先保她回去,随传随到行不行?"

吴大印不愿意得罪乡亲,也说:"那样好,春儿,就那样吧。"

春儿反对。她说:"爹,你不知道底细的事,你不要管,回家睡觉去吧。老常叔,你说怎么办哩?"

"我同意送到区里。我和民兵们去。"老常说。

俗儿在区里押了几天,河里的水就下来了,区里忙,来信说,问不出什么来,一个浪荡娘儿们,讨保释放吧。放她回来了。

八十四

这一年,冀中区有严重的水灾。一夜的工夫,滹沱河的洪水,经过代县、崞县、定襄、五台、盂县,从平山入冀中,过正定入深泽。一夜之间,五龙堂的河流暴涨了。

高四海家堤坡上的小屋,又被连夜的大雨冲刷着,高四海在炕上,守着窗户,抽着烟,倾听着河里的声音。从雨声和河水声里,他又预感到了今年的水灾的严重。

秋分也起得很早。

"看样子等不到天明。"高四海从炕上下来,戴上破草帽,提起放在墙角的那面破铜锣,站到堤坡上敲了起来。

这是习惯的专用的号令。五龙堂的居民,一听到这种锣响,从梦里惊醒,跳下炕来,抓起女人们急急递过的破草帽、破布袋片、铁铲、抬土筐,打开大门,蜂拥着跑到堤上来了。

人们都集到大堤上,妇女们手里提着玻璃灯笼,灯光在风雨里闪动着。人群的影子,一时伸到堤外河滩,一时又伸到堤里的坑洼。人们抬土培挡堤身,寻找缺口獾洞,踏实填补。

子午镇的居民,也在这一天夜里动员起来,抢修大堤。春儿领着妇女们,冒雨在大堤上工作。

全村各户都出了人工,只有"蒋先生"在这纷乱的时刻,躺在他那小小的世外桃源里。

半夜的时候,原是吴大印看园睡在窝棚里,他听到五龙堂的锣声,吃惊地坐起来,望着这辛苦了几个月的瓜园发愣。瓜园是在接近收获的时候,遇到了灾难。他唉声叹气,可是当老常呼喊他去组织人挡堤的时候,他就背上改畦的铁铲到街上去了。路过老蒋的家门,他把老蒋叫了起来,说:"我和人们去挡堤。你到园里去看看,水要过来得快,你把那些大个儿的瓜摘摘,还可以腌一冬天咸菜吃。"

起初,老蒋不愿意起来,他不相信河水会下来,他说:"这又是八路军的故事,造谣!他们总是这样,日本还没来,他们就嚷嚷抗日,结果日本真的过来了。敌人的汽车还没影儿,他们就嚷嚷破路,结果敌人的汽车真的闯来了。没事儿招灾,这就是他们的砝码。我推算,今年还不到发水的年头儿。他们就又在那里号召了,一定得号召得王八领下水来才甘心,你听五龙堂的破锣响得多不吉利!"

当他后来看到不去瓜园,就得去挡堤,才选择了前者,躲到瓜园里去。这时雨下得小些了,天阴得还很沉,老蒋爬上窝棚,想钻到吴大印留下的热被窝里再睡一觉。一下雨,蚊子都集到这里来了,不管鼻子嘴的乱撞,他只好坐着。大堤上,人声铁铲声乱成一片,看样子,水也许会发的,老蒋想。

他从窝棚上跳下去,在瓜园里踩了一趟。他把白天记住的几个快熟的瓜摘到窝棚上来,抹抹泥,接二连三地吃了,算是完成了吴大印交给他的任务。对于瓜园是否被涝,老蒋简直没有任何的烦忧,他认为地既然是田大瞎子的,涝了没收成也是他家的事。至于辛苦劳力的白搭,那又是吴大印的苦痛,与自己冷热无干。

近来,老蒋对吴大印,心怀不满。老蒋这个人物,生平有一个特色,就是要死心塌地记住别人的缺点。他未曾认识这个人,就先打听这个人的短处,和人接近、交谈,甚至家庭拜访,也都是为了搜集这方面的材料,记到他那一本小小的心账上。他记取别人的短处,不分大小轻重,方面很多。比如谁的祖先讨过饭,谁小的时候好顽皮挨打,谁怕老婆,谁不会算账,谁咬字不真,谁好叫错别人的名字,他都记在心里。没准备和这个人相交,就先想到发生分裂,一遇到和这个人发生纠葛的时候,他首先就把这一段缺点提出来,好使对方低头,达到他的胜利。他曾经有不少次的得意纪录。老蒋利用别人的缺点,培养自己的优越感觉,他把别人看低一点,就好像自己高出了一头。为此,就是在集上庙上遇到生人,他也不放过观察探问那个人的过错。他把这个法门叫做抓小辫,是一种战术,机谋。用他的话来说,就是:"你哪一壶不开,我就先给你提出哪一壶来。"

老蒋的作为,如果止于此,那还不失为实事求是,顶多算是尖刻而已。并不是这样。他在这方面的品格是:对于比他强大的人,即使是一壶冷水,他也不敢去动,反而要当众恭维一番,唯恐不及。他那一套谀词媚态,叫当事者听来看来,即使像田大瞎子那样奸伪狂妄的人,也会感到十分肉麻,愧不敢当。对于他认为弱小的人,老蒋的习惯则是:无中生有,造谣中伤。

在世界上,因为有老蒋这样的人物存在,使很多善良的人,不得不相信了"人性恶"的古语。一只苍蝇在一幅绘画上拉下一摊屎,一只耗子在夜间撕裂一件绸衣,在它们,只是出于一种习惯,对很多人,就常常成为不能弥补的损失和伤痛。

关于吴大印,老蒋实在找不出他的什么过错来。虽然问过几个比他们年岁还大的人,也都说大印从小就是一个老老实实的人,简直没有做过对不起人的事儿。老蒋也明白自己所以怀恨他,只因为他是春儿的爹。可是在目前,能把这事作为吴大印不能见人的缺点在大众面前提出来吗?那简直是自找苦吃。

这样,他又只好希望有什么飞灾横祸降落到这一家人的身上。他盘算:出气的道儿或者就在这次的奇妙的土地关系上。他可以和田大瞎子合谋,说这地原是死租,不管天旱水涝,一定得交租米。他完全可以从这纠缠里脱身出来,两面儿做好人。

想到这一步,老蒋不无得意之感,一撤身钻进窝棚,蒙头盖上吴大印的被子,那真是不管风声雨声、锣声喊声,也不管蚊虫的骚扰,只乐得这黑甜一梦了。

在梦中,起初他觉得窝棚摇摇欲坠,自己的身体也有凌云腾空的感觉,他翻了一个身,睡得更香了。忽然,他的左脸被什么东西咬了一口,疼得入骨。他翻身坐起来,看见一个黑毛大獾带着一身水,蹲在他的枕头上。他的脚头有好几只兔子,也像在水里泡过似的,慌张跳跃,它们把头往窝棚下一扎,又哆嗦着退了回来。至于老蒋的身上,则成了百兽率舞、百虫争趣图:被子上有蚂蚱,有螳螂,有蝼蛄,有蜈蚣,还有几只田鼠在他的身子两旁,来往穿梭一样跑着,吱吱地叫着。老蒋顿然陷在这样童话一般的世界里,还以为是在梦中,然而脸确实是叫獾咬破了,血滴了下来。他用手一推,那只大獾才"噗通"跳下去。

窝棚下面的水已经齐着木板,就要漫了上来。老蒋四下里一看,大水滔天,他这窝棚已经成了风雨飘摇中的孤岛,成了大水灾中飞禽走兽的避难所,他心里一凉,浑身打起寒颤来。

大水铺天盖地,奔东北流。有几处地方,露出稀稀拉拉的庄稼尖儿,在水里抖颤着。

瓜园早已经不见了,在窝棚上,老蒋啃剩的几片瓜皮,也叫兔儿们吃光了,老蒋一生气,把大大小小的动物,全驱逐到水里去了。

大水吼叫着,冲刷着什么地方,淤平着什么地方。坟墓里冲出的残朽的木板,房屋上塌下的檩梁,接连地撞击着窝棚。老蒋蹲在上面,生怕它一旦倾倒,那就是他的末日到来了。

天忽然放晴,太阳出来了。情景更使人可怕。

八十五

老蒋立在窝棚上,在耀眼的阳光下,越过白茫茫的大水,望着村边。他望见子午镇西北角的大堤开了口子。这段口子已经有一个城门洞那样宽,河水在那里排荡着,水面高高地鼓了起来。

村里的人们站在毁坏了的大堤的两端,他们好像已经尽了一切力量,现在只能呆呆地望着这不能收拾的场面。可是,遮过大水的吼叫,老蒋听到了一阵可怕的声音。他看见人群骚动起来,有几个赤着身子的年轻人,抬起一件黑色的物件,远远地投掷大流里去。

这个黑色的物件,像一只受伤的乌鸦没入黄昏的白云里,飘落到水里不见了。然后它又露了出来,借着水流转弯的力量,靠近了大堤。人群赶到那里去,那几个赤着身子的年轻人,把那黑物件重新抓了起来。

"再扔远些!一定淹死她!"

人们愤怒地急促地呼喊着。老蒋看见村长老常在阻拦着,在讲说什么。

"她是个汉奸,谁也不能心疼她!"

他只能听见人群的呼喊,并听不清老常的声音。那个黑色的物件挣扎着,又被抛进水里。

老蒋站立不住,突然坐了下来。他看出那几次被抛到水里的东西,好像就是他的女儿。他记得昨天夜里,风雨正大的时候,俗儿跑到他的屋里来问:"水下来,咱村要开了口子,能淹多少村子?"

"那可就淹远了,"老蒋当时回答她,"几县的地面哩。"

"什么地方容易开口?"俗儿又问。

"在河南岸,是五龙堂那里最险。"老蒋说,"在河北岸,是我们村的西南角上。五龙堂那里守得紧。我们村的堤厚,轻易不开。听老辈子人说,开了就不得了。"

俗儿低头想了一阵什么就出去了。因为女儿经常是夜晚出去的,老蒋并不留心就睡了。难道是她破坏了大堤?

老蒋再站起来,向着大堤那里拼命地喊叫,没有效果。他用看瓜园的木枪,挑着吴大印的红色破被,在空中摇摆。终于大堤上的人们看到了他,有些人对着他指画着、说笑着、跳跃着。人们好像忘记了那个黑物件,它又被水流冲靠了堤岸,趴在大堤上不动了。

老蒋继续向堤上的人们呼喊求救,但是人们好像都要回家吃饭,散开了。老蒋这时才注意到了他的村庄。他看见子午镇被水泡了起来,水在大街上汹涌流过。很多房屋倒塌了,还有很多正在摇摆着倒塌。街里到处是大笸箩,这是临时救命的小船,妇女小孩们坐在上面,抱着抢出的粮食和衣物。老蒋跪在窝棚上,他祷告河神能够放过他那几间土房,但是他那窠巢,显然是不存在了。

他想如果是俗儿造的孽,那就叫人们把她抛进水里去吧。

老蒋在瓜园的窝棚里,饿了两天两夜,并没有人来救他。直等到水落了些,吴大印才弄着一只大笸箩把他和铺盖一同拉回村里去。老蒋虽然饿得一丝两气要死的样子,在路上还是关心地问:"我一时不在,就得出问题。你们怎么这样麻痹,叫堤开了口子?"

"你不要问了。"吴大印说,"是你那好女儿办的事!"

"她一个女流之辈,怎么能捅开一丈宽的大堤? 你们不要破鼓乱人捶,什么坏事也往她身上推呀!"老蒋说。

"她是一个女流。"吴大印叹气说,"可有日本和汉奸做她的后台哩! 她带领武装特务放开堤,人家都跑了,就捉住了她。"

"俗儿死了吗?"老蒋流着眼泪。

"要不是老常,一准是淹死了。"吴大印说,"老常说应该交到政府,已经又送到区里了。"

原来,那天夜里,大水齐了子午镇大堤,风雨又大。春儿带着一队青年妇女守护着西北角。这段大堤原是很牢靠的,没顾虑到这里会出事,老常才把它交给妇女们。春儿是认真的,她一时一刻也没有离开,晚饭也是就着冷风冷雨吃的。她在堤上来回巡逻,这一段堤高,别处不断喊叫着培土挡堤,这里的水离堤面还有多半尺,堤身上也没发现獾洞鼠穴。这一段堤里面因为多年用土,地势陡洼,春儿对妇女们说:"我们要各自留心,这里出了事可了不得。"

夜晚守卫大堤的情景是惊恐的、冷凄的。水不停地涨,雨不停地下,风不停地刮。风雨激荡着洪水,冲刷着堤岸。

忽然,春儿在队伍里发现了俗儿。她穿一身黑色丝绸裤褂,打着一把黄油雨伞。

"你到这里来干什么?"春儿问她。

"你怎么这样说?"俗儿前走走后站站地说,"你们敲锣打鼓地号召人们上堤,我自动报名来站岗,你倒不欢迎?"

"人已经不少了。"春儿说。

"抗日的事儿,人人有责任。"俗儿说,"只能嫌人少,不能嫌人多。有钱出钱,无钱出力,这是上级的口号。在抗日上说,我可一贯是积极的,中间犯了一点错误,我现在要悔过改正。"

"以后有别的工作分配给你吧。"春儿说,"现在不是闲谈的时候。"

"怎么是闲谈呢?"俗儿说,"我要重新做人,用行动来证明我的决心,你不能拒绝我!"

春儿整个心情关注在水上,她实在不能分出精神,和这样的人进行辩论。她离开了俗儿,小声告诉一个妇女自卫队员监视这个家伙。俗儿不能工作,反倒分了一个有用的人去,使春儿非常烦躁。她预感到在这样的时机,俗儿会成事不足,坏事有余。

风雨越来越大,大堤上黑得伸手不见掌。妇女们提来的几只灯笼,被雨淋湿,被风吹熄了,再也点不着。人们都很着急,说:"这样的天气,有个马灯就好了!"

"想一想咱村谁家有。"春儿说。

"田大瞎子家有一个,谁去借来吧。"一个妇女说。

虽然跑下堤不远就是田家的大门,可是谁也不愿意去。俗儿说:"你们不去,我去卖个脸。这也是为了大家,我和他可没有联系。"

人们撺掇着她去,俗儿忽地就不见了。她去的时间很长,才慢慢回来。

"借来了没有?"人们喊着问。

"借来了。"俗儿拉长声音说。

"怎么还不点着?"春儿说。

"慌得没顾着,你们来点吧。"俗儿上到堤上来,把马灯放在地下。

"谁带着洋火?"妇女们围了过去。

"你们围好了点。我憋着泡尿,去撒了它。"俗儿说着跑到堤下面高粱地里去了。

洋火潮湿,风雨又大,换了好几个手,还是点不着。春儿急着过去,提起马灯来一摇,说:"里边没有油?"

"那可不知道。"俗儿从高粱地里钻出来说,"抗日时期哪里找煤油去!这里给你们个火儿吧!"

随着她的话音,在大堤转角地方,发出一声剧烈的爆炸,接连又是几声。春儿赶过去,堤下响起枪来。大堤裂了口,水涌进来,男人们赶来时,破堤的特务们钻高粱地跑了,但终于捉到了俗儿。人们急着挡堤,已经堵挡不住。群众提议,把她投到水里淹死。

等到大水成灾,房倒屋塌,庄稼淹没,人们更红了眼。天明时,几个青年人把俗儿架到堤上,投到开口的大流里去。

最后是老常把他们拦下了。

老常是属于那样一类人,他惯于相信那些好人好事,在他的思想感情里,人的善良崇高的品质能够毫无限制地发挥到极致。他记下古往今来他能够听到的、给人类增加光辉并给了人类真实广阔的生活信心的典范。这些典范事迹完全占据了他的头脑,以致使他对坏人,即使是坏到这样程度的人,也往往从宽恕的地方去想。他不大相信,世界上会有这样的坏人坏事。等到事实证明真的有了,他又暗暗难过,难过世界上为什么竟会有这样的人!平时,和坏人相对,吃亏的常常是他,伤痛的自然也就常常是他了。

八十六

变吉哥和张教官过路以后,就服从分配到一家报社去了。

报社住在阜平康家峪附近的一个村庄,名叫三将台。这是一个非常小的村庄,靠着北山,房屋一部分在山脚下,一部分在山的半腰里。它又是处在一个山沟转弯的地方,山沟里有一条布满石头的小河哗哗地响着,新从平原来的人,夜间常常被这种激动的水声惊醒,就很难再睡了。村庄的前面,有一片芦苇塘,街里长着很多高大的香椿树。

变吉哥和张教官住在山腰上一座孤立的白色小房子里。张教官做的是编辑工作,他正在和同志们讨论一本写给通讯员的小书。变吉哥做美术装饰工作,他替报纸设计了一套木刻的小栏头。变吉哥一旦对这种新的工作发生兴趣,就把编剧本完全忘记了,他整天和刀子木头打起交道来。

山脚下,在村庄入口的地方,有一家铁匠炉,掌柜的是从枣强县来的,娶了一房妻室,生了一个女儿,就在这里落了户。变吉哥一来就和这家人混得很熟,他自己从小没断在外边跑,对于带着手艺出门谋生的人的生活和心理,知道得很清楚。铁匠用自己多年保存的一些好钢材,替变吉哥打了一副木刻刀,完全按照华北联合大学木刻家们用的样子。

变吉哥还担任着机关的伙食委员,每天要有一部分时间在伙房里工作。那时的伙食是很简单的,每天两顿小米干饭,菜是两顿萝卜干汤。他除去有时帮助买办油粮柴菜,还有时蹲在门前小河中间的踏石上淘米。他从冀中带来一把很好的推子,每月给同志们理一次发,就是那些从大城市来的知识分子,也赞美他的手艺。他闲暇时好坐在院里一个木凳上,叼着自做的烟斗沉思,有时候,请炊事员拉着胡琴,唱两段戏。

他对路东来的人,有一些乡土的情感。他给铁匠的全家画了速写像,还说可以刻成版画,于是那个年老多嗽的铁匠也对美术事业关心起来,成了这方面的热心家。有一天,铁匠从十几里路以外,扛来一根五手粗细的杜木树身子,把变吉哥叫去说:"到木匠那里借个锯来,你看,这够你一辈子用了。"

"你怎么得来的?"变吉哥高兴地找了大锯来说。

"当柴火买的。"铁匠拉着锯说,"你听听这木头的声音吧,简直像青铜一样!"

一有工夫,两个人就拉大锯。有时铁匠有事,就由他那十七八岁的女儿来拉。把杜树锯成了大大小小的木板,变吉哥把它们搬运到自己的宿舍去,分别排列在后墙根。这是房间里唯一的装饰,他的丰富的工作的资源。他的小屋没有窗户,原是房东的牛棚。变吉哥在原来的牛槽上搭好自己的睡铺,低矮的屋顶上,悬挂着牛具耕犁,起床的时候,他不能坐直,不然就会顶撞了这些器物。他把屋角的一条半截土炕让给老师了。

需要光线的时候,他就把门打开,这门正冲着山谷,变吉哥不分昼夜地在门前放一只小桌雕刻木板,一直工作到他的两只手颤抖得不能掌握。山谷对面的高山上,有一处通到平阳镇去的小小的隘口,远远望去,蓝天在那个地方特别发白,常常有一队队的驮子从那边爬上来吆喝着下山。夜晚,星星在那个地方显得特别明亮,月亮走到那里,就好像停留下来了。一到清晨,部队在河滩里跑步,枪支和小碗不断碰在岩石上。大群的山羊像潮水一样从山脚下铺盖到山顶。变吉哥的工作,就是这些伟大的动荡的图画里小小的点缀。

当他替铁匠的家人刻像的时候,他不知道为什么对铁匠的那位女儿,发生了一种深深的缠绕的感情。当然,这主要是指创作而言。这女孩子在他看来,有一种特殊动人的美丽,是他多年绘画和雕塑从来没有遇到过的摹写的对象。但是,他仔细观察他的画稿,不断改动着笔画,也还是不能称心如意地把女孩子主要的美点表现出来。眉眼是像了,嘴的轮廓也画得很好,但就是表现不出那支配一切、决定一切的、蕴藏在女孩子内部的那种精神来。这种精神,难道能用文字写在画幅旁边,作为附带的说明吗?

他仔细地观察了,也多次地画速写,在这一段日子里,他不得不在清晨,伴着女孩子在河边淘菜;黄昏,不得不站在山的转角处,等候女孩子背一捆柴草下山来。然而,日子越长,只是加重了他对女孩子的好感,后来竟变成这样一种情况:女孩子一旦在他眼前消失,他就再也描绘不出她的形象来。

艺术啊,你那无往不胜、超众出凡的力量,究竟表现在哪里?通往你的殿堂的道路,为什么也这样曲折迂回?我怎样才能克服你那层层的阻力,难攻的堡垒?我应该像作战一样,在战略上要长期经营,也就是精雕细琢,而在战术上采取出奇制胜,大笔一挥吗?

下午休息的时候,他有时一个人爬到东边最高的山峰上去,那里有一座破落的山神庙,旁边有一堆乱石,上面插一些树枝,据说这也是古代的遗迹。他站在上面,眺望东方,天气晴和的时候,可以望见平原的边缘,然而也不过是一片红色的烟尘。他也怀念家乡,他觉得家乡的一切,现在想来都是天下最可亲爱最可珍贵的东西。

他也习惯了山地的贫苦,他觉得这里的居民,虽然因为地瘠山穷,思想和感情上都受了些限制,但他能了解他们的许多宝贵的品质和长处。他走在山沟里,虽然有时感到脑袋叫什么东西夹了起来一样,但他早就习惯了这里的环境:这些接连的紧紧拥挤着的山,这些曲折的艰险的羊肠小路,这些不断地踏着石头过来过去的小河。走在山沟里,常常见不到太阳,只能听到那哗哗流水使人心烦的声响。这里石头是黑的,道路两旁的花椒树是黑的,水是黑的,踏石上的滑脚的绿苔也是黑色的。

他来的时候妻子塞给了他一些钱,这是她省吃俭用积攒下来的。每当动用的时候,他就想起了她,想起了她那多病的身子,和她那为了他这个无能的丈夫忍受了长期酸辛折磨的封建痴情。附近康家峪算是个比较大的村庄,那里有一家卖牛羊杂碎的小铺。有时,晚上饿了,他就约请一两个同志,到那里去吃一点。去的时候,大家都很高兴,像赴什么热闹丰盛的宴会一样,在黑夜里蹚水过河,也不觉得寒冷,只要到那里多加一点辣椒,吃完在小铺的热炕上多坐一会儿就好了。在回来的路上,意见就不同了。有的青年同志就干脆向他提出批评,说他不耐艰苦,影响工作,变吉哥还得笑着做检讨。

八十七

去年缺少冬雪,今春山地觉旱,现在春苗还没有很好地播种。边区各机关动员干部就地帮助群众修田耕种。变吉哥被派到铁匠家里了。分配这些干部的时候,原有许多农民在场,有些手疾眼快的农民,把那些身强力壮的同志们先拉走了,变吉哥站在那里显得文弱而且害羞,就没有人来抢他,最后由晚来一步的铁匠的女儿收用了。变吉哥起初微微有些长工上市的感觉,后来碰到这个户主,他的兴趣就陡然提高了。

他跟着铁匠的女儿来到家里。

姑娘交给变吉哥一把鹤嘴铁镐,自己背上抬筐铲耙,叫母亲替同志做上饭,就说:"走,到我们的地里去。"

从她家出来,他们沿着一条向上的小路爬山。这条小路只容下一个人行走,两旁是枯草和荆棘。小路绕着山腰转,越转越高越险,低头一看,村庄已经在很远的下面了。

然后,他们走进一处小小的山坳。山坳里铺着一层厚厚的白沙,散布着几棵枣树。在向阳的山坡上,有几段梯田,这就是铁匠家的地了。

"这几棵枣树也归我们。"姑娘说。

她带着变吉哥工作起来。上午的工作,是抬些石块把叫水冲毁的梯田的边缘垒起来。

这几段梯田,最下面的一块有炕那样大,最上面的一块比锅台还小,然而一层层的边缘都要用石块垒起,上面的土沙才铺得平,才能耕种。

"你们有多少这样的地?"变吉哥一边工作一边问那姑娘。

"就有这么多。"姑娘说,"总共也就是六分地。可是同志,这还不是我们自己的地,这是租种的,每年还要交一半租哩。"

姑娘工作得很急迫,她把外面的上衣脱了,扔在沙滩上,只穿着一件破旧的单衫,把那不方不圆的石块砌好。

变吉哥想,这几块土地统统合到一块,也不过像自己家乡的一个地头地角,这一半石一半沙的土地,就是遇到丰收,能有多少出产?难怪这里的人家,就长年依靠那放在院子中间大缸里的酸树叶了。他想着,这块土地对一家人是如此重要,工作也就加快起来。

"同志!"姑娘笑着说。在这以前变吉哥还很少看见这姑娘笑过,她笑得多么真诚和温柔啊!

"做什么?"变吉哥不知道抓镐好还是抓铲好。

"不叫你做什么。"姑娘说,"我是叫你休息休息。我看你虽然手巧,可是干庄稼活儿并不内行。我们快吃午饭了。"

姑娘站起来,带变吉哥转到山阴,那里有一洼泉水,上面结着薄冰,水在下面流着,姑娘把冰砸开,用手舀着喝了两口。

"你要不能喝冷水,就洗洗手吧。"她站起来说。

回到阳坡,母亲已经把饭送来了。她提着一只篮子,一个黑釉饭罐,还背来了他们下午要用的秸子。在这样艰难曲折的山路上,她能携带这些东西,使变吉哥深为赞服。

他们坐在沙滩上,太阳照得很暖和,姑娘先给变吉哥盛了一碗米汤,然后揭开篮子上的布,里面有几个玉荌饼子,还有一碗白豆腐,上面放些切好洗净的烂酸菜。

"吃吧,同志,"母亲说,"别嫌饭食不好,可够我作难的哩,我推了半夜的豆腐。"

说完就笑着看他们垒的石头去了。今天,变吉哥的胃口大开,他吞吃着玉茭饼子,这东西是多么香甜啊!他感到惭愧,他这一上午的工作,经得起老太太的检查,对得起她操持的饭食吗?

为了补偿,他下午拉耙子的时候,非常卖力。山坡上耙地是这样艰苦,因为地头太短,把耙子插到地那头,走不了几步,他就得跳到石垒外面去,才能把耙子拉到地头。

把地耙完,天已经黑了。收工的时候,姑娘笑着说:"同志,我们一家子,长年只给人家打活做工,今天你来帮我们的忙,实在卖了力气。听说八路军先减租,以后就要分田地,真的吗?"

"一定要做的。"变吉哥说。

走在路上,变吉哥向姑娘提出了一个他早就想问问又没有机会问的问题:"我给你画的像,你觉得怎样?"

"我觉得很好。"姑娘笑了笑说。

变吉哥辨别不出这笑里的真实含义。又问:"怎么好法?"

"我说画得很像,"姑娘比较认真地说了,"不过,我觉得也有些缺点,就是说,我还有点不喜欢。"

"这很重要,你快指出来。"变吉哥在创作上是很虚心的,有时简直可以说是从善如流,"我愿意你不客气地指出这个缺点,我非常尊重当事人的意见。"

"这就是,"姑娘又笑了,"你画得不好看,不是眉眼不好看,是我的头发,你画得乱了些,你应当等我梳洗一下再画,最好是等我把衣服也换一下。"

"这恐怕不是什么主要的问题。"变吉哥有点失望,但他不愿意表示出来。他说,"画像这件事也是很难的。"

"有时,我觉得好笑,"姑娘照直说下去,"你们这些同志整天写的写,画的画,占着那么多的人,又都是年轻力壮的,究竟有多大的用处呢?我看现在上级这个决定最好,叫你们帮老乡种地,多打一些粮食,比什么都好,你说对吗?"

"对是对的。"变吉哥沉默了。

回到家里,虽然浑身酸疼,变吉哥还是坐在小油灯下面,把这一天的印象,勾画在他的速写簿上。直到眼睛实在睁不开,他才倒下去睡了。

这些山沟,这些小小的零散的村落里,住满了八路军的机关和部队。部队和机关人员依靠山沟,也带给它很多新鲜的东西,改变着它的原始面貌。深山里的多年受苦、硬朗坚忍的汉子们组织起来了,他们积极地参军、运输、耕种。那些从来很少见到世面的妇女们,成群结伙,嘻嘻哈哈去上识字班,从八路军人员那里,她们学来多少有趣的知识和生活啊! 八路军帮助这里的老百姓,帮助他们修盖房子,扫清街道,开垦生荒,培植树林。军队把大河滩里的几尺深的沙石翻到下面去,把埋在下面的泥土翻到上面来,种上这里从来没有见过的蔬菜。军队协同老百姓把泛滥的河道修整,开出许多能够灌溉田地的新渠。

阜平,阜平! 这一向被人讽做"阜平不富",号称"穷山恶水"的地方,就是我们晋察冀边区立业起家的基地。你成了多少远来的人的第二故乡,他们对你发生了多么浑厚的感情啊! 在你的身上,一切可以利用的,都利用和发展了。在炭灰铺,煤坑和工人增多了,许多学生去参加煤炭的开采和运输。在金龙洞,纸厂扩充,印报印书都用它的产品。

在温泉,我们建立了一处清洁安静的疗养所。一个学过建筑的干部,新近接受了设计一座利用山地工料的大礼堂的任务。一个农学家来了,他正在研究怎样捕灭边区枣树上的步曲虫。

在这里,一切都在孕育着,发展着,战斗着。它不断地要求能和它蕴藏的无穷力量相称的更为广阔的天地。

八十八

每年冬季,战斗一开始,边区机关就把大部人员派遣到前方去。今年,报社把张教官和变吉哥分配到雁北地区,名义都是记者。把干部派到前方,可以直接迅速地反映前方的情况。干部随着部队活动,可以受到战争的锻炼。上层机关缩小了,行动转移方便,干部跟随武装,工作更有保障。这是万全之策。领导上重视张教官的写作经验和才能,从来,革命的队伍把知识分子看作难得的财富。可是张教官经历的锻炼少,在政治上,还不够积极进步。叫变吉哥同他工作,是叫变吉哥随时向他学习写作,也是为了在生活和在政治上帮助他。

任务分配下来,张教官接受得很高兴。他高兴的是有他这忠心的大弟子做伴,另外在阜平机关里也实在闷坏了,有点到外边疏散疏散心情的意思。战争的紧张和生活的艰苦,他都没有考虑。

起身的那天,张教官很早就打好了背包,打得很整齐。此外带一个灰布挎包,里面除去纸笔和一瓶自制的墨水,还带了一本残缺的唐诗。他总是好随身带着一本书籍。变吉哥办理了粮票、菜金、介绍信,就出发了。

第一天,行六十里,天晚时到达边区通雁北的一个重要的交通站。交通站在一条小河的北岸,出勤的民兵集在桥头一排很宽敞的屋子里,地上铺着很厚的秫秸和草,人们围着火取暖。一群毛驴散在河滩上,等候装载。张教官和变吉哥在这里同交通站干部一起吃了饭,躺在草上睡觉。整个夜晚,交通站上紧张地交替着,喧吵着。他们干脆起来,帮助干部们登记柴草粮食,分配人员牲口,一到天明,就又出发了。

交通站的战时的紧张情景,很使张教官感动。大批柴草粮食的堆积,从各地来的民兵的呼喊争吵,毛驴排队走过河滩的丁丁的蹄响,使他看到了一幅塞外抗日的图画。这一天休息下来,在睡觉以前,他坐在老乡炕上,草成了一篇通讯,题名《交通站》,和变吉哥研究了一下,寄回报社去了。

昨天行军路程远,夜晚又写了文章,第二天起来,张教官感到有些疲倦。又遇上下雪,路上很难走。情况有些紧张,他们往北走,遇到的行人很少,看见有的居民往山上逃,打问一下,只说敌人出动了,离这里到底有多远也说不清。他们决定今天赶到目的地,找到机关,如果错过,那就麻烦了。变吉哥在政治上负的责任更重一些,就更着急。但在路经一个大村庄的时候,老乡们又说没有什么敌情,街上还出现了一家小饭馆,张教官提议吃一点东西再前进。

这几天,他们吃的都是派饭,老乡们供给过往干部的不过是几个糠面窝窝,一盘干辣椒,行军一天,非常干渴,实在吃不饱。他们走进小铺,每人要了一碗汤面。

小屋里很暖和,一条小炕,上面放着一个火盆。张教官放下背包,上到炕上去,脱下湿鞋来,烤在火盆旁边。

掌柜的是个老大娘,动作很慢,还要现和面生火,看来很费时间,变吉哥想提议不吃了,但老大娘已经卷起袖子,把面倒在盆里,又看见张教官那十分疲乏饥饿的样子,只好也坐在炕上等着。

他看着大娘和面。大娘好像从来不洗手,只在替客人做饭的时候,才尽量把她手上的积蓄搓揉到面里去。变吉哥一来着急,二来嫌脏,就说:"大娘,我来替你和面,你先去生火,好不?"

大娘勉强答应了,变吉哥洗了一下手,插到面里去。张教官背靠着墙,闭上了眼睛。

灶火里刚升起烟来,街上忽然大乱,人群跑过小铺的门口。张教官一下惊醒了,他从小窗里往外一看,对面山头上有一大队人和牲口。

"日本人来了!"大娘喊。

张教官抓起背包和烤得半干的鞋,变吉哥带着两手面,跑了出来。他们翻过右手的山坡,下面是一条冰河,蹚了过去。过了河,棉裤袜子冻冰,成了挺棍,用力砸碎,才能行走。回头望去,村里好像没有什么事情,老百姓又往回走了。

"这是误会。"张教官说,"但对我这个好吃又不沉着的人,却是一次实际的教训。赶路吧!"

他们已经找不到正路,隔着一条河,也不便回到村里找向导。他们在一条小山沟里穿行,想翻过一个山坡,插到大道上去。山很难上,他们先把东西投了上去,然后变吉哥托上张教官,再由张教官拉上他去。上到山上,筋疲力尽,却再也找不到下山的路,只好在山背上走。天气渐渐晚了,雪又不停。

一直走到天大黑了,也望不到村庄,遇不见行人。他们担心遇到狼群,或是栽下山去,他们身上什么武器也没有。

"我们用笔墨参加了抗日战争。现在看来,会放枪才是最有用的人!"张教官说。

话虽然很慷慨,深知老师性格的变吉哥,却从里面听到了那情绪低落的弦音。

"我年轻流浪的时候,曾经在山里迷过路。"变吉哥像是安慰他说,"那时孤零零就我一个人,现在我们两个人,遇到敌人和狼,捡石头砸它就好了,这个武器是取之不尽、用之不竭的。"

"是那样。"张教官说着,从地下捡起两块石头来,拿着走。走了几步,感觉沉重,就把它丢了。然后又捡起两块来拿着。

"我们总会遇到人家的。"变吉哥说,"雪下得很好,它可以照明前面的路。"

不久,他们望见远处山腰里有闪闪的火光,在风雪中,这像寒星一样的一点点光亮,有时显现有时淹没,他们又振奋又担心地奔着那里跑去,好像这是拿在他们手里的一盏灯烛,唯恐一阵劲风把它吹熄了。

他们欢乐起来,身上有了力气,也暖和了。冷饿、惊慌,不过常常是通往幸福的道路上的临时的点缀罢了。

这是一间靠着山坡的孤独的小屋,里面挤满了附近村庄逃难来的人。小屋外面拴着一群牲口。经过一番查问,老乡把他俩让进来。小屋的门窗全破了,风和雪不停地扑进来,可是那些妇女们,就紧紧抱着孩子,靠在角落里睡着了。稍微大些的孩子,为了抵御寒冷,把身子紧靠在他们牵来的山羊身上,还有老大娘们抱来的鸡,在寒冷中不安地扑着翅子。

"日本人把我们整个村子都烧光了,要在这里制造无人区。"一个醒着的老年人说,"我们今年冬天就要在这里过。这里很安全,鬼子们到不了这里,同志们走了远路,坐下睡一会儿吧,我这里有张破羊皮,来,盖上你们的脚。"

"谢谢你,大伯。"张教官说,"我们都带着被子。"

他们坐在地下,摸索着把背包打开,匀出一个,盖在那横七竖八躺在地下的妇女和孩子们身上,张教官眼里忽然充满了热泪。他觉得自己刚才在山顶上,感到自己是在受苦受难,十分可耻。在抗日战争里,身受更重更大灾难的,是他身边这些妇女和孩子们。

天明时,老乡们留他们一同吃饭。几家人伙用一个临时搭成的锅灶,小屋活跃起来,靠着它的四面墙壁,都升起烟来。小孩们奔跑在山坡上,捡拾着柴火。张教官和变吉哥,帮助他们到山涧里取来冰块,放进锅里,把他们米袋里的米也倒了一些进去。

吃饭的时候,老乡们围在一起吃。有的拿干的换稀的,有的把饼子放在别人家的灶火里烧热,有的给小孩讨一碗粥汤。大家很亲热,知道互相照顾,帮助那些有困难的人。灾难的生活把人们团结起来,平常在村里分居度日,为一些小事隔着墙争吵,现在像一个和睦的大家庭。

吃过饭,老乡们指给他们道路,张教官和变吉哥走下山来,在路上,遇到一支前进的队伍。他们闪在一旁,想找一位负责同志打问一下前边的情况,就看到了芒种和老温。平原的老乡们在山沟里见面,分外亲热高兴。芒种把他们带到团部,团首长叫他们随着队伍前进。

八十九

冀中区的抗日军民,尽力抢救了水灾,排除了积水,及时播种了小麦。政府调剂了小麦种子,使受灾重的、贫苦的农民,也因为明年麦收有望,情绪安定下来。在冀中,每逢水灾以后,第二年的小麦总是丰收的。今年因为时间紧迫和地湿不能耕作,农民们就在那裂成龟背花纹一样的深阔的胶泥缝里,用手撒下麦种。妇女儿童都组织起来,参加了这一工作,在晚秋露冷的清晨,无数的农民低扬旋转在广漠的大平原上。

小孩子们还带来用柳条和粗纱布缝制的小网拍,捕打那因为天冷伏在地上的肥大的蝗虫,装在小布袋里,拿回去做菜吃。

因为山地水灾更严重,部队又集中在那里作战,冀中人民虽然受灾,但有些过去的余粮,还是按时交纳了公粮。春儿帮助村干部们,向群众解释:"我们少吃一口,也要叫山地的人民度过灾荒,叫我们的部队吃饱。"

"我们明白这个道理。我们每天每人省下一把粮食,集到一块就能养活很多人。我们苦一些,总是可以吃到麦收的。"群众都这样说。

春儿和村干部们都在行动上做了真实的表率。

但是征收到田大瞎子家的时候,田大瞎子提出他的地已经减少三亩的问题。

村干部找到老蒋家去,老蒋知道了田大瞎子不认账,说:"你们不来,我也得找你们去。这三亩地是我买的田家的,有文契中人在。可是,我把地租给吴大印了,说明是死租,租米他还没交,这公粮也应该由他负担才对。"

村干部们又只好去问吴大印。吴大印一听气得话都说不出来,后来他说:"根本没有那么回事。原先是老蒋不会种瓜,才找我帮忙,我算个短工的性质。忙了半天,没落一个钱,怎么倒叫我拿公粮?我不管这地是谁的,反正赖不到我头上。"

"就要赖在你头上。"老蒋说,"我是把地租给你了,当面说得很清楚。"

两个人吵了起来,气得吴大印当天晚上没吃饭。村干部研究了这个问题,认为现在这块地里还没有播种小麦,地在老蒋手里,迟早也得落个半荒。吴大印家中缺地种,就叫他承租下来,根据边区法令,减租减息,好年头地主也不能随便收回,佃户有很多保障。至于公粮的事,这块地确是因为种瓜,寸草没收,可以请求上级减免。

村干部提出这样一个建议,老蒋在火头上答应了。晚上他去报告了田大瞎子,田大瞎子喊:"你简直是一个老混蛋,你拿着我的地去送人呀!"

"你怎么骂人?"老蒋今天不知道为什么,竟敢和他顶撞起来,"你设的圈套,你自己去解吧,别想把我勒死在里面。"

"我去解?"田大瞎子说,"我要你干什么?"

"我是你的什么?"老蒋立起来,指着自己的鼻子,"我是你的奴才吗?下人吗?狗腿衙役吗?你这个老奸臣!"

"我的酒饭都喂了狗!"田大瞎子抓起桌上的一把锡酒壶,就掷到老蒋的头上去,一下打破,老蒋血流满面,跑到区上告了。

区上先找人用棉纸和一些草药面,给他糊上伤口。问了情由,同意村里的建议,决定由村里帮助吴大印,赶快在这三亩地里播种小麦。

第二天,田大瞎子听见了,像疯了一样,提着一口大铡刀,站在地头上说:"看,谁敢种我的地!"

区上派人把他逮捕起来,因为他罪恶累累,决定交付公审。公审地点就在子午镇村边毁坏了的五道庙遗址上,这里是一堆烂砖瓦。这一天,天气很晴朗,没有风。附近村庄的农民都赶来了,凡是租种着或是租种过田家土地的人,凡是给田家当过长工或是打过短工的人都来了,他们挤到人群的前面。农民的怒火在田野里燃烧起来。

会上,由村干部控诉了田大瞎子历年来的罪恶:破坏抗日,勾结汉奸张荫梧,踢伤工人老温,抗拒合理负担,把政府对他的宽大当做软弱可欺。建议政府从严法办!

"不叫汉奸地主抖威风!"群众呼喊着同意了这个提议。

卷在抗日暴风雨里的、反抗封建压迫的高潮大浪涌起来了。一种积压很久的、对农民说来是生死关头的斗争开始了。一种光焰炽烈的、蔓延很快的正义的要求,在广大农民的宽厚的胸膛里觉醒了!

另外一个阶级,在震惊着、颤抖着、收敛着。他们亲眼看见田大瞎子,像插在败土灰堆里的一面被暴风雨冲击的破旗,倒了下来。

送公粮到边区山地的大车队伍,在腊月初的风雪天气里,绵延不断,浩浩荡荡地前进。细看起来,这队伍并不整齐,而且有时显得纷乱。其中骡马全挂的车辆并不多,最多的是单套牛车,有的多加一匹小毛驴拉着长套。还有的是在车轴上拴一条绳子,车夫一边赶车,一边低着身子往前拉,他是心疼他那力气单薄的牲口,初次走这样长远的道路。然而,如果从头看到尾,看到这一支从冀中腹地,甚至是从津浦线,一直延长到平汉线的、昼夜不息鼓动前进的大车队伍,我们就可以真正认识它的雄壮的气魄和行动的重大意义。

子午镇和五龙堂的车队,只是其中的一个小队。高四海是小队长,春儿是指导员,她的任务除去政治工作,还要前后联络这些车辆和照顾那些车夫们,使得行进和休息的时候,人和牲口都能吃饱喝好,找到避避风雪的地方。她穿着一件破旧的灰布面羊皮袄,束一条搭包,头上戴一顶新毡帽,剪好的毡帽边缘,紧紧护着她的耳朵,露出的鬓发上,沾着一层厚厚的霜雪。

大车行军,遇到风雪是最大的困难。车夫们宁肯艰难地前进,也不愿意站在风地里停留休息。他们一心一意要赶到铁路边上,交割了任务。而大车前进,也像军人行军一样,前面顶住了,就要停止半天。每逢这样的时候,车夫们喊叫着,袖着手抱着鞭子站着,有的就在车底下生起火来,烤手和烤化冻结的抹车油瓶。

他们走到定县境,平汉路上彼伏此起、接连不断的隆隆的炮声和爆破声,使远近的大地和树林都震动起来,拉车的牲口们,竖起耳朵惊跳着。车夫们也从来没有听到过这样激烈的战斗的声响,炮火的声音,完全把寒冷赶走了。

这是向敌人进攻的洪大的声响,是华北抗日战场,全体军民出动作战的声音。这一年冬季,日本向蒋介石进一步诱降,投降的空气笼罩着国民党的整个机构。响应敌人,他们发动了反共高潮。

我们发动了粉碎敌人封锁的大战,拔掉敌人据点,破坏敌人的铁路公路。这是一次强烈的总攻,战争在正太、同蒲、北宁、胶济、平绥、平汉、德石全部铁路上,同时展开。

芒种所在的部队调回了平汉线,两位记者同志也随同前来。各地民兵、民工,都来参加战争和破路工作。炸毁凿断,两个人抬起一段铁轨,一个人扛起三根枕木,一夜的工夫,平汉路北段就只留下了大大小小的坑洼。

"把大车赶到山里去吧!"车夫们在路上呼喊着。

在铁路边缘,一种通过两道深沟的运粮工作,紧张地进行着,无数民工扛着公粮口袋,跑过横搭在深沟上的木梯,木梯不断上上下下跳荡着。

在这样紧张的战争情况和紧张的工作里,芒种和春儿,虽然近在咫尺,但也未得相遇,做一次久别后的交谈,哪怕是说上几句话,或相对望一眼也好。实际上,此时此刻,他们连这个念头也没有。他们的心,被战争和工作的责任感填满,被激情鼓荡着,已经没有存留任何杂念的余地。

当把粮食平安地运进边区,平原和山地的炮火,还没有停止,而且,越响越激烈了。

九十

有一天,变吉哥站在驻地最高的一个山头上,遥望平原,写下一首歌词:

> 我望着东方的烟霞,
> 我那远离的亲人的脸的颜色。
> 你是为敌人加给你的屈辱激怒?
> 还是被反抗的硝烟炮火所熏蒸?
>
> 烟尘飞起,
> 是敌人的马队在我的村边跑过?
> 我听到了孩子们的哭声。
> 我望见你从村庄里冲了出来,
> 用寨墙掩护,
> 向侵略者准确地射击。

太阳从你的怀抱里升起了,
它奔着我滚滚而来。
反抗日本帝国主义的斗争,
已经把平原和山地的人民联系成血肉一体。
我们的阵线像滹沱河的流水一样绵长,
也像它的流水那样冲击有力。

亲人啊,
你的影子昨夜来到我的梦中。
我珍重战斗的荣誉,
要像珍重我们十几年无间的爱情!

这是一首简单纯朴的歌词。但是,即使是这样拙笨的并没有多大才华的歌词吧,假使它能幸运地伴同那粗糙的纸张和油印的字迹,遗留下来,使曾经度过这段光荣的岁月的人,在若干年以后重读起来,也会感到特别的清新亲切,而不得不兴起再一次身临其境的感觉吧。它将在很多地方,超过那些单凭道听途说、臆想猜测写成的什么巨大的著作!虽然它不一定会被后来的时隔数代的批评者所理解。

历史,究竟是凭借什么东西,才能真实地、完整地保留下来,而传之久远?在当时,我们是把很多诗文写在残毁的墙壁上,或是刻在路石悬崖上。经过多年风吹雨打,它们还存在吗?河水曾经伴奏我们的歌声,山谷曾经有歌声的回响。是的,河水和山谷是永远存在的。然而,河水也在流逝,山谷的面貌也在改变。歌声和回响,将随时代和人们心情的变化而改易。口头的传说,自然是可靠的碑碣,然而,时过境迁,添添去去,叫它完全保留当时当地和当事者的心情,也会有些困难吧?

这样,在当时当地写下的,真正记录了人的思想和情绪、意志和操守的篇章,虽然幼稚,也就是最可宝贵的了。

当然,你这其貌不扬的篇章,也希望在将来,能遇到那真正的大手笔,当他苦心孤诣地网罗旧闻的时候,你能够幸运地被投入他那智慧的锦囊,成为他那真正的足以流传不朽的巨著里的一砖一石。但是,你或者并不愿意被那些文学上的不称职的人包裹而去。这些人,他们并不想去辛勤地用斧子和凿子剥开石头,从而自己也创造一座雕像。他们惯于在别人雕成的本来朴质的石像上,进行不必要的打扮和堆砌,给它戴上大帽,穿上臃肿的衣服,登上高底靴子。使人们看来,再也不认识那座雕像了,这样,就可以称为是他自己的"创作"。或者,客气一点说,是"改编"吧。本来是一支小曲,从来就是用一支笛子吹奏的,经过他的改编,就必须动员整体的乐队,这确实是复杂化了,但是,声调完全不同了,听众只能无端地陷于嘈杂和热闹之中。

是的,你就带着本来的朴素的面貌存留下去吧!

当然,篇章的或是人的前途和命运,大体上是可以预见到的。时代分别划定了人们前进的路程。只要在康庄大路上行走,就可以每天遇到和你奔赴同一方向的旅客。

我们的整个故事,好像并没有结束。但故事里的人物,将时时出现在我们的眼前,走在我们的身边。你尽可以按照你自己的学识和见地、阅历和体会、心性和理想,去判断他们每个人在将来的遭遇和结果。

不过,有些关于李佩钟的事,我想在这里告诉读者一下。李佩钟,在我们的故事里,并不是头等重要的人物。但是,一篇故事的作者,对待他的人物,似乎不应该像旧社会戏班的班主对待他的演员,有什么重视和忽视的分别。有些细心的读者,除去关心芒种和春儿是否已经结婚,也许还关心着她的命运。李佩钟自从那年受伤之后,身体一直衰弱,同年冬季,敌人对冀中区的"扫荡",非常残酷,一天夜里,地委机关人员被敌人冲散,李佩钟从此失踪,很长时间,杳无消息。后来就有些传言,说她被敌人俘至保定,后来又说她投降了敌人。第二年春天,铁路附近一个小村庄的人在远离村庄的一眼土井里掏水的时候,打捞出一个女人的尸体。尸体已经模糊,但在水皮上面一尺多高的地方,有用手扒掘的一个小洞,小洞里保存了一包文件。这是一包机密的文件,并从文件证实了死者是李佩钟。这样就可以正式判定:当他们那一队人,被敌人冲散以后,夜晚,李佩钟一个人徘徊在铁路旁边,想通过沟墙到山地里去。据同时失散的人回忆,那一夜狂风吼叫,飞沙走石,烽火遍地。李佩钟或是寻求隐蔽,或是被敌人追逐,不得已寻死,或是在荒野里奔走,失足落到这眼土井里。土井里水并不深,也许是她太疲乏了,太饥饿了,太寒冷了,她既不敢呼喊求救,也无力攀登出险,就冻死在水井里,她的生命,就这样结束了。但在死以前,她努力保存了这包文件。

　　作者在描述她的时候,不是用了很多讽刺的手法吗?但是,她那苗细的高高的身影,她那长长的白嫩的脸庞,她那一双真挚多情的眼睛,现在还在我脑子里流连,愿她安息!

　　现在回想起来,在那样严重的年月里,残酷的环境里,不管她的性格带着多少缺点,内心里带着多少伤痛——别人不容易理解的伤痛,她究竟是决绝地从双重的封建家庭里走了出来,并在几个场合里,对她的公爹和亲生的父亲,进行了针锋相对的斗争。这也是一种难能可贵,我们不应该求全责备。她参加了神圣的抗日战争,并在战争中牺牲了她的生命。她究竟是属于中华民族优秀儿女的队伍,是抗日战争中千百万烈士中间的一个。

　　她的名字已经刻在县里的抗战烈士纪念碑上。

　　　一至六十节写于一九五〇年七月至一九五二年七月
　　　六十一至九十节写于一九五三年五月至一九五四年五月
　　　　一九六二年春季,病稍愈,编排章节并重写尾声

创作要目

1947 年　4 月，小说散文集《荷花淀》收入周而复主编的"北方文丛"第二辑，由香港海洋书屋出版，收《荷花淀》、《游击区生活一星期》、《村落战》、《白洋淀边一次小斗争》、《山里的春天》、《麦收》六篇。

1949 年　7 月，短篇小说集《芦花荡》由上海群益出版社出版，收入"群益文艺丛书"，收《"藏"》、《蒿儿梁》、《碑》、《丈夫》、《芦花荡》、《邢兰》、《战士》、《女人们》八篇。

8 月，短篇小说集《嘱咐》由北平天下图书公司出版，收入"大众文艺丛书"，收《光荣》、《浇园》、《纪念》、《嘱咐》四篇。小说散文集《荷花淀》由上海生活、读书、新知联合发行所重印。

1950 年　4 月，散文小说集《农村速写》由天津读者书店出版，收入"十月文艺丛书"，收《投宿》、《相片》、《天灯》、《一别十年同口镇》、《新安游记》、《织席记》、《采蒲台的苇》、《王香菊》等十七篇。

10 月，《风云初记》（第一集）由人民文学出版社出版，收入"文艺建设丛书"。

12 月，短篇小说集《采蒲台》由北京生活、读书、新知三联书店出版，收入"文艺建设丛书"，收《正月》、《小胜儿》、《山地回忆》、《看护》、《吴召儿》等十三篇。

1953 年　4 月，《风云初记》（第二集）由人民文学出版社出版。

1954 年　4 月，《采蒲台》由作家出版社重印。

12月,《农村速写》由北京通俗读物出版社重印,增加《张秋阁》、《访旧》、《杨国元》、《家庭》、《齐满花》五篇。

1957年　1月,中篇小说《铁木前传》由天津人民出版社出版,原载《人民文学》1956年第12期。

1958年　4月,小说散文集《白洋淀纪事》由中国青年出版社出版,收入"播种文艺丛书",收《看护》、《正月》等五十四篇。

1959年　6月,短篇小说集《荷花淀》由人民文学出版社出版,收入"文学小丛书"第三辑,收《采蒲台》、《荷花淀》、《嘱咐》、《光荣》四篇。

1961年　11月,小说集《村歌》由人民文学出版社出版,收《邢兰》、《铁木前传》等二十四篇。

1962年　9月,散文集《津门小集》由百花文艺出版社出版。

1963年　3月,《风云初记》第一、二、三集合本,由作家出版社出版。

1964年　4月,诗集《白洋淀之曲》由百花文艺出版社出版,收《儿童团长》等七篇叙事诗。

1979年　8月,散文集《晚华集》由百花文艺出版社出版,收《平原的觉醒》等三十篇。

1981年　3月,散文小说集《秀露集》由百花文艺出版社出版,收《戏的梦》、《书的梦》等三十九篇。

6月,杂文集《耕堂杂录》由河北人民出版社出版,收《我的自传》等十八篇。

10月,散文集《澹定集》由百花文艺出版社出版,收《答吴泰昌问》等四十六篇。

12月始,《孙犁文集》由百花文艺出版社陆续出版。《文集》收入上起抗日战争初期,下迄1981年9月的作品,共五册七卷,至1982年3月出齐。

1982年　1月,《孙犁小说选》由四川人民出版社出版,收入"当代作家自选丛书",收《邢兰》等小说二十篇。

10月,散文集《耕堂散文》由广州花城出版社出版,收入

"花城文库",收《识字班》等散文四十七篇。

12月,散文小说集《尺泽集》由百花文艺出版社出版,收"芸斋小说"等五十四篇;《琴和箫》(关于白洋淀作品集)由河北花山文艺出版社出版。

1983年　3月,文艺评论集《孙犁文论集》由人民文学出版社出版。

12月,散文集《书林秋草》由北京三联书店出版;《孙犁诗选》由河南少年儿童出版社出版。

1984年　1月,《孙犁散文选》由人民文学出版社出版。

3月,散文小说集《远道集》由百花文艺出版社出版,收"芸斋小说"等五十五篇。

1985年　8月,《编辑笔记》由山西人民出版社出版,收入"编辑丛书",收有关编辑方面的文章二十四篇。

1986年　2月,散文小说集《老荒集》由上海文艺出版社出版,收"芸斋小说"、"芸斋琐谈"等共四十八篇,《书衣文录》二十三则。

1987年　4月,散文集《陋巷集》由百花文艺出版社出版,收"芸斋琐谈"等八十一篇。

1988年　9月,《耕堂序跋》由湖南人民出版社出版,收入"骆驼丛书",收序跋文章七十二篇。

1989年　6月,《耕堂读书记》由百花文艺出版社出版,收读书记四十篇。

9月,小说散文集《无为集》由人民文学出版社出版。

1990年　1月,短篇小说集《芸斋小说》由人民日报出版社出版,收《鸡缸》等三十篇。

1992年　3月,散文小说集《如云集》由百花文艺出版社出版,收"芸斋小说"等六十篇。

5月,珍藏本《孙犁文集》由百花文艺出版社出版。

1994年　1月,张学正编选的《孙犁代表作》由河南人民出版社出版。

1995 年	11 月,散文小说集《曲终集》由百花文艺出版社出版,收小说、散文、杂文共计二百一十三篇。
1998 年	5 月,刘宗武编选的《书衣文录》由山东画报出版社出版,收文录二百七十则。
	6 月,刘宗武编选的《芸斋书简》(上下)由山东画报出版社出版,收书信五百九十六封。
1999 年	刘宗武校读的《耕堂劫后十种》由山东画报出版社出版,收《晚华集》、《秀露集》、《澹定集》、《尺泽集》、《远道集》、《老荒集》、《陋巷集》、《无为集》、《如云集》、《曲终集》十种。
2004 年	4 月,刘宗武编选的《芸斋书简续编》由大象出版社出版,收书信三百一十封。
	7 月,《孙犁全集》由人民文学出版社出版,共计十一卷:第一卷,《少年鲁迅读本》、《荷花淀》、《芦花荡》、《嘱咐》、《采蒲台》;第二卷,《村歌》、《铁木前传》、《农村速写》、《津门小集》、《白洋淀之曲》、《耕堂杂录》;第三卷,《民族革命战争与戏剧》、《论通讯员及通读写作诸问题》、《文艺学习》、《文学短论》;第四卷,《风云初记》;第五卷,《晚华集》、《秀露集》;第六卷,《澹定集》、《尺泽集》;第七卷,《远道集》、《老荒集》;第八卷,《陋巷集》、《无为集》;第九卷,《如云集》、《曲终集》;第十卷,小说、散文、诗、剧本、唱词、理论、杂著;第十一卷,书信。

张学正

图书在版编目(CIP)数据

孙犁精选集／孙犁著.
－北京：北京燕山出版社，2005.12(2016.8 重印)
ISBN 978-7-5402-1746-4

Ⅰ.孙… Ⅱ.孙… Ⅲ.文学-作品综合集-中国-当代 Ⅳ.I217.2

中国版本图书馆 CIP 数据核字(2005)第 146578 号

孙犁精选集

孙犁 著
编 选 者／贺绍俊
责任编辑／尚燕彬
装帧设计／小 贾 张 佳
北京燕山出版社出版发行
北京市西城区陶然亭路 53 号 邮编 100054
全国新华书店经销
北京市松源印刷有限公司印刷

开本 850×1168 1/32 印张 12 字数 316,000
2016 年 8 月第 3 版 2016 年 8 月第 5 次印刷

定价：36.00 元

版权所有 盗版必究